페이크 픽션

페이크픽션

© 배상민, 2015

초판 1쇄 인쇄일 2015년 8월 19일
초판 1쇄 발행일 2015년 8월 24일

지은이   배상민
펴낸이   강병철
주간   정은영
책임편집   김보미
펴낸곳   자음과모음
출판등록   1997년 10월 30일 제313-1997-129호
주소   121-840 서울시 마포구 서교동 396-33
전화   편집부 02) 324-2347 경영지원부 02) 325-6047
팩스   편집부 02) 324-2348 경영지원부 02) 2648-1311
이메일   munhak@jamobook.com
커뮤니티   cafe.naver.com/cafejamo

ISBN 978-89-5707-865-5 (03810)

이 도서의 국립중앙도서관 출판예정도서목록(CIP)은 서지정보유통지원시스템 홈페이지
(http://seoji.nl.go.kr)와 국가자료공동목록시스템(http://www.nl.go.kr/kolisnet)에서
이용하실 수 있습니다.(CIP제어번호: CIP2015021338)

페이크 픽션

배상민 장편소설

자음과모음

차례

현재의 하나

나른한 오후였다. 커튼을 쳐놓은 창으로 햇살이 쏟아졌다. 만화카페 안은 후덥지근했다. 에어컨 온도를 내렸다. 시원한 바람이 살갗을 스쳤다.

오늘도 손님은 없었다. 가게 벽면에 빽빽하게 꽂혀 있는 만화책은 전부 내가 읽기 위해 갖다 놓은 것처럼 느껴졌다. 이 카페를 차리기 위해 들인 인테리어 비용과 매달 나가는 월세를 생각하면 꽤 값비싼 취미인 셈이다. 한때 작가주의 영화감독을 꿈꿨던 나는, 만화책을 읽으며 하루를 때우고 있다. 그래도 적당히 벌고 재미있는 이야기를 매일 읽고 살 수 있다면 그리 실패한 인생은 아니라고 자위하곤 했다.

나는 배고픈 게 싫다. 영화를 한답시고 충분히 배가 고파봐서 그렇다. 시계가 열한시 삼십분을 가리키자 반사적으로 냉면집 전단지를 집어 들었다. 물냉면으로 할까 비빔냉면으로 할까, 둘을 저울질하며 고민에 빠지는 이 시간이 참 행복했다.

갑자기 실내가 후끈했다. 전단지에 눈을 붙인 채로 에어컨 리모컨을 찾아 실내 온도를 낮췄다. 하지만 얼굴에 열기가 끼칠 정도로 온도는 달아오르기만 했다. 그때야 고개를 들어보니 어느새 만화카페 안이 온통 불길에 휩싸여 있었다. 119에 전화라도 걸어야 하는데 몸이 움직이지 않았다. 불길은 순식간에 만화책을 집어삼키더니 카페 한편에 쌓아둔 시너 통으로 옮겨 붙기 시작했다. 가만, 뭔가 이상했다. 저 시너통을 언제 쌓아뒀더라…… 하지만 기억을 되살리기도 전에 불길은 시너통을 덮쳤다. 폭탄이 터진 것 같은 굉음과 함께 만화카페가 뒤흔들렸다. 불길이 나를 향해 곧장 날아들었다.

으악, 뒤늦게 비명을 지르며 발버둥 쳤다. 의자가 뒤로 넘어가면서 바닥에 심하게 머리를 찧었다. 이렇게 가는구나 하는 생각에 눈을 떴다. 엉? 주위를 둘러보니 만화카페 안은 여전히 조용했다. 자리에서 벌떡 일어났다. 불길도 없었고, 시너통도 없었다. 마음이 놓이는 순간, 뒤통수가 지독하게 아팠다.

뒤통수를 문지르며 정수기로 가 물을 한 잔 마셨다. 만화책을 읽다가 깜빡 잠이 든 모양이었다. 시원한 물이 식도를 타고 내려가자 저절로 한숨이 났다. 불길에 휩싸이는 악몽은 5년 전 한 5층 건물에서 끔찍한 화재를 겪은 이후 시도 때도 없이 찾아왔다. 어쩌면 나는 평생 이 악몽을 안고 살아야 할지 몰랐다.

　마음을 진정시켰다. 불길에 휩싸이는 악몽을 꾼 만큼 아무래도 시원한 물냉면을 먹어야 할 것 같았다. 냉면집에 전화를 걸려는데, 전화가 왔다. 수화기를 들자 여보세요, 익숙한 목소리가 들렸다. 이번에 건물을 좀 재건축하려고 하는데…… 다음 달에 계약 끝나지? 가게 좀 비워줘. 보증금은 그때 정산하는 걸로 하고. 건물주는 계약할 때 말고는 얼굴 한 번 본 적도 없는데 전화를 할 때마다 반말이다. 그러나 대부분 임대료를 독촉하는 전화라 아니꼬워도 참을 수밖에 없었다. 하지만 이번에는 달랐다. 가게를 비워달라고 하는 것이다. 아직 권리금도 못 뽑았다. 이대로 쫓겨나면 내 손에는 보증금 천만 원만 달랑 남는다. 이 도시에서 천만 원으로 열 수 있는 가게는 없다. 단지 길거리에 나앉을 뿐이다. 이보세요, 이대로 나가라고 하면 저는 어떻게 합니까? 제 사정도 좀……. 건물주는 통명스럽게 내 말을 잘랐다. 그럼, 법대로 하자고. 툭, 소리와 함께 뚜뚜뚜 신호음이 들렸다. 건물주가 일방적으로 전화를 끊은 거였다. 재빨리 다이얼 버튼을 눌렀다. 신호는 가지만 전화를 받지는 않았다. 수화기를 던지듯이 내려놓았다. 전화 한 통 때문에 인생이 또다시 꼬일

조짐이다. 고개를 돌렸다. 시계가 거인의 눈처럼 나를 응시하고 있었다. 열두시였다. 공교롭게도 처음 인생을 꼬이게 했던 전화도 5년 전, 정오에 걸려왔었다는 기억이 났다.

기억의 하나

발전적인 이야기 좀 하죠. 프로듀서의 전화를 받은 건 정오였다. 영화사가 내준 사무실에서 조연출을 맡고 있는 후배와 함께 자장면을 먹던 참이었다. 프로듀서는 지금 당장 보자는 말투였지만 나는 묵묵히 자장면을 씹었다. 욕은 먹을 수 있어도 배고픈 건 참을 수가 없었다.

그래도 워낙 오랜만에 걸려온 전화라 신경이 쓰였다. 단무지를 집어 자장면 위에 걸쳐 놓고 조금 전에 프로듀서가 말한 발전적인 얘기가 뭘까 고민했다. 좋은 배우만 캐스팅되면 언제든지 투자가 가능하다는 말을 들은 지 벌써 1년째다. 하지만 좋은 배우들은 늘 바빴다. 그들은 1년 내내 CF를 찍고, 영화와 드라마에 출연하고, 심지어 할리우드까지 가면서도 서울 한가운데 있는 나를 만나러 오지는 않았다. 그러니까 '좋은 배우만 출연하면'이라는 말은 좋은 배우가 그 바쁜 스케줄을 빼서 출연할 만한 시나리오를 내든가, 좋은 배우가 바쁜 스케줄을 빼서 출연할 정도의 약점을 잡아서 협박이라도 하라는 말과 같은 것이었다.

좋은 배우와 친분이 있어서 그의 치명적인 약점을 농담으로라도 들어본 적 없는 나로서는 좋은 배우가 출연할 만한 시나리오를 내는 것이 최선이었다. 하지만 내 시나리오는 태생부터 그다지 흥행을 고려한 것이 아니었다. 한 해 겨우 십수 명의 신인감독이 입봉을 하고 또 그 십수 명이 입봉 작품을 끝으로 영화판을 떠나야 하는 게 현실이다. 나 역시 그렇게 되지 말라는 보장이 없다. 그래서 결심했다. 어차피 흥행을 장담하지 못한다면 멋진 작품을 하기로. 단 한 작품을 하더라도 영화사에 남는 불멸의 작품을 하고 싶었다.

그러나 이렇게 비장한 예술혼을 불태우면서 내가 미처 생각하지 못한 것이 있었다. 영화사에 남을지도 모르는 불멸의 시나리오가 될 가능성이 클수록 아무도 거들떠보지 않는다는 사실 말이다. 대부분의 영화 제작사나 프로듀서들은 영화사에 길이 남을 작품보다는 당장의 빚을 청산하거나 생활고를 해결해줄 수 있는 작품을 원했다. 나 역시 생활고가 심했으므로 두 번째 작품부터 영화사에 남을 시나리오를 쓰는 건 또 어떨까 하는 생각이 들기도 했다. 물려받은 재산이 많거나 나를 먹여 살리면서도 불평 한마디 없는 헌신적인 아내를 얻지 못하면 예술혼이라는 게 태우기는커녕 불을 댕기기도 힘든 게 현실이었다.

내가 처음 프로듀서에게 가져간 시나리오의 내용은 이랬다. 외국 유명 대학의 박사 학위를 따고 들어와 젊은 나이에 촉망받는 철학 교수가 된 남자가 있다. 돈과 명예 등 바라는 바를 모두 거머쥔 그는 하루하루 반복되는 일상이 너무나 지루하다. 그때 여제자로부터 유혹을 받는다. 남자는 그 유혹을 뿌리치지 못하고 서서히 여제자와의 섹스에 빠져든다. 그는 급기야 마약까지 손을 대게 된다. 하지만 여제자를 짝사랑하던 한 남학생의 밀고로 둘의 관계가 학교에 알려지고 만다. 남자는 하루아침에 모든 것을 잃는다. 절망 끝에 그는 욕조에 물을 받아놓고 손목을 그어 자살을 시도한다. 시간이 얼마나 지났을까, 정신을 잃었던 남자는 다시 깨어난다. 자살에 실패한 것이다. 남자는 초라한 몰골로 거울 앞에 선다. 그때 피를 뒤집어쓴 자신의 모습을 보면서 오히려 생(生)에 대한 어떤 강렬한 인상을 받는다. 남자는 이 강렬한 인상을 재현하기 위해 사람을 찔러 죽이기 시작한다. 피를 볼수록 자신이 살아 있다는 것을 느낀다. 어느새 연쇄살인마가 되어버린 남자. 경찰은 그런 남자의 주변을 점점 조여온다. 결국 남자는 남쪽의 바닷가로 쫓겨 간다. 그리고 그곳에서 칼로 자신의 목을 찌른다. 찬란한 햇빛 아래, 남자는 분수처럼 쏟아지는 피를 보면서 황홀경에 빠진다.

나는 단순히 엽기적인 영화를 만들려고 한 것은 아니었다. 하루하루 규격화된 삶을 탈피해, 일탈을 통해서라도 진정한 의미의 '경험'을 하려는 한 남자의 일그러진 욕망을 탐미적인 시선으로 보여주고 싶었다.

하지만 초고를 본 프로듀서의 반응은 달랐다. 철학적인 대사나 읊조리는 연쇄살인마가 주인공인 영화, 그걸 누가 볼까요? 솔직히 볼 사람이 아주 없지는 않을 것 같지만 제작비를 뽑을 만큼의 관객이 들 것 같지는 않았다. 그럼 이걸 보게 하려면 어떻게 해야 할까요? 프로듀서가 재차 물었지만 나는 대답하지 않았다. 정확하게 말하자면 대답할 수가 없었다. 애초에 관객들이 주저 없이 돈을 내고 볼 만한 시나리오를 작정하고 쓴 게 아니었다. 그렇다고 흥행이 안 되기를 원한다는 뜻도 아니었다. 의미도 있고 흥행도 된다면 영화감독으로서는 더할 나위 없는 일이다. 다만 대체 어떻게 써야 이런 주제를 안고도 흥행할 수 있는 시나리오가 되는지 모를 뿐이었다. 뭐 초고가 다 나쁜 것은 아니에요. 좋은 것은 살리고 안 좋은 것은 없애는 쪽으로 이야기를 해보죠. 뱅뱅이 안경과 왜소한 체격 탓에 젊은 날의 우디 앨런*을 연상시키는 얼굴을 한 프로듀서는, 기대했던 것과 달리 꺼벙한 농담 대신 대단히 발전적인 말을 꺼냈다. 나 역시 고무적인 감정을 숨기지 못하고 프로듀서 앞으로 바짝 당겨 앉았다. 시나리오를 쓴 후에 열 군데도 넘는 영화사를 찾았지만 이렇게 긍정적인 반응을 보인 프로듀서는 처음이었다.

일단 살인을 한다든지 피를 뒤집어쓰는 건 좋아요. 사건이 세잖아요. 그런데 뭐랄까, 이것만 가지고는 좀 부족하다는 느낌이 들어요. 무슨 얘긴지 아시겠어요? 당황스러웠다. 모자란 부분을 채워줄 줄 알았지 이렇게 질문을 할 줄은 예상하지 못했다. 솔직히 무슨 얘긴지 잘 몰랐다. 하지만 무슨 얘긴지 모르겠다고 말하기에는 자존심이 상했다. 아무리 입봉을 준비 중인 처지라지만 그 정도의 결점도 모르는 하수라는 걸 드러내고 싶지 않았다. 나는 로댕의 '생각하는 사람'과 비슷한 팔 동작을 해 보임으로써 프로듀서와 함께 사태의 심각성을 공유하고 있다는 느낌을 주려고 했다.

약간 어색한 침묵이 흘렀다. 로댕의 '생각하는 사람'과 비슷한 팔 동작이 사람의 머리를 의외로 편안하게 받쳐준다는 생각이 들 때쯤 프로듀서가 물었다. 감독님 생각은 어떠세요? 무슨

---

* 우디 앨런(1935~). 미국의 코미디언 겸 영화감독으로 주로 뉴욕을 중심으로 활동하고 있다. 주요 작품으로 〈돈을 갖고 튀어라〉, 〈브로드웨이를 쏴라〉 등이 있다.

말인지도 모르는데 무슨 생각이 있을 리 없었다. 나는 머리를 받치던 팔을 슬그머니 바꾸면서, 글쎄요…… 하고 말꼬리를 흐렸다. 조금이라도 시간을 끌면서 프로듀서가 먼저 모자란 부분을 채워주기를 바랐다. 그러나 프로듀서는 담배만 한 대 피워 물 뿐이었다.

담배가 속절없이 타들어갔다. 이제 시간 끌기는 포기하고 뭔가 답을 내놓아야 할 때라는 생각이 들었다. 피가 들어간 것은 좋다고 했으므로 피와 관련한 답변을 내놓아야 했다. 헌혈, 선지해장국, 생리대 같은 단어들이 떠올랐다. 하지만 내 시나리오에서 부족한 부분을 채워주기에는 뭐랄까 너무 착하거나 따뜻하거나 위생적이었다. 흘끗 프로듀서를 봤다. 그의 필터에 담뱃재가 터무니없이 길게 늘어져 있었다. 담배를 다 태울 시간 동안 답을 내놓으라고 한 적은 없었지만 꽁초를 비벼 끄는 순간 자리를 털고 일어날 것만 같은 압박감이 밀려왔다. 조금 더 생각에 집중했다. 때마침 모기 한 마리가 담배 연기를 헤치고 표표히 날아갔다. 반사적으로 피를 빼는 생물이라는 연상 작용을 거쳐 뱀파이어라는 이미지가 떠올랐다. 그러나 너무나도 우려먹은 소재였다. 좀 더 신선한 소재를 떠올리고 싶었다. 하지만 이제 막 프로듀서가 담배꽁초를 재떨이에 대고 신경질적으로 비벼 끈 참이었으므로 나는 발작적으로 뱀파이어라고 외쳐버렸다. 목구멍에서 신물이 올라왔다. 진심으로, 생각하기 좋은 팔 동작을 연구하느라 고생한 로댕을 볼 면목이 없었다.

후, 프로듀서가 긴 한숨을 내쉬면서 얼굴을 비볐다. 심장에 대못이 박힌 뱀파이어처럼 그의 얼굴이 차분해졌다. 뱀파이어 라니, 이제는 납량 특집에도 잘 나오지 않는 피 빠는 양반. 그를 소환해낸 이 입에 마늘을 집어넣고 꿰매버리고 싶었다. 좋은데 요. 프로듀서가 말했다. 네? 고개를 들어 프로듀서를 바라봤다. 우디 앨런이 발전적인 표정을 짓고 있었다. 때문에 방금 그가 한 말이 농담인지 진담인지 분간할 수가 없었다. 좋아요. 토종 뱀파이어라…… 참신한데요. 그제야 나는 프로듀서의 말이 진 담이라는 것을 깨달았다.

뒤늦게 안 사실이지만 한국에 사는 우디 앨런은 농담이라는 걸 할 줄 모르는 위인이었다. 그는 발전적이거나 답답해하거나 둘 중 하나의 표정만 지었다. 프로듀서가 유일하게 웃기는 부 분은 얼굴밖에 없었다. 그나마 그의 외모를 보고 웃는 사람은 우디 앨런이 어떻게 생겼는지 정확하게 아는 영화 종사자나 마 니아들뿐이었다. 또 그나마 우디 앨런이 미국에서 태어나 영화 감독이 되지 않았으면 웃기지도 못할 뻔했다.

주인공이 뱀파이어가 돼서 뒷골목의 악당들을 처치하는 이 야기로 가죠. 〈흡혈형사 나도열〉이라고 비슷한 영화가 있기는 한데 뭐 어때요? 〈흡혈형사 나도열〉은 루마니아 모기한테 물려서 뱀파이어가 되는 이야기고 여기 주인공은 피 맛을 본 다음에 스스로 뱀파이어가 되어가는 이야기니까 완전히 다르죠. 이거 잘 개발하면 한국형 슈퍼 히어로물도 되겠어요. 공포영화 시리즈처럼 해마다 여름에 한 편씩 찍어서 내면 큰돈은 못 벌어도 꾸준하게 수익을 낼 만한 아이템이 될 것 같네요. 프로듀서가 손을 비비면서 우디 앨런이라면 결코 짓지 못할 야비한 웃음을 흘렸다. 저…… 저는 그런 액션영화를 찍고 싶은 게 아니라 탐미적인 영화를 찍고 싶은데요. 주인공이 죽어야 어떤 미학적인 시선이 드러나는데 뱀파이어가 돼버리면 죽지를 않잖아요. 프로듀서는 다시 담배를 피워 물었다가 한숨을 섞어 연기를 내뿜었다. 영화 계속하고 싶으세요? 네. 집에 돈 많아요? 아니요. 본인 돈으로 영화를 찍을 수 없으니까 투자를 받아야겠죠? 네. 혹시 유명한 감독이세요? 아니요. 그래도 투자는 받아야겠죠? 네. 그럼 탐미적인 시나리오가 투자받기 쉽겠어요, 뱀파이어 액션 히어로물이 투자받기 쉽겠어요? 뱀파이어 액션 히어로물이요. 그럼 이야기 끝난 거 아닌가요?

할 말이 없었다. 우디 앨런의 말이 저렇게 빠를지 몰랐고 그 페이스에 휘둘린 내가 그렇게 생각 없이 대답할 줄도 몰랐다. 어떻게 우디 앨런의 얼굴을 하고 저렇게 쏘아댈 수 있는지 그저 의아할 뿐이었다. 순간 뭔가 욱하고 치밀어 오르는 게 있었지만 도대체 그게 뭔지 알 수 없었다. 프로듀서의 말이 다 옳아서 분하지만 어쩔 수 없다는 뭐 그런 느낌 같기도 했다.

영화 시나리오라는 것은 시나 소설처럼 혼자서 작업하는 것이 아니다. 프로듀서, 투자자, 배우, 연출부 등등 시나리오에 개입하는 사람들은 너무나 많다. 따라서 시나리오란 늘 초고에서 변하기 마련이므로 나는 일단 시나리오를 고쳐 오기로 했다. 그렇지만 단연코 뱀파이어 액션 히어로물을 쓸 생각은 없었다. 어느 정도 선까지만 프로듀서의 생각을 받아들여야겠다고 마음먹었다. 프로듀서 역시 이 바닥에서 10년 넘게 굴러온 사람이었다. 그도 내가 그의 생각을 모두 반영하리라 기대하지는 않을 거라고 짐작했다.

고민 끝에 큰 구성은 바꾸지 않으면서 뱀파이어의 설정을 녹이는 쪽으로 방향을 잡았다. 그렇게 수정한 내용은 이랬다. 남자는 자살을 시도했다가 실패한다. 정신을 차렸을 때는 피를 너무 흘린 탓인지 배가 지독하게 고팠다. 그 순간 살아야겠다는 생에 대한 강렬한 의지도 깨어난다. 남자는 자신의 피를 마시고 기운을 차린다. 이후 그는 피의 향긋한 맛을 잊지 못해 항상 피가 존재하는 곳만을 전전한다. 살인이 벌어지고 싸움이 일어나는 어두운 곳들 말이다. 그러다 결국 뱀파이어로 변해버리는 남자. 그는 점점 더 많은 피를 원하게 되고, 마침내 폭동을 일으켜 대량의 유혈 사태를 불러온다. 간단히 말해 허무함을 이기지 못한 인간이 스스로 괴물이 되어 이 세상을 더욱 거대한 허무의 늪으로 이끌어가는 것이다.

써놓고 보니 뱀파이어 설정이 의외로 괜찮다는 생각이 들었다. 피는 삶의 상징이면서 동시에 죽음의 상징이다. 생에 대한 강렬한 열망이 결국 죽음을 불러오는 아이러니라니. 게다가 피는 그 속성상 더 많은 피를 부르기 마련이다. 역사적으로 보면 그렇다. 처음에는 누군가의 죽음이나 암살로 시작된 사건이 정부를 전복시키는 일로 발전해나가는 예도 허다하지 않은가. 여태까지 영화에서 뱀파이어는 주로 멀쩡한 사람의 피를 빨아서 같은 뱀파이어로 만들어버리는 악당이었다. 그런데 내 시나리오에서 뱀파이어는 삶과 죽음을 동시에 드러내는 역설적인 존재이자 고차원적인 상징이다. 그리하여 그는 피로 상징되는 사회적 모순을 심화시켜 모든 것을 죽음에 이르게 하는 존재로 거듭나게 된다. 이런 캐릭터는 적어도 내가 본 영화 중에는 없었다. 어쩌면 영화사에 남을 불멸의 역작이 될지도 모른다는 느낌이 어렴풋하게 전해져왔다. 즉시 프로듀서에게 전화를 걸었다. 비록 그가 바란 액션 히어로물은 아니지만 이 시나리오를 본다면 그도 밀려오는 감동을 주체하지 못하고 덥석 투자자를 물어다 줄 거라고 생각했다.

참…… 고집 있네요. 대본을 읽은 프로듀서는 감동 따위는 한 번도 밀려온 적이 없었다는 투로 말했다. 그 말을 듣자마자 수정고를 낼 때 밀려왔던 보람의 쓰나미가 순식간에 밀려 나갔다. 이걸로는 투자받기가 쉽지 않겠어요. 보람을 다 흘려보낸 내 가슴에는 체념, 답답함, 절망 같은 잔해들이 남았다. 뱀파이어 액션 히어로물 쓰기 싫어요? 거만한 우디 앨런이 나를 내려다보며 물었다. 솔직히 말하면 쓰기 싫다. 하지만 솔직하게 말해서 되는 일이란 별로 없다는 걸 경험적으로 깨닫고 있던 터였다. 뭐 그렇다기보다는 재미와 의미를 절충하다 보니 이런 방향의 수정고가 나왔다고나 할까요. 프로듀서는 영화사 회의실 탁자에 시나리오를 툭 던져 놓았다. 의미는 잘 모르겠고 재미는 확실히 없네요. 그동안 수없이 시나리오에 대한 평가를 들어왔지만 지금처럼 짧고 간결하면서도 성의조차 없는데 할 말마저 없게 만드는 평가는 처음이었다. 아주 잠깐이었지만 법만 없다면 저 우디 앨런 같은 얼굴 가죽을 벗겨놓고 싶었다. 우디 앨런의 얼굴을 씌워놓기에도 아까운 인격이었다.

그럼에도 불구하고, 나는 창백해진 볼을 문지르며 표정 관리에 들어갔다. 그렇다면 어떻게 할까요? 이렇게 하죠. 우선 책상을 하나 내드릴 테니 사무실에 출근하면서 시나리오를 수정하도록 해요. 혹시 모르죠. 좋은 배우가 나서면 투자를 하겠다는 곳이 나타날지. 뜻밖에도 프로듀서가 발전적인 제안을 해 왔다. 나로서는 거절할 이유가 없었다. 나는 내가 지을 수 있는 가장 환한 미소를 지으며 고개를 끄덕였다. 그러자 프로듀서는 우디 앨런의 얼굴로 자아낼 수 있는 가장 의미심장한 미소를 지으며 손을 내밀었다. 나는 악수를 하면서 생각했다. 아무래도 회사에다 나를 데려다 놓고 시간을 두고 설득할 모양이라고. 그래서 또 생각했다. 시간을 두고 프로듀서를 설득해야겠다고.

시나리오를 놓고 회의를 하다 보면 결론 내기 힘들 때가 많다. 재미나 감동을 찾는 포인트가 사람마다 다르기 때문이다. 게다가 영화에 대해서 서로 정반대의 관점을 가진 프로듀서와 감독이 하는 회의라면 토론은 종종 비난과 말싸움으로 변하기 일쑤다. 프로듀서와 내가 정확하게 그랬다. 우디 앨런과 매일 말다툼하는 영화 같은 상황을 겪으며 나와 프로듀서는 조금씩 늙어갔다. 때문에 프로듀서의 외모는 현재의 우디 앨런과 점점 더 비슷해졌고, 그럴수록 내가 영화 속에 있다는 착각이 심하게 들었다. 싸울 때는 심각했고 싸우고 나면 웃겼다. 매일 내가 우디 앨런과 말싸움하다니 이게 꿈이야 생시야, 기분이 그랬다.

현실 생활이 불가능할 정도로 정신착란이 오기 전에 이 평행선을 깨야겠다고 마음먹었다. 프로듀서와 내가 끝없이 싸우는 이유는 간단했다. 각자의 입장에서 보면 그도 옳고 나도 옳기 때문이다. 그러므로 이 문제를 푸는 방법도 간단했다. 객관적인 입장에서 상황을 냉정하게 판단하고 둘 중 한 명의 손을 들어줄 사람이 있으면 되는 거였다.

프로듀서에게 조연출을 한 명 들이자고 했다. 자료 조사도 하고 회의 때는 한 명의 관객으로서 객관적인 시각으로 말해줄 수 있으니 좋지 않을까요? 좋긴 한데요, 아직 투자받은 것도 없는데 조연출 인건비를 어떻게 감당하죠? 프로듀서가 시큰둥한 반응을 보였다. 돈 안 받고 조연출 해줄 친구가 한 명 있어요. 그렇다면 뭐…… 프로듀서는 대수롭지 않게 어깨를 으쓱했다. 나는 프로듀서에게 의미심장한 미소를 되돌려주면서 말했다. 내일부터 나오라고 할게요. 프로듀서는 고개를 끄덕였다. 오랜만에 〈돈을 갖고 튀어라〉에 나오는 우디 앨런같이 순진한 얼굴이었다.

'돈도 안 받고 조연출 해줄 친구'는 대학 시절 같이 영화 동아리를 했던 후배였다. 신입생 때부터 내가 영화를 가르쳐왔고 컵라면을 나눠 먹어가며 단편영화를 찍던 사이였다. 녀석에게 나는 영화의 스승이자 동지였으며 오랜 영화판 생활 끝에 감독 입봉을 앞두게 된 대단한 선배이기도 했다. 그래서 녀석과 나는 영화에 대한 관점이 거의 동일했다. 설사 조금 다른 점이 있다고 해도 선배의 권위로 얼마든지 고쳐놓을 수 있었다. 그렇다. 나는 객관적인 시각으로 조언해줄 수 있는 사람 따위는 처음부터 들일 생각이 없었다. 다만 프로듀서와의 말싸움에서 무조건 내 편을 들어줄 사람이 필요했다. 프로듀서에게 미안한 감이 없지는 않았지만 영화사에 길이 남을 작품을 제작하기 위해서는 이 정도의 사기는 쳐도 괜찮지 않을까 싶었다.

후배가 들어온 후 첫 회의는 예상대로 진행됐다. 시나리오의 기본 방향을 바꿀 수 없다는 내 생각과 자신의 피를 마신 주인공이 뱀파이어 히어로가 되어 악당을 물리쳐야 한다는 프로듀서의 주장이 팽팽하게 맞섰다. 후배는 프로듀서의 방향대로 가면 너무 이야기가 뻔하고 유치하지 않겠냐며 나를 거들었다. 프로듀서는 세상에 뻔하지 않은 이야기가 어딨냐고 후배의 의견을 반박했지만, 나는 흥행을 위해서라도 새로운 이야기가 나와야 한다고 주장했다.

회의는 그런 식이었다. 영화의 흥행이라는 것이 묘해서 흥행 공식대로 따른다고 무조건 흥행이 되는 것도 아니고 작품성이 높다고 무조건 망하는 것도 아니다. 〈워낭 소리〉라는 다큐멘터리 영화가 있다. 마흔 살 먹은 소가 주인공이었지만 관객이 2백만 넘게 들었다. 나와 후배는 이 점을 집요하게 물고 늘어졌다. 영화에 담긴 진정성, 오직 그것만이 흥행의 결정적인 요소라고 반복하고 또 반복했다.

　그러나 프로듀서는 쉽사리 자기주장을 꺾지 않았다. 별다른 대꾸도 없이 우리 이야기를 묵묵하게 듣던 그는 저녁이 되었으니 밥이나 먹고 가자고 했다. 나는 이 분위기를 타고 좀 더 프로듀서를 설득시키고 싶었으나 이번에는 후배가 프로듀서의 의견에 동조했다. 저녁을 먹자는 말은 영화에 대한 관점의 문제는 아니었으므로 후배를 탓할 수는 없었다. 일단 후배를 확실하게 내 편으로 만들기 위해서라도 녀석의 의견은 존중해줘야 했다.

　프로듀서가 우리를 데려간 곳은 삼겹살집이었다. 자장면에 섞여 나오는 조그만 고기 조각만 봐도 눈이 돌아갈 지경이었는데 몇 개월 만에 고기가 덩어리져 있는 광경을 목격하고 나니 프로듀서에게 가졌던 악감정의 약 절반 정도가 삼겹살 기름처럼 흘러내렸다. 프로듀서는 후배도 새로 오고 했으니 친목을 다지자는 차원에서 소주를 시켰다. 그나마 남아 있던 악감정마저 알싸하게 공기 중으로 날아갈 것만 같았다. 하지만 시나리오가 내 방향대로 흘러갈 때까지 프로듀서와 싸울 필요가 있었으므로 애써 악감정을 비축해두려고 노력했다. 소주를 강렬하게 노려봤다.

　내가 그러거나 말거나 프로듀서는 후배의 잔을 채워주며 어떤 작품을 했는지 물었다. 후배는 연출부 시절 동안 거쳐온 몇 개의 작품을 댔다. 흥행은 못 했지만 주연 여배우가 최초로 가슴을 노출한 것으로 유명한 영화, 또 흥행은 못 했지만 키스 도중 남녀가 서로 토하는 장면을 관객들의 뇌리에 박아 넣고야만 영화, 마지막으로 흥행은 못 했지만 항문에 막대사탕을 꽂는 장면이 CG냐 실사냐를 놓고 논란을 일으켰던 영화들이 후배의 입을 통해 담담하게 흘러나왔다. 내가 그 영화들을 찍은 것도 아닌데 얼굴이 발그레해졌다. 소주를 마셨다는 정황이 없었다면 후배에게 상처를 줄 수 있을 정도의 빛깔이었다.

반면 프로듀서는 꽤 만족스러워하는 눈치였다. 혹시 시나리오 있으면 갖고 와봐요. 같이 이야기해봅시다. 프로듀서는 후배에게도 발전적인 얘기를 던지면서, 어느새 비어 있는 그의 잔을 채워주었다. 후배도 재빨리 두 손으로 잔을 받았다. 고개도 조금 숙인 상태였다. 그 공손한 태도가 어쩐지 마음에 걸렸다.

다음 회의 때 후배는 프로듀서에게 그동안 써왔던 시나리오를 건넸다. 그런데 제목이 좀 그랬다. '붕가킹'. 녀석과 내가 프로듀서를 상대로 그렇게 필사적으로 주장해왔던 진정성이 많이 부족해 보이는 대신 정액 냄새가 물씬 피어오르는 제목이었다. 프로듀서는 제목을 보자마자 발전적인 미소를 숨기지 못했다. 이따가 따로 이야기합시다. 프로듀서의 말에 후배는 술잔을 받을 때보다 더 공손하게 고개를 조아렸다. 뭔가 따돌림을 당하는 느낌이 들어서 나도 후배에게 시나리오를 좀 보여달라고 했다. 후배는 살짝 미간을 찌푸렸다. 지금은 좀 그래요.

그 후로 프로듀서와 후배는 정말 따로 만나 이야기를 하기 시작했다. 그렇다고 둘이 내 시나리오 회의를 하지 않는 것도 아니었다. 여전히 나와 프로듀서의 입장은 팽팽하게 맞섰고 후배는 되도록 공손하게 프로듀서의 심기를 거스르지 않을 어휘를 구사하면서 내 편이 되어주었다. 회의가 거듭되면서 프로듀서는 내가 원하는 방향대로 시나리오가 흘러가도록 내버려두었다. 두 번째 수정고가 나왔을 때 프로듀서는 감독님이 정 그러시다면 이걸로 한번 투자자들에게 돌려보죠, 라는 말로 회의를 마무리 지었다. 내 뜻대로 수정이 마무리되었음에도 이상하게 기분이 개운하지 않았다. 내가 프로듀서를 설득시켰다기보다 그가 나를 '내버려두는' 느낌이 강했다.

시나리오가 확정된 이상 내가 영화사에서 별로 할 일은 없었다. 하지만 프로듀서는 사무실에 있는 내 책상을 비우라고 하지 않았다. 다행이었다. 덕분에 후배와 나는 자장면을 먹으며 하루하루를 때웠다. 물론 자장면값은 영화사가 처리해주었다. 가끔 우리는 내 시나리오가 정말 프로듀서의 말처럼 뱀파이어 액션 히어로물이 됐으면 어땠을까 상상하며 낄낄거리기도 했다. 농담이라 부담이 없었기 때문에 그런 종류의 상상은 늘 즐거웠다. 나는 다시 젊어졌고 프로듀서만 늙어갔다. 적에서 동지로 돌아섰다는 느낌 때문인지 이제는 그가 완벽한 우디 앨런으로 보였다. 여태까지 평화의 나날들이 이어졌다. 하지만 투자는 되지 않았고 시나리오를 보고 출연하겠다는 배우도 없었다. 나도 프로듀서처럼 늙어갔다.

그런데 실로 오랜만에 프로듀서로부터 발전적인 이야기를 하자는 말을 듣게 됐다. 1년간 이어져왔던 이 일상을 깰 만한 변화가 일어났다는 예감을 떨칠 수가 없었다.

후배와 함께 영화사 회의실로 들어갔다. 프로듀서는 낯선 시나리오 한 권을 들고 있었다. 나와 후배가 자리를 잡고 앉자 프로듀서는 그 시나리오를 내게 건넸다. 한번 읽어보세요. 투자자가 관심을 갖고 있는 시나리오예요. 나는 시나리오를 받아 들었다. 시나리오에는 '뱀파이어 파이터'라는 제목 아래 후배의 이름이 떡하니 박혀 있었다. 붕가를 했다는 왕은 어디 가고 뱀파이어가 왜 여기 있냐는 얼굴로 후배를 쳐다봤다. 후배는 뒷목을 잡고 고개를 휘휘 돌리며 난데없이 목운동을 하기 시작했다. 때문에 왕의 행방은 찾지도 못하고 시나리오 페이지를 넘길 수밖에 없었다.

건성건성 본 시나리오 내용은 이랬다. 어떤 남자가 있다. 그는 어릴 때, 조직들 간의 다툼으로 억울한 죽음을 맞이하게 된 아버지의 피를 마시고 살아난 자다. 그 후 남자는 종종 피를 마시고 싶은 욕망에 시달린다. 그러다 숙명적으로 아버지를 죽인 악당 한 명과 마주친다. 남자는 싸움 끝에 그를 죽이고 피를 마시게 된다. 이 사건을 계기로 아버지를 죽인 조직과 처절한 사투를 벌이는 남자. 마침내 조직을 일망타진하고 아버지의 복수에 성공한 그는 뱀파이어 히어로로 거듭나게 된다.

시나리오 곳곳에는 후배와 내가 농담처럼 낄낄거리며 주고받았던 내용들이 고스란히 담겨 있었다. 나는 이게 어떻게 된 영문이냐고 물었다. 후배는 꿋꿋하게 목운동을 이어갔다. 뱀파이어 액션 히어로물이에요. 프로듀서가 대신 대답했다. 물론 나도 안다. 그걸 몰라서 내가 어안이 벙벙한 얼굴을 하고 있는 게 아니다. 알겠지만 감독님 시나리오의 설정이나 아이디어가 좀 참고가 됐어요. 대체 언제부터 남이 개발한 소재와 아이디어를 아예 가져다 쓴 것을 '참고'라고 말하게 됐는지 의문이었다. 하지만 내가 미처 질문할 틈도 없이 프로듀서가 말을 이었다. 서로 아이디어를 도용했네 마네, 하는 문제로 오해가 없었으면 해서 감독님께 아이디어료를 좀 드리려고 해요. 말을 끝낸 프로듀서는 서류 한 장을 내밀었다. 나는 얼떨결에 서류를 받아들었다. 훑어보니 영화사가 2백만 원을 지급하는 대신 이 시나리오에 담겨 있는 소재와 아이디어에 대한 일체의 권리를 가져가겠다는 내용이 담겨 있었다. 말이 계약서지 일종의 권리포기 각서였다.

2백만 원이면 트리트먼트*를 개발하고 받는 정도의 비용에 불과하다. 이 돈을 주면서 내 시나리오의 설정과 아이디어를 다 내놓으라는 소리를 하고 있는 것이다. 내가 만약 이 각서에 사인을 하게 되면 영화사에 길이 남을지도 모르는 내 시나리오는 설정과 아이디어를 뺏긴 채 누더기가 되고 만다.

각서를 찢으며 소리쳤다. 이게 말이나 되는 겁니까? 이까짓 2백만 원에 내 시나리오를 포기하라는 거요, 지금? 프로듀서는 눈을 끔벅거리면서 나를 바라봤다. 놀랐다기보다는 얘가 왜 이래, 하는 표정이었다. 흥분하지 마시고 얘기 좀 들어보세요. 솔직히 설정이 완전히 같은 것도 아니지 않습니까. 감독님 시나리오에는 자신의 피를 마시는 거고 우리 시나리오는 아버지 피를 마시는 거고요. 뱀파이어라는 캐릭터도 따지고 보면 내가 동의해서 확정한 아이디어예요. 우리 둘의 아이디어다, 이 말이죠. 물론 에피소드에 감독님 아이디어가 조금 있다는 얘기는 들었지만 감독님이 내놓았다는 증거가 있습니까? 그러니까 그

---

* 대본 전 단계의 자세한 시놉시스.

냥 이 정도 선에서 끝냅시다. 선배로서 후배에게 앞길 터주는 것도 발전적인 일 아닙니까? 나는 후배의 뒤통수를 후려치며 소리쳤다. 얘기해! 이거 정말 네가 썼어? 녀석은 시비조로 대꾸했다. 기분 나쁘게 머리 때리지 마요. 나도 서른 넘은 지가 언젠데. 어차피 형은 이런 이야기 쓰지도 않을 거잖아요. 후배는 자리를 털고 밖으로 나가버렸다. 허, 라거나 참, 이라는 말밖에 나오지 않았다.

우리는 그나마 양심적인 거예요. 다른 데 가봐요. 누가 이렇게 챙겨주나. 프로듀서는 내가 찢어놓은 각서의 조각을 맞추며 달래듯 말했다. 이봐요. 당신들이 뭐라고 하든 내가 이 시나리오의 설정과 아이디어를 냈다는 건 하늘이 알고 땅이 알아요. 내 시나리오가 먼저라는 걸 당신들이 더 잘 알잖아! 다시 소리를 질렀다. 그러자 프로듀서가 정색했다. 하늘이 알고 땅이 아는 건 잘 모르겠고 우리가 저작권 등록은 먼저 했어요. 감독님 시나리오는 아직 저작권 등록 안 됐잖아요. 법정 가서 따져봐야 감독님만 불리해요. 나는 그제야 시나리오 수정에만 몰두하느라 여태 저작권 등록을 하지 않았다는 걸 깨달았다. 법정에서는 오직 저작 번호만이 저작물의 주인을 가려줄 뿐이다. 분하고 억울했지만 할 말이 없었다.

회의실 문을 박차고 나왔다. 문밖에서 후배가 담배를 피우며

서 있었다. 녀석에게 다가갔다. 이 새끼야, 너 살자고 의리 저버리고 영화에 대한 진정성도 저버리고 얼마나 잘되나 보자. 후배는 피식 웃더니 피우다 만 담배꽁초를 바닥에 버리고는 발로 비볐다. 형, 의리하고 진정성이 입봉시켜주는 거 아니잖아요.

그렇게 영화사를 나왔다. 멍하니 하늘을 봤다. 쨍하고 맑은 하늘이었다. 억울한 꼴을 당한 끝에 크랭크인도 못 한 내 영화가 크랭크업이 되고 말았음에도 세상은 아무렇지 않았다. 그런데 그게 또 세상이었다.

기억의 둘

되도록 느릿느릿 걸었다. 해는 정오를 조금 비껴나 있었다. 세상의 모든 남자는 해가 진 뒤에 집에 들어가야 한다는 법이 있는 것도 아닌데, 해가 지기도 전에 집에 들어가는 남자는 집에 있는 여자 보기가 두렵다. 나의 집에는, 수빈이라고도 불렸던 성숙이 있다. 수빈은 성숙이 배우 활동을 하기 위해 지은 예명이었다. 하지만 수빈이라는 이름은 딱 한 번 썼다. 〈금발머리〉라는 영화에 주인공의 친구 역으로 이름을 올린 게 전부였다.

〈금발머리〉에서 성숙은 주인공과 같이 금발머리를 하고 나와 주인공의 남자친구를 유혹하는 역할을 했다. 얼굴이나 연기력이 출중하다기보다는 몸매가 출중해서 캐스팅된 케이스였다. 영화는 성숙의 상반신은 물론 하반신까지 노출시켰음에도 불구하고 조연 여배우의 음모가 노출이 되었느냐 말았느냐는 논란만 일으키다가 일주일 만에 간판을 내리고 말았다.

그러나 성숙은 그 영화에 출연한 사실을 전혀 부끄럽게 여기지 않았다. 오히려 자랑스러워했다. 그나마 그때가 성숙의 전성기나 마찬가지였기 때문이다. 비록 성숙 자신보다는 성숙이라고도 불리는 수빈의 음모가 더 유명해지기는 했지만 어쨌거나 한동안 세상은 성숙을 알아봤다. 인터넷 게시판에 성숙의 캡처 사진이 나돌았고, 『주간 실화』라는 남성 잡지에서 실시한 하룻밤 같이 보내고 싶은 연예인 1위에 당당히 이름을 올리기도 했다.

하지만 문제는 음모가 떴다는 거였다. 방송국에서 성숙을 부르기에는 에로한 이미지 때문에 여러 가지로 애로 사항이 많았다. 그렇다고 음모로 뜬 배우가 라디오에 나갈 수도 없는 노릇이었다. 성숙은 말만 무성했지 아무도 불러주지 않는 배우가 되어버렸다. 사실 전혀 아무도 불러주지 않은 것은 아니었다. 예산이 한참 모자라거나 딱히 흥행 이슈가 없는 몇몇 시나리오들이 성숙의 음모를 간절히 원하기도 했다. 그러나 그런 영화들은 성숙이 출연하기를 거절했다. 음모로 인해 제대로 활동하지 못할 것에 대한 부담 때문이었다.

성숙이 활동하지 못하던 사이 그녀의 음모는 더 강한 음모를 낳았다. 성숙이 개척했던 전인미답(前人未踏)의 발자취를 따라 그녀만큼이라도 뜨고 싶은 배우들이 과감하게 음모를 드러냈다. 사람들은 금방 새로운 음모에 쏠렸고 원조 음모 성숙은 극장에서 영화가 상영된 지 반년도 지나지 않아 잊혔다.

바야흐로 인터넷의 시대가 도래하면서 불법 다운로드로 포르노 보기가 구멍가게에서 사탕 사기보다 쉬워진 세상이 됐다. 그러자 듣도 보도 못한 여배우의 음모 노출은 얘깃거리조차 되지 못했다. 하지만 성숙은 잊히고 싶지 않았다. 머리도 10년째 금발을 하고 다녔다. 혹시라도 영화 〈금발머리〉를 기억하고 있는 사람들이 있을까 봐서였다. 그럼에도 불구하고 수빈이던 성숙을 기억하는 사람은 지리산 반달곰마냥 희귀해져갔다. 최근에는 멸종이 거의 확실시되고 있지만 성숙은 아직까지 그런 현실을 인정하고 싶어 하지 않았다. 성숙은 그녀를 알아보는 사람을 위해서라면 음모라도 노출했을 것이다.

나는 그런 성숙에게 희망이었다. 내가 감독이 되면 성숙은 주연까지는 아니더라도 조연 정도는 꿰찰 수 있을 거라고 믿었다. 특히나 지난 1년간은 감독 입봉을 눈앞에 두고 있었으므로 영화배우로 컴백할 수 있을 거라는 성숙의 기대 역시 커지고 있었다. 성숙은 최근 들어 나와 잠자리를 하기 전에 유난히 세심하게 음모를 다듬곤 했다.

성숙과는 단편영화를 찍을 때 만났다. 그 무렵 성숙은 사람들의 관심에서 벗어난 상태였기 때문에 어떻게든 출연 기회를 잡으려고 애쓰는 중이었고, 나는 돈을 받지 않고도 연기해줄 몸매 좋은 여자 주인공이 필요했다. 성숙은 내가 건네준 시나리오를 읽고 나와 대면한 자리에서 조심스럽게 말했다. 시나리오는 정말 마음에 드는데요. 혹시…… 제가 이전에 드러냈던 그 뭔가를 드러내야 하는 장면이 있나요? 나는 단호하게 고개를 저었다. 오로지 성숙 씨의 연기력만 요구할 겁니다. 성숙은 감격했다. 절 이렇게 배우로 인정해주시는 분은 처음 뵀어요! 하지만 그 순간 나는 D컵은 됨 직한 성숙의 가슴을 보며 아랫도리에서 어떤 진정성을 느끼고 있었다.

그렇게 성숙과 찍은 영화는 단편임에도 불구하고 꽤 많은 주목을 받았다. 국내의 단편영화제에서 상을 받기도 했고 네덜란드에서 열리는 영화제에 초청을 받기도 했다. 뿐만 아니라 주목받는 차세대 독립영화인이라는 제목으로 내 인터뷰가 영화잡지에 실리기도 했다. 그런 분위기를 타고 여러 영화사에서 새로 들어가는 영화를 연출해달라는 제안이 들어왔다. 하지만 대부분 흔해빠진 로맨틱 코미디류의 영화라 모두 고사했다. 어쨌거나 그때까지만 해도 나를 비롯해 주변의 모든 사람들은 내가 영화감독으로 입봉을 하는 것은 시간문제라고 여겼다.

반면 내가 그렇게 뜨는 동안에 성숙을 주목하는 사람은 아무도 없었다. 나도 굳이 성숙이 7년 전의 수빈이었다는 사실을 언급하지 않았다. 괜히 주연 여배우가 수빈이었던 성숙이라는 걸 언급했다가 내 영화가 아니라 성숙이 화제가 될까 봐 걱정됐다.

영화사에서 한창 제안이 들어올 즈음 성숙에게서 만나자는 연락이 왔다. 나는 너무 안 챙겨줘서 서운하다는 말을 할 줄 알고 좀 긴장한 채로 그녀를 만났다. 성숙은 나를 보자마자 팔짱을 껴 왔다. 감독님, 오랜만인데 술이나 한잔 사줘요. 오른쪽 팔꿈치 뒤로 물컹한 성숙의 가슴이 와 닿았다. 갑자기 길 한가운데서 아랫도리가 진정성을 느끼기 시작했다. 나는 진정성이 더 커지기 전에 재빨리 성숙을 데리고 술집으로 갔다.

성숙은 술집에 가서도 서운하다는 말 따위는 하지 않았다. 축하한다며 언젠가는 훌륭한 감독님이 될 거라는 덕담만 건넸다. 성숙이 그럴수록 새삼스레 그녀에게 미안한 마음이 커졌다. 감독으로 입봉만 하면 잊지 않을게요. 그 약속 꼭 지켜야 해요. 성숙은 장난스럽게 손가락을 내밀었다. 감독이 되면 아무리 신인이라도 어느 정도 캐스팅 권한이 주어진다. 때문에 주연은 어쩌지 못해도 단역 정도는 얼마든지 꽂아줄 수 있다. 나는 호기롭게 성숙의 손가락에 새끼손가락을 걸었다. 성숙은 빙긋 웃으며 내 손등을 부드럽게 쓰다듬었다.

어느 정도 술을 마시고 나자 성숙은 내 방을 구경하고 싶다고 했다. 나로서는 거절할 이유가 없었다. 내 방으로 온 성숙은 정작 방 구경은 하지 않고 덥다며 샤워부터 했다. 옥탑에 있는 원룸인 내 방은 그리 넓지 않았다. 샤워기에서 떨어지는 물소리가 그대로 들려왔다. 갑자기 성숙의 가슴과 영화 속에서 순식간에 스쳐 지나갔던 그녀의 음모가 아스라하게 떠올랐다. 진정성이 역동적으로 꿈틀거리기 시작했다. 그날 밤, 나는 영화에서나 보던 성숙의 음모를 볼 수 있었다. 빗으로 빗겨놓은 듯 가지런히 정돈되어 있는 음모였다.

그 후로 성숙과 나의 동거가 시작되었다. 처음 1년간 성숙은 내게 꼬박꼬박 감독님이라고 불러주었다. 하지만 그 1년간 이런저런 이유로 제의들을 거절하고 나자 더 이상의 제의가 들어오지 않았다. 그때부터 성숙은 나를 '이 인간아'라고 부르기 시작했다. 그러나 지난 1년 동안 내가 쓴 시나리오로 입봉할 기미를 보이자 성숙은 다시 나를 감독님으로 고쳐 부르기 시작했다. 결혼은 하지 않았지만 아내와도 같은 존재에게서 감독님이라는 존칭을 듣는 것은 기분 좋은 일이었다.

그런데 이제 영화가 엎어졌다는 말을 성숙에게 전해준다면 그녀는 다시 나를 '이 인간아'라고 부를지 몰랐다. 아니, 거의 확실하다. 그렇지만 성숙에게 영화가 엎어졌다는 사실을 이야기하기로 했다. 어차피 숨긴다고 해서 밝혀지지 않을 일도 아

니거니와 그래도 3년 동안 한집에 살며 살을 섞어온 정을 믿어
보기로 했다.

옥탑방 계단을 올라가자 현관문 앞에 냉면 그릇이 하나 놓여
있었다. 냉면은 성숙이 가장 좋아하는 음식이다. 냉면 그릇을
옆에 놓고 화투패를 떼는 성숙의 모습은 하나의 풍경처럼 자연
스러웠다. 성숙은 하루에 한 끼 이상은 냉면으로 때웠다. 그것
도 고수면옥이라는 집에서만 시켜 먹었다. 고수면옥은 가게 주
인이 냉면계의 고수가 되겠다는 야심 찬 포부로 지은 이름이었
다. 하지만 냉면은 수련을 더 쌓았으면 하는 맛이었다.

그럼에도 불구하고 성숙이 고수면옥을 좋아한 데는 이유가
있었다. 배달원 때문이었다. 격투기 파이터같이 강인하고 선
이 굵은 인상을 한 그는 고수면옥이라는 이름에 걸맞은 유일
한 고수였다. 배달원은 축지법이라도 쓰는지 주문을 하면 무조
건 5분 이내에 달려왔다. 특이한 것은 옥탑방까지 뛰어올라오
면서 땀 한 방울 흘리지 않는다는 점이었다. 숨을 헐떡이지도
않았다. 아무리 무더운 여름날이라도 마찬가지였다. 그래서 배
달원은 언제나 청결하고 깔끔한 인상을 주었다. 게다가 그 속
도로 배달을 하면서 냉면 위에 올려진 오이채 하나 흐트러지는
법이 없었다.

나는 성숙이 고수면옥의 냉면을 좋아하는 건지 그 배달원을

좋아하는 건지 헷갈릴 때가 많았다. 성숙은 가끔 냉면을 놓고 가는 배달원의 뒷모습을 보면서 넋을 잃기도 했다. 물론 그뿐이었다. 성숙은 배우로서 성공하겠다는 야심이 있는 여자였다. 그런 그녀가 냉면집 배달원 때문에 그 꿈을 접을 리 없었다.

물끄러미 냉면 그릇을 바라봤다. 발걸음이 차마 떨어지지 않았다. 실례합니다. 갑자기 뒤에서 굵은 목소리가 들려왔다. 깜짝 놀라 돌아봤다. 고수면옥 배달원이 머뭇거리며 서 있었다. 계단을 올라오다가 나에게 가로막힌 모양이었다. 나는 황급하게 비켜서주었다. 배달원은 내게 인사를 하고 현관 쪽으로 걸어갔다. 의아했다. 대체 저 사람은 언제 계단을 올라와서 내 뒤에 서 있었단 말인가. 건물에서 옥탑으로 연결된 좁은 철제 계단을 오르면서 철가방 소리는 물론 발자국 소리도 내지 않는 게 가능한가. 아니면 내가 인기척을 느끼지 못할 만큼 넋을 잃고 있었단 말인가.

생각이 꼬리에 꼬리를 물고 이어졌지만 지금은 배달원의 인기척에나 신경 쓰고 있을 여유가 없었다. 일부러 흠흠 소리를 내면서 긴장을 풀려고 했다. 호랑이 굴에 들어가도 정신만 똑바로 차리면 된다는 말도 있다. 내 방은 호랑이 굴이고 성숙은 내가 상대해야 할 호랑이다. 정신을 똑바로 차려야 했다. 현관문을 뚫어져라 노려봤다. 안녕히 계십시오. 뒤에서 배달원의 목소리가 또다시 들려왔다. 네…… 인사를 받으려고 고개를 돌렸다. 하지만 아무도 없었다. 깜짝 놀랐다. 목소리만 남기고 몸은 사라져버린 것 같았다. 재빨리 담장으로 달려가 거리를 내려다보았지만 어디에도 배달원의 모습은 찾아볼 수 없었다. 내가 아무리 정신을 딴 데 두었다 해도 그는 언제 현관에서 사라졌으며 어떻게 이렇게 빠른 시간에 계단을 내려가 거리에서 사라질 수 있었을까. 혹시 귀신일까? 의문이 거기에까지 미치자 온몸에 소름이 돋았다. 물론 백주대낮에 나타났고 배달을 하면서 온 동네를 돌아다니는 사람이라 귀신일리는 없다. 하지만 귀신이 아니라면 저렇게 재빠른 몸짓은 어떻게 설명할 수 있을까.

그러나 떠나간 귀신을 붙잡고 설명이나 들을 겨를이 없었다. 방 안에는 내가 곧 맞닥뜨려야 할 호랑이가 있다. 크게 심호흡을 하고 방문을 열었다. 성숙은 발가락에 매니큐어를 바르는 중이었다. 옆에는 화투패가 가지런히 놓여 있었다. 뭔가를 항상 가지런히 해놓는 걸 좋아하는 성숙다웠다. 화투패가 흐트러지지 않게 조심해서 방을 가로질러갔다. 성숙은 매니큐어를 칠하다 말고 나를 쳐다봤다. 오늘은 일찍 끝났네요, 감독님. 점퍼를 벗는 귓등으로 성숙의 목소리가 들려왔다. 나는 일부러 천천히 고개를 끄덕였다. 앞으로 있을 중대한 말을 하기 위해서는 이런 복선이 필요하다고 봤다. 하지만 성숙은 그런 복선 따위에는 눈길도 주지 않았다. 저기…… 감독님, 혹시 출연료를 조금 당겨 받을 수는 없을까요? 감독님 영화에 출연하려면 지금부터 전신 마사지도 받고 박피도 한 번 했으면 좋겠어요. 10년 만에 재기하는 거지만 내가 시들지 않았다는 걸 관객들에게 보여주고 싶어요. 6백만 원이면 된대요. 어때요? 영화사에 가서 말해줄 수 있어요? 나는 대답하지 않고 성숙을 물끄러미 내려다봤다. 3년 전보다는 가슴이 조금 늘어지고 눈가에 약간의 기미가 내려앉아 있기는 했지만 의상과 분장으로 충분히 가려질 수 있는 수준이었다. 굳이 6백만 원까지 들일 필요는 없어 보였다. 아직 예쁜데 뭘. 나는 일부러 목소리에 힘을 빼고 대답했다.

성숙은 낌새가 심상치 않다는 걸 눈치챘는지 매니큐어를 바르던 손을 멈췄다. 무슨 일 있어요? 나는 말없이 고개를 끄덕였다. 성숙의 눈동자가 조금 흔들렸다. 설마 영화가 엎어진 건 아니겠지요? 이렇게 핵심을 콕 집어서 물어볼 줄은 몰랐다. 순간 그런 건 아니라고 부인할까도 생각해봤다. 며칠만이라도 더 성숙에게서 존경 어린 눈빛을 받고 싶었다. 하지만 다시 고개를 끄덕이고 말았다. 그놈의 진정성이 문제였다. 적어도 성숙만은 속이고 싶지 않았다. 어쨌거나 성숙은 3년간 나의 애인이면서 아내였고 나를 믿어주는 유일한 팬이었다.

언제 결정 났어? 성숙은 고개를 숙이고 매니큐어를 바르며 물었다. 이미 말끝에 정답게 붙어 있던 '요' 자는 사라져 있었다. 오늘. 나는 쓰러지듯 의자에 주저앉아 두 손으로 얼굴을 감쌌다. 성숙의 비난과 멸시를 피하면서 동정심을 이끌어내기 위해서는 뭔가 극적인 동작이 필요했다. 하지만 성숙은 그런 나의 동작에 조금도 동요하지 않겠다는 듯 냉랭한 말투로 물었다. 앞으로 어떻게 할 건데? 글쎄. 나는 거칠게 얼굴을 부비기 시작했다. 두 손으로 얼굴을 감싸는 것보다는 조금 더 절망스러움이 묻어나는 동작이었다. 이 정도라면 성숙이 내 손을 살며시 잡아줄 가능성도 있다고 봤다.

헤어지자. 성숙은 핑크색에 펄이 들어간 열 개의 손톱을 들어 보이며 말했다. 믿었던 3년간의 정이라고는 손톱 끝에 묻은 매니큐어만큼도 찾아볼 수 없었다. 멍하니 성숙을 바라봤다. 어떻게 보면 성숙의 말이 맞는 것인지도 몰랐다. 지금의 나는 성숙을 재기시켜줄 수도 없고 먹여 살릴 수도 없다. 성숙과 생활한 3년 중에 1년은 내가 단편영화로 번 몇천만 원의 상금을 쓰면서 살았고 나머지 2년은 성숙이 아르바이트를 해서 번 돈으로 살았다. 돈이 필요할 때면 성숙은 밤마다 돈을 벌러 나간다고 했고 나는 어디서 어떻게 돈을 버는지 묻지 않았다. 어렴풋이 드는 짐작조차도 고개를 저어 외면해버렸다. 나는 성숙과의 동거가 사랑이 아닌 계약관계라고 치부했다. 때문에 성숙에게 질투를 느낀다거나 그녀를 의심하는 것은 유치한 일이라고 생각했다. 서로가 서로에게 간섭하지 않는 쿨한 관계. 그것이 내가 믿고 있는 성숙과의 관계였다. 그런 관계 속에서 서로의 계약이 이행될 수 없는 상황이 왔을 때 헤어지는 것은 너무나 당연한 결과였다.

그런데 성숙이 짐을 싸는 광경을 지켜보면서 나의 믿음이 반만 맞고 반은 틀렸다는 것을 깨달았다. 오히려 3년간의 정이 울컥 솟아오른 쪽은 나였다. 성숙이 짐을 싸서 나가려는 순간 이성을 잃었다. 자존심이고 뭐고 모두 버리고 성숙의 짐 가방을 잡고 매달렸다. 제발 가지 마. 뭐든 다 할게. 다음에는 꼭 재기시켜줄게. 하지만 성숙은 완강하게 짐 가방을 끌었다. 나도 손에 힘을 줬다. 성숙은 힘을 풀고 나를 가만히 쳐다봤다. 나는 눈물과 콧물을 모두 보이며 울먹였다.

정말 뭐든 다 할 수 있어? 성숙이 가방을 놓았다. 나는 코를 풀다가 얼른 반색했다. 성숙은 팔짱을 끼고 나를 노려보다가 다시 물었다. 정말이지? 너를 붙잡을 수 있다면 콩팥이라도 내놓을게. 성숙은 살짝 미소 지었다. 그 정도면 됐어. 나는 진심이 통했다고 느꼈다. 역시 3년간의 정은 쉽게 끊을 수 있는 게 아니었다.

당황스럽게도, 성숙이 원했던 것은 정말 콩팥이었다. 그녀가 데려간 사채업자 사무실에서 빚 2천만 원을 변제하지 못할 시 신장 즉 콩팥을 적출한다는 문구를 보자 손이 부들부들 떨렸다. 분노라기보다는 두려움 때문이었다. 온화한 중년 배우 같은 인상의 사채업자는 대출 담당 은행원들이나 지을 법한 미소를 지어 보였다. 하지만 그 뒤에 서 있는 똘마니 둘은 회칼을 들고 매섭게 노려보고 있었다. 분위기로 봐서는 저 칼로 콩팥을 적출할 것 같았다.

2천만 원. 아무리 가진 게 없는 나지만 사지 육신이 멀쩡하니 무슨 일이라도 하면 못 갚을 것도 없는 액수라고 생각했다. 그까짓 2천만 원 때문에 성숙을 놓친다는 것은 있을 수 없는 일이었다. 성숙이 2년 동안 나를 먹여 살려준 걸 생각하면 이제는 내가 그녀에게 받은 것을 갚아줘야 할 때라는 생각마저 들었다. 작정하고 마른침을 한 번 꿀꺽 삼켰다. 그러고 나서 신체포기 각서와 성숙 대신 채무를 변제하겠다는 계약서에 사인했다.

사채업자는 자기 몫의 계약서를 똘마니에게 주며 갈무리한 뒤에 차라도 한잔하고 가라고 했다. 외모만큼이나 따뜻하고 온화한 목소리 때문이었는지 나와 성숙은 거절하지 못하고 다시 엉거주춤 자리에 앉고 말았다. 사채업자는 똘마니 중 그나마 인상이 풋풋해 보이는 쪽에게 차를 내오라고 했다.

차는 유난히 빨간빛이 짙게 도는 오미자차였다. 차로 협박을 당하고 있는 게 아닌가 하는 생각이 들 정도였다. 아니나 다를까 사채업자는 예전에는 작업 중에 이런 찻잔으로 사람 피를 받아낸 적도 있다는 말을 농담이라고 꺼냈다. 그 말을 듣고 나니 오미자차에서 피비린내가 나는 듯도 했다. 하지만 성숙은 차 맛이 참 좋은 것 같다며 사채업자의 농담을 무럼 없이 받아주었다. 나는 그런 성숙을 이해하려고 노력했다. 나도 내놓아야 할 게 남의 콩팥이라면 저런 농담을 받아줬을 거라고 생각했다.

사채업자는 내가 무슨 일을 하는지 물었다. 빚을 갚을 능력이 되는지 알아보려는 것 같았다. 나는 우물쭈물하다가 대답했다. 얼마 전까지 영화감독을 지망했지만 지금은 그 일보다는 돈이 되는 다른 일을 좀 알아보려고 합니다. 성숙은 부드러운 미소를 지으면서 거들었다. 이 사람이 보기에는 약해 보여도 꽤 생활력이 강하거든요. 그러나 사채업자는 '돈이 되는 다른 일'보다는 영화감독을 지망했었다는 말에 더 관심을 보였다. 나도 젊은 시절 배우가 되고 싶어서 무작정 서울에 왔다가 결국은 금융 계통의 일을 하게 되었다네. 사채업자는 지갑을 뒤적여 흑백사진 한 장을 꺼내 보여주었다. 겨우 스무 살이나 됐을까 싶은 사채업자가 소림사 승려 복장을 하고 불국사 앞에 서 있었다. 나와 성숙이 사진을 보면서 고개를 갸웃거리자 사채업자는 너털웃음을 지었다. 70년대는 홍콩 무협영화 제작자들이 한국 로케를 많이 했어. 그때는 나도 액션배우였다네. 단역이기는 했지만.

공통된 관심사가 있어서 그런지 분위기는 뜻밖에 화기애애했다. 특히 사채업자는 내 시나리오 내용을 흥미로워했다. 그는 피를 보는 부분이 참 좋다고 했다. 사채나 영화나 돈이 되려면 피를 봐야 한다는 게 사채업자의 지론이었다. 새삼 오미자차가 괜히 나오는 게 아니라는 생각이 들었다. 우리는 영화와 배우 생활에 대한 이야기를 한참 이어갔고 헤어질 때는 웃으며 악수까지 했다. 사채업자는 자신도 금융업으로 자본을 좀 모으면 영화 제작을 해보고 싶다며 자주 사무실로 놀러 오라고 했다. 왠지 사채업자를 만난 게 아니라 내 영화에 호의를 가진 제작자를 만난 것 같았다.

사채업자의 사무실 방문은 한 달 뒤에 다시 이루어졌다. 이미 그 전에 두 차례 똘마니들의 가정 방문이 있고 난 후였다. 똘마니들은 사무실에서 사채업자가 보여줬던 우호적인 것과는 동떨어진 분위기를 연출했다. 그들은 내 멱살을 잡고 회칼로 콩팥 부근을 두세 번 그은 다음 이번 달 말까지 갚지 않으면 깔끔하게 콩팥 하나 떼는 걸로 마무리하자고 했다. 그럴 때마다 나는 무슨 일이 있어도 빚을 갚겠노라고 맹세했다.

하지만 한 달 내에 빚을 갚을 길은 요원했다. 지인들에게 전화를 해봤지만 돈을 빌려주겠다는 사람은 아무도 없었다. 문자 그대로 '지인'이다 보니 내가 아무런 수입이 없다는 것을 누구보다 잘 알고 있었다. 그렇다고 고향에 있는 부모님께 손을 내밀 수도 없었다. 농사를 지어 근근이 먹고 살고 있는 부모님은 내 대학 등록금을 부담하느라 농사짓던 땅을 모두 팔고도 약간의 빚을 지고 있었다. 때문에 내가 부모님께 2천만 원을 갚아달라고 하는 건 나 대신 부모님이 사채를 맡아달라고 부탁하는 것이나 다름없었다.

상황이 이렇다 보니 일단 돈을 빌려서 사채를 갚고 일을 해서 빚을 갚아나가겠다는 나의 계획은 어그러지고 말았다. 다른 사채 빚을 끌어다 쓸까도 생각했다. 하지만 그랬다가는 콩팥 말고 어디를 떼 줘야 할지 짐작조차 가지 않았다. 나의 이런 고민을 들은 성숙은 콩팥 다음은 아마도 각막 쪽이 아닐까, 하고 아무렇지도 않게 말했다. 그 상황에서조차 나는 성숙을 이해하려고 노력했다. 나도 내놓아야 할 게 남의 각막이라면 저런 대답을 해줬을 거라고 생각했다.

어영부영 시간을 보내다 결국 똘마니들에게 붙잡혀 사채업자의 사무실로 끌려갔다. 그리고 사채업자가 들어올 때까지 오미자차를 앞에 두고 갖은 협박에 시달려야 했다. 한 시간여를 기다렸을까, 간이 정말 콩이나 팥만큼 졸아들었을 무렵 사채업자가 나타났다. 두 똘마니들은 재깍 입을 다물었다. 언제 협박을 했었냐는 듯 시치미를 떼고 있다는 느낌마저 들었다.

편하게 앉게. 사채업자는 웃으면서 말했다. 하지만 사채업자가 공과 사를 무척이나 명확하게 나누는 성격이라는 걸 파악한 나는 편하게 있을 수가 없었다. 신병 훈련을 방금 끝낸 이등병처럼 허리와 무릎을 직각으로 세우고 사채업자를 바라봤다. 사채업자는 이전에 보았던 너털웃음을 지었다. 이것 참…….

사채업자의 사무실에 끌려온 이유는 뜻밖이었다. 지난 한 달동안 곰곰이 생각해봤는데 말이야. 자네를 데리고 영화를 한편 제작해보는 것도 좋을 것 같다는 생각이 들어. 모든 것이 다갖춰졌을 때를 기다리다가는 언제 영화를 해보겠나. 더 나이들기 전에 한번 도전해보고 싶네. 사채업자는 수줍은 미소를 띠었다. 양 볼에 오미자 빛마저 돌았다. 이게 웬 횡재인가 싶었다. 각을 잡고 앉은 채로 배시시 눈웃음을 지어 보였다.

요즘 보니까 저예산 영화라는 것도 있다고 하더라고. 뭐 그런 건 황 감독이 더 잘 알겠지만 말이지. 나는 고개를 끄덕였다. 그렇다. 요즘에는 저예산 영화가 많다. 천만 원 안팎의 제작비로 만든 영화가 몇만의 관객을 끌어모으는 일도 드물지 않았다. 우리도 저예산 영화 한번 해보자고. 처음부터 몇십억씩 하는 영화를 찍는 건 아무래도 무리일 듯하고, 그렇다고 이 나이에 또 언제 돈 모아서 선뜻 그런 영화 제작비를 내놓겠나. 헝그리 정신으로 저예산 영화부터 찍고 잘되면 더 큰 영화 찍고 하자고. 나는 오히려 '저예산 영화를 하자'는 말에 고개가 끄덕여졌다. 몇천만 원 정도라면 사채업자의 재력으로 충분히 감당할 수 있으리라 짐작했다.

솔직히 나는 돈이 안 될 공산이 큰 저예산 영화에 선뜻 투자하겠다는 그의 열정에 약간 감동까지 받았다. 황 감독. 사채업자는 그윽한 목소리로 나를 불렀다. 나 역시 진정 어린 눈길로 사채업자를 바라봤다. 내 꿈 좀 이뤄주게. 사채업자가 간절하게 말했다. 알겠습니다, 제작자님. 일부러 제작자라는 호칭을 써주었다. 영화인다운 명칭을 써준다면 사채업자가 좋아할 거라고 생각했다. 물론 적당하게 비위도 맞춰주고 살아야 한다는 걸 후배에게서 배운 탓도 있었다. 아니나 다를까. 이제부터 제작자가 될 사채업자는 감격한 나머지 내 손을 덥석 잡았다.

제작비는 정확하게 2천4백만 원을 주겠네. 제작자는 시나리오를 보지도 않고 예산부터 제시했다. 그것도 2천만 원이나 3천만 원같이 딱 떨어지는 돈이 아니라 2천4백만 원이라는 애매한 액수였다. 나는 좀 얼떨떨한 기분으로 말했다. 저…… 아직 예산을 논의하기는 이른 것 같은데요. 시나리오도 없는데…… 시나리오를 쓰고 나서 얼마가 될지 예산을 다시 논의하는 게 좋을 듯싶습니다만. 그러나 제작자는 단호하게 말했다. 아니, 예산은 정해져 있네. 시나리오는 그것에 맞춰 써줬으면 하네. 그리고 말이야, 이왕이면 액션영화를 했으면 좋겠네. 나는 액션영화를 해달라는 말에 제작자가 아직 제작비에 대한 감이 없는 게 아닌가 하는 생각이 들었다. 액션영화는 기본적으로 돈이 많이 든다. 촬영 기간도 길고 전문 액션배우를 써야 하는 것은 물론, 와이어 같은 특수 장비나 CG를 써야 할 때도 있다.

나는 이왕 저예산 영화를 해야 하는 거라면 제작이 불가능한 액션영화 따위보다는 나의 예술혼을 짙게 담은 작품을 하고 싶었다. 저…… 이런 말씀 드리기 뭐하지만 2천4백만 원으로 액션영화를 찍을 수는 없습니다. 액션영화를 찍으려면 아무리 예산을 적게 잡아도 억 단위의 돈은 필요할 겁니다. 그것보다는 국제영화제를 목표로 하는 작품성 위주의 영화를 찍는 게 더 좋을 듯합니다. 제작자는 고개를 가로저었다. 그냥 액션영화를 했으면 하네. 내가 영화를 잘 모르니까 세세한 건 자네가 알아서 하고 나는 그냥 예산만 집행해주는 걸로 하지. 부족한 건 알지만 끝까지 잘해주길 바라네. 제작자는 '끝까지 잘'이라는 말에 유난히 힘을 주었다. 내 귀에는 2천4백만 원에 억 단위의 돈이 깨질지도 모르는 영화를 '끝까지 잘' 만들어달라는 뜻으로 들렸다.

제작자의 말에 섣불리 대답하지 못했다. 아무리 생각해봐도 2천4백만 원으로는 '끝까지' 찍을 수조차 없는데 '잘' 찍기까지 해야 한다는 건 불가능했다. 제작자는 오미자차를 한 모금 마셨다. 입꼬리에 핏빛이 묻어났다. 뭐 굳이 하기 싫다면 안 해도 되네. 대신 지금부터 빚 변제에 관한 이야기를 좀 하지. 나는 그래도 양심적인 편이네. 매일 조금씩 이자가 붙긴 하지만 매달 평균 겨우 20퍼센트 정도의 이자만 쳐서 받지. 이게 불법이니 뭐니 하지만 내가 자선사업가가 아닌 이상 자네같이 없는 사람에게 무담보로 돈을 빌려주면서 그 정도의 이자도 안 받을 수는 없지 않겠나. 나도 떼이는 돈이 적지 않다네. 자네도 겪었겠지만 이자를 감당 못해서 불성실하게 나오면 약간의 충고랄까 훈계를 하기도 하네. 하지만 그렇게 점잖게 타일러도 돈을 못 갚으면 부득이하게 신체에서 필요한 부분을 적출할 수밖에 없다네. 신체에서 필요한 부분을 '적출'한다는 말이 나오자 나는 반사적으로 옆구리에 손을 갖다 댔다. 요즘에는 복고풍이 유행이라고 하더군. 나도 가끔은 콩팥을 떼더라도 전통 방식으로 하고 싶은 생각이 든다네. 제작자는 똘마니가 든 회칼을 달라고 한 다음 날을 손끝으로 가늠해보며 말을 이었다. 이 업계에 제대로 된 의료장비가 도입된 지 얼마 안 되네. 그 전에는 그냥 부엌칼 같은 걸로 했어. 피가 참 많이 났지. 그런데도 우리는 청결한 일회용 컵 살 돈도 아까워서 이런 찻잔을 재활용했다네. 그래서 그런지 의료사고도 많이 일어나고 사람도 참 많이 죽었지. 하지만 나는 그 방식이 그립네. 스릴 있거든. 제작자는 굳이 내 앞에 회칼을 내려놓으며 아스라하게 추억에 잠긴 표정을 지었다. 그 모습을 보면서 나는 지금 제작자가 한 말이 단순한 협박용이 아니라 진실일 수도 있겠다는 생각이 들었다.

죄송하지만 다시 영화 얘기를 했으면 하는데요. 나는 마른침을 넘기며 화제를 바꾸려고 했다. 뭐 부족한 예산이기는 하지만 어떻게든 방법이 있을 것도 같습니다. 그러자 제작자의 얼굴에 온화한 빛이 돌았다. 그런가? 난 또 자네가 거절한 줄 알았지. 그럼 빚 변제 얘기는 천천히 하지. 나는 맨손으로 이마에 맺힌 땀을 닦았다.

제작자는 시계를 한 번 흘끗 보고 나서 말했다. 영화 이야기를 좀 더 했으면 하는데 자네가 엉뚱한 소릴 해서 시간을 끌기도 했으니 오늘은 여기까지 하지. 술이라도 한잔 사고 싶은데 말이야, 지금 일이 있어서 가봐야겠네. 영화는 내일 당장 시작하도록 하게. 틈틈이 자네와 제작에 대한 이야기를 하겠네. 제작자는 일어서면서 손을 내밀었다. 나는 엉겁결에 허리를 굽히고 두 손으로 악수를 받으려다 멈칫했다. 내일 당장 영화를 찍으려면 오늘이라도 제작비를 받아야 했다. 제작비는 언제 받아야 합니까? 관례상 작품 개발비의 30에서 50퍼센트 정도는 먼저 주셔야 하는데요? 제작자는 내 질문에 무슨 말도 안 되는 소리를 하냐는 얼굴로 대답했다. 제작비는 이미 다 줬지 않나? 네? 전 못 받았는데요? 제작자는 너털웃음을 지었다. 이것 참…… 이런 융통성 없는 사람 같으니…… 자네가 내게 빌려 간 돈, 그걸 안 받을 테니 자넨 내게 갚을 돈으로 영화를 찍으면 되지 않나. 그럼 제작비가 정확하게 2천4백만 원 아닌가? 그 말을 듣는 순간 나야말로 이것 참…… 이라는 말밖에 생각나지 않았다. 하지만 눈앞에 아른거리는 회칼 두 자루 때문에 차마 그 말을 내뱉지 못했다. 그럼에도 불구하고 내 앞으로 된 빚은 2천만 원인데 제작비가 왜 2천4백만 원인지는 묻지 않을 수 없었다. 제가 알기로 제가 안은 성숙이의 빚은 2천만 원인데요? 제작자는 나를 멀뚱멀뚱 쳐다보다가 말했다. 이자 붙은 건 안 치나? 그 말에 입술이 불수의근처럼 움직였다. 이것 참…….

제작자는 계약은 똘마니들과 알아서 하라는 말만 남기고 자리를 떴다. 똘마니들은 가만히 서 있는 나를 다시 자리에 앉힌 다음 계약서를 내밀었다. 나는 계약서를 차근차근 살펴봤다. '을'은 1년 동안 2천4백만 원으로 영화를 찍어 '갑'에게 주어야 한다는 것이 요지였다. 그리고 만약 기한 내에 영화를 완성하지 못하면 원금 2천만 원에 1년 동안 붙을 이자를 쳐서 받겠다고 덧붙여놓았다. 한 달 동안 4백만 원이 붙는 이자라면 1년 간 대체 얼마가 더 붙을지 짐작조차 가지 않았다. 다만 그때쯤 이면 콩팥 두 쪽에 각막 두 쪽을 다 내놔도 갚을 수 없는 액수가 될 것은 확실해 보였다. 이자가 얼마가 붙든지 영화를 찍지 못 하면 나는 최소한 불구가 되거나 죽은 목숨이었다.

계약을 하고 사무실을 나서면서 무일푼에 액션영화를 찍는 게 가당키나 한지 곱씹어봤다. 아주 미친 척하고 은행에 가서 한 10억 빌린 뒤에 영화를 찍고 흥행에 실패하면 강물에 뛰어 드는 방법도 진지하게 고민해봤다. 하지만 담보라고는 사채업 자에게 저당 잡힌 콩팥밖에 없는 내게 은행이 10억이나 되는 돈을 빌려줄 턱이 없었다. 그렇다면 깔끔하게 지금 당장 죽는 건 어떨까 생각해봤다. 하지만 그러기에는 너무 억울했다. 살아 보겠다고, 성숙과 잘 살아보겠다고 진 빚이었다. 그런데 잘 살 기는커녕 더 살아보지도 못하고 죽고 싶지는 않았다. 나는 이 러지도 못하고 저러지도 못한 채 협박에 약한 나 자신만을 탓 하며 집으로 향했다.

현재의 둘

몇 번이나 거듭 전화를 해도 건물주는 전화 받을 기미가 보이지 않았다. 정말 법대로 할 작정인 모양이었다. 답답했다. 건물주를 한번 찾아가보기로 했다. 쫓겨나기 전에 통사정이라도 해보고 싶었다. 건물주가 사는 곳은 모르지만 집에 가서 계약서를 찾아보면 건물주의 주소가 나와 있을 것이다.

계약서에 적혀 있는 건물주의 주소지는 찾기가 무척 쉬웠다. 시외버스를 타고 도시를 빠져나오자 허허벌판에 세워진 공장과 그 옆에 붙어 있는 축사가 보였다. 주변에는 다른 건물이 없으니 건물주의 주소지는 공장 아니면 축사일 터였다. 축사에 사람이 살 리 없다. 나는 건물주가 적어놓은 주소지는 공장일 거라고 짐작했다.

벌판을 가로질러 공장으로 가는 길은 하나밖에 없었다. 길 주변은 진창인 데다가 쓰레기 더미가 곳곳에 쌓여 있어 발을 딛기도 어려웠다. 어디서 나는지 모를 역한 냄새가 코를 괴롭혔다. 되도록 입으로 숨을 쉬려고 애를 쓰면서 공장으로 걸어갔다.

공장으로 가려면 축사를 지나쳐야 했다. 그런데 멀리서 축사로 보이던 그곳이 점점 다가갈수록 폐가로 보이더니 막상 그 앞에 서자 철망으로 벽을 하고 판자로 엮어 지붕을 해놓은, 사람 사는 곳이었다. 철망 너머 마당에는 외국인 한 명이 기계 부품 같은 것에 기름칠을 하고 있었다. 동남아나 네팔 쪽에서 온 사람인 듯 피부가 가무잡잡하고 체격이 왜소했다. 그는 인기척을 느꼈는지 기름칠을 하다 말고 고개를 들었다. 철망을 사이에 두고 그와 나의 시선이 마주쳤다. 그는 꽤 놀란 듯 부품을 바닥에 떨어뜨렸다. 금속성의 소리가 날카로웠다.

단속 나왔어요? 한국에 있은 지 제법 오래된 듯 또렷한 발음이었다. 하지만 목소리에는 불안감이 배어 있었다. 그제야 그가 왜 그렇게 놀랐는지 짐작이 갔다. 아마도 그는 불법체류자 신분이리라. 하긴 인적도 드문 이곳에 낯선 사람이 나타나서 그가 하는 양을 물끄러미 지켜보고 섰으니 오해할 만도 했다. 아니에요. 나는 그를 안심시키기 위해 약간 미소를 띠어주었다.

사람을 찾아왔어요. 그는 바닥에 떨어진 부품을 주우면서 말했다. 한국 사람 찾는 거면 공장장님에게 말해요. 여기 한국 사람 없어요. 퉁명스럽다기보다는 무심한 말투였다.

공장은 의외로 크고 깔끔했다. 푸른색 지붕과 흰색 벽으로 된 건물은 지중해 해변에서 옮겨놓은 것 같았다. 공장에서 일하는 사람들은 외국인 노동자들뿐이었다. 그들은 기계가 날라다 주는 부품들을 기계처럼 조립하고 있었다. 공장 안의 소음은 꽤 심한 편이었으나, 공장 어디선가 들려오는 개새끼라는 욕은 선명하게 들을 수 있었다. 발음이 입에 착 감길 정도로 자연스러운 것으로 봐서 공장장이라는 직감이 왔다. 욕이 쏟아지는 쪽을 돌아봤다. 생산라인이 있는 1층과 철제 계단으로 연결된 2층에 간이 사무실이 꾸며져 있었다. 하지만 사무실이 전망대처럼 탁 트여 있는 걸로 봐서 사무를 보기 위한 용도라기보다는 생산라인을 한눈에 감시하기 위한 용도로 보였다. 그곳에 한 명의 한국인이 두 명의 외국인 노동자를 세워놓고 삿대질을 하는 중이었다. 나는 사무실 쪽으로 걸어갔다.

한 번만 더 너희 나라 말로 지껄이면 아예 그리로 내쫓아버릴 줄 알아. 씨발. 일할 때는 입을 닥치라고. 알겠어? 키가 작고 다부지게 생긴 남자는 두 명의 외국인 노동자의 뒤통수를 후려치면서 말했다. 외국인 노동자들은 평소에도 자주 당한 일인

양 별다른 말도 없이 눈만 내리깔고 있었다. 가봐. 남자의 말에 외국인 노동자 둘은 인사를 하고 돌아섰다. 나는 그들이 내려갈 수 있도록 철제 계단 옆으로 비켜서주었다. 외국인 노동자들은 남자의 말을 알아들었는지 한국말로 조그맣게 속삭였다. 씨발.

혹시 공장장님이십니까? 나는 철제 계단에 올라서면서 물어보았다. 공장장은 미심쩍은 눈초리로 나를 훑어보다가 대답했다. 그런데요? 누구세요? 나는 건물주의 이름을 대면서 그를 찾아왔다고 했다. 사장님요? 사장님은 여기 자주 안 오시는데…… 무슨 용건으로 왔어요? 저는 사장님 건물에 세 들어 있는 사람인데요, 사장님이 다음 달에 나가라고 하셔서 말씀 좀 나누려고…… 공장장은 짜증스러운 기색을 내비쳤다. 이봐요. 당신처럼 여길 찾아온 사람이 한둘이 아니요. 사장님이 계약서에 본인 집 주소가 아니라 여기 주소 써놓은 것 보면 모르겠어요? 나는 선뜻 대답하지 못하고 우물거렸다. 공장장의 말이 무슨 뜻인지 알아듣지 못해서가 아니라 건물주를 만나지 못하고 발길을 돌려야 한다는 게 허망해서였다. 여기서 기다려봐야 헛일이니 해 지기 전에 돌아가요. 공장장은 목소리를 누그러뜨리며 말했다. 할 수 없었다. 가볍게 목례를 하고 철제 계단을 내려갔다. 공장장 말마따나 해 지기 전에 돌아가는 게 그마나 지금 내가 할 수 있는 최선의 일이었다.

돌아오는 버스에 앉아서 핸드폰을 만지작거렸다. 생각 같아서는 불법체류자를 고용해서 공장을 돌리고 있는 건물주를 고발해버리고 싶었다. 그러나 철망 너머로 봤던 외국인 노동자의 불안한 얼굴이 자꾸만 떠올랐다. 단속이 나오면 건물주도 손해를 입겠지만 그 외국인 노동자도 모든 것을 잃게 될 것이다. 어떻게 보면 그들이나 나나 비슷한 처지였다. 핸드폰을 다시 주머니에 넣었다. 입맛이 썼다. 세상은 참 변하지 않았다. 지금의 나나, 외국인 노동자들이나 뭐가 그리 다를까. 그리고 5년 전 그날. 철거를 앞둔 5층 건물이 불타오를 때 나와 함께 있었던 그들도…… 법은 언제나 내쫓으려는 자들의 편에 서 있었다.

기억의 셋

영화를 찍자면 많은 것이 필요하다. 카메라, 편집기, 조명, 음향 장비, 스튜디오와 세트, 분장 등은 물론 각 파트에 소속되어 있는 스태프와 배우도 있어야 한다. 그리고 그것들에는 다 돈이 든다. 저예산 독립영화를 찍는다는 명분으로 평소에 알고 지내던 스태프나 배우를 설득해서 이 모든 것을 운 좋게 공짜로 해결할 수도 있다. 하지만 그들이 로봇이 아닌 이상 밥을 주지 않고 일을 시킬 수는 없다. 특히 열악한 현장일수록 스태프들은 밥에 민감하다. 뿐만 아니라 장소 사용료라든가 전기료 같은 것이 들어갈 때도 있다. 결국 적은 예산으로 영화를 찍을 수는 있지만 공짜로 영화를 찍을 수 있는 방법이란 없다. 하지만 나는 돈이 없다. 그러니까 내가 영화를 찍을 수 있는 방법이란 없다. 그런데도 영화를 찍어야 한다. 도무지 이 모순을 해결할 뾰족한 방법이 떠오르지 않았다.

집으로 가는 동안 고개를 필사적으로 두리번거렸다. 며칠 후에 10억이 되어줄 로또가 땅에 떨어져 있다든가 거액이 든 가방이 공중전화 부스에 덩그러니 놓여 있는 기적을 바랐다. 하지만 해외토픽에 심심찮게 나던 기적이 내게는 전혀 일어날 조짐을 보이지 않았다.

그러나 한 핸드폰 대리점 앞에서 기어코 조그만 희망을 보게 됐다. UHD급 화질로 촬영이 가능한 스마트폰을 본 것이다. UHD, 고선명을 뜻하는 'Ultra-High-Definition'의 약자. 초고화질 텔레비전 혹은 그 정도의 화질을 낼 수 있는 디지털 비디오를 일컬을 때 종종 등장하는 단어다. 물론 조그만 스마트폰에 붙어 있는 카메라가 영화 제작에 쓰이는 카메라만큼 훌륭한 성능을 낼 수는 없다. 하지만 썩어도 준치라고 명색이 UHD라는 단어가 붙어 있다면 작은 스크린에서 상영했을 때 무리가 갈 것 같지는 않았다.

게다가 편집 기능까지 추가되어 있다고 했다. 편집은 촬영만큼이나 중요한 영화의 핵심 요소다. 카메라로 영상을 찍었다고 영화가 되지는 않는다. 편집을 통해 영상을 앞뒤로 잘라내고 스토리에 맞게 이어 붙여야 완성된다. 때로는 편집으로 시나리오의 오류를 커버하거나 전혀 새로운 스타일의 영화로 재창조할 수도 있다. 그래서 편집을 제2의 촬영이라고 부르는 사람도 있다. 그만큼 편집은 중요하다.

따라서 하나의 스마트폰으로 편집과 촬영을 모두 할 수 있다는 것은 그야말로 최소한의 영화를 제작할 수 있다는 뜻이기도 했다. 나는 바로 '저것'이라고 생각했다. 계약서에는 어떤 종류의 카메라를 쓰고 어떤 종류의 편집기로 편집하라는 말 따위는 없다. 제작자도 세세한 것은 내가 알아서 하라고 했다. 나는 그 말을 방패 삼아 저 스마트폰으로 영화를 찍어야겠다고 결심했다.

무엇보다 좋은 건 스마트폰을 사는 데 당장 현금이 들지 않는다는 점이었다. 보통 스마트폰은 30개월 약정을 하면 기계는 그냥 준다. 비록 요금이 나온다 한들 한 달 뒤다. 당장 일주일 후에 내 목숨이 어떻게 될지 장담할 수 없는 판에 한 달 뒤는 생각도 하고 싶지 않았다. 나는 대리점 문을 열고 들어가 평소 같았으면 엄두도 내지 못했을 최신형 스마트폰을 주저 없이 집어 들었다.

집으로 돌아오는 발걸음이 조금 가벼워졌다. 영화를 제작해야 한다는 근본적인 문제는 해결되지 않았지만 그래도 몇 푼 들이지 않고 촬영과 편집을 해결하게 되었다는 사실이 그나마

위안을 줬다. 그러나 촬영과 편집 문제를 해결해도 조명이나 소품, 세트, 의상의 문제가 남는다. 사실 제작비의 상당 부분이 이런 데 쓰인다. 하지만 스마트폰으로 촬영과 편집을 해결하기로 결심하고 나니 이런 것들에 대한 생각도 근본적으로 바뀌기 시작했다. 우선 조명, 중요하다. 화면의 퀄리티는 카메라가 아니라 조명에 의해 결정된다고 해도 과언이 아니다. 조명을 치기 위해서는 조명기가 있어야 한다. 그런데 이 조명기 대여료가 만만치 않다. 그러나 생각을 좀 바꿔보면 빛이 꼭 조명기에서만 나오는 것은 아니다. 성경에 나오듯이 태초에 빛이 있었다. 그 빛은 365일 우리를 비추고 있다. 심지어 공짜이기도 하다. 나는 무조건 빛이 있는 낮에 영화를 찍기로 했다. 일반적인 촬영장에서는 낮에 찍는다 해도 여러 가지 조명기구가 필요하다. 하지만 그런 것들은 모두 포기하기로 했다. 화면을 밝혀주는 빛을 무료로 제공해준다는 사실만으로도 나는 태양을 향해 절이라도 올리고 싶은 심정이었다.

다음으로 의상, 소품, 세트는 모두 세상에 존재하는 것들을 그대로 쓰기로 했다. 아마존에 사는 부족이 아닌 다음에야 벗고 다니는 사람은 없다. 따라서 의상은 배우가 입고 있는 옷을 활용하면 된다. 소품이나 세트도 마찬가지다. 판타지나 역사물을 찍지 않는 이상 영화의 세트는 어차피 현실의 모사다. 나는 소품이나 세트 모두 현실에 있는 것 그대로 사용하기로 마음먹었다. 물론 무료로 빌려준다는 조건에서.

마지막으로 배우 문제를 해결해야 했다. 다른 모든 것은 다 본래부터 세상에 존재하는 것, 그대로를 쓴다고 해도 배우마저 일반인을 데려다 놓고 찍을 수는 없다. 촬영에는 카메라와 편집기가 필요한 것 이상으로 배우가 필요하다. 다행히 배우는 있다. 심지어 돈을 받지 않고도 얼마든지 출연해줄 배우가, 그것도 내 집에 있다. 성숙이라면 주연을 시켜준다는 조건 하나만으로도 출연을 결정할 것이다. 게다가 성숙에게는 의상이 많았다. 그동안 사채 빚까지 져가며 사 모은 의상이 장롱과 부엌에 수북하게 쌓여 있다. 분장도 필요 없다. 성숙이 매일 하는 일이 화장이니 본인 분장이야 알아서 할 수 있을 터였다. 다만 성숙을 주연으로 쓰려면 무술 연습을 시켜야 했다. 어떻게 보면 성숙에게 연기를 요구하느니 차라리 몸을 쓰라고 하는 편이 더 나을지도 몰랐다.

이렇게 머릿속으로 모든 촬영 문제를 다 해결해놓고 나니 무일푼이라도 영화를 찍지 못할 이유가 없어 보였다. 오히려 진즉 왜 이런 방식으로 영화 찍을 생각을 하지 못했을까 하는 생각마저 들었다. 이제 남은 일은 이런 제작 환경에 맞게 시나리오를 고치는 것뿐이었다. 다행히 그 일은 영화 제작에서 유일하게 돈이 들지 않는다.

갑자기 세상 모든 것에 감사하는 마음이 일었다. 비록 해외 토픽에나 나올 법한 기적을 체험하지는 못했지만 생각이 바뀐 것도 기적이라면 기적이었다. 나는 발상을 전환하게 해준 스마트폰을 소중하게 안고 집으로 걸어갔다.

기억의 넷

성숙은 화투패를 떼다가 내 손에 든 것을 흘끗 쳐다봤다. 그 게 뭐야? 나는 내게 기적을 가져다줄 것으로 믿어 의심치 않는 스마트폰을 자랑스럽게 들어 보였다. 최신형이야. 성숙의 눈이 반짝 빛났다. 내 스마트폰 바꿀 때 된 건 또 어떻게 알고 이런 걸 갖고 왔어? 성숙이 손을 내밀었다. 나는 반사적으로 스마트 폰을 뒤로 뺐다. 성숙의 표정이 살짝 굳었다. 나 줄 거 아냐? 응. 성숙은 무심한 얼굴로 화투패를 마저 떼기 시작했다. 하지만 우리 거야. 성숙이 다시 고개를 들었다.

나는 성숙 앞에 스마트폰을 내려놓으면서 이걸 사게 되기까 지의 일들을 모두 들려주었다. 사채업자가 빚을 탕감하는 조건 으로 내게 영화 제작을 부탁했고 나는 그의 간청에 못 이겨 그 부탁을 들어주었다고 했다. 이젠 앞으로 그분을 제작자님이라고 부르기로 했어. 성숙은 한심하다는 표정으로 나를 쳐다봤다. 왜 그렇게 봐? 빚을 탕감하는 조건으로 영화를 제작해달라고 했다면서? 나는 고개를 끄덕였다. 그럼 실제로 제작비가 없는 거 아냐? 나는 다시 고개를 끄덕였다. 그런데 그게 기뻐서 스마트폰을 살 일이야? 나는 계속해서 고개를 끄덕였다. 왜? 성숙은 혹시 내가 돌지는 않았냐는 말투로 물었다. 왜냐면 이걸로 모든 걸 다 할 수 있기 때문이야. 나는 스마트폰을 꺼내서 촬영과 편집 기능을 성숙에게 보여주었다. 성숙은 미심쩍은 표정을 지었다. 솔직히 성숙을 이해했다. 미심쩍기는 나도 마찬가지였다. 하지만 미심쩍어도 어쩔 수 없는 노릇이었다. 이 스마트폰은 내가 살 수 있는 가장 값싼 촬영 및 편집 기계였기 때문이다. 지금 심정 같아서는 이걸로 밥을 짓는다고 해도 믿고 싶었다.

종교와 사기는 공통점이 하나 있다. 바로 믿음으로써 이루어진다는 것이다. 스스로 믿지 않으면 남을 믿게 할 수 없다. 나는 이 스마트폰으로 영화를 찍을 수 있다는 최면을 내 자신에게 건 후, 성숙에게 그 믿음을 전파하기 시작했다. 여기에 있는 카메라 구멍이 보기에는 단춧구멍보다 작아 보여도 UHD 촬영이 가능한 거야. 'Ultra-High-Definition' 알지? 성숙은 멍한 얼굴로 나를 쳐다봤다. 당연했다. 많은 사람들이 UHD가 뭔지는 알아도 그게 무엇의 약자인지는 잘 모른다. 하지만 나는 일부러 그게 무슨 뜻인지 설명해주지 않았다. 전문용어에 약한 성숙이니만치 어렵고 복잡한 설명을 곁들일수록 그녀로 하여금 이 스마트폰이 엄청난 기계라는 걸 믿게 하기가 쉬웠다. 해상도는 무려 3840 곱하기 2160이야. 영어와 숫자가 번갈아가며 나오자 성숙은 주눅 든 기색을 내비쳤다. 내가 노리던 바였다.

긴 시간을 들여 설명을 끝내고 스마트폰을 성숙에게 건네주었다. 성숙은 모세가 십계명이 새겨진 돌을 받듯 다소곳하게 두 손을 모아 받았다. 나는 성숙이 스마트폰을 조심스럽게 살펴보고 있는 동안 이 스마트폰으로 찍을 영화에 대한 비전을 설파했다. 이 정도면 극장에 상영할 수 있는 정도의 영화를 제작할 수 있어. 뭐 극장 개봉에 실패한다고 해도 동영상을 만들어놓으면 전 세계를 상대로 배포할 수 있지. 실제로 남미에 사는 어떤 감독은 그런 식으로 만든 동영상을 유튜브에 올렸다가 일주일 만에 할리우드 제작자로부터 연출 제의를 받은 적도 있다는 거야. 말을 하다 보니 본래는 성숙을 설득하기 위해 했던 말들에 내가 점점 설득되고 있었다. 특히 남미 감독의 사례를 이야기할 때는 금방이라도 할리우드에서 연락이 올 것만 같은 확신이 들기까지 했다.

나의 설득이 먹혔는지 아니면 자신만만한 내 태도에 설득이 되었는지, 나를 바라보는 성숙의 얼굴에는 프로듀서에게서나 보았던 발전적인 표정이 떠올라 있었다. 나는 내친김에 이 기적의 스마트폰으로 찍을 첫 영화의 주인공은 '성숙, 바로 너'라고 말해주었다. 성숙은 감격에 겨워 떨리는 목소리로 나를 불러주었다. 감독님! 그리고 실로 오랜만에 성숙의 음모를 볼 수 있었다.

　그날부터 나는 시나리오를 쓰는 데 몰두했다. 비록 액션영화지만 어떻게든 내 나름의 심미적 관점을 심어보려고 애썼다. 시나리오의 발단 정도를 썼을 때였다. 제작자에게서 연락이 왔다. 그동안 어떻게 진행되고 있는지 보고를 받고 싶네. 또 내용에 관해서도 서로 진지하게 토론해봤으면 하고. 나는 '내용에 관해 서로 진지하게 토론해보고 싶다'는 말이 마음에 걸렸다. 지난날 영화사에서 프로듀서와 언쟁을 벌이던 일이 떠올랐기 때문이다. 그때야 최악의 경우 안 하면 그만이었지만 지금은 안 하면 죽는다. 나는 제작자와 진지한 토론을 하면서도 어떻게 하면 내용을 내가 원하는 방향으로 몰아갈 수 있을지 고민했다.

　아무리 고민해도 방법은 한 가지였다. 프로듀서와 언쟁했던 때처럼 내 편이 되어줄 수 있는 사람을 데리고 가는 것이다. 그렇다고 해서 지난번처럼 연출 욕심이 있는 사람을 데리고 갈 생각은 없었다. 중간에 내 아이디어를 도용당하는 위험을 또다시 감수하고 싶지 않았다. 내가 데리고 갈 사람은 단 한 명뿐이었다. 절대로 연출 욕심이 없으면서 무조건 내 편을 들어줄 사람, 제작자와 안면이 있으면서 회칼이 번쩍거리는 사채업자 사무실 분위기에 익숙한 사람, 바로 성숙이었다. 방문할 시간을 말씀해주시면 이번에 같이할 주연배우도 인사차 데리고 가겠습니다. 벌써 캐스팅까지 진행되었나? 작업 속도가 참 마음에 드네. 그럼 내일 보도록 하지. 제작자는 흔쾌히 약속을 정했다.

제작자가 만나자고 한 장소는 서울 외곽의 국도변에 위치한 고급 일식집이었다. 나와 성숙은 차가 없었기 때문에 버스를 세 번이나 갈아타고 마지막에 경운기를 한 번 히치하이킹해서야 겨우 도착할 수 있었다. 가는 동안 나는 성숙에게 시나리오 이야기를 할 때 무조건 내 편을 들어야 한다는 점을 누누이 강조했다. 시나리오가 내 의도대로 흘러가야만 당신이 주연 자리를 고수할 수 있어. 알겠지? 성숙은 비장한 눈빛으로 내 손을 꼭 잡아주었다.

막상 도착한 일식집은 고즈넉한 장소였다. 연못이 딸린 일본풍 정원이 있는 마당을 지나가자 정원과 전혀 어울리지 않는 현대식 건물이 나왔다. 성숙과 나는 그 건물로 들어가 카운터에 있는 종업원에게 제작자의 이름을 댔다. 기모노 차림을 한

종업원은 공손한 손짓으로 우리를 제작자가 있는 방까지 인도했다. 사무라이 영화에서나 나올 법한 긴 복도를 지나자 단단한 재질의 나무로 된 미닫이문이 나타났다. 그 앞에는 예의 회칼을 든 두 명의 똘마니가 서 있었다. 그들은 나와 성숙을 날카롭게 쏘아보았다. 하지만 이상하게 그다지 두려움이 일지는 않았다. 오히려 회칼도 자주 보다 보니 정감 어린 물건이라는 생각이 들 정도였다. 종업원은 그 문 앞에서 무릎을 꿇고 노크했다. 들어와, 안에서 제작자의 목소리가 들렸다. 종업원이 문을 열어주었다. 나는 심호흡을 한 후에 방 안으로 들어섰다.

방은 좁지만 아늑한 분위기였다. 정갈한 다다미 위에 네 명이 앉을 수 있는 테이블이 놓여 있고 그 맞은편에 제작자가 앉아 있었다. 테이블 위에는 이미 회를 비롯해서 갖가지 음식들이 차려져 있었다. 제작자는 나를 보더니 반갑게 손을 번쩍 들어 보였다. 그러나 곧이어 들어선 성숙을 보고 의외라는 표정을 지었다. 이 친구 아시죠? 이번에 우리 영화 주연을 맡을 예정입니다. 내 말에 제작자는 아, 그런가…… 하고 말꼬리를 흐렸다. 나와 성숙은 잠깐 눈치를 보다가 쭈뼛쭈뼛 자리에 앉았다.

우리가 자리에 앉는 동안 제작자의 눈길은 노골적으로 성숙의 가슴을 향해 있었다. 그도 그럴 것이 성숙은 섹시한 여전사의 인상을 주겠다며 몸매가 지나치게 드러나는 검정색 원피스를 입고 있었다. 나는 제작자의 시선이 불쾌해서 어흠, 하고 헛기침을 했다. 그제야 제작자는 나를 보며 온화한 미소를 보였다. 이전에는 몰랐는데 이렇게 차려입으니까 예쁘군. 제작자의 칭찬에 성숙은 수줍어하며 살짝 고개를 숙였다. 그건 그렇고 말이야, 상대역을 먼저 뽑은 것 같은데…… 주연배우는 언제 뽑나? 예상치 못한 질문이었다. 네? 주연배우 말이야. 아직 안 뽑았나? 제작자는 내게 술을 따라 주면서 재차 질문했다. 나는 눈짓으로 성숙을 가리켰다. 말씀드렸다시피 이 친구가 주연입니다. 남자배우는 조연급으로 상황에 맞게 뽑을 겁니다. 제작자는 어리둥절한 표정으로 나를 쳐다봤다. 우리가 하는 게 액션영화 아닌가? 그렇긴 하지만 저는 여자가 주인공인 액션영화를 할 겁니다. 제작자는 성숙을 다시 한 번 더 훑어보더니 헛웃음을 지었다. 이것 참…….

우선 들게. 제작자는 물수건으로 손을 닦으면서 음식을 권했다. 나와 성숙은 주섬주섬 젓가락을 들었다. 우리는 한동안 음식만 먹었다. 영화에 대한 말은 단 한 마디도 오고 가지 않았다. 그러나 침묵이 길어질수록 공기가 철근처럼 무겁게 느껴졌다. 모처럼 만에 먹는 회인데, 그것도 몹시 고급 회임에 틀림없는데도 아무런 맛이 느껴지지 않았다. 나는 이 어색한 분위기를 이겨내기 위해 홀짝홀짝 술을 마셨다. 몇 잔을 연거푸 마시자 알코올이 찌르르 퍼지면서 취기가 올랐다.

후식이 들어왔을 때, 나는 이미 좀 취한 상태였다. 취하고 보니 제작자도 별것 아니라는 생각이 들었다. 몸집은 단단해 보이지만 70년대에 엑스트라를 했으니 나이는 육십 언저리일 테고 영화에 대해서는 쥐뿔도 모르는 사람임에 틀림없었다. 영화판에서 근 10년을 굴러먹은 내가 저런 노인 하나쯤 설득시키는 것은 일도 아니라는 생각이 들었다. 나는 제작자가 권하거나 말거나 후식으로 들어온 오미자차를 마시면서 제작자를 살펴봤다. 제작자는 조금 굳은 얼굴로 생각에 잠겨 있었다. 성숙은 이런 분위기에 적잖게 불안해하는 기색이었다. 나는 성숙의 무릎에 손을 올리며 그녀를 안심시키려 했다.

제작자는 찻잔을 테이블 위에 내려놓은 후에 나를 지긋이 바라보면서 말했다. 오늘 자네를 부른 건 말이야, 내가 살아온 이야기를 참고해서 시나리오를 썼으면 해서네. 내가 이래 봬도 액션으로 점철된 인생을 살았거든. 들어보면 시나리오를 쓰는 데 많은 보탬이 될 거야. 어떤가, 한번 들어보겠나? 나는 제작자가 성숙을 탐탁지 않게 여기는 게 마음에 걸렸기 때문에 일단은 그의 비위를 맞춰주고 싶었다. 네, 참고하겠습니다. 나는 일부러 '참고하겠다'고 했다. 이 말은 마음에 들지 않으면 쓰지 않겠다는 뜻이기도 했다.

대체로 제작자 정도의 연배에 이른 사람들은 자신의 인생을 간추리면 소설 한 권 분량 정도의 이야기는 나온다고 생각하는 경향이 있다. 하지만 막상 들어보면 자신들의 청춘을 그리워하는 신세 한탄이 대부분이다. 그냥 주절거리는 이야기와 구성되는 이야기는 다르다. 관객에게 내보일 수 있는 이야기가 되기 위해서는 주인공에게 목표가 있어야 하고, 그 목표를 방해하는 장애물이 있어야 하며, 그 장애물을 극복하려는 주인공의 극적인 노력이 있어야 한다. 하지만 우리의 인생은 그렇게 극적으로 구성되지 않는다. 많은 경우 그냥 살아지는 대로 흘러왔을 뿐이다. 영화감독을 지망하는 내 자신의 인생조차 그러했듯이. 어쩌면 그래서 우리는 영화를 보는 것인지도 모르겠다.

하지만 제작자는 내 복잡한 노림수 따위는 신경도 쓰지 않았다. 그는 기다렸다는 듯 두 손을 부비며 자신의 이야기를 시작했다. 나는 원래 운동을 좋아했네. 학교에 다닐 때는 권투도 하고 태권도도 하고 그랬어. 원래부터 액션에 소양이 좀 있었다고나 할까. 그렇지만 운동선수가 되고 싶었던 것은 아니고 이소룡같이 멋진 액션배우가 되고 싶었어. 그래서 학교 다닐 때는 날 따르는 애들을 모아서 액션 연습도 하고 그랬네. 뭐 요즘 말로 하면 액션 동호회쯤 될 거야. 가끔은 이웃 학교에서 액션 좀 한다는 애들하고 실전도 하고 그랬지. 그러다 보니 남들이

3년 다니는 고등학교를 나는 2년 만에 나오게 됐네.

학교를 그만두자마자 나를 따르던 애들하고 무작정 서울로 와서 영화판을 기웃거리기 시작했어. 자잘한 심부름을 하면서 밥도 얻어먹고 단역도 맡고 그랬지. 하지만 기회는 좀처럼 오지 않더란 말이야. 대신 내게 첫사랑이 왔네. 원래 직업은 나이트클럽 댄서였는데 단역이라도 얻어볼 셈으로 영화판을 기웃거리기도 하던 친구였지. 단역을 하다 보니 기다리는 시간이 많았는데, 그때 서로 눈이 맞은 거야. 그래도 시절이 시절인지라 요즘처럼 서로 애정 표현을 적극적으로 하고 그러지는 못했어. 서로 애만 태운 거지. 그러다가 둘이 주인공 뒤에서 키스를 하는 남녀 역할을 맡은 거야. 물론 정식으로 키스를 하는 건 아니고 시늉만 내는 거였어. 하지만 그때 내가 갓 스무 살이었네. 뭐든 시키는 것만 할 나이는 아니지 않나. 허허허. 제작자는 쑥스러운 듯 말을 멈추고 발그레한 볼로 오미자차를 마셨다.

제작자와 그 단역 여배우는 제작자의 기습 키스로 사귀게 되었다. 그 후 둘은 곧바로 동거에 들어갔다. 하지만 그들은 가난했다. 제작자의 여자친구가 나이트클럽에서 춤을 추며 생계를 이었다.

그런데 여기서 제작자의 인생을 바꾸게 되는 결정적인 사건이 생겼다. 제작자의 여자친구가 나이트클럽 사장에게 밀린 일당을 달라고 했다가 오히려 뺨을 맞게 된 것이었다. 격분한 제작자는 자신을 따르던 무리와 함께 나이트클럽으로 달려갔다. 물론 맨손으로 달려가지는 않았고, 제작자의 말에 따르면, 부엌에서 쓰던 식칼이라든가 영화 세트장에서 쓰고 남은 각목 또는 일식당에서 아르바이트하다가 급한 마음에 생선을 썰던 회칼을 들고 가기는 했다고 한다. 제작자는 어디까지나 그것들이 우발적으로 가져간 소박한 생활 집기였다는 점을 강조했다. 하지만 나나 성숙이나 그 말을 진심으로 믿지는 않았다. 눈치가 빠른 제작자는 이런 분위기를 감지했는지 이번에는 어조를 바꿔서 말했다. 실전에서는 말이야, 낭만 같은 거 없어. 눈을 찌르든 불알을 까든 이기는 게 장땡이야. 우리도 사람인데 도구를 쓰는 게 뭐가 잘못인가? 나는 제작자의 마지막 말은 차마 비웃지 못했다. 맞다. 사람인 이상 도구를 쓰는 게 당연하다. 그게 동물과의 차이라고 학교에서 배웠던 기억도 났다. 나는 그 말에는 진심으로 고개를 끄덕여주었다. 제작자는 만족한 듯 다시 자신의 이야기를 풀어나갔다.

급한 김에 가지고 나온 소박한 도구로, 성심성의껏 연장질을 한 덕분에 나이트클럽 사장은 자신보다 한참 나이가 어린 제작자에게 무릎을 꿇었다. 제작자는 여자친구가 받지 못한 일당뿐만 아니라, 나이트클럽 지분의 절반까지 챙겼다. 그 과정에서 제작자 무리의 막내가 회칼을 다루는 데 익숙지 않아서 나이트클럽 사장의 팔목 힘줄을 끊어놓는 바람에 제작자가 직접 나이트클럽 사장의 손가락을 들어 계약서에 지장을 찍어줘야만 했던 가벼운 해프닝도 있었다고.

그 일로 나이트클럽 지배인이 된 제작자는 실전 액션에 심취하게 되었다. 영화에서는 아무리 격렬한 액션 신이 있다고 해도 그것은 어디까지나 짜인 각본대로 벌어지는 일이다. 그리고 그런 액션 신은 현실의 싸움에서는 할 수 없는 일종의 과장된 동작들로만 이루어져 있다. 그러니까 실전에서는 적은 숫자로 많은 숫자를 이기려면 소박하나마 도구가 필요함에도 불구하고 영화에서는 한 명이 맨손으로 그 많은 숫자의 적을 싸워서 이기는 일이 비일비재했다.

나이트클럽에서 우연하게 내가 그토록 원하던 참 액션을 겪고 난 후에 평생 이 일에 종사하기로 마음을 굳혔다네. 나는 미련 없이 영화판을 떠났어. 그 후로 실전 액션 전문가가 됐지. 나를 따르던 녀석들도 모두 내 뒤를 따랐어. 이건 말이야, 야구 동호회에서 프로 야구단이 된 정도의 변화라고 볼 수 있어.

제작자는 근거지 주변의 나이트클럽들을 돌면서 활발하게 액션을 펼쳤다. 나이트클럽에는 제작자의 여자친구의 친구들이 많았고 그들은 하나같이 한두 번쯤은 일당을 떼이거나 나이트클럽 사장 혹은 지배인에게 맞은 경험이 있었다. 제작자는 힘없는 여자를 때리는 것은 비겁한 악당들이나 하는 짓이라고 굳게 믿고 있었다. 때문에 그는 정의의 액션인으로서 일당을 뺏기고도 얻어맞아야 하는 여자친구의 친구들을 구해야 할 의무가 있다고 생각했다. 제작자는 그들이 어디선가 맞았다는 소식을 접하면 어김없이 무리를 이끌고 그곳으로 몰려가 여자친구의 친구가 떼인 일당을 받아주고 힘없는 여자들을 괴롭힌 벌로 나이트클럽 지분의 51퍼센트를 챙겼다.

낭만적으로 주먹질이나 하던 액션의 세계에서 제작자는 도구의 도움으로 빠르게 성장해갔다. 이런 제작자를 두고 나이트클럽 업계에서는 조그만 꼬투리만 잡히면 어김없이 지분 51퍼센트를 빼앗는 악질이라고 손가락질들을 했다. 하지만 제작자는 여자친구의 친구들이 앞으로도 안정적으로 일당을 받을 수 있게 하기 위해서는 어쩔 수 없이 경영에 참여할 수밖에 없었다고 회고했다. 당시를 회고하는 그의 표정에서는 한 치의 부끄러움이나 후회도 찾아볼 수 없었다.

모든 야구단에 이름이 붙는 것처럼 제작자 무리도 이름이 붙었다. 이른바 도구파였다. 도구파는 주위에서 흔히 볼 수 있는 가재도구부터 건설 현장에서 쓰는 수수한 구조물, 이를 테면 철근이나 쇠파이프 같은 것까지 다양한 도구를 사용했고 뭘 쓰든 반드시 치명적인 부상을 입혔다. 일대일 맨손 대결 같은 낭만적인 싸움의 규칙 따위는 스포츠 경기나 아마추어 싸움꾼의 세계에서만 존재할 뿐이야. 무슨 일을 하든 그 일로 돈을 번다면 그 세계에서는 프로라고 할 수 있지. 우리는 싸움을 해서 돈을 벌었으니까 이 세계에서의 프로야. 프로는 승률로 말한다네. 무조건 이겨야 해. 나는 우리 모두가 프로가 되어야 한다고 생각하네. 그래야 돈을 버는 거야. 제작자는 하나의 철학이나 믿음처럼 '프로론'을 역설했다. 자신의 조직을 지칭할 때도 '조직'이라는 단어를 쓰지 않고 굳이 '구단'이라는 단어를 썼다. 그가 철저한 프로라는 걸 강조하기 위해서였다.

도구를 이용해서 치열하게 액션을 벌인 결과 제작자의 구단은 서울의 북쪽 유흥가를 장악할 수 있었다. 그러나 덩치가 커지다 보니 자연스럽게 서울의 남쪽에 있는 조직인 김하사파와 충돌하기 시작했다. 김하사파는 월남 참전 용사인 김 하사가 세웠다는 조직이었다. 제작자 입장에서 보면 김하사파는 아주 악질 조직이었다. 뒤를 봐주는 나이트클럽 사장을 대신해서 아가씨들 일당의 일부를 직접 챙겨 갔다. 제작자는 김하사파 아래에서 눈물과 한숨으로 지새우고 있을 아가씨들을 하루빨리 구해내고 싶었다.

그러나 김하사파는 당시 서울에서 자금력이 대단하기로 소문난 조직 중 하나였다. 게다가 이미 정치권은 물론 경찰이나 검찰과도 결탁되어 있었다. 제작자가 도구로 상대를 이겨먹으려고 할 때 그들은 공권력을 이용해서 더 손쉽게 이겨먹고 있었다. 제작자의 구단과 김하사파 간에 시비가 붙으면 늘 제작자 구단의 선수들만 경찰에 잡혀 들어갔다. 단속이 나와도 항상 제작자 구단이 관리하는 나이트클럽이나 룸살롱만 피해를 입었다. 제작자 구단의 구역은 점점 줄어들었고 제작자의 돈줄도 말라갔다.

그 와중에 제작자가 평생 잊을 수 없는 일이 일어나고 말았다. 제작자의 여자친구가 김하사파의 조직원 칼에 찔려 죽고 만 것이다. 더 이상 까불지 말라는 경고 메시지였다. 이 대목에서 제작자는 긴 한숨을 내쉬고는 잠깐 천장을 바라봤다. 그녀가 말일세, 칼에 찔린 채로 우리 구역 뒷골목 쓰레기 더미에 버려져 있었다네. 제작자의 목소리는 푹 잠겨 있었다. 성숙은 감정을 듬뿍 담아 어떡해, 하고 맞장구를 쳐주었다.

제작자는 너무나 분하고 억울했다. 여자친구를 죽인 자를 찾아내서 우선 그자라도 먼저 파묻어버리고 싶었다. 하지만 그자는 이미 경찰에 자수를 해서 구치소에 있었다. 어떻게 보면 오히려 경찰의 보호를 받고 있는 셈이었다. 그렇다고 제작자가 김하사파에 부나방처럼 뛰어들 수도 없는 노릇이었다. 보통 사람이라면 제정신을 차리기 힘든 상황이었지만 그는 어디까지나 프로였다. 냉정하게 상황을 판단하고 승산 없는 싸움에 뛰어드는 짓은 하지 않기로 했다. 대신 힘을 모아 훗날을 도모하기로 했다.

우선 제작자는 새로운 액션을 벌일 분야를 개척하기로 마음먹었다. 그때 그의 눈에 들어온 곳이 바로 건설 쪽 일이었다. 그 중에서도 철거가 제작자의 마음에 쏙 들었다. 철거를 하는 데는 크게 돈이 들지 않았다. 그저 사람들을 쫓아낼 만한 인원수와 힘만 있으면 되는 거였다.

70년대는 한창 개발 붐이 일어날 때라 철거할 곳이 많았지. 제작자는 오미자차를 마시며 그 시절을 회상했다. 입가에 조그맣게 미소가 드리워져 있었다. 나는 주로 국가 공유지에 무허가로 판잣집을 짓고 사는 사람들을 쫓아내는 일을 했어. 아주 염치없는 자들을 상대한 거지. 국가의 땅에 함부로 집을 짓고 살았으면 나가라고 할 때 그동안 살게 해줘서 고맙다는 인사를 하고 나가지는 못할망정, 못 나가겠다, 정 쫓아내려면 보상금을 내놔라, 하면서 터무니없는 생떼를 부리는 자들이었어. 어떻게 감히 나라에 반항을 한단 말인가. 옛날로 치면 역적들 아니겠나. 그래서 나는 이때다, 하고 생각했네. 그동안 갈고 닦은 나의 모든 액션을 국가를 위해 쓰겠다고 다짐했어. 제작자는 다시 한 번 오미자차를 마시고 단호한 표정으로 말을 이어나갔다. 입술에 약간 묻은 붉은 오미자차가 그의 결기를 보여주는 것도 같았다.

제작자는 철거에는 액션을 벌일 수 있는 모든 조건이 다 갖춰져 있었다고 했다. 우선 저항과 폭력을 일삼는 염치없는 자들을 국가를 위해 처단한다는 대의명분이 있었다. 다음으로 사람과 사람이 맞붙는, 그야말로 피와 땀이 뒤섞이는 전장이 있었다. 이런 조건 속에서 제작자의 구단은 탁월한 능력을 발휘했다. 그들은 맨주먹으로 덤비는 철거민들을 상대로 거침없이 도구를 사용했다. 제작자의 표현을 빌리자면 야만과 문명의 대결이었다. 도구파는 도구 덕분에 철거민들의 저항을 비교적 손쉽게 막아낼 수 있었다.

철거 일로 제법 돈을 모은 제작자는 부동산 투자에 눈길을 돌렸다. 개발이 될 만한 동네를 찾아가 그 동네에 있는 집 몇 채를 사서 개발이 될 때 비싼 값에 되파는 일을 했다. 물론 동네 한가운데 있는 집을 사는 것이 쉽지만은 않았다. 무엇보다 집주인들의 적극적인 협조가 필요했다. 제작자는 그들의 협조를 얻어내기 위해 구단 선수들과 함께 도구를 들고 집 주변을 돌아다녔다고 한다. 그는 이 행위가 결코 집주인들을 협박하기 위한 것이 아니라는 점을 강조했다. 우리 구단의 선수들이 들고 있는 도구는 정말이지 가정에서 흔히 쓰고 있는 부엌칼이나 가위, 고장 난 자전거의 체인 따위였네. 동네 사람들이 결코 위협을 느낄 만한 물건들이 아니었다고 자부할 수 있어. 그렇게 일주일이고 한 달이고 제작자를 비롯한 구단의 선수들은 탑돌이라도 하는 심정으로 집 주위를 맴돌았다. 그러면 대부분의 집주인들은 제작자 구단의 간절한 마음을 눈치채고 슬그머니 집을 내놓았다.

부동산으로 엄청난 돈을 모은 제작자는 구단 선수를 늘리는 한편 정치권이나 공무원들에 대한 로비에 나섰다. 그도 김하사파 못지않게 많은 돈을 경찰과 검찰, 국회의원에게 뿌렸다. 제작자는 이것이 결코 뇌물이라고 생각하지 않는다고 했다. 대가를 바라지 않았기 때문이지. 오히려 나는 국가를 위해 헌신하는 사람들에게 더 챙겨주지 못하는 것이 안타까웠어. 내가 만약 철거에 나서서 국가에 저항하는 자들과 맞서 싸우지 않았다면 영원히 나라를 위해 일하는 사람들의 노고를 알 수 없었을 거야. 하지만 철거 일을 통해 '나랏일을 보는 사람들'의 노고를 알게 된 이상 그들의 힘든 삶을 가만히 두고 보는 것은 큰돈을 번 자가 할 짓이 못 됐지. 그래서 나는 그때까지만 해도 가난했던 나라를 대신해 그들의 생활을 윤택하게 하는 데 많은 도움을 주고 싶었던 거야.

나라를 위하는 사람들은 나라를 위하는 사람들을 알아본다고 했던가. 어느새 제작자와 정치인 그리고 공무원들은 서로 형, 동생 하는 사이로 발전하게 되었다. 요즘과는 달리, 당시만 해도 서로 간의 정이 넘치는 훈훈한 시대였다. 제작자는 이런 분위기 속에서 여자친구의 복수를 감행하기로 마음먹었다. 마침 여자친구를 찔러 죽였던 자가 성실하게 교도소 생활을 한 덕분에 모범수로 형기를 다 채우지 않고 출소했다는, 역시나 훈훈한 소문이 돌고 있던 참이었다.

제작자는 도구파라는 명성에 걸맞게 갖가지 도구를 갈면서 시기를 기다렸다. 제작자가 노린 시기는 여자친구를 찔러 죽였던 자가 출소를 하고 김하사파의 환영회에 참석하는 날이었다. 이런 종류의 일은 단 한 번의 습격으로 끝내야 성공할 수 있다. 그래서 제작자는 전국에서 액션 좀 한다는 동생들을 백 명쯤 모았다.

물론 제작자도 나라를 위해 일하는 한 어디까지나 법의 테두리 내에서 살고 싶었다. 하지만 상대방의 목숨을 개인적으로 받아낼 수 있는 법은 없었으므로 그는 어쩔 수 없이 잠깐 법의 테두리를 벗어나는 방법을 쓸 수밖에 없었다고 했다. 게다가 상대방은 여자친구를 죽인 원수였다. 단순히 여자를 괴롭히는 것도 나이트클럽 지분을 51퍼센트 이상 넘겨주지 않으면 그냥 봐주기 힘든 판에 여자를 그것도 제작자의 여자친구를 죽이기까지 했으니 이건 정말이지 목숨이 아니면 그 무엇으로도 보상받을 수 없었다.

마침내 여자친구를 죽인 자가 출소해서 김하사파가 마련한 환영회에 참석하는 날이 되었다. 그날의 액션은 더할 것도 덜할 것도 없이 딱 전쟁이었네. 제작자는 이 대목에서 흥분을 감추지 못했다. 선수와 선수들이 이런 대규모 액션을 벌이는 것은 일생에 한 번 겪어볼까 말까 한 일이지. 나는 누구보다 앞장서서 여자친구를 죽인 자를 찾아내 처단하고 싶었어. 그러나 전장에서의 장수란 모름지기 후방에서 지휘를 담당해야 하는 법 아니겠나. 나는 애석하게도 뒤에서 동생들이 여자친구의 복수를 하는 것을 지켜볼 수밖에 없었네.

복수는 성공적으로 끝났다. 제작자는 처음에는 법에 따라 자수를 하려고 했다. 하지만 구단을 생각하니 차마 그럴 수가 없었다. 구단주가 없는 구단은 해체될 수밖에 없다. 그래서 제작자는 눈물을 머금고 여자친구를 죽인 자를 죽이는 데 공을 세운 동생을 경찰에 자수시키기로 했다. 물론 그 동생의 출소 후 생활을 알뜰하게 봐준다는 조건에서였다. 당시만 해도 정치인이나 공무원들과 절친한 관계였던 제작자였기에 이 모든 사건은 동생 혼자 책임을 지는 선에서 마무리를 지을 수 있었다.

눈 속에 든 가시 같았던 김하사파를 제압한 제작자는 다시 서울 노른자위의 유흥가에 화려하게 복귀했다. 아울러 그동안 핍박받던 유흥가 아가씨들의 수호자로도 복귀했다. 아가씨들의 열렬한 환영 속에 제작자 구단은 홈구장에 해당하는 나이트클럽도 신장개업했다. 제작자의 시대가 절정으로 치닫는 순간이었다.

그 후 제작자의 액션 활동은 탄탄대로를 걸었다. 제작자는 홀로 그 과실을 따 먹지 않았다. 그는 지방에서 올라온 열혈 액션 청년들을 자신의 사업체에 동생으로 취직시켰다. 오늘날로 치면 젊은이들의 일자리 문제를 해결하는 데 일조를 한 것이나 다름없었다. 월급도 최저임금보다 더 주면 더 줬지 덜 주지는 않았다고 했다. 다치면 병원비며 약값도 챙겨주고 끼니도 거르지 않게 해주는 등 복지에도 신경을 썼다. 그렇게 해서 제작자의 구단은 오늘날로 치면 S그룹에 해당하는 일류 구단으로 거듭날 수 있었다.

하지만 90년대에 접어들면서 제작자의 사업은 한순간에 몰락했다. 민주화가 문제였다. 인권이다, 민주화다, 늘 데모질을 일삼던 자들이 나라를 군대처럼 일사불란하게 다스리던 정권을 항복시킨 것이다. 이 정권과 친밀한 관계를 이어나가고 있던 제작자로서는 위기의식을 느끼지 않을 수 없었다. 때마침이 정권의 2인자가 대통령으로 출마하면서 그의 외곽 조직으로부터 도와달라는 요청이 왔다. 제작자는 기꺼이 자신의 구단을 동원하기로 했다. 그들은 상대 후보 측 집회에 나가서 목숨을 걸고 깽판을 부렸다. 그 덕에 정권의 2인자가 정권을 이어받았다. 천만다행한 일이었다. 제작자도 조국을 수호했다는 벅찬 감동을 느꼈다.

하지만 정권의 2인자가 대통령이 되었다고 해서 데모질이나 하던 자들이 다 사라진 것이 아니었다. 국회에는 그와 같은 무리가 많이 진출해 있었고 그들은 계속해서 정권을 압박했다. 결국 뭔가 탈출구가 필요했던 정권은 엉뚱하게 범죄와의 전쟁을 선포하고 말았다. 그때까지만 해도 제작자는 별일 없을 거라고 생각했다. 이 정권을 창출한 공이 있고 그 덕에 공무원들이나 정치인들과 그 어느 때보다 돈독한 관계를 유지하고 있기 때문이었다. 제작자는 정권이 바뀔 때마다 기강을 잡는 차원에서 하는 이런 종류의 이벤트는 어물쩍 넘어갈 거라고 예상했다.

그러나 그게 아니었다. 어느새 제작자는 국내 최대 폭력 조직 중 하나를 거느린 수괴가 되어 경찰과 검찰의 표적이 되어 있었다. 이전의 돈독한 관계는 한순간에 끝장났다. 아낌없이 생활을 봐줬던 형과 동생들은 어느새 영감님과 짭새로 되돌아가 있었다. 제작자는 억울했다. 실전 액션의 세계에 뛰어든 이후로 약자와 나라를 위해 일해온 것밖에 없던 그였다. 그런데 이제 와서 범죄자 신분이 되어 쫓기는 신세가 된 것이 도무지 믿기지 않았다. 하는 수 없이 제작자는 그를 잡으러 온 경찰들과 액션을 벌이면서 전국을 떠돌아다녔다.

결국, 제작자는 서울 변두리 재개발 지역의 빌딩에 숨어들었다가 포위되고 말았다. 그때 제작자를 체포하러 온 경찰 책임자는 곽 경위라는 자였다. 그는 제작자가 철거 일을 할 때 현장에서 자주 만났던 사이로 제작자와 나이 차이는 제법 났지만 역시 형, 동생 하던 관계였다. 곽 경위는 제작자에게 자수를 권하면서 간절하게 말했다. 형님, 이것도 애국입니다. 지금 정권이 데모질이나 하던 자들에게 둘러싸여 위기에 처해 있습니다. 형님 같은 분이 체포가 되어서 이 정권이 정당성이 있다는 걸 보여줘야 합니다. 형님, 마지막으로 애국 한 번 해주십시오. 곽 경위의 간절한 호소가 제작자를 움직였다고 했다. 제작자는 비록 억울하지만 나라를 위해 한 번 더 애국한다는 심정으로 경찰의 체포에 응했다.

그렇게 해서 제작자는 당시 그 어떤 액션배우보다 더 큰 명성을 날리며 교도소로 갔다. 그는 똘마니에게 담배를 한 대 청했다. 그때만큼은 이소룡, 성룡도 부럽지 않았네. 나는 희생양이었던 거지. 그래도 기꺼이 받아들였네. 평생 희생하는 삶을 살아왔으니 오명을 쓰더라도 못 할 것 없다고 생각했지. 제작자는 담배 연기를 내뿜으며 미소와 쓸쓸함이 교차하는 표정을 지었다.

밀레니엄을 하루 앞둔 날, 제작자는 만기 출소했다. 너무나 오랜 시간 교도소에 있어서인지 제작자를 데리러 나온 이는 고등학교 때 같이 서울로 올라온 동생 한 명뿐이었다. 제작자는 그 동생의 차를 타고 서울로 되돌아오면서 결심했다. 오늘부로 실전 액션의 세계에서 은퇴하자. 그리고 이제는 나누고 봉사하면서 살자. 그렇게 마음먹고 나니 제작자는 자연스럽게 지난날의 화려했던 시절을 잊을 수가 있었다.

당시만 해도 IMF 직후라 급전이 필요한 사람들이 많았지. 그래서 나는 나의 조그만 재산을 풀어 그들이 꿈과 희망을 잃지 않도록 도와주는 것이 무척 뜻깊은 일이 될 거라고 믿어 의심치 않았네. 물론 너무 게을러서 시일 내에 돈을 갚지 않는 사람들에게 어쩔 수 없이 조그만 질책을 할 때도 있었어. 하지만 그들을 미워한 적은 없었다네. 그렇게 이럭저럭 살아왔어. 돌이켜보면 액션을 통한 희생과 봉사 그리고 나눔을 지향해온 삶이었네, 황 감독. 제작자가 촉촉한 눈빛으로 나를 쳐다봤다. 나는 이야기를 듣는 동안 약간 풀어졌던 자세를 추슬렀다. 내 삶이 비록 액션으로 점철되었지만 결코 뜻깊지 않은 건 아니었다네. 그래서 말이야. 나는 액션영화를 찍더라도 단순히 한 번 보고 즐기는 그런 게 아니라 사람들의 마음에 희생과 봉사 그리고 나눔의 정신이 남는 영화를 찍기 바라네. 그런 영화를 찍어줄 수 있겠나? 나는 잠깐 고민했다. 말이 희생과 봉사 그리고 나눔의 정신이 남는 영화지, 그의 일대기를 찍어달라는 말이나 마찬가지였다. 나는 고개를 가로저었다. 죄송하지만 할 수 없습니다. 방금 들려주신 이야기는 절대로 2천4백만 원이라는 예산 내에 담을 수 없습니다. 게다가 저는 이 친구에게 주연 약속도 했습니다. 이미 제작이 시작되었단 말입니다. 이제 와서 제작이 불가능한 쪽으로 방향을 바꿀 수 없습니다. 순간 제작자의 눈빛이 번뜩였다. 그래서 못 하겠다는 건가? 제작자가 눈빛 한 번 바꿨을 뿐인데 분위기는 살벌해졌다. 폭력과 협박 그리고 협잡으로 살아온 인생이 제작자의 눈빛에 순도 높게 응축되어 있었다. 나는 술을 마셨음에도 불구하고 움찔하며 제작자의 눈을 피해 성숙을 돌아봤다. 이때야말로 성숙이 나를 도와줘야 한다고 생각했다. 하지만 성숙은 금방이라도 울 것 같은 얼굴이었다.

어쩔 수 없이 혼자 이 상황에 맞서야만 했다. 나는 성숙의 손을 잡고 자리에서 벌떡 일어났다. 나도 한 성깔 한다는 걸 보여주기 위해서였다. 제작자가 두 손으로 테이블을 세게 내리쳤다. 테이블에 있던 식기와 수저가 요란스레 튀었다. 엄마야! 성숙이

기겁을 하며 내 팔에 매달렸다. 나는 한쪽 팔로 성숙을 감싸 안았다. 술기운 때문인지, 아니면 성숙이 곁에 있어서 생긴 남자로서의 보호 본능 때문인지, 이왕 이렇게 된 것 최악의 경우 나도 액션다운 액션 한번 하고 죽어보겠다는 독기를 품었다. 뒤에서 드르륵 미닫이문을 여는 소리가 들렸다. 나는 반사적으로 고개를 돌렸다. 벌써 회칼 하나가 목에 닿아 있었다. 그 서늘한 감촉을 느끼자마자 술기운과 남자로서의 보호 본능이 빛의 속도로 달아났다. 역시 제작자에게 얘기한 대로 액션은 아무나 하는 게 아니었다. 묻어. 제작자는 짧게 내뱉었다.

나는 똘마니 둘에게 이끌려 일식집 뒤쪽 야산으로 끌려가 얼굴만 내민 채 파묻혔다. 똘마니 중 한 명이 어디서 구해 왔는지 꿀을 내 머리 위에 부었다. 이렇게 해놓으면 말이야, 벌레들이 와서 아주 천천히 파먹게 되지. 콧구멍이나 귓구멍은 물론이고 눈알이나 뇌로도 벌레가 들어가. 아주 환장하다가 죽는 거야. 나는 똘마니가 이죽거리는 소리를 듣고 제발 살려달라고 고래고래 고함을 질렀다. 하지만 그러거나 말거나 똘마니들은 꿀을 마저 부은 후 산을 내려갔다.

시간이 얼마나 지났을까, 해가 졌다. 캄캄한 산속에 혼자 파묻힌 나는 두려워 미칠 것만 같았다. 두 손이 자유롭다면 머리를 쳐서 기절하고 싶을 정도였다. 마침 개미 한 마리가 내 턱을 타고 기어오르는 감촉이 느껴졌다. 나는 필사적으로 입바람을 불었다. 하지만 개미는 기어코 그 거친 바람을 이겨내면서 한 발 한 발 코 쪽으로 다가왔다. 나는 다시 살려달라고 울부짖었다. 그때였다. 멀리 아주 작은 불빛이 보였다. 그러나 내게는 일출의 광명처럼 느껴졌다. 나는 이미 쉬어버린 목을 쥐어짰다. 여기, 여기에 있어요! 나의 목소리를 들었는지 불빛이 빠른 속도로 다가왔다. 그사이 개미는 나의 콧속을 파고들기 시작했다. 이놈이 금방이라도 뇌를 파고들 것 같은 두려움에 머리가 터질 것 같았다.

여깁니다, 라는 말과 함께 손전등 불빛이 나를 비추었다. 나는 너무 눈이 부셔서 제대로 눈을 뜨지 못했다. 지낼 만한가? 온화하면서도 익숙한 목소리가 들렸다. 제작자였다. 그럼에도 불구하고 반가웠다. 아니, 반가워 죽을 것만 같았다. 나는 목 놓아 울면서 제발 살려달라고 했다. 살려만 주시면 어떤 영화라도 찍겠습니다. 꼭 찍어서 제작자님 앞에 보여드리겠습니다. 제작자는 똘마니들에게 눈짓을 했다.

나는 구덩이에서 벗어나자마자 미친 듯이 콧바람을 불어댔다. 그러자 진한 콧물과 함께 건장한 개미 한 마리가 튕겨져 나왔다. 제작자가 조금만 늦었어도 이놈이 나의 뇌를 헤집고 돌아다녔을 거라고 생각하니 몸이 다 떨렸다. 이것 참…… 감독을 이렇게 대접하고 싶지는 않았는데 말이야. 하지만 내가 알기로 시나리오 회의를 하다 보면 서로 싸우기도 하고 그런다고 하더군. 오늘 일도 약간의 의견 충돌 정도라고 생각하지. 제작자는 이성을 잃고 개미를 짓이기고 있는 나를 내려다보면서 말했다. 그 말에 현실감각이 되돌아온 나는 제작자를 올려다봤다. 그런데 뭔가 이상했다. 성숙이 제작자의 팔짱을 끼고 있었다. 나는 이게 어떻게 된 일인지 영문을 몰라 눈을 끔벅거렸다. 제작자님 너무 짓궂으시다. 감독님 옷 갈아입으셔야겠다. 성숙이 애교 섞인 목소리로 말했다. 내가 기억하기로 저 목소리는 나와 성숙이 처음으로 자던 날 밤에나 내던 거였다. 대충 짐작이 갔다. 성숙은 나보다는 제작자에게 붙는 편이 배역을 꿰차기에 더 좋을 거라고 생각한 모양이었다. 제작자는 성숙의 엉덩이를 토닥거리며 허허허, 하고 사람 좋은 웃음을 지었다.

똘마니 한 명이 자기의 겉옷을 벗어서 내 어깨에 걸쳐주었다. 경찰에 신고하려면 해. 그럼 우리가 잡혀 들어가게 될 거야. 그런데 살인해봐야 초범은 15년이고 살인미수는 형량이 더 낮아. 금방 나온다는 소리지. 우리가 감옥에 있는 동안 널 내버려두지는 않을 거야. 형님 밑에는 우리 같은 사람들이 한둘이 아니거든. 그리고 말이야, 고향에 부모님이 계시더라. 네가 경찰에 신고할 기미만 보이면 너와 네 부모님 제삿날이 같아질 거야. 진짜 개미 밥 되는 거지. 알겠어? 똘마니는 잔인한 미소를 지으며 물었다. 나는 제대로 알아들었다는 표시로 스무 번쯤 고개를 끄덕였다. 똘마니는 나의 정신 상태가 만족스러웠는지 내 어깨를 두드려주었다. 그때서야 비로소 살아났다는 느낌이 들었다.

정신이 어느 정도 들자 나는 내 자신의 몰골을 돌아봤다. 얼굴은 꿀과 눈물 그리고 콧물로 범벅이 된 채였고 옷은 온통 흙투성이였다. 무엇보다 아랫도리가 흥건하게 젖어 있었다. 두려움 때문에 오줌을 지린 모양이었다. 이런 모습을 성숙이 지켜보고 있다고 생각하자 수치심과 열패감에 또 한 번 눈물이 났다.

성숙은 내 모습이 안됐는지 이별 선물이라며 제작자의 카드로 옷을 사주었다. 그녀의 배신을 생각하면 도저히 받을 수 없었지만 이대로 사람 많은 길을 걸어갈 수도 없었다. 나는 자괴감에 몸을 떨며 성숙의 선물을 받아 들었다.

터덜터덜, 맥없이 걸어서 집으로 돌아왔다. 나도 모르게 깊은 한숨을 내쉬었다. 도대체 내가 무엇 때문에 이런 고생을 하고 있는지 알 수가 없었다. 성숙을 잡기 위해 빚을 안았지만 성숙은 떠나갔다. 상대가 상대니만치 떠나는 성숙을 붙잡을 수도 없었다. 성숙이 떠나고 남은 자리에는 거의 제작이 불가능한, 하지만 하지 않으면 죽을지도 모르는 영화만 남았다.

교차로에 서서 오가는 차들을 멍하니 쳐다봤다. 한 달간의 일들이 주마등처럼 스쳐 지나갔다. 영화가 엎어지고, 성숙의 빚을 떠안고, 사채 추심을 당하고, 사채업자에게서 영화 제작을 제안 받고, 죽을 고비를 넘기고, 성숙이 떠나가고…… 이게 단한 달 동안 일어날 수 있는 일인지 도무지 믿기지가 않았다. 꿈을 꾸고 있다는 기분마저 들었다. 내가 저 달리는 차에 뛰어들어 이생을 마감하면 꿈에서 깨어날 수 있을까, 하는 생각도 했다. 하지만 죽음을 떠올리자 산에 파묻혀서 맛봤던 공포가 깨어났다. 전율이 온몸을 타고 흘렀다. 꿈이 아니구나, 이게 현실이구나, 실감이 왔다. 죽고 싶지 않았다. 죽음을 맛봤기 때문에 삶에 대한 집착이 더욱 강하게 되살아났다. 나는 두 손을 꽉 쥐었다. 어떻게든 영화를 제작해서 살아남아야겠다고 결심했다. 아울러 반드시 훌륭한 영화감독이 되어서 성숙이 날 떠난 걸 후회하게 해주겠노라 다짐했다.

현재의 셋

우편함에는 이미 건물주가 보낸 내용증명서가 도착해 있었다. 읽어보나마나 다음 달까지 가게를 비워달라는 내용일 것이다. 건물주는 전화를 걸기 전부터 순순히 말을 듣지 않으면 법대로 하겠다고 작정한 모양이었다.

방문을 열고 들어가자 스마트폰 게임을 하느라 정신이 없는 성숙이 보였다. 성숙은 내가 가게를 하게 되면서 아르바이트를 나가지 않았다. 사실 가게도 성숙이 밤마다 아르바이트를 해서 마련한 돈으로 낸 것이었다. 성숙을 만난 이후로, 잠시 헤어졌던 때를 제외하면, 나는 지금껏 그녀의 등골을 빼먹으면서 살고 있는 셈이었다.

요즘 성숙이 빠져 있는 게임은 세계를 돌아다니면서 도시를 사고 건물을 지어 임대료를 받는 것이었다. 그 세상에서 성숙은 언제나 랭킹 1순위를 다투는 부자였다. 하지만 현실로 빠져나오면 임대료를 내야 하는 가게와 셋방뿐이었다. 성숙은 가게로 큰돈을 벌어서 임대료 한 번 받아보는 게 소원이라고 했다. 이제 그 소원이 물거품이 될 지경이었다.

영화가 엎어졌다는 말을 할 때도 괴로웠지만 가게가 날아가게 생겼다는 말을 꺼내는 건 더욱 괴로웠다. 나는 성숙 곁에 앉아 그녀의 스마트폰 화면을 지켜봤다. 나와 같이 사는 동안 성숙의 체취는 변해갔다. 처음 만났을 때는 짙은 향수 향이 났지만 4, 5년 차가 되자 연한 스킨 향으로 변하더니 요즘에는 살냄새가 났다. 나는 이상하게 이 살냄새가 그 어떤 향보다 좋았다. 성숙의 어깨를 가만히 안았다. 무슨 일 있어? 성숙은 화면에 눈을 떼지 않고 말했다. 게임 끝나면 말해줄게. 성숙은 곧바로 게임을 껐다. 하긴 같이 산 지 9년째다. 쌓인 세월만큼 교감도 넓어진다. 나는 성숙에게 군말 없이 내용증명을 내밀었다.

우리 쫓겨나는 거야? 내용증명을 다 읽어본 성숙은 떨리는 목소리로 물었다. 여기저기 알아봤는데 주인이 이렇게 법대로 하자고 들면 할 수 없나 봐. 나는 애써 덤덤하게 대답했다. 그럼 어떡해? 쫓겨나긴 하겠지만 그래도 보증금이 있잖아. 그걸로 포장마차라도 알아볼게. 포장마차는 뭐 쉬운 줄 알아? 성숙이 쏘아붙였다. 나는 얼굴을 부비는 척 시선을 피했다. 왠지 영화가 엎어졌다고 말했을 때와 비슷한 상황이 된 것 같았다. 성숙이 다시 짐을 싸겠다고 할까 봐 조마조마했다.

얼마간의 침묵이 흘렀다. 무릎이라도 꿇어야 하나 싶을 때, 성숙이 내 곁에 바짝 다가와 앉았다. 그러지 말고, 그 영화를 완성해봐. 무슨 영화? 삼룡 씨랑 나하고 찍었던 거 말이야. 나는 나도 잊고 살았던 그 영화를 성숙이 잊지 않고 있었다는 게 조금은 놀라웠다. 무슨 소리야? 그 영화 완성 못 해. 알잖아, 5층 건물 참사 사건. 그때 삼룡이도 사라졌고…… 말 잘했어. 삼룡 씨는 사라졌지, 죽은 게 아냐. 찾아보기라도 해봐. 하지만 그 불길 속에서 어떻게…… 삼룡 씨 실력이라면 살아났을 수도 있어. 멋지지 않아? 자신의 존재를 지우고 음지에서 활약하는 영웅. 성숙은 느닷없이 감정에 몰입하는 버릇이 있다. 저 순발력이 왜 연기할 때는 나오지 않는지 의문일 따름이지만. 나도 삼룡이 살아 있기를 바랐다. 그러나 자신의 존재를 지우고 살아가는 건 영화 속에서나 나올 법한 일이다. 우리가 가진 게 뭐 있어? 만들다 만 영화하고 보증금밖에 더 있어? 포장마차는 한 달 뒤에 해도 늦지 않아. 그동안만이라도 영화를 완성해봐. 삼룡 씨가 살았든 죽었든 당신은 영화를 시작한 이상 끝낼 책임이 있어. 감독이 하는 일이 뭐야? 영화를 완성하는 거잖아. 할 말이 없었다. 지금 나는 감독이 아니지만 어쨌든 5년 전에는 삼룡과 성숙을 데리고 영화를 찍던 감독이었다. 당신도 알잖아. 그 영화의 가능성을. 성숙은 두 손을 모으고 말했다. 그 영화만 터지면 우리도 건물주가 될 수 있어. 나는 스타가 되는 거고. 성숙은 다시 감정 몰입을 하기 시작했다.

성숙의 말이 황당하긴 했지만 듣지 않을 도리도 없었다. 어떻게든 성숙이 다시 짐을 싸는 것만은 막고 싶었다. 당신은 그럼 한 달 동안 가게를 봐줘. 내가 영화를 완성할 방법을 찾아볼게. 성숙은 내 손을 잡으면서 다정하게 말했다. 네, 감독님.

기억의 다섯

영화를 찍겠다고 굳게 다짐은 했지만 성숙에 대한 배신감과 제작자에 대한 분노 그리고 나 자신에 대한 열패감 때문에 일이 손에 잡히지 않았다. 깨어 있을 때는 술을 마시고 취하면 자는 생활을 반복했다. 그러기를 일주일, 제작자에게서 재차 연락이 왔다. 또다시 시나리오 이야기를 좀 했으면 한다고 했다. 속으로는 욕지기가 치밀어 올랐지만 입으로는 공손하게 언제 어디서 만날까요, 묻고 있었다. 제작자는 점심때 사무실로 오라고 했다. 통화를 하는 동안 전화기 너머로 거길 좀 만져달라는 성숙의 비음 섞인 목소리가 들려왔다. 그러자 제작자는 서둘러 전화를 끊어버렸다. 나는 성숙의 거기가 어딘지 알 것도 같아서 전화기를 들고 멍하니 앉아 있었다. 질투심이 난다기보다는 성숙의 몸이 떠올라 아랫도리에 힘이 들어갔다. 자조 섞인 웃음이 터져 나왔다. 머리맡에 둔 소주를 한 모금 마시는 것으로 해장을 한 후에 외출할 준비를 했다.

점심때쯤 사무실로 갔지만 제작자는 오지 않았다. 대신 똘마니들과 함께 밥을 먹었다. 친절하게도 똘마니들이 뭘 먹을 건지 물어봐줘서 회냉면을 시켜달라고 했다. 나를 죽이려던 자들과 함께 식사를 하게 되었지만 식욕이 돋았다. 한편으로는 이 정도로 폭력적인 분위기에 무감각해진 내가 대견하게 느껴지기도 했다.

점심때가 조금 지나서야 제작자와 성숙이 사무실로 들어왔다. 나는 제작자보다 먼저 성숙에게 눈길이 갔다. 일주일 사이 성숙은 한층 세련되어졌고 부유해 보였다. 성숙은 내 시선 따위는 아랑곳하지 않고 사무실에서 음식 냄새가 난다고 눈살을 찌푸렸다. 제작자는 빨리 창문을 열고 환기를 시키라고 호통을 쳤다.

성숙은 생일과 같은 특별한 날에는 꼭 회냉면을 시켰다. 그녀는 고명으로 얹혀 있는 가자미회의 쫄깃한 맛을 좋아했다. 그런 성숙이 냉면 냄새, 그것도 평범한 냉면이 아닌 회냉면 냄새에 눈살을 찌푸리다니. 적어도 요 며칠 사이 식성만큼은 확실히 돌아선 게 틀림없어 보였다.

제작자를 중심으로 성숙과 내가 마주 앉았다. 성숙은 나를 보고 도도하게 까딱 고개만 숙였다. 성숙과 나와의 관계를 모르는 사람이 보면 서로 처음 보는 사이라고 여길 만큼 냉랭한 태도였다. 제작자는 성숙의 그런 모습이 마음에 들었는지 흐뭇한 표정이었다. 이제 인사는 했으니 본격적으로 시나리오 이야기를 해보지. 나는 제작자가 또 무슨 이야기를 하나 싶어 그를 쳐다봤다.

하지만 예상을 깨고 성숙이 먼저 입을 열었다. 그동안 감독님을 존중하는 차원에서 차마 말은 하지 않았지만 말예요, 나는 이 시나리오는 멜로가 중심이 되어야 한다고 생각해요. 주인공 남녀의 아름다운 사랑이 없으면 영화를 무슨 재미로 봐요? 그러니까 우선 이 시나리오에 여자 주인공의 비중을 높였으면 좋겠어요. 저는 청순한 매력이 넘치는 여자 주인공이 나와야 한다고 봐요. 감독님이 보셨는지 모르겠지만 〈천장지구〉라는 홍콩 영화가 있어요. 부잣집 여대생이 우연히 보석상을 터는 뒷골목 사나이의 인질이 됐다가 서로 지고지순한 사랑을 나누는 이야기예요. 저 중학교 때 그 영화 보고 얼마나 울었는지 몰라요. 전 딱 그 정도의 멜로였으면 좋겠어요. 그러니까 부잣집 여대생이 누군가에게 쫓겨 우연히 뒷골목으로 들어갔다가 주인공 남자와 숙명적인 조우를 하는 거죠. 그리고 둘은 첫 눈에 반해 세기의 사랑을 하는 거예요. 성숙은 혼자 뭘 생각하는지 시선을 약간 올리고 감상에 젖어 들어갔다.

그 〈천장지구〉라는 영화는 나도 봤다. 지금 보면 진부할지 모르지만 90년대 초반에는 한국에서 꽤 흥행에 성공했던 영화 중 하나였다. 그 무렵 홍콩 영화계는 갱들의 총질이 난무하는 누아르 시대가 거의 끝나고 있었다. 〈천장지구〉는 그 끝물에 나온 영화 중 하나였다. 하지만 기존의 홍콩 누아르와는 달리 뒷골목 소시민들을 등장시킨 새로운 스타일이었다. 이 영화는 유덕화와 오천련이 주연을 맡았는데, 뒷골목 깡패인 유덕화가 친구의 복수를 해주고 죽음에 이르게 됐을 때, 그를 끝까지 사랑해줬던 오천련에게 웨딩드레스를 입힌 후 오토바이를 타고 도로를 질주하는 장면이 당시 사춘기 소녀의 눈물을 뽑아내거나 사춘기 소년의 피를 들끓게 했다. 누군가를 사랑하는 남자라면 머리에 가스통을 맞고 코피가 흘러도 오토바이를 몰아야 하고, 누군가를 사랑하는 여자라면 남자가 그 지경인 줄도 모르고 그가 모는 오토바이에 몸을 실어야 하는 법이었다.

이 영화는 무명이던 오천련을 청순가련한 여자의 대명사로 만들어주었다. 아마도 성숙은 내가 찍을 영화에서 오천련 같은, 음모는 물론 성기조차 존재할 것 같지 않은, 청순가련한 여자로 거듭나길 원하는 것 같았다. 성숙이라고 청순가련한 역을 하지 말라는 법은 없다. 그러나 청순가련한 역을 맡으려면 외모부터 청순가련해야 한다. 하지만 안타깝게도 성숙은 쌍꺼풀 수술 부작용으로 지나치게 부릅뜨게 된 눈과 실리콘으로 한껏 세워놓은 코 때문에 자연산 회에다가 화학조미료를 뿌린 것 같은 인상을 하고 있었다.

이미 제작자의 협박에 못 이겨 액션영화를 하겠다고 했을 때부터 내 마음대로 영화를 찍겠다는 고집은 완벽하게 버린 터였다. 때문에 성숙이 말하는 멜로를 집어넣지 않을 이유는 없었다. 그러나 지고지순하고 청순한 매력이 넘치는 여자 주인공을 성숙이 하는 게 마음에 걸렸다. 연기력이 의심스러운 그녀가 과연 자신과 정반대의 캐릭터를 소화해낼 수 있을지 의문이었다. 그러나 나의 의문을 솔직하게 표시할 수는 없었다. 성숙은 이제 내 여자가 아니라 제작자의 여자이자 내게 막대한 빚을 지운 사채업자의 여자였다. 나는 다른 핑계를 댔다. 이거 봐. 지금 21세기야. 그런 멜로는 이제 진부해서 사람들이 안 봐. 내 생각에는 오천련과 반대 이미지를 가진 퇴폐적이고 거친 여자 주인공이 요즘 트렌드에 더 맞아. 나는 일부러 단정적인 어조로 말했다. 예전에 동거를 할 때에도 시나리오에 대한 이견이 생기면 늘 이렇게 말했다. 그러면 성숙은 더 이상 토를 달지 않고 내 말을 인정해주었다.

그러나 지금의 성숙은 눈 하나 깜짝하지 않았다. 오히려 나를 고압적으로 노려봤다. '이거 봐'라니요? 말조심하세요, 황 감독. 우리 지금 일로 만난 사이예요. 다음부터는 그런 식으로 부르지 마세요. 저는요, 우리 집 강아지도 이름을 부르지, 이거 봐 저거 봐, 하지 않아요. 어디서 배운 버르장머린지 참내…… 성숙은 기가 찬다는 듯 팔짱을 꼈다. 하지만 기가 차는 사람은 오히려 나였다. 얼마 전까지만 해도 감독님, 감독님 하며 살살거리던 게 제작자 애인 됐다고 감 놔라, 배 놔라 하는 모양이 영 못마땅했다. 나 역시 화를 삭이지 못하고 성숙을 노려봤다. 제작자라면 어쩔 수 없지만 성숙이 기어오르는 것은 자존심이 상해서 두고 볼 수가 없었다.

제작자가 나의 어깨를 토닥거렸다. 그건 우리 수빈이 말이 맞는 것 같네. 서로 이름을 부르고 존대해주는 게 좋을 것 같아. 앞으로는 그렇게 하게. 하지만 나는 그 말을 받아들이기가 쉽지 않았다. 성숙이 나를 배반했다는 것에 대한 앙금이 전혀 풀리지 않은 데다 지난 3년간 동거를 하면서 굳어져온 관계를 그렇게 한순간에 바꾼다는 것도 내키지 않았다. 나는 볼멘소리로 제작자에게 말했다. 감독과 배우가 친할 때는 서로 이렇게 반말을 하기도 합니다. 그리고 배우는 감독의 말을 따라야 하고요. 배우가 시나리오에 대해 이래라저래라 하는 영화치고 잘

되는 경우는 없습니다. 그러자 성숙이 발끈했다. 나는 지금 제작 관계자로서 하는 말이에요. 내 말을 무시하지 말아주세요. 그리고 말이에요, 서로 친할 때는 반말을 하기도 하는 게 맞을 수도 있어요. 그런데 나는 황 감독과 친해지고 싶은 생각이 없어요. 마지막으로 하는 말인데 앞으로는 내게 반말 쓰지 마시고 수빈 씨라고 정확하게 호칭을 불러주세요. 말을 끝낸 성숙은 도도하게 고개를 들고 다리를 꼬았다. 제작자는 온화하게 웃으며 나를 봤다. 앞으로는 그렇게 하지. 그러고는 안 그러면 꿀 좀 먹이겠네, 라는 말을 농담이라고 했다.

나와 성숙의 관계는 재정립되었다. 수빈이기도 했던 성숙은 다시 수빈이 되었고 우리는 서로 제작 관계자와 감독으로 존댓말을 해야 하는 사이가 되었다.

말이 나왔으니까 하는 말인데요. 수빈은 내가 입을 다물자마자 말을 쏟아내기 시작했다. 처음부터 멋진 주인공 남녀가 서로 만나는 게 좋을 것 같아요. 그때 남자는 흰색 면 티셔츠에 청바지만 입고 있어야 하는 것 아시죠? 가슴과 허벅지의 단단한 근육이 드러나야 해요. 그렇게 만난 두 사람은 비극적인 사랑을 하죠. 그러나 여자의 부모님이 두 사람을 반대해요. 그래서 여자는 부모님을 배신하고 남자를 따라나서려고 하죠. 하지만 둘의 생활은 오래가지 못해요. 뒷골목 생활이라는 게 그렇잖아요. 지저분하고 배고프고…… 게다가 여자를 노리는 라이벌 조직원까지 등장해요. 남자는 이별을 고하려고 마음먹어요. 여자를 지키기 위해서죠. 남자는 일부러 여자가 싫어하는 말만 골라서 하면서 상처를 줘요. 그래서 둘은 헤어지죠. 그리고 남자는 친구 때문에 조직의 암투에 휘말려 죽어가는 거예요. 이 대목에서 수빈은 두 손을 모으고 촉촉한 목소리로 말하기 시작했다. 남자는 여자의 이름을 부르죠. 남자의 친구는 죽어가는 남자를 위해 여자에게 남자의 진심을 전하는 거예요. 여자는 눈물을 흘리며 남자를 찾아요. 이때 여자는 목숨을 걸고 뒷골목 세계로 돌아와 그동안 숨겨둔 무술 실력을 발휘하는 거죠. 그렇게 남자를 구한 여자는 그를 오토바이에 태우고 청담동 웨딩숍으로 와요. 죽어가는 그와 함께 웨딩 사진을 찍으면서 끝나는 거예요. 어때요? 수빈은 목이 살짝 잠긴 채로 나와 제작자를 번갈아가며 바라봤다. 나는 수빈의 표정이 진지하지 않았으면 그녀가 농담하는 줄 알았을 것이다. 그렇게 진부하고 황당한 이야기를 실소를 참아가며 듣는 것도 쉽지 않았다. 그런데 난데없이 제작자 쪽에서 팽 하고 코 푸는 소리가 났다. 돌아보니 제작자가 코 푼 손수건으로 눈물을 찍어내고 있었다. 수빈은 제작자의 손을 잡아주었다. 나는 그 둘을 보면서 어안이 벙벙했다. 감동을 해도 어느 정도 되는 이야기에 해야지 고작 이런 것에 눈물을 짓고 있는 저 사람이 회칼로 사람 콩팥을 아무렇지도 않게 꺼내는 사람이 맞나 싶었다.

이건 이야기 자체가 말이 안 됩니다. 앞뒤도 안 맞지 않습니까. 어떻게 여자 주인공이 갑자기 무술을 닦아서 남자 주인공을 구합니까? 나는 흥분해서 목소리가 올라가려는 걸 겨우 억누르고 말했다. 왜 안 돼요? 수빈이 내 말에 발끈하며 반박했다. 여자 주인공은 남자 주인공이 있는 뒷골목으로 다시 돌아가기 위해 부지런히 무술을 닦은 거예요. 여자 주인공은 부자니까 중국에서 유명한 무술 사부를 불러서 그 뭐더라…… 사극 보니까 기를 불어넣는 거 있던데……. 수빈은 단어가 기억이 안 나는지 이맛살을 찌푸렸다. 나는 설마 그 단어가 '내공'은 아니겠지, 생각했다. 수빈이 아무리 영화에 대해 모른다고 해도 이런 멜로영화에 느닷없이 무협을 섞어 넣을 정도로 몰상식하지는 않을 거라 믿고 싶었다. 그러자 내공을 말하는 거야? 하고 제작자가 끼어들었다. 아, 맞다. 내공! 수빈은 이마를 치며 자신의 몰상식을 증명했다. 내공을 불어 넣어줬다고 하면 여자가 순식간에 무술 실력이 늘었다는 걸 관객들은 충분히 이해할 거예요. 물론 수빈의 말대로 관객들은 충분히 이해할 것이다. 그리고 충분한 야유도 보낼 것이다. 나는 고개를 강하게 가로저었다. 이어 무슨 말을 하려고 하는데 제작자가 가로막았다. 가

서 꿀차 가져와. 제작자가 똘마니들에게 소리쳤다. 똘마니들은
제작자의 갑작스러운 주문에 당황한 얼굴로 말했다. 오미자차
가 아니고 말입니까? 그 질문에 제작자는 벌떡 일어나 똘마니
의 뺨을 때렸다. 꿀차라고 이 새끼야. 꿀차! 꿀차 몰라? 물에 꿀
탄 거 말이야, 새끼야. 그제야 똘마니들이 고개를 끄덕였다. 올
때 꿀 떠서 물에 타야 하니까 삽도 갖고 오고. 숟가락이 아니고
삽 말입니까? 똘마니들은 또다시 당황스러운 목소리로 물었다.
제작자는 나를 노려보면서 말했다. 숟가락 말고 삽. 묻는 데 쓰
는 거. 나는 꿀과 삽 이 두 단어의 조합에 꿀 먹고 뒷산에 묻힌
벙어리처럼 입을 다물어야 했다.

기억의 여섯

담배에 불을 붙이고 컴퓨터 앞에 앉았다. 시나리오에 매달린 지 겨우 열흘째지만 그다지 막히는 것 없이 어느새 완고를 눈앞에 두고 있었다. 나는 눈치껏 제작자와 수빈의 이야기를 버무렸다. 전체적으로는 제작자가 해준 이야기를 바탕으로 구성했고 부분적으로 수빈이 말한 애틋한 멜로를 넣었다.

그렇게 탄생한 시나리오는 이랬다. 지방에서 고등학교를 중퇴하고 올라온 주인공 정재는 자신이 그동안 갈고닦은 무술 실력을 바탕으로 액션배우가 되기 위해 영화판을 전전한다. 그러다가 발랄하면서도 청초한 여대생이자 부유한 집안의 딸인 수빈을 만나게 된다. 둘은 서로를 보자마자 불꽃이 튀듯 사랑을 느끼지만 정재는 정재대로 자신의 보잘것없는 처지를 비관해서, 수빈은 수빈대로 청초한 여자로서 먼저 사랑한다는 말을 꺼내기가 어려워서 고백하지 못한다. 그러던 차에 어떤 영화에서 둘은 단역으로 캐스팅되어 키스신을 연기하게 된다. 정재는 수빈의 얼굴을 가까이에서 대하게 되자 감독의 컷 사인에도 불구하고 그녀에게 키스를 하고 만다. 이를 계기로 둘은 사랑에 빠진다.

정재와 수빈의 사랑은 열렬히 불타오른다. 그러나 사회 저명인사인 수빈의 부모님은 둘의 사랑을 허락하지 않는다. 결국 수빈은 집을 나와 정재의 집에서 동거를 시작한다. 가진 것이라고는 사랑뿐인 두 사람은 생활고를 겪는다. 그래서 수빈은 살림에 보태기 위해 나이트클럽 전단지를 돌리는 아르바이트를 한다. 어느 날, 악덕 나이트클럽 사장을 만난 수빈은 아르바이트 일당을 받지 못한다. 이에 수빈은 나이트클럽 사장을 찾아가 일당을 달라고 부탁하지만 오히려 나이트클럽 사장에게 성추행에 폭행까지 당한다.

수빈의 청초한 얼굴에 멍이 든 걸 보고 분노한 정재는 같이 고향에서 올라온 동생들을 모아 소박한 가재도구를 잊지 않고 챙겨 들고 나이트클럽으로 쳐들어간다. 곧이어 나이트클럽에서 액션이 벌어지고 정재와 그 동생들은 나이트클럽 사장의 무리를 쳐부순다. 싸움이 끝나고 나이트클럽 사장은 정재의 영웅적인 풍모에 감동한 나머지 그에게 나이트클럽 지분의 51퍼센트를 넘긴다. 정재는 처음에는 이 지분을 받지 않으려고 했으나, 직원들이 일당을 잘 받는지 감시하려면 지분을 챙겨두는 것이 좋다는 동생들의 권고 때문에 어쩔 수 없이 받아들인다.

이 일이 있고 난 후 정재에 대한 소문이 주변 유흥가에 파다하게 퍼지면서 일당을 받지 못한 많은 이들이 정재에게 도움을 요청해온다. 이에 정재는 이 모든 이들을 구하고자 분연히 일어서서 유흥가의 악덕 사장들을 처단해나간다. 하지만 수빈은 늘 위험을 안고 사는 정재가 불안하다. 그래서 그녀는 이 일을 그만두고 둘이서 조용히 살아가자고 애원한다. 그러나 정재는 자신에게 청해 오는 도움의 손길들을 거절할 수 없어 수빈의 부탁을 선뜻 들어주지 못한다.

한편 정재의 구단이 점점 커짐에 따라 이웃 조직의 두목인 기철이 견제를 하기 시작한다. 때마침 기철의 관리하에 있는 나이트클럽에서 일하던 아가씨들이 정재에게 도움을 요청해온다. 정재는 기철의 조직과 전쟁을 예감하지만 그렇다고 어려운 자들을 차마 외면할 수도 없다. 그는 분연히 도구를 들고 일어나 기철이 관리하던 나이트클럽으로 쳐들어간다.

이 사건으로 정재의 구단과 기철의 조직은 본격적으로 대립한다. 둘은 서로가 서로의 근거지를 습격하며 유흥가 골목 곳곳에 피를 뿌린다.

이들의 싸움으로 유흥가의 평화가 깨지자 선량한 유흥가 사람들이 피해를 입는 일이 발생한다. 더 이상 선량한 이들의 피해를 두고 볼 수 없게 된 정재는 기철 조직과의 전쟁에 회의를 느끼고 평화협정을 제안한다. 기철 역시 선뜻 정재의 제안에 응한다.

그러나 기철의 속셈은 다른 곳에 있었다. 그는 평화협정을 체결하기 위한 곳으로 정재의 구단을 유인해놓고 그들을 습격할 계획을 세운다. 뿐만 아니라 평소 친분이 있던 경찰과 검사에게 뇌물을 먹여서 이날의 거사를 눈감아주도록 손도 써놓았다.

정재는 이런 기철의 속셈도 모른 채 평화협정을 체결하기로 한 장소에 나타난다. 물론 기철을 믿었기에 평소에 애용하던 도구도 가져오지 않은 상태였다. 반면 기철의 조직은 모두 무기를 숨긴 채 정재를 맞았다. 정재가 화해의 손을 내밀려고 할 때 기철은 정재의 얼굴에 주먹을 날린다. 이것을 신호로 기철의 조직은 무기를 꺼내 들고 일제히 정재 구단을 덮친다. 정재 구단은 처참하게 무너진다. 뿐만 아니라 뒤이어 들이닥친 경찰에 의해 정재 구단의 선수들 대부분이 연행되고 만다. 그 아수라장에서 정재는 동생들의 도움을 받아 가까스로 탈출에 성공한다.

그러나 정재의 불행은 여기서 끝나지 않는다. 기철의 부하의 칼에 찔려 싸늘한 주검이 된 수빈을 보게 된 것이다. 기철은 달아난 정재에게 경고의 메시지를 보내기 위해 조직원에게 수빈을 살해하도록 지시했다. 이 일 역시 기철에게 뇌물을 받은 경찰에 의해 유야무야되고 만다.

나락으로 떨어진 정재는 기철에게 복수할 것을 맹세하고 유흥가를 떠나 처음부터 다시 시작하기로 결심한다. 흩어진 동생들을 모은 정재는 구단을 재건하고 건설업에 뛰어든다. 그리고 나라에 저항하는 사악한 철거민들을 싹 다 몰아낸다. 이 일로 어느 정도 돈을 벌게 된 정재는 사업가로 변신, 부동산에 투자해서 더욱 돈을 불린다.

정재는 돈을 벌었다고 해서 교만하지 않고 나라를 위해 힘쓰고 있는 공무원들이나 정치인들을 남몰래 후원한다. 그의 도움을 받은 공무원들과 정치인들은 정재를 이 나라의 마지막 의인이라고 부른다.

마침내 복수를 위한 모든 준비가 끝났다. 정재는 전국의 선수들을 모아 기철의 조직과 일전을 벌인다. 그는 기철처럼 비겁하게 습격하지 않고 정면 승부를 택한다. 정재는 그 누구보다 앞장서서 멋진 활약을 펼친다.

기철은 이번에도 꼼수를 쓰기로 마음먹는다. 그는 정재에게 일대일 대결을 신청한다. 정재는 이미 승리한 것이나 다름없지만 사나이이기에 기철의 제안을 받아들인다. 정재는 기철과의 일대일 대결에서 실전 액션의 정수를 보여준다. 기철은 정재에게 질 것이 거의 확실해지자 소매 속에 감추어둔 표창을 써서 정재에게 치명타를 입힌다. 불의의 일격을 당한 정재는 쓰러지고 만다. 그와 동시에 정재의 구단 역시 기철의 조직에게 밀리기 시작한다.

절체절명의 순간. 죽은 줄 알았던 수빈이 나타난다. 정재는 자신이 죽어서 하늘나라에 있는 수빈을 만났다고 생각한다. 그는 미소를 짓는다. 하지만 수빈은 죽지 않았다. 기철의 부하 칼에 찔린 수빈을 처음 봤을 때, 정재는 워낙 쫓기고 있던 터라 수빈을 그녀의 집 앞에 데려다주고 그대로 달아날 수밖에 없었다. 그러나 아직 숨이 끊어지지 않았던 수빈은 그녀의 집 집사에게 발견되었다. 무술의 숨은 고수였던 집사는 임시방편으로 수빈에게 기를 불어 넣어 그녀를 살려낸다. 그렇게 기적적으로 살아난 수빈은 부모님의 재력을 바탕으로 집사의 스승을 찾아가 엄청난 내공을 전수받아 모든 무술을 속성으로 익힌다. 두번 다시 자신의 나약함으로 사랑하는 사람에게 괴로움을 안겨주고 싶지 않았기 때문이다.

수빈의 무술이 경지에 오르자 스승은 그동안의 강습비를 정산하고 하산할 것을 명령한다. 하산한 수빈은 정재를 찾아 나선다. 그리고 정재가 자신의 복수를 위해 기철의 조직과 맞붙어 싸우고 있다는 소식을 듣고 이곳, 결투 장소까지 오게 된 것이었다.

수빈은 집사가 자신에게 그랬던 것처럼 정재에게 기를 불어넣어 죽어가던 그를 살려놓는다. 그리고 기철과 맞서 싸운다. 수빈은 놀라운 무술 실력으로 기철의 표창까지도 간단히 쳐내고 그를 제압한다. 드디어 기철에 맞선 정재와 수빈의 복수가 대단원의 막을 내린다.

하지만 정재는 수빈의 임시방편에도 불구하고 기력을 잃어가고 있다. 이에 수빈은 뒤처리를 정재의 동생들에게 맡긴 다음 정재를 오토바이에 태우고 청담동 웨딩숍으로 가서 슬프고도 행복한 웨딩 사진을 찍는다.

나는 이렇게 별생각 없이 쓴 시나리오 초고를 가지고 제작자와 수빈을 찾았다. 어차피 창작력을 발휘하려야 발휘할 방법도 없었다. 그럼에도 불구하고 수빈이 무술 고수가 되는 마지막 장면은 심하게 마음에 걸렸다.

제작자와 수빈은 나를 가운데 두고 내가 써 온 시나리오를 두 시간에 걸쳐 읽었다. 나는 그동안 시나리오에 대해 변명할 거리를 잔뜩 생각해내고 있었다. 특히 마지막 부분이 왜 이렇게 황당하냐고 따진다면 수빈의 아이디어가 그 모양이라 어쩔 수 없었다고 둘러댈 작정이었다.

수빈보다 먼저 시나리오를 읽은 제작자는 지그시 눈을 감고 한숨을 푹 내쉬었다. 갑자기 온몸에 힘이 들어가면서 저절로 차렷 자세가 되었다. 얼마 안 가 수빈 역시 시나리오를 내려놓았다. 나는 수빈의 표정을 살폈다. 설사 제작자가 꼬투리를 잡더라도 수빈이 그럭저럭 썼다고 칭찬해주면 최소한 꿀을 뒤집어쓰고 파묻히지는 않을 것 같았다.

우리 수빈이 생각은 어때? 제작자가 무거운 목소리로 수빈에게 소감을 물었다. 수빈 역시 한숨을 푹 내쉬고는 고개를 절레절레 흔들었다. 역시 창작력을 좀 발휘해서 말이 되게 쓸 걸 그랬다는 후회가 뒤늦게 해일처럼 몰려왔다. 기대 이상이에요. 이렇게 잘 쓴 초고는 처음 봤어요. 정말 황 감독님은 재능 있는 분이에요. 수빈이 약간 울음기를 머금고 말했다. 이 시나리오를 보고 그럭저럭 썼다는 말을 해도 감지덕지할 판에 최고의 초고라고 칭찬을 하다니. 뭐랄까, 수빈이 나를 띄워준 다음 나락으로 떨어뜨리려는 수작을 부리고 있는 게 틀림없다는 생각이 들었다. 나는 제작자를 바라봤다. 그런데 제작자 역시 티슈로 눈물을 찍어내면서 고개를 끄덕였다. 동감이야. 너무 완벽한 시나리오일세. 겨우 열흘 만에 이렇게 좋은 시나리오를 써내다니. 역시 내가 사람 하나는 잘 봤다는 생각이 드네. 언제나 정의를 위해 싸우는 정재라는 주인공이 내 젊은 날을 꼭 닮은 것 같아 잠깐 감회에 젖었다네. 이 정도면 사람들에게 충분히 희생과 봉사 그리고 나눔의 정신을 심어줄 수 있을 거라는 확신이 드네. 나는 제작자의 말까지 듣고 나서야 두 사람이 진정 내 시나리오에 감동을 받았다는 걸 눈치챘다. 하긴 엄밀히 말하자면 둘은 자신들의 이야기를 적당히 짜깁기한 시나리오에 감동을 받은 거나 마찬가지였다. 어쨌거나 나는 일단 살아남았다는 사실에 깊은 안도감을 느꼈다.

현재의 넷

삼룡의 동영상을 저장해놓았던 외장하드를 장롱 속에서 찾아냈다. 하지만 선뜻 볼 용기가 나지 않았다. 죄책감이 되살아났다. 내가 영화를 찍자고 하지만 않았어도 그가 세상에서 사라지는 일은 없었을 터였다. 죄책감이 주는 통증은 잠복기를 거쳐 나타난 바이러스처럼 5년 전과 똑같이 가슴을 아리게 했다. 그러나 감상에 빠져 있을 수만은 없었다.

일단 영화를 완성할 방법을 찾아보겠다고 집을 나섰지만 갈 데가 없었다. 당연했다. 이미 5년 전에 흔적도 없이 사라진 삼룡을 무슨 수로 찾는단 말인가. 내가 직접 목격한 5층 건물 참사 현장에서의 불길은 상상을 초월하는 것이었다. 마치 폭발하는 태양의 흑점 가운데 서 있는 기분이었다. 삼룡이 그 화염 한

가운데 휩싸였다고 가정한다면 흔적조차 남기지 못하고 사라진 것도 충분히 수긍할 만했다.

버스 정류장 벤치에 앉아 담배를 하나 피워 물었다. 입안이 까칠했다. 어떻게 보면 삼룡이 흔적조차 남기지 않고 사라졌다는 건 거짓말이다. 삼룡은 누구보다 뚜렷한 흔적을 남겼고, 나는 온전하게 그것들을 가지고 있다. 바로 삼룡과 함께 찍었던 영화 장면들이다. 그러나 삼룡의 모습을 다시 들여다볼 자신이 없었다. 나 때문에 사라져버린 사람…… 내가 감독이었음에도 불구하고 이 영화를 잊고 있었던 건 죄책감 때문인지도 몰랐다. 나는 외장하드를 바라봤다. 이제는 어쩔 수 없이 삼룡의 흔적과 대면해야 한다.

주머니에 손을 찔러 넣고 교차로에 멍하니 서 있다가 스마트폰을 꺼냈다. 이렇게 막막할 때는 혹시 도움을 줄 만한 사람이 있는지 찾아보는 것도 하나의 방법이다. ㄱ,ㄴ,ㄷ 순서대로 저장되어 있는 이름들을 넘기다 보니 낯선 이름도 꽤 많이 눈에 띄었다. 대부분 일 때문에 저장해놓았다가 잊어버렸거나 시간이 지나면서 연락하지 않게 된 이름들이었다. 스마트폰에 저장된 낯선 이름들을 바라본다는 것은 쓰지 않던 뇌의 어떤 부분들을 자극하는 것과 비슷했다. 나와 맺었던 인연의 실마리를 떠올리고, 그 모습을 떠올리고, 그와 했던 일들을 떠올리는 일련의 과정들이 수 초 내에 머릿속에서 반복됐다.

그중에 한 명, 인연의 실마리보다 그 모습이 먼저 떠오르는 사람이 있었다. 우디 앨런. 바로 프로듀서였다. 영화 제작에 관한 한 잔머리가 뛰어난 데다 다른 사람 뒤통수치는 일에도 눈 하나 깜짝하지 않는 인간. 나는 프로듀서의 이름을 눈여겨봤다. 의외로 이 사람이라면 '주인공이 사라진 영화'일지라도 완성할 수 있는 방법을 찾아줄 것 같았다. 평소였다면 5년 전에 쌓인 악감정 때문에 프로듀서에게 부탁을 하는 일 따위는 없었겠지만 이번에는 사정이 달랐다. 성숙을 떠나보내는 것보다는 프로듀서에게 아쉬운 소리를 하는 편이 나았다. 주저 없이 전화번호를 터치했다. 신호음을 들으면서 그동안 번호가 바뀌지 않았기를 간절히 바랐다.

아이고…… 이거 오랜만입니다, 감독님. 다행히 전화번호도 바뀌지 않았을뿐더러 프로듀서는 아직 날 잊지 않고 있었다. 덕분에 어색한 인사를 하지 않아도 됐다. 아…… 네. 그동안 잘 계셨죠? 네, 저는 독립해서 영화사를 하나 차렸습니다. 시간 되면 놀러 오세요. 가뜩이나 갈 데가 마땅찮은 참이었다. 놀러 오라는 데야 안 갈 이유도 미적거릴 이유도 없었다. 그래요? 마침 오늘 시간이 되는데, 찾아뵈면 안 될까요? 오늘요? 네, 오늘. 잠시만요…… 일정 좀 보고…… 프로듀서는 뭔가 뒤적거리는 듯

뜸을 들였다. 나는 직감적으로 프로듀서가 한가한데 바쁜 척하고 있다는 걸 눈치챘다. 아나나 다를까, 오늘은 별일 없네요. 사무실에서 뵙죠, 하고 대답해왔다.

프로듀서의 사무실은 영화사가 입주해 있을 법하지 않은 원룸촌에 있었다. 원룸 건물들은 죄다 비슷비슷해서 찾기가 쉽지 않았다. 원룸촌 가운데서 두리번거리고 있는데, 좀 낡아 보이는 5층 건물의 입구에서 나를 향해 손짓하는 이가 보였다. 프로듀서였다. 5년 전보다 조금 더 배가 나왔을 뿐, 우디 앨런을 닮은 모습은 그대로였다.

프로듀서를 따라 원룸 건물의 계단을 내려가자 지하에 '크랭크업 필름'이라는 자그마한 팻말이 붙은 문이 나왔다. 시작한 지 얼마 되지 않아서 사무실 형편이 아직 이렇습니다. 프로듀서는 머리를 긁적이며 문을 열어주었다.

사무실은 단출했다. 프로듀서가 일하는 자리 하나와 회의용 탁자가 전부였다. 책장에는 시나리오들이 빽빽하게 꽂혀 있었다. 프로듀서는 내게 자리를 권하고 맞은편에 앉았다. 어떻게 지냈어요? 나는 프로듀서가 타준 커피를 한 모금 마시면서 물었다. 프로듀서는 답답한 표정으로 말했다. 그냥 뭐 작품 개발하면서 지냈죠. 프로듀서가 '작품 개발한다'는 이야기는 감독이 '작품 구상한다'는 이야기와 비슷하다. 대체로 별로 하는 일이 없다는 뜻으로 쓰인다. 그럴 만도 했다. 내 아이디어를 도용해서 만든 〈뱀파이어 파이터〉는 공포액션영화라는 타이틀을 달고 재작년 여름에 개봉했지만 할리우드 대작 액션영화들에 밀려 며칠 극장에 걸려보지도 못하고 사라졌다. 후배는 그 후 케이블 드라마 감독으로 전향했다. 요즘 녀석은 액션을 과감하게 버리고 여배우를 과감하게 벗기는 드라마를 연출해서 악성 댓글에 시달리는 중이었다.

반면 프로듀서는 꿋꿋하게 영화판에 남아 제작사를 운영하면서 틈틈이 영화 관계자들에게 보험을 팔고 있다고 했다. 저 생명력이 어쩐지 믿음직스러웠다. 적어도 성숙의 등골이나 빼먹고 있는 나보다는 나았다. 여하튼 프로듀서의 처지를 듣고 보니 그도 나만큼이나 절박해 보였다. 이러면 일이 쉽게 풀린다. 뭐라도 해내려고 들기 마련인 때문이다.

왜 오늘 저를 보자고 하셨죠? 프로듀서가 보험 이야기 끝에 물었다. 나는 대답 대신 외장하드를 건넸다. 이게 뭡니까? 삼룡이 모습을 담은 동영상이에요. 한번 보세요. 프로듀서는 외장하드를 자신의 노트북에 연결시킨 다음 동영상을 클릭했다. 이내 그의 얼굴에 발전적인 표정이 떠올랐다. 프로듀서도 아직 삼룡을 잊지 못하고 있는 게 틀림없었다. 하긴 삼룡같이 확실한 존재감을 지닌 이를 누가 잊을 수 있을까.

프로듀서는 약삭빠른 인간이다. 먼저 일 얘기를 꺼내기보단 애가 타게 만들어서 딴생각을 못 하게 할 필요가 있었다. 나는 천천히 커피를 마시면서 그가 동영상을 다 볼 때까지 기다렸다. 그런데 뜻밖에 동영상을 보고 난 프로듀서는 답답한 표정으로 고개를 들었다. 좋긴 한데, 이 영화 아직 완성 안 됐잖아요? 배우도 실종된 걸로 아는데…… 맞아요. 그래서 프로듀서님을 뵙자고 한 거예요. 이 영화를 완성시킬 방법이 혹시 없을까 해서요. 프로듀서는 스마트폰을 내게 건네면서 팔짱을 꼈다. 만약 그럴 방법이 있기만 하면 이 영화는 프로듀서님과 함께 끝내고 싶어요. 그 말과 동시에 프로듀서는 로댕의 '생각하는 사람'과 비슷한 자세를 취했다.

〈사망유희〉라는 영화가 있어요. 프로듀서가 '생각하는 사람'의 자세를 풀면서 말했다. 네, 그 영화 알아요. 그럼 이야기가 쉽겠네요. 〈사망유희〉도 촬영 도중에 주연이었던 이소룡이 죽었죠. 그래서 대역을 써서 완성했어요. 이번에도 대역을 써서 완성하면 안 될까요? 대역이라…… 나는 커피 잔을 만지작거리면서 프로듀서를 바라봤다. 그는 발전적인 표정으로 이야기하기 시작했다. 영화는 5층 건물의 폭발로부터 다시 시작됩니다. 주인공은 화상으로 얼굴이 망가지죠. 그는 복면으로 얼굴을 가리고 자신을 이렇게 만든 자들에게 복수를 하는 겁니다.

말하자면 어둠 속의 영웅이 되는 거죠. 어때요? 어쩐지 〈뱀파이어 파이터〉의 느낌이 물씬 나지만 딴에는 그럴듯해 보이는 아이디어였다. 아니, 현재로서는 이 아이디어 외에 별다른 대안이 없어 보였다. 그럼 대역을 구해야 하는데, 삼룡이만큼 출중한 실력을 가진 사람을 구할 수 있을까요? 삼룡 씨만큼 출중하지는 못해도 얼추 비슷하게 흉내를 낼 만한 사람은 구할 수 있을지 몰라요. 이런 콘셉트라면 아예 픽션으로 가는 거니까 삼룡 씨 정도로 무술 실력이 좋을 필요도 없죠. 나는 고개를 끄덕였다. 하지만 그럼에도 불구하고 문제가 남아 있었다. 우리가 아무리 이 영화를 픽션으로 만들려고 해도 삼룡을 '이렇게 만든' 자들, 즉 5층 건물 참사와 관련된 이들은 전 경찰청장같이 현실 속의 인물들이다. 그러니까 가상의 주인공이 현실 속의 인물들에게 복수를 하는 이야기가 되는 셈이다. 이게 가당키나 할까? 나는 이 문제를 프로듀서에게 털어놓았다. 프로듀서는 별 고민하는 기색도 없이 말했다. 저는 삼룡 씨와 비슷한 사람을 찾아볼게요. 그 문제는 감독님께서 시간을 두고 해결해보세요. 어쨌거나 이 영화를 완성하셔야 하는 분은 감독님이니까요. 좀 냉정하게 들리기는 했지만 한편으로는 맞는 말이기도 했다. 창작과 관련된 난관들을 모두 프로듀서에게 맡길 수는 없다. 사실 프로듀서가 〈사망유희〉와 '복수극'이라는 두 가지 아이디어를 내준 것만 해도 나로서는 의외의 수확이었다. 프로듀서는 지갑을 챙기면서 말했다. 오랜만에 만났는데, 소주나 한잔합시다. 그 말에 조건반사적으로 침이 고였다. 프로듀서가 구워준 그 정갈한 자태의 고기가 떠올랐다. 곧장 프로듀서의 뒤를 따라나섰다.

기억의 일곱

시나리오 집필은 끝났지만 나의 불면증은 그때부터 시작됐다. 이 말도 안 되는 시나리오를 영화로 만들기 위해 내가 가진 것이라고는 달랑 UHD 동영상 촬영 기능과 편집 기능이 있는 스마트폰뿐이었다. 나머지 제작비, 그러니까 스태프들의 밥값이나 차비 같은 것 말고도 수시로 등장하는 엄청난 액션 신을 찍는 데 들어가는 비용은 단 한 푼도 없었다. 살아남기 위해 몸부림친답시고 제작자와 수빈의 이야기를 아무 생각 없이 짜깁기하는 바람에 결과적으로 더 크고 깊은 함정을 파버린 꼴이 돼버렸다.

며칠 밤낮을 꼬박 지새우면서 이 상황을 타개할 수 있는 다양한 방법을 고민해봤다. 더 정확하게 말하자면 내가 살아날 수 있는 방법을 고민해본 것이었다. 제일 먼저 떠오른 생각은 다 때려치우고 일단 달아나고 본다는 거였다. 멀리 달아날수록 좋고 밀항이 가능하다면 외국으로 가서 새로운 인생을 시작해보고 싶었다.

하지만 이 첫 번째 안은 현실적으로 실행하기 어려웠다. 시나리오를 쓸 때부터 나는 가택 연금 상태나 다름없는 처지였다. 옥탑방 밖에는 두 명의 제작자 똘마니들이 지키고 서 있었고 내가 달아날 만한 골목 네 군데에도 각각 한 명씩의 똘마니들이 서 있었다. 말을 배우자마자 욕을 하고 주먹을 쥐던 때부터 싸움을 해온 게 거의 확실해 보이는 저 선수들을 상대로, 말을 배우자마자 글을 배우고 주먹을 쥐던 때부터 연필을 쥐고 살아온 내가 싸워서 이기는 것은 불가능했다. 따라서 탈출도 불가능했다.

게다가 고향에 계시는 부모님 생각을 안 할 수 없었다. 영화한답시고 보낸 세월이 10년이었다. 그동안 변변한 수입도 없어서 부모님께 제대로 선물 한 번 드린 적 없었다. 이제나저제나 아들이 번듯한 직장을 잡고 결혼해서 손자 낳아 오기만을 기다리는 부모님께 삽과 꿀을 안겨 드릴 수는 없는 노릇이었다. 심지어 얼마 전에는 제작자의 똘마니 한 명이 직접 내 고향까지 내려가 부모님과 함께 인증 샷을 찍어 보내기까지 했다.

때문에 첫 번째 안은 제일 먼저 생각하고 제일 먼저 폐기했다. 두 번째 안은 또 다른 사채를 빌려서 영화 제작비로 충당하는 것이었다. 처음 이 안을 떠올렸을 때는 꽤나 그럴듯하다고 생각했다. 평소 같았으면 사채를 몇십억씩 끌어다 쓰는 것은 상상도 하지 못했을 터였다. 그러나 지금은 죽기 아니면 살기인 판이었다. 조금이라도 더 살 수 있다면 사채쯤 얼마든지 끌어다 쓸 수 있다고 생각했다. 만에 하나 영화가 흥행이라도 한다면 한 방에 사채 빚을 갚을 수도 있다. 물론 가능성은 몹시 희박하지만 그래도 로또에 당첨되는 것보다는 확률이 높지 않을까 싶었다.

생활정보지를 닥치는 대로 구해 와서 무담보에 무보증인데도 신용불량자까지 환영한다는 사채업자에게 전화를 걸었다. 전화 받는 목소리는 생각보다 무척 호의적이었다. 돈이 좀 필요합니다만. 얼마나 필요한데요? 한 10억 정도요. 장난전화 안 받습니다. 상대는 일방적으로 전화를 끊었다.

서로 간에 좀 오해가 있는 것 같아서 다시 전화했다. 이번에도 똑같은 목소리가 받았다. 정말 10억이 필요합니다. 장난 아닙니다. 그러자 상대는 조금 진지한 목소리로 물었다. 뭐 하시는 분이고 어떤 용도로 필요합니까? 입봉 준비 중인 영화감독인데 개인적으로 영화를 찍기 위해 필요합니다. 잔머리 굴리지 않고 솔직하게 털어놓았다. 아무래도 담보로 잡을 만한 게 없기 때문에 진실하게 나의 처지를 전달해야 한다고 생각했다. 상대는 한동안 말없이 있다가 혹시 담보로 잡을 만한 건 없냐고 물었다. 무담보, 무보증이라는 광고를 보고 전화를 한 겁니다만. 상대는 다시 한동안 말없이 수화기를 들고 있다가 조용히 끊어버렸다. 나는 그쪽에서 실수로 끊은 것 같아 또 전화를 했다. 상대는 내 목소리를 듣자마자 한 번만 더 전화하면 발신자 추적해서 파묻어버리겠다는 말을 남기고 거칠게 수화기를 내려놓았다.

한 번 정도는 거절을 당할 수도 있는 법이었다. 사채업자를 옮겨가며 몇 차례 더 전화를 걸어봤다. 하지만 모조리 거절당했다. 나는 아무리 무보증, 무담보라도 어느 정도 액수라야지 10억 단위가 넘어가면 빌리는 것이 거의 불가능하다는 걸 깨달았다.

나중에는 제작자에게서 전화가 왔다. 나 몰래 딴 데서 사채 끌어와서 영화 제작할 생각 하지 말게. 그러면 서로 골치 아픈 일이 벌어질 거야. 딱 그 말만 남긴 제작자는 내 대답도 듣지 않고 전화를 끊었다. 그때야 나는 내 전화기가 도청을 당하고 있다는 사실을 눈치챘다. 전화기 속에 들어 있을 게 분명한 도청기를 끄집어낼까도 생각해봤지만 도청기를 꺼내는 순간 똘마니들이 득

달같이 달려와서 콩팥을 끄집어내버릴 게 틀림없었다.

그렇다고 곧바로 세 번째 안이 떠오른 것은 아니었다. 처음 두 가지 안이 그나마 내가 현실적으로 생각할 수 있는 전부나 마찬가지였다. 이틀 밤을 더 뜬눈으로 지새웠다. 그사이 제작자로부터 전화가 왔다. 도대체 언제 촬영 들어가냐는 독촉 전화였다. 시나리오 회의가 끝난 지 불과 일주일 만이었다. 촬영을 하자면 스태프를 꾸리고 시나리오에 맞춰 헌팅도 하고 콘티도 짜야 하기 때문에 금방 크랭크인 할 수는 없다. 나는 이 사정을 제작자에게 말해주었다. 제작자는 내가 자신을 무시한다는 생각에 자존심이 상했는지 한동안 말이 없다가 갑자기 버럭 호통을 쳤다. 그냥 영화 준비나 열심히 하지 헌팅해서 여자 꼬여가지고는 뭘 어쩌겠다는 건가? 나는 그 순간 제작자가 영화에 대해서 아는 것이라는 '액션'밖에 없다는 사실을 깨달았다. 최대한 자세하게 다시 한 번 설명해줄 필요성을 느꼈다. 헌팅은 촬영할 장소를 구하는 작업이고 콘티는 연출할 장면을 미리 그림으로 그려놓는 작업입니다. 이 둘은 촬영하기 직전에 꼭 해둬야 합니다. 내 말에 제작자는 다시 침묵을 지켰다. 대신 쇠로 바닥을 긁는 듯한 소리가 들려왔다. 아마도 가재도구, 특히 삽으로 추정되는 물건으로 시멘트 바닥을 긁고 있다는 생각이 들었다. 그렇게 약 13초 동안 소름 끼치는 소리를 들려준 제작자는 한 달 이내에 촬영이 들어가는 걸 봤으면 한다는 말을 남기고 일방적으로 전화를 끊어버렸다.

수화기를 들고 멍하니 앉아 있을 수밖에 없었다. 몇십억의 예산으로 훌륭한 스태프를 붙여서 찍는 영화도 준비에 몇 달이 필요한 법이다. 그런데 스태프라고는 나를 감시하기 위해 붙어 있는 똘마니 여섯이 전부인 내가, 한 달 안에 무일푼으로 액션 영화를 준비한다는 것은 말도 안 되는 소리였다. 따라서 한 달 이라는 시간은 영화를 준비하는 시간이 아니라 명줄이 붙어 있는 시간이라고 생각할 수밖에 없었다. 나는 세 번째 방법을 찾기 위해 또다시 불면의 밤을 보내야 했다.

하루하루 시간이 갈 때마다 그만큼 생명이 줄어드는 것 같아 초조하고 불안했다. 그러나 초조하고 불안한 만큼 이 현실을 차라리 잊고 싶다는 생각도 강하게 들었다. 머리가 꽉 막힌 것처럼 아무런 생각도 떠오르지 않는 순간이 오면 텔레비전을 켜고 무심하게 흘러가는 화면을 쳐다봤다. 제작자가 단역을 했다는 70년대 무협영화도 보고 그가 돈을 벌었다는 철거촌의 풍경이 나오는 뉴스를 보기도 했다.

그러다 문득 세 번째 방법이 떠올랐다. 저 철거촌 모습은 제작자가 전성기를 누리던 때나 지금이나 비슷하다. 항상 몰아내려는 사람들이 있고 내몰리면 갈 곳 없는 사람들이 저항을 한다. 어떻게 보면 제작자가 겪어왔던 일들은 대부분 지금도 벌어지고 있는 일들이다. 아직도 조폭들은 연장질을 하며 영역 다툼을 하고 있고 건설업에 뛰어들어 갖가지 이권을 챙긴다. 물론 그 과정에서 공무원들이나 정치인들과 형, 동생 하며 지내기도 한다. 사채를 하는 자들도 수없이 많다. 이 모든 것은 아무리 세월이 흘러도 지긋지긋하게 변하지 않는다. 그러니까 멀리 갈 것도 없었다. 세상이 곧 이 영화의 세트장이나 마찬가지였다.

문제는 이 세트장을 어떻게 활용하느냐, 였다. 아무래도 실제로 일이 벌어지는 장소다 보니 영화 세트장처럼 아무렇지 않게 드나들 수는 없었다. 섣불리 들어갔다가는 나와 배우 모두 그 자리에서 꿀맛을 볼지도 몰랐다. 그렇다고 해서 그런 불법적인 현장에 양해를 구하고 촬영할 수도 없었다. 섣불리 양해를 구하려 들었다가는 또 그 자리에서 꿀맛을 볼 수 있었다.

고민에 빠졌다. 돈 한 푼 안 들이고 구할 수 있는 이 생생한 세트장을 놔두고 한 달 뒤에 무기력하게 죽을 걸 생각하니 너무나 안타까웠다. 나는 생각을 바꿔봤다. 세트장이 위험하다면 위험한 세트장에서도 살아 돌아올 수 있는 사람을 구하면 되지 않을까 하고. 만약에 세상 어디쯤 최배달이나 이소룡 같은 무술의 고수이면서 자신의 무술을 영화를 통해 알리고 싶어 하는 열혈 청년이 있다면, 그래서 그를 캐스팅할 수만 있다면, 그런

험한 곳에 가서 얼마든지 살아 돌아올 수 있지 않을까 하는 생각이 들었다.

물론 최배달이나 이소룡 같은 사람을 구하는 일은 쉽지 않을 터였다. 거의 불가능에 가까울 수도 있다. 그러나 불가능에 가깝다는 확률에 도전해서 로또에 당첨되는 사람들도 매주 나오는 세상이다. 최배달이나 이소룡 같은 사람들이 존재하지 말라는 법은 없다.

자리에서 벌떡 일어나 인터넷에 접속했다. 복권에 당첨되길 바라는 심정으로 구직 사이트나 배우 캐스팅 사이트를 뒤져서 독립영화에 출연할 배우를 뽑는다는 글을 올렸다. 어차피 출연료를 줄 수 없으므로 연기력은 없어도 상관없다고 했다. 그러나 어떤 상황에서도 대역 없이 액션 연기를 소화할 연기자를 찾는다고 했다.

인터넷에 캐스팅 공고를 내는 것만으로는 부족해 보였다. '미지의 그'가 무술 연습에 너무 몰두한 나머지 공고를 볼 시간이 없거나 아예 인터넷을 할 줄 모른다면 인터넷에 공고를 내는 것은 무의미한 일이었다. 그래서 생활정보지 구인란 같은 곳에도 광고를 내기로 했다. 하지만 돈이 없었다. 나는 제작자에게 전화를 걸어서 돈을 좀 더 빌려달라고 했다. 제작자님을 꼭 닮은 배우를 캐스팅하기 위해서는 어쩔 수 없이 광고를 내야 합니다. 얼마나 드나? 나는 광고비를 열 배 정도 부풀려서 말해주었다. 쓰고 남은 돈은 목숨이 붙어 있는 동안 생활비로 쓸 작정이었다. 나는 제작자에게 진 빚 2천만 원 때문에 이미 돈에 대한 감각을 많이 상실한 상태였다. 제작자에게 돈을 더 빌리는 것에는 전혀 신경이 쓰이지 않았다. 2천만 원 빌리고 생매장을 당하나 2천5백만 원을 빌리고 생매장을 당하나 죽기는 매한가지였다. 그러니 이왕이면 2천5백만 원을 빌려 쓰고 죽고 싶었다.

제작자는 무슨 돈을 그렇게 무절제하게 쓰느냐고 약간 짜증을 내다가 관례대로 선이자 10퍼센트를 떼고 송금해주었다. 그는 정말 뼛속까지 사채업자였다. 어쨌거나 돈을 더 융통해준 것만 해도 고마운 일인지라 군말 없이 그 돈을 받아서 각종 생활정보지에 사채 광고 비슷한 크기로 캐스팅 공고를 실었다.

연락이 오기를 기다리는 동안 고수면옥에서 냉면을 시켰다. 빚일망정 수중에 돈이 있을 때 냉면을 먹어줘야 한다고 생각했다. 이번에도 주문을 하자마자 5분 내에 배달이 왔다. 그런데 왕만두도 같이 왔다. 고작 냉면 한 그릇에 왕만두가 서비스로 따라올 리는 없고 이건 분명히 배달원의 착오로 보였다. 나는 냉면값을 내밀면서 물었다. 왕만두 시킨 적 없는데요? 배달원은 얼굴을 붉히면서 뜻밖의 대답을 했다. 서비스입니다. 감독님. 그러고 나서 그는 뒤도 돌아보지 않고 계단을 내려갔다.

냉면과 왕만두를 양손에 나눠 들고 대체 이게 무슨 영문일까 싶었다. 냉면 하나에 왕만두를 서비스로 주는 것도 이상했지만 그보다 더 이상한 것은 한 번도 배달원과 말을 섞어본 적이 없는데도 그가 나를 감독님이라고 불렀다는 점이었다. 하지만 냉면은 불기 전에 먹어야 하는 법인지라 모든 일은 일단 먹고 나서 생각해보기로 했다.

냉면 그릇을 막 내놓자마자 희한하게 오디션에 참가하고 싶다는 연락이 왔다. 뒤이어 오디션을 볼 만큼 많은 사람들의 연락이 답지했다. 나는 옥탑방 마당을 오디션 장소로 정해놓고 오디션을 보러 오는 사람들의 무술 실력을 점검하기 위한 갖가지 도구들을 늘어놓았다. 격파용으로 제작된 송판이라든가 기왓장 따위는 아예 들이지도 않았다. 송판이나 기왓장을 살 만한 돈이 없기도 했지만 보다 근본적인 이유는 송판이나 기왓장을 깨는 정도의 평범한 무술 실력으로는 절대로 목숨이 오가는 현장에서 살아 돌아올 수 없을 거라고 판단했기 때문이었다. 대신 나는 동네를 돌아다니면서 보도블록이나 차돌을 격파용으로 갖다 놓았다. 그 밖에 발차기도 테스트하기 위해 야구방망이를 가져다 놓았다. 발로 야구방망이를 차서 부러뜨릴 수 있나를 보기 위해서였다. 또 2미터 정도 높이에 벽돌도 매달아 놓았다. 날아 차기로 벽돌을 깰 수 있는지 확인하고 싶었다. 마지막으로 나를 지키는 똘마니들을 불러 모아놓고 그들을 심사위원으로 임명했다. 아무래도 싸움에 관한 한 나보다 더 전문가들일 테니 보는 눈도 남다를 거라고 생각했다. 똘마니들은 기꺼이 심사위원에 응해주었다. 하루 종일 나를 감시하면서 심심하게 시간을 때우는 것보다는 오디션을 보러 온 사람들의 차력쇼를 보는 게 더 재미있을 거라고 생각한 모양이었다.

그렇게 해서 오디션이 시작됐다. 옥탑방에서는 매일 기합 소리와 뭔가가 깨지거나 부러지는 소리가 났다. 물론 벽돌이나 차돌보다는 사람의 뼈가 더 많이 부러졌다. 이런 소리에 매일 시달리고 사는 동네 주민들은 불만이 이만저만이 아니었다. 그러나 섣불리 항의하러 오지는 못했다. 똘마니 여섯이 눈을 부라리고 있으면 주민들은 조용히 입을 닫았다.

열흘 동안 쉴 새 없이 오디션이 계속됐다. 나는 오디션을 보면서 세상에는 얼토당토않게 영화배우가 되려는 사람이 참 많다는 것과 그들의 실력이 대부분 얼토당토않다는 사실을 깨달았다. 다섯에 한 명꼴로 벽돌을 깨는 사람은 있긴 했지만 최배달처럼 차돌을 깨거나 이소룡처럼 한 손가락으로 팔굽혀펴기에 성공하는 사람은 없었다.

열흘이 넘어가자 나는 점점 지쳐갔다. 처음에는 재미있어하던 똘마니들도 지루해하기는 매한가지였다. 나를 포함해서 똘마니들이 유일하게 눈에 빛을 내는 시간은 고수면옥에서 냉면을 시켜 먹을 때뿐이었다. 왕만두는 늘 여섯 개가 왔고 우리는 일곱 명이었으므로 독수리처럼 왕만두를 낚아채지 않으면 먹을 수가 없었다.

오디션 지원자들의 숫자가 점점 줄어들어갔다. 그만큼 내 명도 짧아지는 것 같았다. 나는 점점 우울해졌고 무기력해졌다. 아니, 무기력해질 수밖에 없었다. 무술영화를 보고 고수면옥에서 냉면을 시켜 먹으며 진정한 고수가 나타나주기만을 기다리는 것 외에는 할 수 있는 일이 없었다.

그렇게 또 일주일이 지났다. 마침내 오디션 지원자가 끊어졌다. 그것은 더 이상의 희망이 없다는 뜻이기도 했다. 캄캄했다. 쓰러지듯 모로 누웠다. 그냥 이대로 고통 없이 죽었으면 했다.

설핏 잠이 들었던 것 같다. 얼마나 잤는지 감을 잡을 수도 없는 길고 긴 숙면이었다. 어제 틀어놓은 무술영화가 아직 끝나지 않았는지 기합 소리와 함께 주먹질 소리가 들렸다. 나는 텔레비전을 끄고 자려고 잠결에 리모컨을 더듬거리며 찾았지만 손에 잡히지 않았다. 실눈을 뜨고 주위를 두리번거렸다. 만 하루를 꼬박 잤는지 해는 여전히 오후였다. 기지개를 켜고 자리에서 일어나 습관적으로 텔레비전을 봤다. 놀랍게도 텔레비전은 꺼져 있었다. 갑자기 소름이 돋았다. 그렇다면 방금 들었던 싸움 소리는 어디서 났단 말인가. 창을 열고 밖을 빼꼼 내다봤다.

옥탑방 마당에서는 싸움이 벌어지고 있었다. 아니, 더 정확하게 말하자면 누군가에 의해 똘마니들이 일방적으로 얻어맞고 있었다. 이미 네 명은 쓰러져 있었고 두 명은 주먹을 쥐고 싸우려는 모양새를 애써 취하려고 하지만 다리가 속절없이 후들거렸다. 저 똘마니들이 누군가. 말보다 욕을 먼저 배우고 연필 잡는 법보다 주먹질을 먼저 배운 자들이다. 그런데 저들 중 네 명을 순식간에 제압하고 나머지 두 명을 떨게 만들고 있는 저 자는 누구인가? 눈에 더욱 힘을 주었다. 그자는 바람에 흰 옷깃을 펄럭이며 안정된 자세로 서 있었다. 비록 뒷모습이기는 하나 아무런 긴장감이나 동요를 느낄 수 없었다. 나는 직감적으로 알 수 있었다. 바로 저 모습이 내가 그동안 그려왔던 무술 고수의 풍모라는 걸. 갑자기 손에 땀이 차올랐다.

나머지 똘마니 두 명이 오기와 패기를 짜내어 기합을 질렀다. 하지만 그뿐이었다. 흰 옷깃은 왼손과 오른손을 동시에 내밀어 두 똘마니의 미간 사이를 정확하게 쳤다. 싸움은 1초도 되지 않아 끝났다. 정말이지 영화에서나 보아왔던 장면이었다. 나는 두 눈을 깜빡거렸다. 몇 번을 깜빡거려도 그것은 영화가 아니라 현실이었다. 흰 옷깃은 옥탑방 마당 구석으로 저벅저벅 걸어갔다. 내 눈길도 그를 따라갔다. 그는 옥탑방 마당 구석에 단정하게 놓여 있던 철가방을 집어 들었다. 눈에 익은 철가방이었다. 고수면옥, 붉은 글씨가 선명했다. 나는 다급한 마음에 힘껏 소리쳤다. 저기요! 그러자 멀어져가던 고수면옥 글씨가 멈췄다.

나는 옥탑방 마당으로 달려 나갔다. 배달원은 머리를 긁적이며 계단 앞에 서서 쭈뼛거렸다. 둘러보니 옥탑방 마당에는 시체처럼 쓰러져 있는 똘마니들이 보였다. 저기…… 일부러 그런 건 아니고 저쪽에서 먼저 시비를 걸어서 말입니다. 배달원은 소란을 피워서 미안하다는 듯 풀이 죽어 말했다. 무슨 시비를 걸었는데요? 물론 배달원을 불러 세운 것은 싸운 이유를 묻기 위한 것은 아니었다. 하지만 싸운 이유가 궁금했던 것도 사실이었다. 저 사람들이 왜 왕만두를 서비스로 안 주냐고 해서요. 원래 냉면만 시키면 왕만두를 서비스로 줄 수가 없거든요. 그런데 어제도 제가 시켰을 때는 왕만두 주셨잖아요? 그건…… 감독님께 호의로 그냥……. 배달원은 말끝을 흐리며 고개를 푹 숙였다. 얼굴이 귀밑까지 시뻘겋게 달아올라 있었다. 꽤나 수줍음이 많은 청년이라는 생각이 들었다.

혹시 배우가 되고 싶은 생각은 없나요? 그는 고개를 숙인 채 말이 없었다. 나는 간절하게 부탁했다. 오디션을 꼭 보고 싶습니다. 제발 일 끝나는 대로 다시 와주세요. 배달원은 나를 향해 정중하게 말했다. 기회를 주셔서 감사합니다. 나는 아니라고 손사래를 쳤다. 하지만 그는 내 손사래는 보지도 않고 철제 계단을 두 걸음에 나눠 뛰어내리더니 골목에 착지하자마자 순식간에 사라졌다. 그때서야 나는 배달원이 귀신같이 나타났다가 사라진 이유를 알 수 있었다.

그날 밤. 배달원만을 위한 오디션이 열렸다. 심사를 맡은 여섯 명의 똘마니들은 제작자를 대하듯 반듯한 몸가짐으로 배달원을 맞았다. 나는 먼저 차돌을 건넸다. 그 돌은 누구도 깨지 못해 이제 거의 신성불가침의 영역에 있는 게 아닐까 싶은 것이었다. 배달원은 별다른 기합 소리도 지르지 않고 간단하게 차돌을 반쪽으로 갈라버렸다. 그 순간 나를 비롯한 여섯 명의 똘마니들의 입이 쩍 벌어졌다. 하지만 배달원은 아무렇지 않은 표정으로 물었다. 뭐 다른 것도 할까요? 나는 발차기로 야구방망이를 부러뜨리는 것과 날아 차기로 벽돌 깨는 것을 부탁해 봤다. 배달원은 말이 떨어지기가 무섭게 발로 차서 야구방망이를 부러뜨리더니 기합과 동시에 날아올라 벽돌을 깨버렸다. 그러고는 가볍게 착지한 후 또다시 무심한 표정으로 나를 돌아봤다. 숨찬 기색조차 보이지 않았다. 마당 한편에서 박수 소리가 들렸다. 똘마니들이 배달원을 보고 박수를 치고 있었다.

배달원은 예의 쑥스러운 웃음을 띠면서 살짝 목례를 했다. 왠지 배달원의 모습에서 최배달 같은 신비로운 고수의 모습도 보이고 이소룡 같은 당당함도 엿보이는 것 같았다. 나는 배달원에게 달려가 그를 덥석 안았다. 내 목숨을 구해줄 이가 내 단골집에서 배달 일을 하고 있었다니…… 눈으로 보고도 믿기지가 않았다.

배달원을 옥탑방으로 불러들여 단둘이 마주 앉았다. 그리고 다짜고짜 그에게 영화에 한 번 출연해달라고 했다. 배달원은 아주 조그맣게 말했다. 저라도 원하신다면…… 나는 그의 손을 잡았다. 우리 같이 열심히 해봅시다. 배달원도 나의 손을 굳게 잡아주었다. 하지만 힘 조절에 실패했는지 손이 너무 아팠다. 내가 인상을 쓰자 배달원은 황급하게 손을 놓으며 어쩔 줄 몰라 했다.

광고비로 쓰고 남은 돈을 조금 털어서 술을 샀다. 술심부름은 배달원에게 얻어맞고 고분고분해진 똘마니들이 돌아가면서 했다. 나는 내 이름이 박힌 전(前) 영화사의 명함을 주며 배달원의 이름을 물어봤다. 그는 '삼룡'이라고 대답했다. 이삼룡. 과연! 이소룡과 성룡에 이어 세 번째 용이 될 만한 이름이었다. 서로 통성명을 하게 된 나는 아까부터 궁금했던 질문을 했다. 그 정도의 무술 실력을 갖고 왜 그렇게 배달 일을 하면서 힘들게 사나요? 삼룡은 맺힌 게 많았던지 긴 한숨을 내쉬었다. 저는 할아버지 밑에서 무술을 배웠습니다. 무슨 무술인지 이름조차 모르고 말입니다. 할아버지도 그렇게 배웠다고 했습니다. 두 해전에 할아버지께서 돌아가시고 나자 저 혼자 세상에 나와서 살아야 했습니다. 하지만 어려서 무술만 하다 보니 할 줄 아는 게없었습니다. 물론 물려받은 유산도 없었어요. 그래서 급한 대로배달 일을 시작했습니다. 제가 무술을 오래 해서 무거운 것도잘 들고 균형도 잘 잡고 그러거든요. 그래도 늘 아쉬움이 남았습니다. 무술을 하던 놈은 무술을 해야 하는데 서른이 되도록배달 일이나 하고 있으니까요. 삼룡은 조금 남은 맥주를 입에털어 넣었다. 나는 새 맥주를 집어서 삼룡에게 건네주었다. 무술을 그렇게 잘하는데 왜 무술로 돈 벌 생각을 안 했나요? 도장을 차려도 되고 영화 같은 데 출연해도 될 텐데. 삼룡은 고개를가로저었다. 할아버지께서 말씀하셨어요. 무술로 돈 벌 생각하지 말라고요. 무술은 꼭 남을 위해 써야 하고 나라가 위기에 닥쳤을 때 써야 한다고 말씀하셨지요. 실제로 할아버지는 일제시대 때 독립군도 하셨습니다만……. 삼룡은 말꼬리를 길게 빼면서 맥주 캔을 땄다. 할아버지 말씀대로 옛날에야 전쟁이 나면우리 같은 사람들이 들고일어나서 의병도 되고 장수도 되고 했지만 총하고 대포로 싸우는 요즘 세상에 전쟁이 나봐야 무술로 가당키나 하겠습니까. 뭐 전쟁이 일어나지도 않고 말이지요. 하지만 나라는 사람은 무술로 돈을 벌지 않으면 할 수 있는 게 없었습니다. 배달 일 말고는……. 삼룡은 답답한지 맥주를 입에 쏟아붓듯이 들이켰다. 너무 오래 할아버지의 말씀에 얽매여 살았어요. 그것도 이미 돌아가신 분의 말씀인데 말입니다. 삼룡의 눈이 빨갛게 달아올랐다. 술기운 때문인지 다른 이유 때문인지는 알 수 없었다. 나는 삼룡의 어깨를 두드려주었다. 저도 할 줄 아는 게 영화밖에 없어서 서른일곱 살이 되도록 이러고 있습니다. 우리 같이 유명해집시다. 나는 삼룡에게 술잔을 건넸고 삼룡은 공손하게 두 손으로 받았다. 유명해지는 것은 바라지도 않습니다. 그저 무술 해서 먹고살기만 하면 좋겠습니다. 하하. 삼룡은 사람 좋은 웃음을 지었다. 나는 이 친구의 순진함과 겸손함 그리고 소탈함이 마음에 들었다.

기억의 여덟

주연배우를 정하고 나자, 나는 촬영 준비에 열을 올렸다. 촬영 장비라고 해봐야 스마트폰에 달린 카메라와 편집기가 전부고 스태프라고 해봐야 내가 전부인데도 준비할 일이 제법 많았다. 그중에서 가장 큰일은 두 가지였다. 첫 번째는 사건이 일어날 만한 현장을 확보하는 것이었다. 남녀 주인공의 사랑이 이루어지는 영화 세트장 신은 후배 놈이 촬영하는 곳을 빌려서 찍기로 마음먹었다. 이 일은 내가 직접 나서기보다 제작자에게 부탁하기로 했다. 제작자는 떼인 돈을 받는 데 도가 튼 사람이므로 떼인 아이디어 값을 받는 것도 수월하게 해낼 거라 믿어 의심치 않았다. 그리고 주인공들의 사랑의 보금자리는 내 옥탑방을 이용하기로 했다. 대체로 남녀 주인공의 사랑이 이루어지고 헤어지는 신들은 촬영 준비가 그리 어렵지 않았다.

하지만 남자 주인공인 정재가 액션 신을 벌일 만한 곳은 구하기가 만만치 않았다. 주인공이 나이트클럽이나 철거 현장에서 패싸움을 벌여야 하는데, 돈도 받지 않고 멀쩡한 자기 나이트클럽 혹은 건설 현장에서 싸움을 벌이게 놔둘 사람은 없다. 따라서 실제로 싸움이 벌어지는 공간, 그것도 애들 싸움 차원이 아니라 연장질을 하며 목숨을 걸고 싸우는 공간을 찾아야만 했다.

이 문제 역시 제작자를 통해 해결하기로 했다. 그는 그쪽 계통으로 잔뼈가 굵은 사람이었다. 제작자가 나서면 조직폭력배 간에 전쟁이 일어날 만한 나이트클럽이나 철거가 진행되고 있는 건설 현장을 쉽게 찾을 수 있을 것 같았다. 제작자는 영화를 찍는 데 있어 뭉칫돈이 들어가는 일만 아니라면 협조적인 자세를 보이고 있었다. 따라서 전화 몇 통이면 되는 종류의 일에는 적극적으로 나서줄 것 같았다.

두 번째 문제는 이런 위험한 현장에 주인공을 어떻게 집어넣느냐 하는 것이었다. 그러기 위해서는 삼룡 자신이 실제 사건 현장에 투입되는 것이 아니라 영화 세트장에 투입된다는 믿음을 심어주어야 했다. 정상적인 지각과 사고를 가진 사람에게 이게 가능할까 하는 생각이 들었지만 다행히 삼룡은 무술을 닦느라 산속에서 오래 생활한 덕분에 일반인들보다는 세상 물정에 대해 모르는 게 훨씬 많았다. 특히 영화를 어떻게 찍는가에 대해서는 하나도 모르고 있었다. 때문에 나와 제작자와 수빈이 하나로 똘똘 뭉쳐 시치미를 뚝 떼고 있으면 불가능할 것 같지는 않았다. 그러니까 영화 전체가 삼룡을 속이는 몰래카메라인 셈이었다.

어떻게 보면 나 살자고 삼룡을 사지로 내모는 것일 수도 있었다. 하지만 삼룡은 초인적인 무술 실력의 소유자이므로 싸움이 벌어지는 현장에 가도 죽어 돌아오지는 않을 것 같았다. 삼룡의 무술 실력을 믿기로 했다. 사실 믿지 않을 도리가 없기도 했다. 나는 애초에 모든 것이 안 될 것이라고 생각하지 않았다. 안 될 것이라고 생각해봐야 내게 돌아오는 것은 '중요 장기 적출'뿐이었다.

삼룡과 함께 내 방에서 합숙을 시작했다. 합숙하는 데는 세 가지 이유가 있었다. 첫 번째는 삼룡이 숙식을 해결하던 고수면옥에서 나오는 바람에 기거할 곳이 마땅치 않았기 때문이고, 두 번째는 삼룡과 같이 살면서 혹시라도 제작자의 똘마니들이 나를 습격할지 모르는 상황에 대비하기 위해서였다. 삼룡의 순박한 성격으로 봤을 때 위험한 일이 벌어지면 나를 모른 척하지 않을 거라는 생각이 들었다. 마지막은, 사실 이게 가장 중요한 이유인데, 액션영화란 원래 위험을 동반하는 것이고 훌륭한 액션영화 배우가 되기 위해서는 늘 목숨을 걸어야 한다는 사실을 지속적으로 주지시키기 위해서였다. 이건 거의 세뇌 수준으로 진행해야 할 일이었다.

합숙 첫날은 삼룡에게 영화배우로 성공하면 얼마나 혜택이 돌아오는지를 설명하는 데 주력했다. 아무리 삼룡 같은 무술 고수라 할지라도 처음부터 위험하다는 이야기만 줄곧 해대면 영화를 찍는 데 거부감이 클 것 같았다. 나는 요즘 인기 배우들은 한 해 매출만 2백억이 넘는다는 이야기부터 시작해서 이소룡이나 성룡처럼 전 세계적인 스타가 되면 평생 놀고먹을 돈을 버는 것은 물론이거니와 삼룡의 무술도 전 세계에 알릴 수 있다고 했다. 생각해봐요. 전 세계 아이들이 도장에서 당신의 무술을 익히는 걸 말이야. 굉장하지 않아요? 내 말에 삼룡은 고개를 절레절레 흔들었다. 어떻게 그런 일이…… 나는 정색을 했다. 최배달 알죠? 그 양반이 극진 가라테라는 걸 창시했어요. 그런데 그 극진 가라테가 말이야, 최배달이 살아 있을 때 이미 전 세계로 퍼져 나갔단 말이죠. 당연히 최배달은 최고의 무술가가 됐고요. 이 모든 게 불가능한 일이 아니에요. 내 말에 삼룡은 반신반의하면서도 약간 들뜬 기색을 내비쳤다. 나는 삼룡을 하루 정도 내버려두기로 했다. 혼자 성공에 대한 상상의 나래를 마음껏 펼칠 시간을 주고 싶었다. 그사이 제작자를 만나봐야 했다.

제작자의 사무실을 찾았을 때, 제작자와 수빈은 미리 귀띔을 하지 않았음에도 엄청난 무술 실력을 가진 주연배우를 구했다는 소식을 들어 알고 있었다. 둘은 주연배우를 빨리 보여달라고 재촉했다. 그러나 나는 그 전에 몇 가지 부탁할 것과 입을 맞춰야 할 게 있다고 했다. 제작자는 '부탁할 것'이라는 말에 눈살을 찌푸렸지만 돈 드는 일이 아니라고 하자 온화한 미소를 지었다.

우선 나는 영화 〈옹박〉 이야기를 꺼냈다. 〈옹박〉이라는 태국 영화가 있습니다. 그 영화는 주인공이 대역 없이 모든 무술과 스턴트 연기를 소화하는 리얼 액션을 표방해서 전 세계적으로 흥행에 성공했습니다. 그래서 우리도 리얼 액션을 표방할 생각입니다. 당연하지. 액션은 실전이야. 제작자는 내 말에 맞장구를 쳤다. 이미 알고 계시겠지만, 〈옹박〉의 주인공보다 뛰어난 무술 실력을 가진 주연배우를 구했습니다. 이제는 그 배우가 마음껏 무술을 펼칠 수 있는 실제 현장이 필요합니다. 전쟁이 벌어지고 있는 나이트클럽이나 철거 현장 말입니다. 물론 제작비가 없어서 그런 면이 있기도 합니다만…… 굳이 마지막 말을 덧붙인 것은 목숨을 걸 정도의 위험을 무릅쓰겠다는 각오를 보였으니 그 각오를 갸륵하게 여겨 제작비를 더 보태줬으면 하는 바람 때문이었다. 하지만 제작자는 나의 각오 따위는 안중에도 없는지 제작비 문제는 생략한 채 말했다. 그런 현장이라면 지금이라도 당장 섭외해주겠네. 제작자는 곧바로 아는 동생에게 전화를 걸더니 밝은 얼굴로 전화를 끊었다. 혹시 강북 쪽에 '수 나이트클럽'이라는 데 이름을 들어본 적이 있나? 아니요. 그곳 경영권을 두고 지금 두 조직이 맞붙기 직전이네. 내가 아는 동생이 전쟁이 시작되면 알려주겠다고 하더군. 이왕이면 이기는 쪽이 좋지 않겠나? 내가 특별히 이길 만한 편에서 촬영을 할 수 있도록 했네. 제작자는 엄청나게 선심을 쓴 것처럼 목에 힘을 주고 말했다. 나는 진심으로 고마운 척 깍듯하게 목례했다.

제작자는 자신의 영향력을 확인하고 신이 났는지 이번에는 웬만하면 연락하지 않는다는 경찰 쪽 동생들에게 전화를 돌리기 시작했다. 그러고 나서 얼마 후에 전화를 끊고 말했다. 철거 현장은 동생들이 알아보는 대로 연락해주기로 했네. 조금만 기다리게. 나는 일어서서 깊숙이 허리를 숙여 보였다. 제작자는 전에 없이 호탕한 웃음을 지으며 수빈의 손을 덥석 잡았다. 자신이 이 정도 되는 남자라는 걸 과시하고 싶어 죽겠다는 표정이었다.

하지만 수빈은 짜증 섞인 목소리로 말했다. 촬영장에서 실제로 싸움하고 그러면 너무 지저분하고 위험하지 않나요? 나는 절대로 그럴 일은 없을 거라고 했다. 싸움을 하는 곳에는 삼룡만 투입이 될 것이고 수빈 씨는 주로 세트장에서 촬영을 하게 될 겁니다. 그렇다면 뭐…… 수빈은 살짝 고개를 끄덕였다.

　나는 의외로 촬영장 건이 쉽게 마무리되자 삼룡을 두고 혼자 온 이유에 대해서 이야기했다. 솔직히 아무리 무술 고수라도 피가 튀고 뼈가 부러지는 현장에 가고 싶은 사람이 어디 있겠습니까? 영화 찍으러 왔다가 죽어 나갈 수도 있는데요. 내 말에 제작자와 수빈, 둘 다 공감을 못 했는지 그런데 어쩌라고, 하는 표정이었다. 이런 반응을 예상하지 못한 바도 아니었기 때문에 계속해서 말을 이어갔다. 하지만 우리 영화의 콘셉트가 리얼 액션이다 보니 리얼한 액션을 뺄 수는 없잖아요. 그러기 위해서는 또 피가 튀고 뼈가 부러지는 현장이 필수고요. 그래서 말인데…… 우리끼리 말을 맞춰야 하는 부분이 있습니다. 내 말에 뭔가 음모의 뉘앙스가 풍기자 비로소 제작자와 수빈은 귀를 기울였다. 지금 삼룡은 본인이 세트장이 아닌 실제 현장에 뛰어들어야 한다는 걸 모르고 있습니다. 앞으로도 모르는 게 좋을 거구요. 그래서 두 분의 협조가 필요한 겁니다. 삼룡에게 절대로 영화를 촬영하는 현장이 실제 현장이라는 걸 말하지 말아주셨으면 합니다. 삼룡이 의구심을 가지고 물어도 모른 척하시거나 정 대답하기 곤란하면 저에게 답변을 미루세요. 그럼 제가 알아서 해보겠습니다. 나는 제작자와 수빈에게 눈짓을 하며 동의를 구했다. 제작자와 수빈은 당사자도 없는데 뭐 그런 이야기를 조심스럽게 하냐는 얼굴로 시큰둥하게 고개를 끄덕였다. 자기와 관련된 일만 아니면 모든 것이 참 쿨한 사람들이었다.

딱히 돈이 들거나 위험하지 않은 부탁이어서 그런지 생각보다 모든 문제가 쉽게 해결되었다. 이제 남은 일은 내 아이디어를 가로채 영화를 찍고 있는 후배에게 세트장을 빌려달라는 요구를 하는 것뿐이었다. 하지만 서두르지 않기로 했다. 구차하게 제작자에게 계속해서 아쉬운 소리를 하기 전에 제작자가 먼저 몸이 달아오르게 만들 필요가 있었다.

다음 날 삼룡을 데리고 제작자 사무실을 또다시 찾았다. 제작자는 삼룡의 첫인상부터 마음에 들어 했다. 강인한 느낌을 주는 외모 때문이었다. 언제나 삼룡의 뒷모습을 바라보던 수빈은 말할 나위도 없었다. 심지어 삼룡을 보자마자 손으로 입을 가리며 한껏 놀란 표정을 지었다. 아카데미 시상식에서 여우주연상 수상자로 호명된 여배우 같았다. 삼룡도 자신의 상대역이 늘 냉면을 시켜 먹던 옥탑방 여자라는 걸 알고 얼떨떨해했다. 제작자는 수빈이 삼룡을 보고 너무 좋아하자 기분이 상한 듯 입가에 드리웠던 웃음기를 거뒀다.

제작자의 냉랭한 얼굴을 보면서 분위기를 반전시켜야겠다고 생각했다. 삼룡의 무술 시범을 한번 보시는 게 어떻겠습니까? 뭐 그렇게 할 것까지 있겠어? 제작자는 수빈을 흘끗 돌아봤다. 이 친구의 무술 실력을 직접 평가해보십시오. 마음에 들지 않는다면 다른 배우를 찾겠습니다. 그렇다면 한번 보기는 하겠지만 정말 아니다 싶으면 하는 수 없지 않겠어? 제작자가 마지못해 응하는 척을 했다. 나는 삼룡에게 눈짓을 하고 자리에서 일어섰다.

제작자와 수빈의 눈이 한없이 커졌다. 제작자의 사무실이 있는 건물의 옥상에서 삼룡의 무술 실력을 직접 눈으로 확인하고 난 뒤였다. 옥상에는 삼룡의 손과 발에 부러진 삽 두 자루와 공중에서 박살난 꿀단지 두 개 그리고 삼룡과 맞붙어서 정신을 잃은 똘마니 세 명이 널브러져 있었다. 그 가운데 삼룡은 숨찬 기색도 없이 멀쩡하게 서 있었다. 제작자와 수빈의 표정을 보건대 아마 지금쯤 삼룡이 최배달처럼 보이기도 하고 이소룡처럼 보이기도 할 거라고 짐작했다. 삼룡의 모든 무술 시범이 끝난 지 약 5초 뒤에 제작자와 수빈의 열렬한 박수가 터져 나왔다.

삼룡의 무술 실력에 흠뻑 빠진 제작자는 흥분을 감추지 못했다. 그는 삼룡의 어깨를 두드리면서 이렇게 훌륭한 실력을 가진 배우를 찾아낸 나에 대한 칭찬을 아끼지 않았다. 이런 화기

애애한 분위기를 타고 세트장 이야기를 꺼내야겠다고 마음먹었다. 저 또 한 가지 부탁이 있습니다. 부탁이라는 말에 제작자는 살짝 얼굴을 굳혔다. 하지만 삼룡을 곁눈질로 보고서는 이내 온화한 미소를 지었다. 뭔가? 부탁이 있으면 기탄없이 말해보게. 제작자는 수빈에게 그랬던 것처럼 삼룡에게도 자신의 영향력을 과시하고 싶어 했다.

나는 후배에게 아이디어를 도용당한 사연을 이야기해주었다. 그래서 그 대가로 후배의 세트장을 빌리고 싶다고 했다. 하지만 후배와 프로듀서라는 자가 파렴치해서 세트장을 쓰는 게 여의치 않을 것 같다고 덧붙였다. 그래서 말인데…… 제작자님께서 프로듀서 대 프로듀서로 세트장 문제를 해결해주셨으면 합니다. 그런 일이라면 당연히 내가 나서야지. 아이디어를 도용당한 만큼 이자까지 쳐서 세트를 쓰게 해주겠네. 제작자의 이자 계산법으로 미루어볼 때 아이디어를 도용당한 것보다 몇 배는 더 쳐서 세트장을 이용하게 해줄 거라는 확신이 섰다.

제작자와 수빈의 환한 미소를 등 뒤로 하고 나는 삼룡과 함께 집으로 돌아왔다. 그런데 옥탑방 마당으로 들어서는 순간 여섯 명이나 되는 똘마니들이 쇠파이프 따위로 중무장을 하고 늘어서 있었다. 내가 깜짝 놀라자 고참 똘마니가 나서서 말했다. 절대 위험한 상황이 아닙니다, 감독님. 경계를 좀 더 강화하라는 지시를 받아서 그런 거니까 이해해주시지 말입니다. 똘마니는 깍듯하게 고개를 숙였다.

제작자는 분명 내가 삼룡과 함께 달아날까 봐 똘마니들을 늘려놓았을 것이다. 물론 나도 삼룡의 무술 실력을 본 순간 그를 잘 설득해서 함께 달아나는 걸 생각하지 않은 건 아니었다. 실제 싸움이 벌어지는 현장은 삼룡만 위험한 게 아니라 나도 위험했다. 아니, 오히려 내가 더 위험했다. 그러나 이상하게도 삼룡의 무술을 본 순간 그와 더불어 뭔가를 찍고 싶다는 욕망이 생기기 시작했다. 그 욕망은 창작자로서의 어떤 본능 같은 것이었다.

이제 우리 영화 얘기를 할 차례였다. 나는 방에 들어오자마자 삼룡을 앉혀놓고 냉장고에 넣어두었던 캔 맥주를 꺼내 놨다. 영화에 대한 이야기를 솔직하게 털어놓기 위해서는 알코올의 힘을 빌리는 게 좋을 것 같아서였다. 사람은 술에 취하면 간이 부풀어 오르는 법이다. 따라서 아무리 위험한 이야기를 꺼낸다 해도 술김이라면 이 영화를 하겠다고 큰소리칠 수 있다.

삼룡에게 맥주 캔을 따서 건네주었다. 그는 공손하게 두 손으로 받았다. 이제 우리 편하게 지냈으면 해요. 삼룡 씨를 동생이라고 부를 테니까 삼룡 씨는 나를 형님이라고 해도 좋고 감독님이라고 해도 좋아. 네, 감독님. 나와 삼룡은 새롭게 관계를 시작한다는 의미에서 건배를 했다. 그동안 액션스타가 된다는 것에 대해 생각을 좀 해봤어? 나는 일부러 '액션배우'라는 말 대신 '액션스타'라는 말을 집어넣었다. 그래야 삼룡에게 성공하고 싶다는 욕구를 부추길 수 있을 것 같았다. 삼룡은 쑥스러운 웃음을 지었다. 그래도 저는 뭐 대단한 스타가 되기보다는 조그만 도장이나 열고 생계나 이어갔으면 좋겠습니다. 하지만 도장을 열고 아이들을 모으려면 동생의 무술이 널리 알려져야 하지 않겠어? 그렇기는 합니다만. 그런데 말이야, 이 액션영화를 찍는다는 게 쉬운 일이 아니야. 다치는 일이 비일비재하단 말이지. 아무리 무술 합을 짠다 해도 한 번만 어긋나면 곧바로 주먹이나 발길질에 얻어맞게 돼. 사실 주먹이나 발길에 맞는 것 정도면 양반이야. 도구, 그러니까 회칼이나 쇠파이프, 철근 같은 것에도 맞을 수 있어. 팔다리가 부러지는 일도 많지. 특히 나는 이 영화의 콘셉트를 리얼 액션으로 잡고 있어. 리얼 액션이 뭔가요? 삼룡은 산속에 틀어박혀 있다가 나와서 그런지 영어에 약한 구석이 있는 듯했다. 리얼 액션이라는 건 말이야, 배우가 대역이나 와이어 혹은 보호 장구를 착용하지 않고 실전과 같은 상황에 뛰어드는 거야. 그래서 오로지 배우의 무술 실력으로만 그 상황을 헤쳐 나오는 거야. 물론 이 리얼 액션은 위험해. 하지만 대가는 커. 모든 사람들이 그 배우의 무술 실력이 진짜라는 걸 믿게 된단 말이야. 그러면 영화에 대한 몰입도가 더 커지지. 솔직하게 말해서 동생이 무술 실력은 뛰어나지만 연기는 좀 달리는 편 아냐? 삼룡은 얼굴을 심하게 붉혔다. 부끄러워할 것 없어. 리얼 액션을 하게 되면 그런 면은 충분히 상쇄시킬 수 있어. 무술 실력으로 사람들의 시선을 빼앗아버리면 만사 끝이라는 거야. 아까 봤지? 제작자와 수빈이가 동생 무술 실력에 눈이 휘둥그레지던 거 말이야? 삼룡은 보일락 말락 미소를 띠었다. 바로 그거야. 그게 리얼 액션의 힘이라는 거지. 내가 리얼 액션을 콘셉트로 잡은 건 말이야, 다 동생을 위해서야. 동생의 강점과 약점을 정확하게 알기 때문이지. 아까도 말했지만 리얼 액션이라는 거 굉장히 위험해. 그러나 동생만 위험한 거 아냐. 나도 현장에서 카메라를 들고 있을 거야. 당연히 나도 위험하지. 리얼 액션이라는 콘셉트만 바꾸면 나도 굳이 위험을 무릅쓰지 않아도 돼. 하지만 동생이 잘돼야 나도 잘되는 거니까 나 역시 위험을 무릅쓸 수밖에 없어. 내 말, 무슨 말인지 이해하겠어? 네, 감독님의 배려 잘 알겠습니다. 삼룡은 송아지 같은 눈망울을 하고 말했다. 나는 그 눈망울에 양심의 가책이 느껴졌다. 그러나 맥주를 들이켜며 마음을 다잡았다. 술은 사람의 양심을 마비시키기도 하므로. 나는 양심의 가책도 달랠 겸 냉장고에 넣어두었던 캔 맥주를 아낌없이 꺼내 놓았다.

우린 목숨을 걸게 될 거야. 수많은 액션배우들이 영화를 찍다가 희생되었어. 이소룡도 영화를 찍다가 죽었고 그 아들도 영화를 찍다가 총에 맞아 죽었지. 참 안타까워. 성룡도 마찬가지야. 그는 죽지는 않았지만 대역 없이 모든 스턴트를 해냈어. 그리고 그 과정에서 뼈가 부러지는 것은 말할 것도 없고 혼수상태에 간 적도 여러 번 있었다고 해. 그래도 성룡은 굴하지 않고 액션영화를 찍어서 세계적인 스타가 됐지. 어떻게 보면 말이야, 늘 죽음 옆에 서 있는 것, 그게 바로 액션배우의 운명인지도 모르겠어. 나는 술기운을 빌려 다소 감성적인 어조로 말했다. 삼룡도 진지했다. 동생에게 내 진심으로 물을게. 말씀하십시오, 감독님. 삼룡은 고개를 들어 나를 바라봤다. 이미 몇 캔의 맥주를 마신 후라 불콰해져 있었다. 그렇게 위험한데도, 아니 어쩌면 우리 영화는 저예산이라 더 위험할 게 분명한데도 이 영화를 하고 싶어? 삼룡은 굳은 얼굴로 내 손을 잡았다. 네, 감독님. 감독님께서 진심으로 저를 생각해주시는데 망설일 게 뭐 있겠습니까? 저는 감독님만 믿고 가겠습니다. 삼룡의 말에 나도 그의 손을 굳게 잡아주었다. 잘은 모르겠지만 사나이들 간의 끈끈한 그 무엇이 삼룡의 손을 타고 전해지는 듯했다.

이 분위기를 몰아서 미리 준비해둔 계약서를 꺼냈다. 동생을 못 믿는 건 아니지만 이 바닥의 관례가 그러니까 내가 말하는 곳에다가 지장만 찍어줘. 나는 나를 갑으로 그리고 삼룡을 을로 명시한 계약서 두 부를 나란히 놓고 말했다. 사실 갑은 제작자가 되고 을은 삼룡이 되어야 하지만 삼룡을 인간적으로나 계약적으로나 내 곁에 묶어두고 싶었다. 어차피 제작자가 그런 데까지 신경 쓸 것 같지도 않았다. 제작자는 계약서보다는 삽과 꿀을 더 믿는 위인이니까.

삼룡은 계약서를 읽어보지도 않고 엄지부터 꺼냈다. 그러나 인주가 없었다. 나는 분위기를 깰까 봐 조심스럽게 말했다. 인주 갖고 올게. 그럴 필요 없습니다. 삼룡은 갑자기 손가락을 물어뜯더니 피를 냈다. 깜짝 놀랐다. 사나이들끼리의 약속은 피로 하는 거라고 할아버지께서 말씀하셨습니다. 저는 오늘 감독님을 모시고 피로 맹세할 겁니다. 나는 술기운 때문인지 아니면 삼룡의 캐릭터가 원래 저래서 그런 건지 하여간 분위기가 지나치게 비장하게 흘러가는 게 걱정됐다. 이러면 내 양심만 더 찔릴 뿐이었다.

그러거나 말거나 삼룡은 계약서에 혈서 같은 지장을 찍어나갔다. 나는 삼룡이 지장을 찍기 좋도록 계약서를 넘겨주면서 점점 더 근심이 깊어졌다. 아무래도 이 분위기를 이어가려면 나도 피 묻은 지장을 찍어야만 할 것 같았다. 생각만 해도 엄지가 아팠다. 눈을 질끈 감기로 했다. 어차피 사기는 상대방을 믿게 만들어야 하는 것이다. 최소한 사기를 치는 그 순간만이라도 진심으로 대하자 생각했다.

삼룡이 계약서에 전부 지장을 찍었다. 나는 엄지를 입에 갖다 대고 물어뜯을까 하다가 도구가 있는데 굳이 원시적인 방법으로 피를 낼 이유가 없지 않을까 하는 생각이 들었다. 바늘을 갖고 와서 불에 달궈 소독을 한 다음 피가 나도록 엄지를 찔렀다. 생각보다 무척 따가웠다. 나는 피 묻은 엄지로 계약서 마지막 장의 지장부터 찍었다. 그러고 나자 피가 멎어버렸다. 하지만 당황하지 않고 침착하게 인주를 찾아내어 나머지 계약서에 지장을 찍었다. 계약서의 낱장 모두에 같은 성분의 지장을 찍으라고 하는 법은 없다. 그래도 일부나마 피로 맺어진 계약서를 보자 남자의 피가 들끓는 기분이 들기도 했다. 그날 나와 삼룡은 피보다 진한 술을 밤새 나눠 마셨다.

현재의 다섯

프로듀서와의 술자리는 열시가 되자마자 끝났다. 그는 자신이 내야 하는 술자리에서는 신데렐라처럼 열시라는 시간을 지켰다. 술값은 3만 원을 넘지 않았다. 집에 있는 성숙이 무서워서라도 좀 더 시간을 끌고 싶었지만 프로듀서는 내 의견은 묻지도 않고 깔끔하게 자리를 털었다. 딱 이 정도가 작품을 개발하는 프로듀서로서 그가 낼 수 있는 한계치라는 생각이 들었다.

별수 없이 되도록 길게 돌아가는 지하철을 잡아탔다. 시간을 가늠해보니 간신히 막차 즈음에 때를 맞춰 집에 들어갈 수 있을 것 같았다. 어차피 시간은 넉넉했다. 나는 지하철 맨 구석에 자리를 잡고 스마트폰을 꺼내 뉴스를 찾아 읽기 시작했다. 매일 업데이트되는 정치와 사회 뉴스를 읽다 보면 연재소설을 보고 있다는 느낌이 든다. 소설만큼의 짜임새는 없어도 '실제 사건'이라는 전제는 그 이야기의 모든 허술함을 상쇄시킨다. 그래서 나는 뉴스 삼매경에 한번 빠지면 헤어 나오지 못한다.

하지만 지금 내 눈을 사로잡고 있는 뉴스는 내게 소설이 될 수 없는 사안이었다.

'5층 건물 참사 사건의 진압 책임자, 대법원 최종 무죄판결'

그러니까 5년 전, 5층 건물에서 벌어졌던 시위에 대한 진압 명령을 내려 그곳에서 농성을 하던 주민 다섯 명과 한 명의 경찰 특공대가 죽었던 사건의 최종 책임자인 전 경찰청장이 오랜 소송 끝에 대법원에서 무죄판결을 받았다는 것이었다. 이제 5층 건물 참사의 책임은 그날 5층 건물에서 시위를 벌이던 사람들이 오롯이 지게 되었다. 하지만 시위를 벌이던 사람들은 화재로 인해 죽거나 교도소에서 이미 형을 살고 나왔다. 결국 이번 판결로 인해 이 사건은 책임질 사람들은 이미 책임진 사건, 즉 과거가 되고 말았다.

그렇지만 적어도 내게 이 사건은 현재였다. 아직도 악몽에 시달리고 있고, 그날 사라진 배우가 주연한 영화를 붙들고 있다. 괜히 화가 났다. 누군가 멋대로 나의 시간을 정리해버린 기분이었다. 스마트폰 화면을 꺼버렸다. 검은 액정에 우울한 얼굴의 내가 비쳐 보였다.

지하철에서 내려서는 만화카페로 향했다. 낮에는 성숙이 가게를 보고 밤에는 내가 정리를 하기로 했기 때문이었다. 불 꺼진 상가건물 계단을 올라가자 만화카페 입간판이 보였다. '시간당 1,500원, 대여 권당 500원, 10년 전과 같은 파격가!' 피식 웃음이 났다. 정작 10년 전과 똑같은 건 만화책 가격이 아니라 여전히 가진 것 없는 내 인생이었다.

문을 닫기 위해 입간판을 카페 안으로 넣으려는데, 입간판 뒤에 포스트잇 한 장이 붙어 있는 게 보였다. 무심코 뗐더니 짤막하게 한 문장이 적혀 있었다. '왜 가만히 있지요? 벌이 없으면 죄도 없습니다. 세상은 변한 게 없어요.' 손으로 정성스럽게 한 자 한 자 눌러쓴 글씨였다. 장난으로 붙여놓았다고 보기에는 문장도 글씨도 무척 진지했다. 그렇다고 장난이 아니라고 하기에는 너무 장난스럽게 입간판에 붙어 있었다. 그런데 보면 볼수록 왠지 눈에 익었다. 어른의 글씨지만 어린아이가 쓴 것 같이 정직함이 묻어나는 필체. 살면서 이렇게 독특한 필체를 쓰는 사람을 만난 적은 단 한 번밖에 없다. 하지만 섣불리 단정할 수는 없었다. 나는 포스트잇을 조심스럽게 접어서 주머니에 넣고 급히 집으로 달려갔다.

집에 들어서자마자 곧장 책상으로 달려가 서랍을 연 다음 미친 사람처럼 잡동사니들을 파헤쳤다. 뒤따라온 성숙은 그런 나를 황당한 얼굴로 지켜봤다. 왜 그래? 나는 대답할 겨를도 없이 서랍 구석에 처박혀 있던 종이 한 장을 집어 올렸다. 삼룡과 맺었던 계약서였다. 덜덜 떨리는 손으로 계약서를 펼쳐 보았다. 누렇게 변색이 되어 있었지만 삼룡이 써놓은 제 이름 석 자는 아직도 뚜렷했다. 이어 주머니에 든 포스트잇을 꺼내 삼룡의 이름 옆에 붙여놓았다. 어느새 성숙이 곁으로 와서 고개를 내밀었다. 나는 포스트잇에 쓰인 글씨와 삼룡이 자신의 이름을 적어놓은 글씨에 눈을 떼지 못한 채 물었다. 어때? 비슷하지 않아? 성숙은 시큰둥하게 말했다. 글쎄…… 그런 거 같기도 하고……. 순간 성숙은 뭔가 짐작이라도 한 것처럼 말을 멈췄다. 나는 성숙을 돌아봤다. 삼룡이 말이야…… 아직 살아 있는 거 아닐까? 성숙의 입과 눈이 동시에 커다랗게 벌어졌다. 진짜야? 나는 이 포스트잇을 방금 발견했노라고 말해주었다. 성숙은 자리에 주저앉았다. 거봐, 살아 있댔잖아. 살짝 목이 멘 목소리였다.

기억의 아홉

모든 준비가 끝났다. 통상적인 촬영 준비라기보다는 설득과 협잡에 가까웠지만 여하튼 그랬다. 그리고 그때야 비로소 삼룡에게 시나리오를 보여주었다. 삼룡은 처음 글을 배우는 아이처럼 천천히 읽어나갔다.

그사이 첫 신을 어디로 할까 고민했다. 아직 조폭들 간의 전쟁은 벌어질 기미가 없었기 때문에 싸움 신은 찍을 수가 없었고 세트가 필요한 신들도 제작자가 프로듀서와 후배를 만나 작업(?)에 들어가야 찍을 수 있었다. 결국 언제든 멜로를 찍을 준비를 하고 있는 수빈을 데리고 옥탑방에서 정재와 사랑을 나누는 신을 찍을 수밖에 없었다.

어차피 영화 촬영이라는 게 시나리오에 적혀 있는 신의 순서

대로 찍는 것만은 아니다. 요즘에는 배우들의 감정 때문에 순서대로 찍는 경향이 생기고 있다고는 하지만 그래도 아직은 촬영장 형편에 맞게 신 순서를 조절해가며 촬영한다. 사실 배우들의 감정이 깨질까 염려하는 것도 배우들이 어느 정도 수준이 있을 때나 고려해볼 만한 사항이지 연기를 아예 해본 적이 없는 남자배우와 몇 년 전에 신음 소리를 내본 게 전부인 여자 배우의 경우에는 고려하나 마나였다.

어떻게 보면 내 옥탑방에서 첫 촬영을 하는 게 차라리 다행이었다. 삼룡도 심리적으로 편안할 수 있고, 나 역시 성숙이던 수빈과 한때 살을 맞대며 지내던 데라서 연출하기에 어려움이 없었다.

옥탑방을 이리저리 둘러보며 첫 신에 대한 구상을 하는 동안 삼룡이 시나리오를 내려놓았다. 어때? 삼룡은 골똘히 생각하다가 말했다. 이 시나리오를 가만 보면 말입니다. 어쨌거나 주인공인 정재가 조직폭력배로 시작해서 사채업자로 끝나는 이야기 아닙니까? 물론 제작자를 모델로 했으니 그럴 수밖에 없었다. 그래도 나름대로 미화를 한답시고 했는데 삼룡은 그걸 알아차린 모양이었다. 비록 무술로 돈을 벌겠다고 나섰지만 제 무술을 나쁜 데 쓰고 싶지는 않습니다, 감독님. 그래서 말인데, 저는 주인공이 좀 정의로웠으면 좋겠습니다. 일단 나는 삼룡의

167

말에 고개를 끄덕여주었다. 죽을지도 모르는 촬영 현장에 돈도 안 받고 출연하겠다는 배우인데 그 정도 말은 들어줘야 한다고 생각했다. 하지만 그렇다고 시나리오를 고칠 수는 없었다. 삼룡의 뜻대로 시나리오를 고쳤다가는 제작자 손에 내가 죽을지도 몰랐다.

나는 삼룡을 설득하는 대신 영화 〈영웅본색〉을 인터넷에서 다운받아 보여주었다. 이 영화는 갱들 간의 배신과 의리를 다룬 작품으로 80년대 홍콩 누아르의 대표작 중 하나다. 주연을 맡았던 주윤발은 성냥개비를 물고 나와 스타덤에 올랐다. 이야기는 간단했다. 조직 내에 있던 후배 한 명이 형님들을 배신하고 조직을 접수한다. 그로 인해 형님들은 철저히 파멸한다. 하지만 가만히 기죽어 있을 형님들이 아니다. 경찰과 손을 잡은 형님들은 쌍권총을 들고 자신들을 파멸시킨 후배에게 복수를 한다. 그 덕에 후배는 한 발만 맞아도 죽을 총알을 수십 발 맞고 죽는다.

그 와중에 경찰인 동생과 조폭인 형 간의 갈등이 생긴다. 주윤발은 둘을 화해시키기기 위해 동생인 장국영에게 우정이 뭔지 설명해주려다가 장국영을 대신해서 총을 맞고 만다. 그리고 이어지는 사나이의 분노 그리고 눈물. 눈물 쏟지 않을 수 없게 하는 음악들……. 나는 초등학생 때 저 영화를 처음 봤다. 영화관을 나서면서 이다음에 반드시 멋진 조폭이 되리라 다짐했다.

산속에서 무술만 수련하다 내려와서 영화를 제대로 접해본 적이 없었던 삼룡이었다. 그는 생전 처음 본 홍콩 누아르에 너무 벅찬 감동을 받은 나머지 뜨거운 눈물을 주체하지 못했다. 꼭 초등학생 시절의 나 같았다. 영화란 그런 거야. 아무리 악당이라고 할지라도 대의와 명분이 있고 연출을 통해 그걸 충분히 표현해낸다면 정의로워지는 거야. 내가 아무렴 동생을 한낱 악당으로 만들겠어? 시나리오를 잘 봐. 정재는 어쩔 수 없이 조폭의 길을 걷게 되잖아. 하지만 늘 정의로운 일에만 주먹을 쓴다고. 동생은 저 영화 속의 악당이 아니라 주인공이 되는 거야. 내 말에 삼룡은 눈물을 닦으며 묵묵히 고개를 끄덕였다. 나는 그런 삼룡을 보면서 그가 의외로 감정 기복이 몹시 심한 편이라는 생각이 들었다.

촬영에 들어가기 전 수빈을 부르고 삼룡을 미용실에 보냈다. 일상 생활하는 모습들을 인서트 컷으로 담는 게 촬영의 전부였지만 그래도 첫 촬영인 데다가 삼룡이 주연이고 하니 스타일 정도는 잡아줘야겠다고 생각했다. 나는 과감하게 생활비를 쪼개서 삼룡을 동네 미용실로 데리고 갔다. 삼룡이 머리를 깎겠다고 윗도리를 벗자 얇은 셔츠 아래 탄탄한 근육이 그대로 드러났다. 미용실 아줌마의 입가에 회심의 미소가 떠올랐다.

삼룡에게 끝나거든 곧바로 내 방으로 오라는 말을 남기고 미용실을 나왔다. 수빈은 약속 시간보다 삼십 분 늦게 제작자의 똘마니 중 한 명을 매니저 삼아 나타났다. 그러고는 옥탑방을 둘러보며 눈살을 찌푸렸다. 이런 데서 연기가 제대로 나올지 모르겠네. 나는 수빈의 호들갑을 처음 겪는 것도 아니어서 한 쪽 귀로 흘려듣고 말았다. 수빈은 웨이브 진 금발 파마 머리에 반바지라기보다는 팬티에 가까운 핫팬츠를 입고 있었다. 집 나 온 청초한 여대생치고는 너무 야했다. 게다가 다른 부위의 살 에서 떼어다가 눈에 붙인 듯한 짙은 쌍꺼풀에 지나치게 높이 세운 코, 나이 들어가는 느낌을 물씬 내고 있는 얼굴 피부 등등 을 고려하면 수빈은 집 나온 청초한 여대생이라기보다는 시골 나이트클럽 무대를 전전하는 짝퉁 아이돌 가수처럼 보였다.

이건 아냐. 절대 아냐. 두말할 것 없어. 좀 더 수수한 스타일 로 옷 갈아입어. 머리도 그게 뭐야. 당장 색깔은 어쩌지 못해 도 파마라도 풀어. 일부러 수빈에게 강한 어조로 반말했다. 촬 영 현장에서만큼은 감독과 배우의 관계이므로 편하게 대할 필 요도 있었지만 기선을 제압해서 수빈을 고분고분하게 만들려 는 의도도 있었다. 하지만 수빈은 내 의도는 아랑곳하지 않고 곧바로 발끈했다. 그건 안 돼요. 내가 해석한 시나리오 속의 주 인공인 수빈은 부잣집 딸이란 말이에요. 유행에 민감할 수밖에 없다구요. 무슨 얘긴지는 알겠는데 그 유행도 지금 지나가고 있잖아. 게다가 오늘 찍을 신은 집 안에서 소소한 일상을 보내며 행복한 표정을 짓는 연인들의 인서트 컷인데 집 안에서 이렇게 헐벗고 있는 여자가 어딨어? 수빈은 말문이 막혔는지 샐쭉한 표정을 짓더니 자기는 어쨌든 이 스타일이 좋다고 막무가내로 우겼다. 기가 찼다. 어느 촬영 현장에서든 모든 결정은 감독이 한다. 그 이유는 영화에 대해 무한 책임을 지는 사람이 감독이기 때문이다. 따라서 어느 배우든 감독이 설득하면 따르거나 타협한다. 수빈도 당연히 그래야 했다. 예전 같았으면 버럭 소리라도 질렀을 일이었다. 그러나 수빈은 주연인 동시에 제작 관계자이자 제작자의 정부이기까지 해서 그럴 수가 없었다. 하는 수 없이 수빈을 설득하기로 했다. 명색이 감독인데 모든 순간마다 모든 사람에게 설득을 해야 하는 내 처지가 씁쓸했다.

나는 평소 수빈이 입던 티셔츠를 꺼내 들고 하의를 갈아입지 않겠다면 상의라도 갈아입어달라고 했다. 하지만 수빈은 자신이 입고 온 민소매 티셔츠를 고집하며 나의 타협안도 거절했다. 주장이 맞서면서 서로 언성이 높아질 때 삼룡이 모습을 드러냈다. 예상은 했지만 삼룡은 그 예상보다 더 멋있었다. 미용실 아주머니가 삼룡의 머리 모양 말고도 어디를 어떻게 손을 댔는지 냉면집 배달원 모양새를 완전히 벗겨내버렸다. 정말 최선을 다했다는 것을 한눈에 알 수 있었다.

수빈은 삼룡에게서 눈을 뗄 줄 몰랐다. 하긴 남자인 내가 봐도 멋있다는 느낌이 드는데 여자인 수빈은 오죽할까 싶었다. 삼룡은 수빈의 눈길을 받자 쑥스러웠는지 시키지도 않은 팔굽혀펴기를 시작했다. 나는 수빈의 어깨를 툭 쳤다. 그때야 수빈은 정신이 되돌아온 듯 눈을 깜빡거리며 돌아봤다. 나는 수빈이 의상을 갈아입어야 하는 이유를 다시 한 번 설명하려 했다. 수빈은 내가 입을 떼기도 전 다소곳하게 말했다. 감독님이 하라면 해야죠. 나는 수빈이 너무 쉽게 설득되는 상황에 어리둥절했다. 수빈은 내가 그러거나 말거나 삼룡을 바라보며 넋을 놓고 있었다. 팔을 굽혔다 펼 때마다 삼룡의 이두박근과 삼두박근이 심하게 부풀어 올랐다가 가라앉았다. 나는 수빈의 눈앞에 손을 흔들어 보였다. 수빈은 꿈에서 깨어난 것처럼 멋쩍은 표정을 짓더니 수줍은 듯 후다닥 방으로 들어가버렸다. 수빈이 소녀가 되다니. 이게 대체 무슨 조화인가 싶었다.

수빈이 방에 들어가서 옷을 갈아입는 동안 곰곰이 생각해봤다. 수빈이 고분고분한 이유는 삼룡 때문이다. 그런데 삼룡은 나와 계약을 한 상태이므로 내 말을 듣지 않을 수가 없다. 따라서 삼룡만 잘 조종하면 수빈도 조종할 수 있겠다는 계산이 섰다. 어쩌면 수빈을 통해서 제작자를 조종할 수 있을지도 모른다. 수빈이 삼룡에게 빠진 것은 영화를 위해서 또 나를 위해서 좋은 일임에 틀림없어 보였다.

수빈은 내 뜻대로 평소에 입던 하얀색 티셔츠 차림으로 나타났다. 다만 내가 권한 티셔츠가 아니라 예전에 작아서 못 입겠다던 것을 굳이 찾아서 꺼내 입었다. 덕분에 수빈의 글래머러스한 몸매가 더욱 도드라져 보였다. 청초한 여대생치고는 가슴이 너무 큰 게 거슬렸지만 저 정도에서 수빈과 타협하기로 했다. 너무 내 뜻대로 몰아붙이다가 수빈이 반발을 하면 촬영 분위기가 엉망이 될 것 같았다. 가뜩이나 연기가 안 되는데 기분까지 상하면 아예 촬영이 불가능할 수도 있었다.

첫 신은 같이 살 게 된 젊은 연인이 신혼부부처럼 일상을 보내는 장면이었다. 아이디어는 차고 넘쳤다. 수빈과 내가 동거를 시작한 지 얼마 되지 않은 때를 떠올리면 되는 거였다. 부엌에서 수빈이 밥을 짓는 장면부터 시작했다. 삼룡이 수빈의 뒤로 가 살며시 껴안으면 수빈은 수줍어하면서도 행복한 표정을 짓는 장면이었다. 동거나 신혼집을 떠올리면 반드시 나오는 흔해빠진 장면인 줄은 나도 알고 있다. 하지만 자주 나온다는 것은 대부분의 남자들의 로망이 그 장면에 담겨 있다는 뜻도 된다. 나는 촬영에 들어가기에 앞서 삼룡에게는 긴장을 풀고 자연스럽게 하라고 말해주었고 수빈에게는 연기할 생각 하지 말고 그냥 생활을 하라고 했다.

몇 번의 NG가 났다. 수빈의 연기는 나무랄 데가 없었다. 몇 년 전에 나와 익히 해본 일이어서 그런지 연기가 아니라 정말 생활을 하고 있는 듯한 느낌이 묻어났다. 문제는 삼룡이었다. 수빈에게 다가가는 삼룡의 팔다리가 로봇처럼 꺾였다. 나는 삼룡을 데리고 밖으로 나갔다. 도대체 왜 그러는 거야? 여자 처음 안아봐? 삼룡은 잠깐 머뭇거리다가 고개를 끄덕였다. 순간 천연기념물이라는 게 진짜 있긴 있구나 하는 생각이 들었다. 요즘 같은 세상에 서른이 되도록 여자를 한 번도 안아보지 않은 사람이 있다는 게 믿기지가 않았다. 하지만 그 믿기지 않는 일이 또 현실이었다. 나는 다시 삼룡을 데리고 들어가서 수빈을 안으라고 했다. 삼룡은 쭈뼛거리다가 어색하게 팔을 벌려서 수빈을 안았다. 그렇게 한 시간을 내버려둬야겠다고 마음먹었다. 모든 게 처음이 어색하고 힘들지 적응하고 나면 별것 아닌 법이다.

어떻게 하면 삼룡의 감정을 끌어올릴 수 있을까 고민했다. 그때 삼룡에게 〈영웅본색〉을 보여줬던 게 기억났다. 삼룡은 그 영화를 보고 어이없을 정도로 많은 눈물을 쏟았다. 그 정도로 감정이입이 잘 되는 성격이라면 다른 영화를 봐도 마찬가지일 거라는 생각이 들었다. 그렇다면 도망쳐 나온 젊은 연인이 행복한 한때를 보내는 영화를 보여주면 어떨까 싶었다.

그런 상황에 딱 맞는 영화가 하나 있다. 〈러브 스토리〉였다. 70년대 미국 영화인데 가난한 여자와 부잣집 남자가 눈이 맞아서 집안의 반대를 무릅쓰고 살다가 여자가 백혈병에 걸려서 죽어가는 뭐 그런 이야기였다. 요즘 보면 뻔하고 유치한 이야기일지 모르지만 당시에는 꽤나 흥행에 성공했던 영화였다. 특히 눈밭에서 한 쌍의 연인이 아름다운 음악과 함께 뒹구는 장면은 영화사에 길이 남을 명장면으로 꼽혔다.

재빨리 컴퓨터로 가서 〈러브 스토리〉를 다운받았다. 그리고 삼룡과 수빈에게 팔을 풀도록 했다. 한 시간 동안 같은 자세로 있었기 때문인지 삼룡은 내 말이 떨어지자마자 냉큼 팔을 풀었다. 수빈의 얼굴에는 아쉬운 빛이 역력했다.

수빈과 삼룡을 컴퓨터 앞에 앉혀놓고 〈러브 스토리〉를 보여주었다. 처음에는 과연 삼룡이 액션영화가 아니라 저런 멜로영화에 빠져들 수 있을까, 하는 의구심이 들었다. 그러나 삼룡은 이내 영화에 몰입하기 시작했다. 결국 여자 주인공이 죽는 마지막 장면에 이르자 참았던 눈물을 떨구기 시작했다. 곁에 수빈이 있어서 그런지 〈영웅본색〉을 볼 때처럼 펑펑 울지는 않았지만, 앙다문 입술 주위로 빗줄기 같은 눈물이 쉴 새 없이 흘러내렸다. 수빈도 삼룡을 따라 티슈를 뽑아가며 과하게 눈물을 닦아댔다. 옆에 삼룡이 있어서 그런 듯싶었다. 나는 그런 삼룡에게서 어떤 가능성을 봤다. 몰입이 좋고 감정이 풍부하다는 건 배우가 갖추어야 할 기본적인 조건이다.

〈러브 스토리〉가 끝나자 삼룡은 감정을 추슬렀다. 나는 삼룡에게 애써 연기를 하려 들지 말고 〈러브 스토리〉에서 본 걸 흉내 내는 수준으로 하라고 했다. 이어 첫 장면을 찍기 시작했다. 아직 영화의 잔상이 남아 있어서인지 삼룡은 생각보다 꽤 훌륭하게 표정 연기를 해냈다. 수빈을 안는 것도 주저하지 않았다. 수빈과의 호흡도 훨씬 좋아졌다. 이미 삼룡에게 빠져 있는 수빈은 연기할 필요가 없었다. 사심을 마음껏 드러내는 것만으로도 충분했다.

촬영은 무난하게 진행되었다. 감독이란 시나리오가 좋을 때뿐만 아니라 배우에게서 의외의 가능성을 발견할 때도 의욕이 샘솟는 법이다. 지금이 딱 그랬다. 스마트폰의 조그만 액정 속에 비친 삼룡의 연기에는 무한한 가능성이 엿보였다. 나는 모든 스태프의 역할을 혼자 도맡아서 해야 하는 이 초라한 환경도 잊고 혼신을 다해 연출하고 촬영했다. 같이 설거지를 하는 장면 외에 같이 밥을 먹는 장면, 하얀 빨래 너는 장면, 서로에게 기대서 음악을 듣는 장면 등등 이 방에서 수빈과 내가 했던 가장 로맨틱했던 순간들을 찍어나갔다.

촬영에 열중하다 보니 어느새 밤이 되었다. 이제 내가 생각한 마지막 신을 찍을 때가 왔다. 옥탑방에서 내려다보이는 도시의 야경을 보면서 주인공인 정재와 수빈이 입을 맞추는 장면이었다. 이 장면은 수빈이 처음 내 방에 왔을 때 같이 야경을 보다가 키스를 나누었을 때를 떠올리면서 콘티를 짰다. 나로서는 살면서 가장 애틋한 순간이었고 이 신 전체를 놓고 봤을 때도 클라이맥스에 해당하는 장면이었다. 사실 이 장면 하나를 위해 앞의 장면들을 찍어온 것이나 다름없었다.

삼룡과 수빈을 야경이 내려다보이는 창문 앞에 세웠다. 수빈에게는 따로 연기 지도를 할 필요가 없었다. 이미 앞 장면들을 찍느라 연애 감정에 푹 젖어 있었기 때문이다. 하지만 삼룡이 또 문제였다. 오늘 처음 여자를 안은 그였다. 그러니 여자와 키스를 해봤을리 없었다. 아니나 다를까 삼룡의 입은 숯만 들어가면 수빈의 입에 닿기 전에 멈춰버렸다. 입이 더 나가려 해도 목이 굳어서 움직이지 않는 것처럼 보이기도 했다.

연출을 하다 지쳐서 머리를 싸매고 앉았다. 도대체 어떻게 해야 삼룡의 굳은 목과 입술을 풀어줄 수 있을까? 아무리 생각해도 뾰족한 수가 떠오르지 않았다. 그때 수빈이 내 곁으로 다가왔다. 감독님, 저한테 방법이 있는데요. 수빈은 얼굴을 조금 붉히면서 말했다. 어디까지나 연기를 위해서 하는 거니까 뭐 괜찮겠죠? 나는 떨떠름한 표정으로 수빈을 쳐다봤다. 해봐. 수빈은 다짜고짜 삼룡 앞으로 가더니 그의 목을 끌어안고 키스를 했다. 연기를 핑계로 수빈이 사심을 채우고 있는 게 확실했지만 저것도 방법이다 싶었다. 삼룡은 버둥거렸지만 수빈이 불가사리마냥 워낙 단단하게 삼룡의 머리를 붙들고 있어서 입술이 떨어지는 일은 없었다. 무술의 고수마저 꼼짝하지 못하게 하는 수빈의 저 집념이 경이로웠다. 일단 예비로 컷을 따놓자는 생각에 스마트폰을 들고 삼룡과 수빈의 키스 연습 장면을 찍었다. 버둥거리던 삼룡도 잠잠해졌다. 그러고는 어디서 배웠는지 수빈의 허리를 두 손으로 살며시 감싸 안았다. 나름대로 로맨틱한 자세가 잡혀가고 있었다. 수빈의 입술에서 음, 하는 신음 소리가 흘렀다.

그만! 누군가 버럭 소리를 질렀다. 나와 수빈 그리고 삼룡은 깜짝 놀라 뒤를 돌아봤다. 언제부터 와 있었던 건지 옥탑방 입구에 제작자가 서 있었다. 눈썹이 꿈틀거리고 있는 걸로 봐서 화를 억지로 누르고 있는 모양이었다. 제작자의 뒤에는 똘마니 한 명이 족발을 들고 서 있었다. 갑자기 촬영장의 분위기가 싸늘하게 식었다.

수빈이 생글생글 미소를 지으면서 제작자에게 가 팔짱을 꼈다. 오빠, 왜 화를 내? 그냥 영화 찍는 것일 뿐이잖아. 애교를 잔뜩 묻힌 말투였다. 아까 삼룡과 키스를 하면서 신음 소리까지 내던 수빈은 온데간데없었다. 이런 때 보면 수빈은 천생 배우라는 생각이 들었다. 다만 카메라만 돌아가면 연기가 어색해지는 게 문제였다.

수빈의 애교에 제작자는 억지로 미소를 지었다. 그러나 미소는 입꼬리까지만이고 눈빛은 여전히 차가웠다. 하긴 내 눈에도 수빈이 키스를 하면서 흠뻑 빠져들어가는 게 보이는데 제작자의 눈에 그게 보이지 않았을 리 없었다. 특히나 수빈은 신음 소리까지 내지 않았던가. 내가 잘못한 것도 없는데 꼭 불륜을 저지르다가 들킨 기분이었다.

그날 촬영은 그걸로 끝이었다. 제작자는 족발을 놓고 수빈을 챙겨 갔다. 수빈은 촬영을 더 하고 싶은 의욕을 내비쳤지만, 그녀의 의욕은 제작자의 질투심에 기름만 부을 뿐이었다. 제작자는 수빈의 팔을 낚아채고는 납치하듯이 옥탑방을 나섰다. 나는 족발을 물고 삼키지도 못한 채 제작자를 배웅해야 했다. 옥탑방을 내려가는 계단에서 제작자는 나를 보며 말했다. 당분간은 액션 신을 찍도록 하게. 조만간에 무슨 일이 있을 걸세. 나는 고개를 조아렸다. 비굴한 인사만이 지금 이 상황에서 내 목숨을 보존해줄 것 같았다.

수빈은 제작자의 손에 이끌려 계단을 내려가다 모퉁이를 돌기 직전 슬쩍 삼룡을 돌아봤다. 짧은 시간이었지만 수빈의 눈에는 아쉬움, 사랑스러움, 그리움, 슬픔 같은 감정들이 차례대로 지나갔다. 하지만 삼룡은 수빈의 그 마음을 아는지 모르는지 그녀에게 가볍게 목례만 했다. 수빈이 저렇게 감정적으로 매달리는 모습은 처음 봤다. 기분이 씁쓸했다. 나는 나의 사랑이 완전히 떠나버렸다는 걸 비로소 실감했다.

수빈에게서는 한동안 연락이 오지 않았다. 예전 같았으면 수빈이 제작자를 달래기 위해 무슨 짓을 했을까 상상하면서 괴로 워했겠지만 지금은 전혀 그런 생각이 들지 않았다. 단지 다음 촬영에 지장이 없었으면 하는 정도의 걱정만 들 뿐이었다.

수빈과의 첫 촬영이 있은 후 사흘 만에 낯선 번호로 전화가 왔다. 받아보니 제작자가 아는 동생이었다. 수 나이트클럽이라 고 아시죠? 네, 제작자님에게 얘기 들었습니다. 이틀 후에 거기 서 전쟁을 하기로 했거든요. 참가하고 싶으면 오세요. 네, 알겠 습니다. 장소 내주셔서 감사합니다. 나는 공손하게 대답하고 전 화를 끊었다. 곁에 있던 삼룡이 무슨 전화냐고 물어왔다. 나는 급하게 웃는 표정을 지으며 기다리던 액션 촬영 날짜가 잡혔다고 했다. 삼룡은 빙긋 웃었다. 이제야 자신이 잘할 수 있는 걸 하게 됐다며 기대감을 숨기지 않았다.

그러나 나는 삼룡의 기대감을 뒤로하고 돌아앉아 또 다른 걱정을 해야 했다. 이대로 아무런 준비 없이 사지로 들어갈 수는 없었다. 촬영까지는 아직 이틀이 남아 있었다. 게다가 지난번에 광고비 한다고 제작자에게 빌려 쓰고 숨겨둔 돈도 아직 남아 있었다. 이 시간과 돈을 활용해서 내 몸을 최대한 보호할 장신구들을 마련하기로 했다. 살 수만 있다면 중세의 갑옷 같은 것이라도 장만하고 싶었다.

인터넷으로 찾아보니 생각보다 몸을 보호할 수 있는 것들이 많았다. 특히 오토바이 전문 몰에서 무더기로 쏟아졌다. 머리를 보호하는 헬멧은 물론이고 팔과 다리를 보호할 수 있는 패드와 가슴과 척추를 보호할 수 있는 점퍼까지 있었다. 이것들은 모두 교통사고를 대비한 것이니 각목이나 쇠파이프 정도는 충분히 버틸 수 있을 것 같았다. 문제는 가격이었다. 모든 것을 다 장만하려면 제작자 몰래 숨겨놓은 돈의 대부분을 써야 했다. 하지만 일단은 살고 볼 일이었다.

어느 정도 보호 장구를 갖추고 나자 마음에 여유가 생기면서 다른 게 보이기 시작했다. 시간이 얼마 남지 않았지만 그래도 감독으로서 연기 콘셉트 이야기는 해줘야겠다 싶었다. 연기는 단순했다. 제작자의 동생네 파가 이겨야 나도 산다. 그러자면 삼룡이 무조건 최선을 다해야 한다. 나는 삼룡을 앞에 앉혀놓고 말했다. 무조건 싸워서 이겨. 무술로 해서 이길 것 같지 않으면 깨물어버리든지 눈알을 후벼 파버려. 삼룡은 혹시 악역을 해야 하는 거냐고 되물었다. 그러니까 말이야…… 우리는 세계 최초의 시도를 하게 될 거야. 삼룡의 얼굴에 호기심이 떠올랐다. 잘 들어봐. 내일 우리가 시도하게 될 액션 장면은 〈옹박〉을 뛰어넘을 거야. 그 영화에서는 배우가 모든 스턴트를 다 해내지. 하지만 싸움 장면은 합을 맞춘 거야. 쉽게 말해서 서로 짜고 쳤다는 거지. 이제 대충 우리가 어떻게 해야 할지 감이 잡히지? 하지만 삼룡은 감 따위는 잡아본 적도 없다는 얼굴이었다. 생각을 해봐. 우리가 〈옹박〉보다 나은 게 뭐 있어? 제작비도 적어, 배우나 감독이 유명한 것도 아니야. 애초에 〈옹박〉보다 잘 찍기는 힘들어. 〈옹박〉처럼 찍어도 살아남기가 힘든데 〈옹박〉보다 못 찍는다면 우리 영화는 개봉도 못 해보고 사장될 가능성이 아주 커. 영화가 사장된다는 말에 삼룡은 근심 어린 기색을 보였다. 〈옹박〉보다 잘 찍을 수 없다면 〈옹박〉과 다르게 찍어야 한다는 결론이 나와. 〈옹박〉도 마찬가지야. 성룡이나 이소룡 영화와는 확실하게 다른 뭔가가 있었기 때문에 성공한 거야. 더 거슬러 올라가면 성룡이 성공한 것도 이소룡과 차별화하는 데 성공했기 때문이야. 이소룡이 인상을 잔뜩 쓰고 적들을 거침없이 무찔러나가는 것으로 성공했다면 성룡은 유머를 섞어서 액션을 차별화한 거야. 우리도 이런 성공 공식을 따라야 해. 그렇다면 다시 생각해보자고. 우리가 성공하기 위해 〈옹박〉과 차별화하려면 어떻게 해야 할까? 나는 삼룡의 답을 기다리지 않고 재빨리 말을 이었다. 그 차별화 포인트는 바로 싸움이야. 앞서 말했잖아. 〈옹박〉이 아무리 리얼 액션을 표방했다 해도 싸움은 합을 맞춘 거란 말이지. 우리는 여기서 한 발 더 나가는 거야. 싸움도 진짜로 하는 거지. 이거야말로 진정한 리얼 액션 아니겠어? 내일은 출연자들이 진짜로 패싸움을 할 거야. 다 영화의 리얼리티를 위해서지. 피 흘리는 건 예사고 뼈가 부러지고 응급실에 실려 가는 사람도 많을 거야. 하지만 신경 쓰지 마. 그렇게 해도 서로 고발하지 않기로 합의가 돼 있거든. 이제 감이 잡히지? 삼룡은 고개를 끄덕였다. 그런데 영화를 찍으면서 그렇게 위험하게들 하나요? 삼룡이 조심스럽게 물었다. 당연하지. 나는 일부러 눈도 깜빡거리지 않았다. 말했잖아, 성룡이 액션영화를 찍기 위해 죽을 고비 여러 번 넘긴 거. 동생은 솔직히 말해서 좀 얼떨결에 영화를 하게 됐지만 말이야, 세상에는 영화를 찍고 싶어 하는 사람들이 많아. 게다가 우리는 세계 최초로 진짜 싸움을 벌이는 영화를 할 거야. 이 정도 타이틀이면 배우 지망생들은 기꺼이 목숨도 내놓겠다고 든다고. 삼룡은 배우 지망생들의 연기에 대한 열정에 감탄하면서 말했다. 그렇다면 내가 운이 좋은 편이군요. 감독님 눈에 한 번에 발탁됐으니까요. 사실 운이 좋은 쪽은 나지만 그래도 지그시 고개를 끄덕여주었다. 다시 처음으로 되돌아가자면 말이지. 싸움에서 무조건 이겨야 한다는 거야. 서로 치고받는 합을 짜고 촬영에 들어가면 동생이 이기게 되어 있어. 당연하지, 대본에 그렇게 나와 있으니까. 그런데 우리는 달라. 합을 짜는 게 전혀 없어. 실제로 싸우는 거니까. NG가 나서 재촬영을 하는 것도 없어. 무조건 한 번에 이겨야 하는 거야. 어디까지나 실력으로 말이지. 동생이 자칫 방심하면 질 수도 있어. 상대편도 이판사판으로 나올 거거든. 내가 그렇게 하라고 했어. 조금이라도 봐주거나 하면 리얼함이 떨어질 거야. 그러면 우리 영화는 망하는 거야. 이거 준비하느라 돈 많이 들었어. 나이트클럽 빌려야지, 배우들 섭외해야지…… 수천만 원 들었어. 지면 이 돈 다 날아가는 거야. 거짓말이라는 게 한 번 내뱉기가 어렵지 작심하고 뱉다 보니 의도치 않게 돈 이야기까지 술술 나왔다. 나는 삼룡의 손을 잡고 진득하게 감정을 실어서 말했다. 이 영화 촬영, 위험해. 목숨도 걸어야 하고. 지금이라도 자신 없으면 말해. 순간 아차 싶었다. 거짓말에 취해서 삼룡에게 쓸데없는 말을 내뱉은 것이다. 삼룡이 이렇게 위험한 촬영은 못 하겠다고 하면 할 말이 없었다. 그래서 나는 슬쩍 돈 이야기를 끼워 넣었다. 물론 동생이 안 한다 그러면 준비하느라 들인 돈은 찍어보지도 못하고 날아가겠지…… 동생이 다치는 거에 비하면 뭐 그까짓 돈이 문제겠어. 나는 애써 태연한 표정을 지었다. 그러나 속으로는 조마조마했다. 감독님, 도대체 왜 그러십니까? 삼룡은 버럭 화를 냈다. 반사적으로 움찔했다. 삼룡이 내 거짓말을 눈치챈 건가 싶었다. 저 그런 놈 아닙니다. 감독님께서 이렇게 저를 걱정해주시는데 제가 다치는 게 무서워서 감독님 돈 날리게 할 놈으로 보이십니까? 남자는 자신을 알아주는 사람에게 목숨을 바치는 법입니다. 감독님이 저를 알아봐주셨으니 저도 감독님에게 이 한 몸 바칠 겁니다. 내일 싸움 꼭 이길 겁니다. 그러니까 자꾸 그런 말로 저 비겁한 사람 만들지 마십시오. 말을 끝낸 삼룡은 눈가가 붉게 달아올랐다. 또다시 감정이 북받쳐 오른 모양이었다. 나도 동생만 믿을게. 나는 삼룡을 와락 껴안았다. 삼룡의 어깨가 가늘게 떨리더니 끈끈하고 뜨뜻한 뭔가가 등을 타고 흘렀다. 나는 그것이 콧물만은 아니기를 바랐다.

결전의 날이 밝았다. 나와 삼룡은 제작자의 동생이 보내준 봉고를 타고 촬영장인 나이트클럽으로 갔다. 봉고에는 짧게 깎은 머리에 비대하게 살을 찌운 조직원들이 비장한 표정으로 각을 잡고 앉아 있었다. 그 사이를 비집고 헬멧과 각종 보호대로 몸을 휘감은 나와 다른 똘마니들처럼 잔뜩 긴장한 삼룡이 자리를 잡았다.

우리는 나이트클럽 근처에 도착하자 봉고에서 내려 제작자의 동생이 타고 있는 세단으로 갈아탔다. 제작자의 동생은 제작자와 달리 전형적인 조폭 두목 스타일이었다. 스포츠형 머리에 날카로운 눈매를 하고 있었는데 어떤 미소를 지어도 흉악해 보였다. 제작자의 동생은 회장님께 말씀 많이 들었다는 말과 함께 명함을 건네주었다. 받아 보니 러시러시 개발 대표이사라는 직함 아래 맹절곤이라는 이름이 찍혀 있었다. 듣기에 따라서는 쌍절곤이 연상되기도 했다. 절곤은 나를 노려보며 말했다. 회장님 밑에서 액션 하겠다고 서울 왔을 때 그분께서 지어주신 이름입니다. 지금은 정식으로 개명해서 이 이름이 되었습니다. 나는 참 인상적인 이름이십니다, 하고 말해주었다. 절곤은 나를 다시 살짝 노려봤다. 나는 그때야 그가 쑥스러워한다는 걸 눈치챘다.

절곤의 말에 따르면 오늘 싸움은 토시파와의 전쟁이라고 했다. 토시파는 두목인 토시가 싸울 때마다 단정하게 팔에 토시를 낀다고 해서 붙여진 이름이었다. 절곤은 나이트클럽으로 쳐들어가는 시간은 새벽 네시라고 했다. 손님들이 다 빠져나가고 결산을 하기 위해 사장이 들르는 시간이었다. 이번 전쟁은 이기게 되어 있으니 안심하세요. 잠깐 눈을 붙이고 계시면 새벽에 깨워드리겠습니다. 그 한마디가 내가 두른 보호 장구를 모두 합한 것보다 더 나를 안심시켰다. 시간은 자정을 넘어서고 있었다.

절곤이 나를 흔들어 깨웠다. 나도 모르게 깜빡 잠이 들었던 모양이었다. 눈을 부비고 일어나니 어느새 잠에서 깬 삼룡이 날카로운 눈빛으로 나이트클럽을 응시하고 있었다. 시계를 봤다. 세시 오십분이었다. 십 분만 더 있으면 전쟁이다. 스마트폰 카메라를 점검하며 촬영을 준비했다.

정확하게 네시가 되었다. 골목 여기저기에서 각목과 쇠파이프를 든 조직원들이 쏟아져 나왔다. 삼룡에게 눈짓을 했다. 삼룡의 활약상을 되도록 많이 담으려면 그가 가장 앞장서야 했다. 나는 한동안 그의 뒤만 따라다니다가 상황이 절곤의 조직 쪽으로 기울어질 만하면 삼룡의 정면도 담을 계획이었다.

조직원들은 나이트클럽 입구에 집합했다. 나와 삼룡도 나이트클럽 문 앞에 자리 잡았다. 절곤이 주먹을 치켜들었다. 조직원들은 일제히 함성을 지르며 나이트클럽 안으로 뛰어들어갔다. 삼룡은 순발력 있게 조직원들의 맨 앞에 섰다.

나도 다른 조직원들처럼 함성을 지르며 달렸다. 그 누구보다

열정적으로 함성을 질러댔다. 솔직히 함성이라도 지르지 않으면 두려움이 발목을 붙잡고 놓아주지 않았을 것 같았다. 보이는 모든 것들이 빠른 속도로 휙휙 지나갔다. 테이블들이 덮치듯 내게 다가왔다. 도무지 내가 이 현장에 있다는 현실감이 들지 않았다. 푹 눌러쓴 헬멧 때문에 남자들의 고함 소리와 욕까지도 이명처럼 느껴졌다.

그 와중에도 스마트폰을 꺼내 카메라 기능을 실행시킨 뒤에 절곤이파 조직원들이 나이트클럽 사장과 종업원들을 덮치는 장면을 찍기 시작했다. 사각 프레임 안에 모든 사물이 들어오자 비로소 현실감각이 돌아왔다. 아니, 현실감각이 돌아왔다기보다는 저들의 싸움이 프레임 속에 갇히면서 나와 상관없는 현실로 인식되었다는 편이 더 정확했다.

어느 정도 여유를 찾자 주변이 보이기 시작했다. 나이트클럽 안은 생각보다 밝았다. 사장과 웨이터들이 뒷정리를 하느라 불을 모두 밝혀놓은 탓이었다. 나로서는 다행이었다. 너무 어두우면 화면에 움직임이 잘 잡히지 않는다. 하지만 나이트클럽 안이 밝았기 때문에 조명 없이도 어느 정도 선명하게 삼룡이 싸움하는 장면을 찍어낼 수 있었다.

삼룡의 모습은 화려하지 않으면서도 압도적이었다. 이소룡이나 성룡처럼 과장된 몸짓은 없었다. 하지만 한 번을 때려도 정확하게 급소를 때려서 상대를 꼼짝하지 못하게 했다. 삼룡이 지나가는 곳마다 비명을 지르며 나뒹구는 자들이 속출했다. 삼룡은 어떤 무술영화에서도 볼 수 없었던 동작을 구사하고 있었다. 어쩌면 그게 당연했다. 무술영화에서는 관객에게 볼거리를 던져주기 위해 일부러 화려하고 과장된 동작을 짜 넣을 수밖에 없다. 그러나 지금은 볼거리를 던져줄 여유가 없었다. 싸워서 이겨야만 했다. 그러니 오직 상대를 제압하기 위한 동작만을 쓸 수밖에 없었다.

그 모습이 오히려 더 색달라 보였다. 저 새로운 동작들을 다채로운 앵글에 담아내고 싶은 욕구가 강렬하게 꿈틀거렸다. 싸움 현장에 대한 공포심이 서서히 걷혔다. 카메라를 들고 삼룡에게 다가갔다. 누군가가 각목으로 내 헬멧을 때렸지만 삼룡을 찍느라 신경조차 쓰지 못했다.

삼룡의 활약 덕분에 싸움은 절곤이파의 압도적인 승리로 끝났다. 애초에 절곤이파의 숫자가 훨씬 많았던 데다가 상대의 허를 찌르는 기습 공격에 삼룡이라는 에이스까지 가세했으니 당연한 결과였다. 토시파의 관리를 받던 나이트클럽 사장은 절곤 앞에 무릎을 꿇었다. 이미 절곤이파 조직원들에게 수도 없이 얻어맞은 후였다. 사장은 절곤이 내민 계약서에 두말없이 사인했다. 지분의 51퍼센트를 넘겨준다는 조건이었다.

나는 절곤과 사장 간에 맺은 계약서를 재활용해서 사장이 정재에게 지분을 넘기는 신을 촬영했다. 그 전에 사장에게 가서 한 번만 더 계약하는 시늉을 해달라고 했다. 사장은 나의 행색을 보고 짜증스러운 기색을 내비쳤다. 나는 삼룡을 향해 가볍게 손을 흔들어주었다. 삼룡은 공손하게 고개를 숙였다. 사장은 그 모습을 보자마자 자세를 고쳐 앉았다. 나는 사장에게 신을 설명해주고 연기 지도를 해주었다. 사장은 이게 뭐 하는 짓인가, 하는 눈빛이었다. 나는 이게 뭐 하는 짓인지 설명하는 대신에 시키는 대로 하지 않으면 삽과 꿀로 적절한 조치를 취하겠다고 말해주었다. 사장은 연기가 처음이라는 게 믿기지 않을 정도로 맡은 역을 훌륭하게 해냈다. 다행스럽게도 그로 인해 삼룡은 이게 실제인지 아닌지 구분하지 못한 상태에서 첫 액션신을 끝냈다.

모든 상황이 정리되자 절곤은 나와 삼룡을 나이트클럽 옆에 따로 붙어 있는 사장실로 데리고 갔다. 사장실은 엔틱 가구로 꾸며진 고급스러운 분위기였다. 삼룡과 나는 절곤을 가운데 두고 마주 앉았다. 절곤은 조직원 중 하나에게 눈짓을 했다. 그러자 조직원은 갖고 있던 보온병에서 오미자차 세 잔을 따라서 나와 삼룡 그리고 절곤 앞에 놓았다. 이 오미자차는 회장님을 모시던 때부터 맛을 알게 된 겁니다. 절곤은 나와 삼룡에게 차를 권했다.

절곤과 함께 제작자에 대해 이야기를 나누다 보니 제작자가 생각보다 훨씬 거물이라는 걸 알게 됐다. 제작자가 지금은 조직을 떠나서 사채만 하는 것 같지만 사실은 사채를 해서 번 돈으로 절곤이파를 후원하고 있었다. 뿐만 아니라 이 절곤이파를 앞세워 재개발을 포함한 갖가지 건설업에 깊숙하게 관여하고 있었다. 알고 보니 수빈과 함께 찾아갔던 일식집도 제작자의 것이었다. 돈에 대해서 쩨쩨하게 구는 제작자를 보면서 그가 퇴물 조폭이라고 여겼던 내 생각이 한참 빗나갔다는 걸 깨달았다. 새삼스럽게 제작자에게 대들지 않고 납작 엎드리길 잘했다는 생각이 들었다.

나와 절곤과의 모든 이야기는 '조폭'이나 '조직원' 혹은 '조직 간 전쟁'이라는 말 대신 '구단'이라든가 '선수' 혹은 '실전 액션'이라는 단어를 써가며 이루어졌다. 절곤은 제작자의 영향 때문인지 그런 단어들을 쓰는 데 막히거나 주저함이 없었다. 덕분에 삼룡은 여전히 절곤이파를 무슨 액션스쿨 정도로 생각하는 듯했다.

이야기 말미에 절곤은 갑작스럽게 삼룡을 스카웃하고 싶다고 했다. 나는 약간 당황했다. 이 친구는 나와 계약이 되어 있어서요. 스카웃이 어렵습니다. 하지만 절곤은 부탁을 거두지 않았다. 분명히 토시파가 다시 기습하러 올 겁니다. 그때를 대비해서 이 친구 같은 인재가 꼭 필요합니다. 삼룡은 토시파가 기습하러 온다는 말에 의아한 표정을 지었다. 빨리 상황을 수습해야 했다. 이 친구는 저와 계약이 되어 있어서 다른 현장에 보내주는 것은 힘듭니다. 하지만 본격적으로 토시 액션스쿨과 액션을 하게 될 기회가 있으면 언제든지 불러주세요. 절곤은 아쉬운 얼굴로 악수를 청했다. 그렇다면 꼭 도와주십시오. 나는 절곤과 손을 잡는 둥 마는 둥 하고 사장실을 나왔다.

집으로 돌아오는 버스에 앉아서야 비로소 헬멧을 벗을 수 있었다. 벗고 보니 누구의 것인지 모를 피가 여기저기 튀어 있었다. 순간 조금 전에 보았던 끔찍한 싸움 장면이 떠올랐다. 쇠파이프에 부러지던 다리, 바닥을 흥건하게 적시던 피, 그 속에 드문드문 섞여 있던 이, 고통에 찬 비명들…… 나도 모르게 몸이 떨렸다. 반면에 삼룡은 첫 액션 신을 무사히 끝냈기 때문인지 흥분이 가시지 않은 얼굴이었다.

액션 신을 찍을 때마다 이런 극심한 스트레스를 받아야 한다는 사실 자체가 끔찍했다. 다음 신은 무조건 수빈과 멜로 신을 찍어야겠다고 마음먹었다. 조금이라도 이 스트레스를 피해볼 요량이었다. 그러려면 제작자의 도움이 필요했다. 수빈을 데리고 오기 위해서도 그렇고 세트장을 확보하기 위해서도 그랬다.

기억의 열하나

제작자와 사무실에 마주 앉았다. 회의의 옵션과도 같은 오미자차도 앞에 두었다. 나는 다음 촬영은 멜로 신이 꼭 들어가야 한다고 말했다. 제작자는 멜로라는 말이 나오자마자 불쾌한 기색을 드러냈다. 평소 같았으면 제작자의 표정에 움찔했을 테지만 지금은 사정이 달랐다. 당분간은 눈앞에서 피가 튀고 뼈가 부러지는 꼴을 보고 싶지 않았다. 나는 제작자의 불쾌한 표정에도 물러나지 않았다. 한 번 더 수빈과 함께 촬영할 수 있게 해주십시오. 절대로 수빈과 삼룡 간의 신체 접촉은 하지 않는 선에서 연출을 하겠습니다. 예를 들어 상대를 바라보는 애절한 눈빛 같은 것으로도 충분히 사랑을 표현할 수 있는 방법이 있습니다. 내 말에 제작자는 조금 고심하는 듯했다.

여기서 제작자가 좋아하는 돈 이야기를 꺼내서 쐐기를 박아야겠다고 생각했다. 이 영화는 대박 날 겁니다. 삼룡의 무술은 이소룡, 성룡보다 뛰어납니다. 이거 개봉하면 제작자님은 한밑천 잡으실 겁니다. 나는 제작자에게 스마트폰에 담겨 있는 삼룡의 활약상을 보여주었다. 삼룡에 대한 질투심 때문인지 처음에는 시큰둥하게 스마트폰을 보던 제작자는 점점 감탄 어린 눈빛으로 변해갔다.

동영상을 다 본 제작자는 수빈과의 촬영을 허락하겠다고 했다. 단 앞으로도 둘의 신체 접촉은 절대 없어야 하네. 네, 믿어주십시오. 사실 수빈의 촬영분은 적으면 적을수록 영화에 보탬이 됐다. 삼룡의 무술만으로도 사람들을 충분히 감탄시킬 수 있는데 케케묵은 멜로 따위를 집어넣어서 괜히 영화를 지루하게 만들 이유가 없었다.

저…… 그런데 한 가지 더 부탁이 있습니다. 제작자는 삼룡의 액션을 본 여운이 가시지 않았는지, 부탁이라는 말을 꺼냈음에도 온화한 미소를 잃지 않았다. 뭔가? 이제는 제대로 된 영화 세트장이 필요합니다. 그래서 말인데 제가 떼인 아이디어만큼 촬영장을 쓰는 데 관심을 좀 가져주십시오. 그동안 내가 소홀했네. 이틀 정도만 여유를 주게. 바로 해결해주겠네. 그런데 나도 부탁이 하나 있네. 제작자가 은근한 눈길로 나를 바라봤다. 말씀하십시오. 나는 충직한 똘마니처럼 고개를 숙였다. 내가 신체 접촉을 하지 않게 했다는 말은 절대로 우리 수빈이에게 하지 말게. 내가 이 나이에 옹졸한 놈으로 보일까 봐 말이지. 이것 참, 허허허. 제작자는 너털웃음을 지었다. 수빈 씨에게는 제 연출 방침이 그렇다고 말해두겠습니다. 나는 내 말에 진정성이 느껴지도록 목소리를 중저음 톤으로 깔았다. 제작자는 흡족한 표정으로 오미자차를 권했다. 이틀 동안 이놈의 오미자차를 마셔서 그런지 속에서 신물이 올라왔다.

약속과 달리, 사흘이 지나서야 제작자로부터 연락이 왔다. 정성껏 준비시키느라 좀 늦었네. 오늘이라도 가서 만나보게. 최대한 협조해줄 거야. 네, 신경 써주셔서 감사합니다. 전화를 끊자마자 프로듀서를 만나러 갔다. 삼룡도 데리고 갔다. 번듯한 영화사에서 나를 어떻게 대접하는지 보여주고 싶었다. 나는 제작자가 정성껏 준비했다는 말을 믿어 의심치 않았다.

오랜만에 영화사 사무실에서 만난 프로듀서는 많이 맞은 우디 앨런이 되어 있었다. 얼굴이 온통 울퉁불퉁했다. 일회용 반창고로 가린다고 가렸지만 혹의 부피가 워낙 커서 역부족이었다. 분위기로 보면 일흔이 넘은 우디 앨런보다 조금 더 초췌해 보였다. 프로듀서는 공손하지만 영혼 없는 눈빛으로 내게 인사했다. 내가 삼룡을 소개시켜줄 때도 마찬가지였다. 프로듀서는 보통 처음 사람을 소개받으면 발전적인 표정을 짓기 마련인데 그런 발전적인 표정은 일회용 반창고 아래로 숨어버린 듯했다.

이야기는 쉽게 풀렸다. 프로듀서와 나는 머리를 맞대고 서로의 시나리오에서 세트가 겹치는 부분을 확인했다. 그리고 촬영 일정을 확인한 다음 그 날짜에 내 영화를 촬영할 수 있도록 시간을 비우기로 했다. 나는 프로듀서에게 악수를 청했고 그는 허리를 90도로 숙이면서 받았다.

영화사를 나서면서 후배도 만났다. 이제 감독으로서 입봉을 앞두고 있었지만 나를 똑바로 쳐다보지 못했다. 그도 온 얼굴이 일회용 반창고로 뒤덮여 있었다. 지난날 영화사를 나서면서 쌓였던 울분이 커피에 프림 풀리듯 사라졌다. 안쓰러운 마음마저 들어서 후배의 어깨를 툭툭 쳐주었다. 내 손길이 닿자마자 후배도 90도로 인사했다. 갑자기 제작자가 고맙게 느껴졌다.

프로듀서와 후배가 왜 그렇게 공손한지 알 턱이 없는 삼룡은 나를 존경 어린 눈길로 바라봤다. 이제 세트장에서 내가 감독으로서의 카리스마를 보여준다면 삼룡은 나를 위해 남극 바다에라도 기꺼이 뛰어들 것만 같았다.

세트장 분위기는 밝았다. 수빈은 오랜만에 제대로 된 세트장에 와서 기분이 좋았는지 연출부와 담소를 나누며 환하게 웃었고 제작자는 카메라와 조명기기를 둘러보고 있었다. 그는 감회가 새로운 듯 손을 뻗어 촬영기기들을 만져보기도 했다.

나는 후배가 쓰던 감독석에 앉았다. 후배가 당황스러운 얼굴로 말했다. 형 이러면 내가 어떻게 돼요? 후배를 노려봤다. 너 때문에 내가 어떻게 됐는데? 후배는 노려보는 내 눈길이 부담스러웠는지 또 목운동을 하기 시작했다. 후배에게 스마트폰을 내밀었다. 나 형 전화번호 알아요. 나는 스마트폰의 카메라 기능을 작동시켜서 다시 내밀었다. 찍어. 후배는 황당하다는 표정으로 나를 바라봤다. 나보고 촬영을 하라구요? 나는 고개를 끄덕였다. 못 할 거 뭐 있어? 우리 학생 때는 내가 연출하고 네가 촬영하고 그랬잖아. 내 말에 후배는 코웃음을 쳤다. 그건 애들 때나 그런 거지. 나 지금 여기 감독이에요. 스태프들이 보고 있단 말예요. 그런데 이런 걸 들고 촬영을 하라구요? 장난해요? 나는 제작자를 돌아보면서 말했다. 장난 아냐. 제작자는 나의 시선을 의식했는지 손을 흔들어주었다. 후배의 표정이 딱딱해졌다. 녀석의 손에 스마트폰을 쥐여주었다. 잘 찍어라.

이번에 찍을 분량은 영화 세트장을 전전하던 정재와 수빈이 서로를 지켜보다가 사랑을 키워가는 장면이었다. 신은 지금 이 영화 세트장을 그대로 활용하기로 했다. 영화 관계자 역할을 할 엑스트라는 후배의 스태프들을 활용하기로 했다. 감독이 스마트폰을 들고 촬영을 하고 있는 마당이니 스태프들도 내 말을 따를 수밖에 없었다.

처음에는 이름도 없는 두 명의 배우들과 스마트폰만 가지고 버젓한 영화 세트장에서 촬영을 한다는 게 부끄러웠다. 프로듀서는 겉으로는 고분고분하지만 제작자 몰래 답답한 표정을 슬쩍슬쩍 내비쳤다. 프로듀서가 짓는 표정이라야 발전적인 것 아니면 답답한 것 두 종류밖에 없으니 답답한 쪽이면 어쨌든 부정적인 의사 표현임에는 틀림없었다. 다른 촬영 스태프들 역시 남의 세트장에 와서 뭐 하는 짓들인가, 하는 얼굴로 나와 삼룡 그리고 수빈을 지켜보고 있었다.

하지만 막상 감독 자리에 앉자 내가 이 세트장의 주인이 된 것 같은 기분이 들었다. 전에 없던 자신감이 솟았다. 후배와 삼룡 그리고 수빈을 불러 첫 번째 신을 어떻게 촬영할 것인지 설명해주었다. 수빈은 서로 애틋한 사랑을 느끼는 신이라는 말에 벌써부터 설레는지 삼룡 곁에 슬쩍 붙어 섰다. 삼룡은 아랑곳하지 않고 묵묵히 내 말에 귀를 기울였다. 나는 삼룡을 향한 수빈의 노골적인 시선을 제작자가 의식할까 봐 걱정됐다. 제작자 쪽을 돌아보니 다행히 그는 누군가와 통화를 하고 있었다. 가슴을 쓸어내렸다. 수빈의 연애 감정이 내게 이렇게 공포로 다가올 줄 몰랐다.

오늘의 촬영 분량은 세트장에서 연출부와 단역배우로 만난 삼룡과 수빈이 서로 시선을 교환하다가 호감을 키워가는 장면부터 시작해서 우연히 주인공 뒤에 있는 연인 역을 하게 된 두 사람이 감독의 지시를 어기고 키스를 하는 장면까지였다. 수빈은 키스신이 있다는 걸 이제야 알았는지 양치질을 하겠다고 화장실로 달려갔다. 기가 찼다. 명색이 주연이라는 사람이 집에서 대본은 안 보고 뭘 하면서 시간을 보내는지 궁금할 따름이었다.

이런 분위기를 눈치챈 현장의 스태프들은 피식피식 비웃음을 흘렸다. 나는 촬영에 앞서 현장 스태프들의 기선부터 제압해야겠다고 마음먹었다. 시나리오에 없던 삼룡의 액션 신을 즉석에서 끼워 넣었다. 스태프들에게는 수빈이 몰래 지켜보는 가운데 정재가 세트장 뒤편에서 무술 연습을 하는 장면이라고 둘러댔다. 나는 삼룡에게 맨손으로 차돌 깨기, 발로 차서 각목 부러뜨리기 따위를 시켰다. 삼룡이 그것들을 하나하나 격파해나갈 때마다 현장에서는 감탄사와 박수가 쏟아졌다. 삼룡도 자신의 무술을 많은 사람들이 알아봐주자 얼굴이 상기되었다.

삼룡의 무술 시범 이후에는 촬영이 술술 풀리기 시작했다. 무엇보다 비웃기만 하던 스태프들과 프로듀서의 표정이 돌변했다. 후배 역시 툴툴거리다가 점점 촬영하는 재미에 빠져드는 것 같았다. 나는 현장에 있는 사람 모두가 삼룡에게 빠져들어가는 걸 느낄 수 있었다. 심지어 즉석에서 엑스트라를 부탁해도 다들 흔쾌히 응해주는 분위기였다.

그러나 난관도 있었다. 바로 수빈이었다. 수빈은 제작자 몰래 내게 다가와서는 키스하기 전에 먼저 삼룡과 손을 잡는 장면을 넣어달라고 했다. 나는 제작자를 의식해서 안 된다고 단번에 거절했다. 하지만 수빈은 굴하지 않았다. 나중에 키스신을 찍게 될 거라면서요. 그런데 키스하기 전에 손도 안 잡아보고 서로 안아보지도 않는다는 건 말이 안 돼요. 뭐가 말이 안 돼? 남녀 관계란 하룻밤에 눈 맞아서 잘 수도 있는 거야. 본인도 잘 알면서 그래? 나는 수빈이 제작자를 의식해서 다른 말 하지 못하게 우리의 과거를 암시하는 말을 던졌다. 수빈은 물러서지 않았다. 하룻밤을 자더라도 손도 잡고 포옹을 하고 난 후에 하는 거예요. 잘 아시면서 그래요? 수빈이 이렇게 치고 나오자 오히려 내가 움찔했다. 나는 제작자의 눈치를 살피다가 말했다. 그래도 안 돼. 손잡고 포옹하고 그런 단계를 밟아가는 애정 신은 시시해. 서로의 차이 때문에 애를 태우던 남녀가 한 번에 눈이 맞아서 키스를 하는 게 더 극적이라고. 그러니까 그런 요구는 들어줄 수 없어. 수빈은 내가 연출 의도를 설명하자 할 말이 없는 듯 나를 노려봤다. 촬영 현장에서 감독의 연출 의도는 법이나 마찬가지다. 그러니 수빈도 무조건 자신의 의견을 고집할 수가 없었다. 게다가 이 건을 제작자에게 말해줘봤자 제작자가 수빈의 편을 들어줄 리도 없었다. 좋아요. 감독님 의도가 그렇다면 할 수 없죠. 그럼 키스신은 확실하게 해줘요. 나도 입이나 마주 대는 평범한 키스신은 찍고 싶지 않으니까. 수빈은 그 말을 남기고 삼룽을 향해 조르르 달려갔다.

촬영은 너무 순조롭게 진행되었고 키스신을 찍어야 할 때는 생각보다 일찍 찾아왔다. 제작자는 아직 촬영장을 떠나지 않고 있었다. 아마도 수빈을 데리고 돌아갈 모양이었다. 고민하지 않을 수 없었다. 어떻게 키스를 하지 않고도 키스를 한 듯한 느낌을 자아낼 수 있을까. 언뜻 70년대 영화 스타일로 둘의 눈빛이 애틋해지면서 카메라가 하늘로 치솟는다든가 하는 방식의 연출을 생각해보기도 했다. 그러나 그런 구닥다리 연출을 하기에는 후배와 프로듀서가 의식됐다. 이 영화를 찍으면서 지금껏 상대해왔던 까막눈들과 달리 후배와 프로듀서는 연출을 보는 눈이 있는 사람들이다. 그렇지 않아도 프로듀서는 삼룽의 무술 실력을 보고 난 후로 은근슬쩍 다가와서는 발전적인 이야기를 하고 싶다고 했다. 그때 나는 지난번 일에 대한 앙금이 남아서 대꾸도 하지 않았다. 프로듀서는 안달이 났는지 더욱 발전적인 표정을 지었다. 아직 그 얼굴이 뇌리에 남아 있다. 잘만 하면 삼룽을 데리고 정말 발전적인 영화를 찍을 수 있을지도 몰랐다.

때문에 최소한 프로듀서에게만은 비웃음을 사고 싶지 않았다.

키스신을 앞두고 수빈과 삼룡을 불렀다. 제작자는 어느새 내 뒤로 와서 어슬렁거렸다. 이번 키스신은 특별해. 수빈은 '특별하다'는 말에 두 손을 모았다. 느닷없이 감정에 북받쳐 오를 때 하는 습관이었다. 키스를 할 때 절대 입술이 닿으면 안 돼. 내 말에 수빈은 눈을 동그랗게 떴다. 이어 무슨 말인가를 하려고 입술을 오므렸지만 재빨리 그녀의 말을 잘랐다. 대신 감정을 최대한 끌어올려. 지금 두 사람에게 필요한 것은 내면 연기야. 키스를 하지 않았지만 관객들은 두 사람이 키스를 했다는 느낌을 받도록 해야 해. 지금 이 신은 입술이 닿는 게 중요한 게 아냐. 둘의 마음이 일치되었다는 느낌이 중요한 거라고. 알아듣겠어? 삼룡은 묵묵히 고개를 끄덕였다. 그러나 수빈은 잔뜩 심통이 난 얼굴을 하고 있었다. 나는 수빈의 감정 따위는 신경 쓰지 않기로 했다. 까딱 잘못하다가는 제작자의 감정을 건드리는 수가 있었다.

촬영이 시작됐다. 삼룡과 수빈은 서로 마주 보고 섰다. 후배는 카메라를 들고 삼룡과 수빈 사이에 서 있다가 키스가 시작되려고 하면 삼룡의 머리 뒤쪽으로 돌아서기로 했다. 그러면 정작 키스할 때는 삼룡의 뒤통수와 수빈의 눈만 화면에 잡힌다. 그러니까 입술이 닿지 않아도 수빈이 어떻게 연기를 하느냐에 따라 키스를 하는 느낌이 날 수도 있고 안 날 수도 있었다.

액션! 나는 후배 뒤에 바짝 붙어서 둘의 입술이 닿는지 어떤지 감시했다. 그 전에 삼룡을 불러서 수빈이 너무 다가온다 싶으면 알아서 적당히 떨어뜨려놓으라고 했다. 물론 연기를 위해서라고 강조했다. 삼룡은 내 말에 충실하게 따랐다. 수빈은 카메라가 삼룡의 머리 뒤로 돌면 입술을 붙이려고 들었다. 그 순간이 내 시선의 사각지대였기 때문이었다. 하지만 그럴 때마다 삼룡이 수빈을 밀었다.

한 번, 두 번, 세 번…… NG가 거듭됐다. 수빈의 감정은 애절함에서 애틋함으로 애틋함에서 답답함으로 답답함에서 분노로 바뀌어갔다. 열 번쯤 NG가 났을 때 수빈은 아예 작정을 하고 삼룡의 목을 껴안았다. 경악했다. 다행히 이번에도 삼룡이 수빈을 밀어냈다. 수빈은 삼룡을 노려보다가 다시 내게로 왔다. 감독님, 이건 아닌 거 같아요. 생각해보세요. 이 장면은 서로 감정을 숨기던 두 사람이 마침내 그동안의 참아왔던 걸 터뜨리는 신이잖아요. 키스를 제대로 해야 감정이 살지 않겠어요? 딱히 대꾸할 말이 없었다. 수빈이 이렇게까지 시나리오를 잘 분석하는 연기자였던가 하는 생각마저 들었다. 그러나 나는 수빈과 연기에 대해서 토론할 생각이 없었다. 키스는 안 된다고 했잖아. 입을 안 맞추고 키스를 제대로 하라니까. 내 말 못 알아듣겠어? 나의 강경한 입장에 수빈은 어금니를 살짝 물고 말했다. 두고 보세요.

숏을 부르기 전에 뒤를 돌아봤다. 제작자가 심각한 표정으로 나를 노려보고 있었다. 머리가 복잡해졌다. 지금 촬영을 진행시키면 수빈은 작정하고 키스를 하겠다고 덤벼들 게 틀림없었다. 그렇다고 저대로 놔두자니 후환이 두려웠다. 때문에 이번에는 콘티를 바꾸기로 했다. 카메라가 수빈의 머리 뒤로 도는 걸로. 그러면 수빈의 머리와 삼룡의 눈이 화면에 잡힐 터였다. 키스를 하는 삼룡의 연기가 어색할 게 걱정됐지만 일단 살고 봐야 했다. 삼룡을 따로 불러서 바뀐 콘티를 설명해주었다. 그리고 다른 연기는 필요 없고 수빈이 입술을 붙이지 못하게 수빈의 어깨를 꼭 붙들고 있으라고 했다.

다시 숏이 들어갔다. 아니나 다를까. 수빈은 액션, 이라는 말이 떨어지기가 무섭게 얼굴을 들이밀었다. 하지만 삼룡이 수빈의 어깨를 굳게 붙잡았다. 수빈은 기를 쓰고 입술을 내밀었지만 끝끝내 닿지 않았다. 그러나 수빈을 막느라 힘을 너무 준 탓에 삼룡의 감은 눈이 부들부들 떨렸다. 대충 OK 사인을 냈다. 수빈은 화가 난 표정으로 돌아섰다. 다시 해요! 이건 힘겨루기지 첫 키스라고 할 수 없어요. 나는 고개를 가로저었다. 좋은데. 첫 키스하는 떨림이 잘 표현됐다고 봐. 나는 촬영이 끝났다는 표시로 후배에게서 스마트폰을 건네받았다. 수빈이 내게 항의하러 다가왔다. 하지만 전화를 받는 척하면서 세트장을 떴다. 수빈이 줄기차게 내 뒤를 따라왔다. 할 수 없이 통화하는 연기를 하기 시작했다. 네? 조금 있으면 전쟁이 일어날 거 같다고요? 네, 알겠습니다. 지금 거기 나이트클럽으로 달려가겠습니다, 라고 말하고 있는데 공교롭게도 전화벨이 울렸다. 수빈이 한심하다는 눈빛으로 나를 바라봤다. 민망한 상황이었지만 전화를 받지 않을 수도 없었다. 스마트폰의 액정에는 제작자의 이름이 떠 있었다. 목소리를 가다듬고 전화를 받았다. 여보세요? 제작자의 다급한 목소리가 들려왔다. 어디야? 빨리 와. 야외촬영 건이 하나 들어왔어.

현재의 여섯

삼룡이 살아 있을지도 모른다는 걸 알아야 하는 사람은 또 있다. 같이 영화를 끝내기로 한 프로듀서였다. 삼룡의 글씨체를 확인한 다음 날 곧바로 프로듀서를 찾아갔다. 나는 프로듀서와 마주 앉자마자 삼룡의 계약서와 포스트잇을 내밀었다. 프로듀서는 얼핏 이해가 가지 않는지 두 눈을 끔뻑거리기만 했다. 하나는 5년 전에 제가 삼룡이와 작성한 거고, 다른 하나는 어제 가게 입간판에 붙어 있던 겁니다. 비슷하지요? 내 말에 프로듀서는 그제야 아, 하고 탄성을 질렀다. 그렇다면 삼룡 씨가 아직 살아 있다는 뜻인가요? 나는 시인도 부정도 하지 않았다. 이걸로 확실하게 장담할 수는 없어요.

프로듀서는 계약서와 포스트잇을 번갈아 보다가 뭔가 생각난 듯 고개를 들었다. 그러고 보니 말예요, 프로듀서는 운을 떼더니 스마트폰으로 뉴스를 검색한 다음, 기사 하나를 찾아 내밀었다. '조직폭력배 전원 자수.' 조직 폭력배 전원을 '검거'했다는 기사는 봤어도 전원이 '자수'했다는 기사는 처음이었다. 기사를 클릭했다. 기사는 '낚였다' 싶을 정도로 빈약했다. 조직폭력배 일당 서른 명이 아무런 사연도 없이 자수해버렸다는 것이었다. 경찰은 자수한 배경을 캐물었지만 전원이 묵비권을 행사 중이라고 했다. 경찰 관계자 중 한 명은 조직원 대부분이 온몸에 심하게 맞은 상처가 있는 것으로 봐서 라이벌 조직과의 알력 다툼 때문에 벌어진 일이 아니겠느냐는 추측을 내놓기도 했다. 물론 그런 추측은 굳이 경찰 관계자가 아니더라도 누구나 내놓을 수 있는 것이었다. 기사에 사연이랄 것은 없었지만 내 눈을 사로잡은 게 하나 있었다. 바로 두목의 이름이었다. 맹절곤. 나는 저런 특이한 이름을 가진 사람을 한 명 알고 있다. 하지만 기사 사진 속에 나온 조직원들의 얼굴이 죄다 모자이크 처리되어 있어서 같은 인물이라고 확신할 수는 없었다.

예전에 감독님 제작자 밑에 있던 사람이 맹절곤이라는 이름 아닌가요? 네, 맞아요. 그런데 맹절곤을 어떻게 알죠? 당연히 알죠. 프로듀서는 기가 찬다는 듯한 표정과 화가 난 듯한 표정이 뒤섞인 얼굴로 말했다. 이 자식이 세트장 사용하게 해달라고 저를 개 패듯이 팼잖아요. 나는 아, 하고 손뼉을 쳤다. 아직도 그때를 생각하면 기분이 고소했기 때문에 저절로 지어지는 미소를 미처 숨기지는 못했다. 프로듀서는 분이 안 풀리는지 거센 콧바람을 내쉬었다. 나는 헛기침을 하며 애써 정색했다. 프로듀서의 기분이 상할까 봐서였다. 그래서 프로듀서님은 이 사건이 어쩌면 삼룡과 관련이 있을지도 모른다고 생각하시는 건가요? 충분히 그럴 개연성이 있죠. 프로듀서는 당연하다는 듯 말했다. 세상에 어떤 조폭이 자기 조직원을 이끌고 자수를 한답니까? 다 같이 종교에 귀의라도 한다면 모를까. 그렇지만 누군가 자수하도록 강요했다면 말이 되지 않아요? 경찰이 그랬을 수도 있지 않을까요? 프로듀서는 단호하게 고개를 가로저었다. 경찰이라면 붙잡았겠죠. 실적 올려야 하는데 자수하도록 놔두겠어요? 이 정도 규모의 조직폭력배를 제압할 실력을 갖고 있고, 절곤이파와 관련이 있는 사람은 딱 한 명밖에 없어요. 그 사람이 삼룡이란 말인가요? 그렇죠. 프로듀서는 내가 정답이라도 맞힌 것처럼 책상을 가볍게 치며 말했다. 하지만 나는 갸우뚱했다. 아무리 삼룡의 무술 실력이 뛰어나다 해도 혼자 조폭을 상대하는 건 좀 어렵지 않을까요? 동명이인일 수도 있어요. 그거야 알 수 없죠. 찾아가서 직접 확인해보면 알 수 있겠죠, 뭐. 프로듀서는 간단하게 말했다. 그러나 나로서는 간단한 일이 아니다. 좋지 않게 헤어진 사람을, 더구나 조폭 두목을 굳이 만나고 싶지는 않았다. 프로듀서는 의자 등받이에 기댄 채 느긋하게 나를 쳐다봤다. 그 시선 속에는 모름지기 이 영화를 완성하고 싶은 감독이라면 가기 싫어도 가봐야 하지 않겠느냐는 뜻을 충분히 담고 있었다. 자기 일이 아닌 것처럼 구는 그 태도가 얄미웠지만, 그 시선을 외면하기도 힘들어서 나는 입술을 비죽 내민 채로 어깨를 으쓱하고 말았다.

기억의 열둘

제작자가 급하게 섭외해준 곳은 진정한 야외촬영 장소였다. 나와 삼룡을 가운데 두고 오른쪽에는 철거민들이 바리케이드를 치고 있었고 왼쪽에는 철거 용역들이 대기하고 있었다. 철거 용역들 뒤로는 경찰도 일 개 중대 정도가 깔려 있었다. 시나리오에 철거 장면이 나와 있으니 삼룡을 여기까지 데리고 오는 것은 일이 아니었다. 문제는 단순히 아는 사람을 통해 섭외한 촬영 장소치고는 규모가 너무 컸고 상황이 지나치게 심각하다는 것이었다. 게다가 누가 봐도 엑스트라가 아닌 경찰들이 늘어서 있었다. 이전처럼 이런저런 핑계를 대거나 그럴듯한 상황 설정으로는 삼룡을 설득시킬 엄두가 나질 않았다.

저 사람들 말이야, 엑스트라로 보이지는 않지? 일말의 기대를 품고 삼룡에게 물었다. 삼룡은 무심하게 고개를 끄덕였다. 일말의 기대는 너무 쉽게 무너졌다. 이제 뭔가 다른 말로 둘러 대야 했다. 잘 봤어. 저 사람들 엑스트라가 아냐. 오늘 찍을 분 량도 전부 실전이야. 하지만 저번과는 달라. 저번에는 모두 다 내가 의도했고 상대방에게도 양해를 구했으니까. '상대방에게도 양해를 구했다'는 말을 천연덕스럽게 내뱉는 나의 뻔뻔함에 나도 살짝 놀랐다. 그러나 적어도 절곤이파에게는 양해를 구했 으니까 그 말이 모두 틀린 것도 아니라고 생각했다. 나는 철거 민 쪽을 가리키며 말했다. 이번에는 저쪽에 양해를 구하지 않 았어. 어쩌면 지금이 더욱 처절한 실전이라고 할 수 있지.

다음 말을 고민했다. 누가 봐도 현실인 이 상황에서 삼룡이 거리낌 없이 싸움에 뛰어들게 하려면 어떤 말을 해야 할까. 아 무리 생각해봐도 답은 한 가지밖에 없었다. 저쪽 철거민들을 나쁜 사람들로 모는 것이다. 살인을 저질러도 나쁜 놈을 죽였 다고 말해주면 양심의 가책을 받지 않는 게 사람이다.

솔직히 나도 저들의 억울한 사정 안다. 세입자라는 이유로 터무니없는 보상비를 받고 삶의 터전을 잃어야 하는 사람들이 라는 것 정도는 뉴스에서 봤다. 그러나 저들로 인해 개발이 지 연되는 것 또한 뉴스에서 봤다. 이 땅의 법칙은 시소와 같다. 누 군가 올라가면 누군가는 내려가야 하고 누군가 살자면 누군가는 죽어야 한다. 나도 일단은 살아야 했다.

경찰 쪽을 가리켰다. 봐. 삼룡도 내 손가락을 따라 경찰들을 바라봤다. 경찰들이 어디에 서 있어? 바리케이드 뒤쪽이 아니야. 저기 저 철거 용역들 쪽에 있어. 그럼 먼저 질문할게. 경찰이 하는 일은 정의로울까, 그렇지 않을까? 정의롭지요. 삼룡은 일 초의 망설임도 없이 대답했다. 그렇다면 어느 쪽이 정의로운 쪽인지 알겠지? 바로 정의로운 경찰이 서 있는 쪽이야. 삼룡은 경찰과 철거 용역들을 바라봤다. 철거 용역들은 내 말이 무색하게도 흉악한 기운을 온몸으로 내뿜고 있었다. 싸움을 앞둔 터라 더 그런지도 몰랐다. 삼룡은 직감적으로 철거 용역들의 기운을 느꼈는지 조심스럽게 말했다. 지금은 싸우고 있지 않으니까 그런 거 아닐까요? 막상 양쪽이 싸우게 되면 경찰이 어느 편을 들지 알 수 없잖아요. 맞는 말이었다. 막상 싸우게 되면 어느 편을 들지는 알 수 없다. 하지만 여기는 제작자가 소개해 준 곳이다. 경찰들과 저 철거 용역들 사이에 모종의 관계가 있을 거라고는 얼마든지 짐작할 수 있다. 삼룡에게 자신 있게 말했다. 경찰은 철거 용역들 편을 들 거야. 나를 믿어줘. 나는 삼룡을 진지하게 바라봤다. 삼룡의 얼굴도 진지했다. 알겠습니다. 저는 감독님만 믿습니다. 삼룡은 주저 없이 철거 용역들 편으로 걸어갔다.

철거 상황은 일방적이었다. 철거민들은 조직폭력배와 달리 싸움에 익숙한 사람들이 아니었다. 하지만 철거 용역들은 그들이 왜 철거 깡패라고 불리는지 실력으로 증명했다. 그런 데다가 삼룡까지 가세했으니 철거민들의 저항은 무기력하기만 했다. 건물 곳곳에서 철거 용역들에게 얻어맞은 남자들이 끌려 나왔다. 머리채를 잡힌 여자들도 마찬가지였다. 여자들의 뒤를 졸졸 따라오면서 울부짖는 어린아이들도 있었다. 경찰은 가만히 지켜보기만 했다.

화가 났다. 제대로 저항 한 번 하지 못하고 얻어맞기만 하는 철거민들 때문이었다. 나는 저들이 좀 더 악당답기를 기대했다. 철거 용역들에게 각목을 휘두르고 경찰들에게도 거리낌 없이 돌을 던졌으면 했다. 그러나 저토록 무기력한 모습은 오히려 내 가슴에 묵직한 돌을 얹을 뿐이었다.

삼룡은 무기력하게 서 있었다. 혼란스러워하는 표정이 역력했다. 그때 삼룡의 눈앞에 젊은 여자 한 명이 철거 용역에게 머리채를 잡힌 채 끌려 나가고 있었다. 삼룡은 그를 막아섰다. 여자 놔줘. 그냥 데리고 가도 되잖아. 철거 용역이 불쾌한 눈빛으로 삼룡을 위아래로 훑었다. 바쁘니까 얼른 비켜. 철거 용역이 삼룡을 밀치려 했다. 하지만 나가떨어지는 쪽은 철거 용역이었다. 덕분에 여자는 그에게서 풀려났다. 삼룡은 여자에게 다친 데가 없냐고 물었다. 여자는 삼룡을 보다가 그의 뺨을 올려붙였다. 삼룡은 멍해졌다. 지금 병 주고 약 주는 건가요? 나 당신 봤어요. 사람을 가장 무자비하게 때리던 깡패. 그런 당신이 날 구해주면 정의로워지나요? 여자의 언성이 점점 높아졌다. 당신이 한 짓을 봐요! 여자가 뒤돌아서서 소리쳤다. 포클레인이 낡은 건물을 허물고 있었다. 삼룡은 아무 말 없이 허물어지는 건물을 지켜봤다. 그사이 여자가 몸을 돌려 달아나려고 했다. 쓰러졌던 철거 용역이 여자의 머리채를 다시 휘어잡았다. 그러나 이번에도 그는 삼룡에 의해 나가떨어졌다. 그사이 여자는 낡은 건물들 사이로 사라졌다. 삼룡에 의해 두 번이나 쓰러졌던 철거 용역은 자리를 털고 일어났다. 이번에는 감히 삼룡에게 덤비지 못했다. 저년 악질이야. 철거꾼이라고. 놔주면 또 이런 데서 만날 년이란 말이야. 철거 용역은 침을 뱉고 삼룡 곁을 떠났다. 나는 그들과 조금 떨어진 곳에서 무엇엔가 홀린 듯 이 모든 광경을 카메라에 담았다. 저 입을 막았어야 했다는 생각이 든 것은 여자가 사라지고 난 다음이었다.

삼룡 곁으로 걸어갔다. 삼룡은 여전히 여자가 사라진 곳에서 눈을 떼지 못했다. 왜 우리가 깡패 같은 겁니까? 저렇게 경찰까지 우리 편을 드는데…… 나는 잠깐 머뭇거리다가 말했다. 우리는 영화를 찍을 뿐이야. 삼룡이 나를 돌아봤다. 나는 삼룡의 시선을 피했다.

다음 날 아침, 삼룡은 밤을 꼬박 새웠는지 내가 잠에서 깨자마자 질문했다. 형님, 정말 우리가 영화를 찍는 것 맞습니까? 나는 눈을 부비며 삼룡을 쳐다봤다. 삼룡은 여전히 혼란스러워하는 눈치였다. 우리가 영화를 찍는 건 틀림없는 사실이지. 그런데 왜 저는 그때그때 불려 다니는 느낌이 드는 걸까요? 속으로 뜨끔했다. 하지만 단호하게 말했다. 영화를 그때그때 찍는다는 게 말이 돼? 수빈과의 촬영 때를 생각해봐. 스태프들이 다 준비를 해놔야 영화를 찍는 게 가능한 거야. 동생은 때맞춰 불려 다니는 것 같지만 사실은 치밀한 준비를 통해서 액션신을 찍는 거야. 오히려 준비가 너무 철저해서 동생이 불려 다니는 느낌이 드는 걸 수도 있어. 저…… 그렇다면 말입니다. 부탁 하나만 드려도 되겠습니까? 말해봐. 나는 꿀릴 게 없다는 듯이 간단하게 말했다. 지금 다음에 촬영할 액션 신을 말씀해주세요. 왜지? 그러니까…… 내 말은 그걸 굳이 듣고 싶은 이유가 뭐야? 이런 말씀 드리기는 뭐하지만……. 삼룡은 잠깐 뜸을 들이다가 말했다. 제가 영화를 찍는다는 상황 자체를 의심하면서 영화를 찍고 싶지는 않습니다. 물론 나도 동생이 의심하는 건 원치 않아. 그래서 말인데요, 이것 참 죄송합니다만, 감독님께서 제가 영화를 찍고 있다는 사실을 확인시켜줄 증거를 보여주십시오. 그 증거라는 것도 별거 아닙니다. 그냥 감독님께서 다음 액션 신이 뭐다 말씀해주시고 다음에 정말 그 신을 찍으시기만 하면 됩니다. 그럼 저는 제가 그때그때 불려 다니는 게 아니라 정말 시나리오대로 영화를 찍고 있구나, 하고 생각할 수 있을 것 같습니다. 말문이 막혔다. 삼룡의 말마따나 정상적으로 영화를 찍는다면 별것도 아닌 그 부탁이 내게는 정말 '별것'인 부탁이었다. 제작자에게서든 절곤에게서든 전화가 와야 액션 신을 찍는데 언제 전화가 올지 알 수가 없었다.

그럼에도 불구하고 대답을 피할 수도 없었다. 시나리오를 뒤적였다. 물론 시나리오에 액션 촬영 계획표 따위가 있을 리 만무했다. 그나마 전화가 올 확률이 가장 높은 신을 찾아야 했다. 그것도 삼룡이 의심하지 않게 빨리 찾아야 했다. 속으로 진땀을 빼면서 시나리오를 넘겨나갔다.

딱히 이거다 싶은 신이 눈에 띄지 않았다. 시나리오를 뒤적인 지 십 분쯤 지났을 때 혹시…… 하고 삼룡이 입을 열었다. 순간 나는 발작적으로 대답했다. 이거야, 이거. 삼룡은 내가 얼떨결에 짚은 신을 들여다봤다. 그 신은 승승장구하던 정재가 라이벌인 기철의 간계에 속아 넘어가 똘마니를 잃고 쫓기는 내용이었다. 삼룡은 아, 하고 고개를 끄덕거리더니 언제쯤 촬영할 계획이냐고 물었다. 뭐…… 한 일주일…… 그 정도? 나는 대충 생각나는 대로 대답했다. 그러고 나서 속으로 왜 넉넉잡고 보름이나 한 달이라고 말하지 않았을까, 후회했다.

처음 이틀간은 막연히 제작자나 절곤에게서 전화가 오기만을 기다렸다. 하지만 아무도 전화를 주지 않았다. 다만 삼룡과 만나서 둘의 호흡에 대해 진지하게 이야기를 할 수 있도록 자리를 주선해달라는 수빈의 전화만 집요하게 걸려올 뿐이었다.

전화를 기다리다 보니 전화를 기다리는 이 상황이 뭔가 앞뒤가 맞지 않다는 걸 깨달았다. 삼룡에게 짚어준 신은 기철이 정재를 함정에 빠뜨리는 내용이었다. 따라서 시나리오대로 이야기가 흘러가려면 절곤의 라이벌 조직인 토시파가 절곤의 조직을 상대로 함정에 빠뜨려야 한다. 그러니까 제작자나 절곤에게서 전화가 올 턱이 없었다. 오히려 간계를 부릴 토시파에게서 오는 전화를 기다리는 게 더 상황에 맞았다. 하지만 토시파는 내 전화번호도 모르는 데다가, 안다 한들 파묻어도 시원찮을 내게 먼저 연락할 이유가 없었다.

그러나 전화가 오지 않으면 전화를 하면 된다. 각도를 조금 바꿔서 생각해보면 나와 토시파와는 서로 이해관계가 맞아떨어진다. 토시파는 당연히 절곤이파에게 복수하기를 원할 것이고 나는 복수를 당하는 절곤이파를 찍어야만 한다. 토시파의 복수는 시나리오대로 하면 된다. 토시파는 기습 준비를 한 뒤

절곤이파에게 화해를 청하고 절곤이파가 어떤 식으로든 이를 받아들이면 일은 끝나는 거였다. 화해하는 장소에서 토시파의 기습이 벌어지고 그 틈에 현장에서 삼룡이 빠지면 싸움은 보나 마나 토시파에게 기울 게 틀림없다.

내가 세운 이 계획이라는 게 좋게 말하면 영화대로 하는 것이고 나쁘게 말하면 절곤이파를 배신하는 것이었다. 하지만 나는 고민하지 않았다. 오직 이 땅의 법칙만을 되새기기로 했다. 내가 살려면 누군가는 죽어야 한다. 아예 없는 제작비에 말도 안 통하는 제작자를 두고서도 영화를 여기까지 끌고 온 것은 순전히 삼룡 때문이었다. 그런데 삼룡이 사라지면 영화를 찍는 것 자체가 불가능하다. 그 말은 내가 숨 쉬는 것도 불가능하다는 뜻이었다.

옥탑방에 있는 똘마니에게 접근해서 토시파가 운영하는 나이트클럽이 어딘지 알아냈다. 그쪽으로 전화를 하자 두 번의 교환을 거쳐 토시파의 보스인 토시와 연결될 수 있었다. 물론 매 단계마다 장난 전화가 아닌지 의심하는 조직원의 확인성 협박 전화를 받아야 했다. 그때마다 삼룡과 다정하게 찍은 사진을 전송해줌으로써 장난이 아니라는 것을 입증했다.

마침내 연결된 토시에게 나의 계획을 들려주었다. 하지만 그는 쉽사리 내 말을 믿으려 들지 않았다. 당연했다. 오랜 시간 배신과 협잡으로 살아온 그의 입장에서 보면 절곤이파를 아무 이유 없이 함정에 빠뜨리겠다는 나의 제안을 덥석 받아들이기가 어려웠을 것이다. 그래서 나는 토시와 나 사이의 통화 내용을 녹음해서 그에게 보내주었다. 내가 배반할 기미를 보이면 언제든지 절곤에게 넘기라는 뜻에서였다. 뿐만 아니라 지금부터 토시파가 절곤이파와 싸울 때는 절대 개입하지 않겠다고 약속했다. 그러자 토시는 그렇다면 한 번 확인해보고 다시 연락을 주겠다고 했다.

토시가 전화를 끊은 지 정확히 다섯 시간 만에 절곤에게서 전화가 왔다. 지금 토시파가 나이트클럽에서 행패를 부리고 있습니다. 잠깐 와서 도와줄 수 없나요? 이것 참…… 지금은 다른 스케줄 때문에 도와줄 수 없는데요. 절곤은 다시 한 번 간절하게 부탁했다. 제가 지금 지방 출장 중이라 올라가서 수습을 할 수가 없습니다. 제발 도와주십시오. 죄송합니다. 나는 냉정하게 전화를 끊었다. 물론 이 전화 내용도 모두 녹음해두었다가 토시에게 전해주었다.

음성 파일이 토시에게 건너가자마자 전화가 왔다. 한번 해봅시다. 토시가 자신 있게 말했다. 나는 조건을 달았다. 반드시 사흘 내로 해주셔야 합니다. 그러지 않으면 이 계획은 성공할 수 없습니다. 그건 왜 그런 겁니까? 급해서 그럽니다. 나는 더 이상 이유를 대지 않고 전화를 끊었다.

토시가 어떻게 화해를 제안했고 절곤이 어떻게 그 제안에 응했는지 모르겠지만 토시와 통화를 한 지 이틀 뒤에 절곤에게서 연락이 왔다. 단도직입적으로 말씀드리겠습니다. 이번에는 정말 도와주셔야 합니다. 내일 토시파하고 화해를 할 계획입니다. 그러나 이건 계획일 뿐이고 실은 화해하는 척하다가 토시파를 기습할 생각입니다. 토시파가 호락호락 당할까요? 물론 화해 회담장에는 같은 수의 조직원들을 데리고 가기로 했습니다. 하지만 삼룡이 가담해준다면 승산이 있습니다. 역시 이 세계는 사기와 협잡이 난무하는 곳이었다. 태어나서 처음 해보는 배신 때문에 가졌던 양심의 가책이 조금 가시는 것 같았다. 나는 일부러 처음에는 안 도와주겠다고 튕기다가 절곤이 전화상으로도 거의 무릎을 꿇다시피 하는 게 느껴질 때쯤 해서 못 이기는 척, 가서 얼굴이나 내밀고 오겠다고 했다.

토시파와 절곤이파의 회담 장소는 인근의 폐공장이었다. 공장이 폐쇄된 지 10년도 넘은 곳이라 인적도 드물고 분위기도 흉흉하기 그지없는 곳이었다. 둘 다 서로를 배신하기로 마음먹은 터여서 배신을 해도 티가 안 날 곳을 택한 모양이었다. 나와 삼룡은 테이블을 가운데 두고 절곤이파 쪽에 섰다. 토시는 내게 눈빛을 보냈다. 나 역시 고개를 살짝 끄덕여주었다. 그러고는 스마트폰 카메라 기능을 실행시켰다.

아무것도 모르는 절곤은 의기양양하게 테이블에 앉았다. 반면 토시는 긴장한 기색을 내비치며 맞은편에 앉았다. 삼룡은 손목을 돌리면서 가볍게 몸을 풀었다. 토시는 절곤에게 더 이상 서로의 영역에 침범하지 말자는 이야기를 꺼냈다. 그러지요, 절곤은 흔쾌히 동의했다. 이어 토시가 일종의 협약서 같은 걸 내밀었다. 자세히 보지는 않았지만 서로의 영역을 침범하지 말자는 약속을 일종의 문서로 정리해놓은 것 같았다. 절곤은 협약서를 넘겨받아 건성건성 내용을 훑었다. 어차피 이런 협약 따위는 지킬 생각이 없다는 걸 온몸으로 말해주고 있었다. 토시 역시 절곤의 태도에 크게 신경 쓰지 않았다.

절곤이 협약서를 보는 동안 토시는 주머니를 뒤지며 담배를 찾다가 자리에서 일어나 조직원에게 갔다. 담배를 빌리려는 것 같지만 사실은 행동을 개시하라는 신호였다. 갑자기 토시파의 조직원들이 숨겨온 회칼을 꺼내 들고 절곤이파를 향해 돌진했다. 절곤은 수상한 낌새에 재빨리 몸을 일으키며 그의 조직원들 뒤로 피했다. 절곤이파의 조직원들도 숨겨온 회칼을 꺼내 들고 토시파와 맞붙어 싸우기 시작했다. 절곤은 나와 삼룡에게 눈짓을 했다. 삼룡은 내게 지시를 받은 대로 처음에는 토시파와 맞붙어 싸우는 척했다. 그때 토시파 조직원 중 한 명이 삼룡의 등 뒤로 다가와 회칼로 그를 찔렀다. 삼룡은 비명을 지르며 쓰러졌다. 삼룡의 옆구리에 피가 배어 나왔다.

잠시 후 폐공장 주위로 오토바이 엔진 소리가 들려왔다. 한 두 대가 아니었다. 절곤은 당혹스러운 표정을 지었다. 함정에 빠졌다는 걸 직감한 눈치였다. 절곤은 주위를 두리번거리며 다급하게 삼룡을 찾았다. 하지만 삼룡은 피범벅이 된 채로 토시파에게 얻어맞고 있었다. 절곤의 얼굴에 절망의 빛이 떠올랐다. 그는 싸우고 있는 조직원들을 뒤로하고 재빨리 폐공장을 빠져나가려고 했다. 그러나 폐공장으로 쏟아져 들어오는 토시파의 조직원들에게 포위되고 말았다.

나는 삼룡에게 눈짓을 했다. 사인을 받은 삼룡은 절곤의 눈을 피해 자신을 때리던 토시파 조직원들을 순식간에 쓰러뜨리고 폐공장의 개구멍을 향해 달려갔다. 나는 폐공장의 개구멍 앞에서 미리 기다리고 있다가 삼룡이 가까스로 도망쳐 나오는 장면을 찍었다. 모든 과정은 이미 약속되어 있었기 때문에 나와 삼룡을 뒤쫓는 토시파 조직원들은 없었다.

삼룡이 폐공장을 완전히 벗어나서야 나는 컷, 하고 소리를 질렀다. 삼룡은 달리기를 멈췄다. 나는 삼룡에게 다가갔다. 다친 데는 없어? 삼룡은 씩 웃었다. 연기하는 도중에 합이 안 맞아서 조금 얻어맞기는 했지만 크게 다친 곳은 없어요. 나는 삼룡에게 준비해 온 웃웃을 내주었다. 피 분장으로 범벅이 된 옷을 입고 집까지 돌아갈 수는 없는 노릇이었다.

집으로 돌아온 우리는 방에 마주 앉아 건배를 했다. 삼룡은 공손하게 고개를 돌리고 맥주를 한 모금 마셨다. 미안합니다, 감독님. 이제 제가 영화를 찍고 있다는 걸 실감했습니다. 나는 미안한 기색으로 고개를 숙이고 있는 삼룡의 어깨를 두드려주었다. 미안하긴 뭘…… 그래도 짜고 하니까 재미는 없지? 삼룡은 멋쩍게 맥주를 한 모금 마셨다.

기억의 열셋

　고비 하나를 겨우 넘기자마자 예정되었던 고비가 찾아왔다. 진행비, 즉 생활비가 바닥났다. 방바닥에 널브러져 있는 맥주 캔을 보면서 저걸 라면으로 바꿨어야 하는 건데, 하는 생각마저 들었다. 돈이 될 만한 거라고는 기껏 마련해놓은 보호 장구뿐이었다. 하지만 그걸 팔자니 앞으로도 액션 신은 많이 남아 있었다. 보호 장구를 손에 들고 한숨을 쉬고 있는데, 마침 수빈으로부터 전화가 왔다. 이번에도 연기 호흡에 대한 이야기를 삼룡과 나누고 싶으니 자리를 만들어달라는 거였다. 전과 달리 알겠다고 했다. 수빈에게 점심이라도 얻어먹을 심산이었다.

　삼룡과 함께 수빈을 만나러 갔다. 만나는 장소는 일부러 횟집으로 했다. 수빈은 삼룡에게 적극적으로 말을 걸었다. 대화 내용은 주로 대본상 남녀 주인공의 감정선에 관한 것이었지만 내게는 수빈이 삼룡에게 은근히 수작거는 것으로밖에 안 보였다. 회를 집어 먹으면서 나도 모르게 피식피식 웃음이 났다. 수빈은 그런 나를 못마땅한 눈초리로 쳐다봤다.

수빈의 눈길이 따갑게 느껴질 때쯤 따로 이야기 좀 하자며 그녀를 횟집 밖으로 불러냈다. 제작 관계자니까 말할게. 제작비가 없어. 얼마면 돼? 제작이 끝날 때까지 생활비가 필요해. 수빈은 10만 원짜리 수표 두 장을 내밀었다. 이거밖에 못 줘. 나머지는 제작자랑 상의해. 나는 수표 두 장을 쥐고 허탈하게 수빈을 바라봤다. 표정이 뭐 그래? 나도 돈 없어. 그이가 내 맘대로 쓰게 용돈이나 주는 줄 알아? 하긴 제작자의 성격으로 봤을 때 그럴 것 같기도 했다. 돈이 없으면 제작을 못 해. 그 말은 삼룡과 연기 호흡 이야기해봐야 쓸 데가 없다는 뜻이야. 삼룡은 다시 배달을 해야 할 테니까. 내 말이 수빈의 급소를 찔렀는지 그녀는 입술을 뾰족 내밀었다. 좋아, 그럼 이렇게 하자. 내가 한주나 두 주 정도 만나서 용돈을 줄게. 대신 조건이 있어. 조건이라는 말이 신경 쓰였다. 뭔데? 삼룡 씨와 연기 호흡에 대한 이야기를 자주 하고 싶어. 내가 삼룡 씨를 보자고 할 때는 감독님은 따라오지 말고 삼룡 씨만 내보내. 그게 조건이야. 수빈에게 삼룡을 보낸다는 건 고양이에게 생선을 맡기는 격이었다. 하지만 어쩔 수 없었다. 연명이라도 하기 위해서는 삼룡을 팔아넘기는 수밖에. 수빈은 손가락을 내밀었다. 약속이야. 나는 수빈의 손을 잡고 맥없이 흔들어주었다. 수빈은 함박웃음을 지으며 홀로 돌아갔다.

화장실로 가서 10만 원짜리 수표 두 장을 멍하니 바라봤다. 갑자기 얼굴이 달아올랐다. 제작비를 달라고 당당하게 말하기는 했지만 실상 수빈에게 구걸한 것이나 다름없었다. 돈 때문에 나를 이 지경으로 만들어놓은 여자에게서, 그리고 나를 버리고 떠난 여자에게서, 그것도 모자라 지금은 내가 데리고 있는 배우에게 대놓고 작업을 하려고 드는 여자에게서 돈을 받은 것이다. 거울을 보자 자조 섞인 웃음을 짓고 있는 낯선 남자가 보였다.

하지만 자괴감에 빠져 있을 여유가 없었다. 급한 대로 수빈에게서 돈을 얻긴 했지만 결국 이것은 내 목숨을 담보로 받은 거나 다름없었다. 수빈과 삼룡, 둘이 눈이라도 맞으면 제작자는 분풀이로 그들 대신 제일 만만한 내 눈을 파버릴 것이다. 또다시 어떤 식으로든 이 고비를 넘길 방법을 찾아야 했다. 화장실을 나서면서 다짐했다. 만약 이 영화가 무사히 끝난다면 다음에 찾아오는 인생의 고비들은 아예 외면해버리겠다고.

그날 삼룡은 늦게 들어왔다. 나는 조바심을 내며 옥탑방 마당을 오갔다. 삼룡이 계단을 올라오자마자 재빨리 그에게 다가가 별일 없냐고 물었다. 별일 없었는데요. 그 무심한 대답에 나는 가슴을 쓸어내렸다. 그런데 감독님, 수빈 씨가 내일 또 보자고 하는데요? 그 말에 쓸어내린 가슴을 다시 추슬러 올려야 했다. 앞으로 수빈이 만나자고 하면 만나. 하지만 절대 아무 일이 없어야 해. 무슨 일이 생기다뇨? 삼룡이 순진한 얼굴로 물었다. 저 순진한 얼굴이 더 마음에 걸렸다. 저 나이 되도록 여자 손목도 제대로 못 잡아봤다면 속으로 쌓인 게 얼마나 많을까 짐작되고도 남았다. 갑자기 삼룡이 걸어 다니는 지뢰로 보였다. 나는 구체적으로 말해줘야겠다고 생각했다. 그러니까 둘이 모텔에서 같이 잔다든가, 입을 맞춘다든가, 손목을 잡으면 안 돼. 수빈이 어떤 핑계를 대도 절대로 가까이 가서는 안 된단 말이지. 알겠어? 그래도 같은 일을 하는 동료인 데다가 제작자님과 같이 사는 모양인데 그럴 일이 있겠습니까? 나는 그럴 일이 있다고 이 멍청아, 하고 소리를 지르려다가 참았다. 대신 단호하게 고개를 가로저었다.

이튿날도 삼룡은 수빈을 만나러 나갔다. 나로서는 하루 종일 절대 터져서는 안 되는 폭탄을 고속도로에다가 뿌려놓은 기분이었다. 이렇게 안절부절못하고 살다가는 제작자에게 맞아 죽기 전에 신경쇠약으로 죽을 것만 같았다. 반드시 무슨 수를 내야 했다. 하지만 뾰족한 방법이 생각나지 않았다. 이럴 때 절곤에게서 액션 할 일이 있다고 전화라도 와주면 좋으련만 내 손으로 절곤이파를 박살 내놨으니…….

하릴없이 스마트폰에 저장된 지난 촬영 장면을 돌려봤다. 그러다가 그리 뾰족하지는 않지만 내가 할 수 있는 최선의 수가 떠올랐다. 아쉬운 대로 이걸 단편영화로 만들어 출품하는 것이었다. 단편영화제에 출품해서 당선이 된다면 상금을 받을 수 있다. 천만 원에서 몇백만 원 수준은 될 테니 적어도 촬영이 끝날 때까지는 생활비를 충당할 수 있다. 출품할 만한 영화제가 있는지 검색해봤다. 크고 작은 영화제는 생각보다 많았다. 그중에서 한 지자체가 지원하는 영화제에 출품할 결심을 했다. 상금이 천만 원인 데다가 출품 날짜가 열흘도 남지 않은 점이 마음에 들었다.

곧바로 촬영해놓은 영상을 편집하기 시작했다. 목숨이 달렸다고 생각하자 그 어느 때보다 집중도가 높았다. 영화의 내용은, 일거리를 찾아 무작정 상경한 무술의 달인 정재가 사랑하는 여인을 위해 폭력 조직의 싸움에 가담하게 되고 결국은 그들의 암수에 휘말려 희생된다는 것이었다. 지금까지 촬영한 분량들을 토대로 수빈과 사랑을 나누는 신을 초반부에 집어넣고 절곤이파에 가담해서 싸우는 신들과 토시파의 암수에 걸려 쓰러지는 신을 후반에 집어넣었다.

'무작정 서울에 상경한 정재' 신이라든가 '사랑하는 여인이 빚 때문에 폭력 조직과 연관을 맺게 되는' 신은 이전에 찍어놓은 게 없어서 따로 보충 촬영을 해야 했다. 하지만 그런 신들은 따로 스케줄을 잡을 필요도 없었다. 어차피 수빈은 매일 삼룡을 만나려고 들었다.

영화를 완성하고 보니 두 가지가 마음에 걸렸다. 하나는 대사가 별로 없어서 예고편 같은 느낌을 준다는 것이었고 다른 하나는 이런 내용의 영화가 예전에도 있었다는 것이었다. 바로 〈초록 물고기〉라는 영화였다. 그 영화도 군대에서 제대한 '막동이'가 조직폭력배의 여자를 사랑하게 되면서 조직폭력의 세계에 들어가게 되고 결국은 파멸하게 된다는 내용이었다. 걱정이 됐다. 단편영화제는 신인들을 대상으로 한다. 따라서 어느 정도의 완성도와 함께 새로움도 있어야 수상이 가능하다. 영화의 볼거리나 완성도는 분명 다른 단편 못지않겠지만 새로움이 문제였다. 때문에 영화제에 낸다고 해서 반드시 수상을 장담할 수는 없었다.

확실한 보장 같은 게 필요했다. 이런 일에 적합한 사람이 있다. 영화계에 발이 넓어서 나의 이름 정도는 심사위원들에게 말해줄 수 있는 사람, 그렇게 압력을 가하면서도 전혀 양심의 가책을 느끼지 않을 사람, 바로 프로듀서였다. 나는 프로듀서가 삼룡의 무술 실력을 보면서 짓던 그 발전적인 표정을 떠올렸다.

즉시 프로듀서에게 전화를 했다. 예상대로 프로듀서는 반갑게 받았다. 나는 일단 삼겹살집에서 만났으면 좋겠다고 했다. 당연히 프로듀서가 사줄 거라고 믿었다. 그는 발전적인 이야기를 위해서는 가끔 회사가 지급한 법인카드도 휘두를 줄 아는 위인이었다.

전화를 끊고 나자, 예전에 예술을 하겠답시고 제작하던 영화마저 엎어버렸던 내 모습은 도대체 어디로 갔을까, 하는 생각이 들었다. 아마도…… 제작자가 나를 파묻던 그 일식집 뒷산에 묻어버리고 온 모양이었다.

프로듀서는 노련한 솜씨로 고기를 구운 다음, 삼겹살의 원형이 흐트러지지 않게 가지런히 잘라 내 앞에 내밀었다. 나는 오랜만에 먹어보는 고기를 마음껏 음미했다. 근육 사이사이에 지방이 스며드는 것 같았다. 프로듀서는 소주까지 한 잔 따라서 내밀었다. 나는 맥주에 소주를 조금 탔으면 한다고 했다. 프로듀서는 내 말이 떨어지자마자 2 대 8 정확한 비율로 소맥을 만들어 대령했다.

허겁지겁 삼겹살과 소맥을 먹어치웠다. 그사이 프로듀서는 내가 내민 스마트폰 속의 동영상을 보고 있었다. 나는 삼룡의 활약을 담은 영상을 예고편 형태로 만들어 왔었다. 동영상을 본 프로듀서의 표정이 발전적이다 못해 탐욕스럽게 변해갔다. 그는 직감적으로 이게 물건이 될 거라고 판단한 모양이었다.

내가 삼겹살 2인분을 다 먹어치울 때까지 프로듀서는 차분하게 쌈을 싸주며 기다렸다. 쌈을 싸는 비율도 어찌나 정확한지 내가 싸서 먹겠다는 말을 차마 할 수 없을 정도였다. 2인분을 먹고 나자 비로소 서서히 정신이 돌아왔다. 나 좀 도와줘요. 뭘 도우면 될까요? 이번에 이거 갖고 영화제에 내려고 해요. 돈이 좀 필요해서요. 그러려면 수상을 해야 하는데 혹시 프로듀서님이 말씀 좀 해주실 수 있나요? 물론 이번 건이 잘 해결되면 프로듀서님과 이 영화를 포함해서 좀 발전적인 이야기를 해볼 수 있을 것 같은데…… 프로듀서는 반색을 했다. 역시나 공정함이나 정의로움과는 거리가 먼 인간이었다. 어떤 영화제인가요? 나는 출품할 예정인 영화제의 이름을 댔다. 프로듀서는 가만있자, 거기에 누가 있더라…… 하고 중얼거리다가 이내 스마트폰을 꺼내 들고 통화를 하기 시작했다. 딱 두 사람을 거친 후에 영화제 프로그래머와 연결이 되었다. 이름을 듣고 보니 작품성은 있으나 흥행에는 참패한 영화를 두 편 정도 찍은 감독이었다. 프로듀서는 인사말로 시작해서 본론을 얘기하고 이번에도 잘 부탁드린다는 말을 했다. 그리고 시나리오를 보내주시면 발전적으로 검토해보겠다는 말을 덧붙였다.

프로듀서는 또다시 소맥을 말아서 내게 건넸다. 제가 뭐 감독님을 못 믿는 건 아니고 우리 약정서라도 하나 써놓도록 하죠. 이 영화를 포함해서 다음 영화까지 저와 한다는 뭐 그런 내용으로 하면 좋을 것 같은데요. 약정서라는 말이 왠지 좀 떨떠름했다. 이 영화는 제작자의 권리가 우선이다. 그냥 평범한 제작자라면 제작비도 안 주면서 무슨 권리 주장이냐고 떼를 써보겠지만 나의 제작자는 떼를 써볼 수 있는 상대가 아니다. 괜히 서두에 이 영화를 포함해서 발전적인 이야기를 하자는 말을 꺼낸 게 후회가 됐다. 그래서 말했다. 그러지 말고 다음 영화부터 같이하면 안 될까요? 그 말에 프로듀서는 답답한 표정을 지었다. 결국 나는 약정서를 쓰겠노라고 말할 수밖에 없었다. 언제까지 삼룡을 수빈과 만나게 둘 수는 없는 노릇이었다. 수빈의 집념으로 보건대 반드시 사고가 터질 것만 같았다.

영화사로 가서 프로듀서가 작성한 약정서에 사인을 했다. 이 영화를 프로듀서와 함께 개발한다는 내용이었다. 프로듀서는 약정서 한 부를 내게 주면서 손을 내밀었다. 잘해봅시다. 나는 악수를 하면서 생각했다. 약정서가 법적으로 효력을 발휘하는 것도 아니니까 나중에 없었던 일로 적당히 얼버무려야겠다고. 물론 둘의 약속을 어겼다는 양심의 가책 같은 것이 문제가 될 수는 있었다. 하지만 따지고 보면 내 뒤통수를 때려서 나를 이 지경으로 만든 장본인이 프로듀서였다. 양심의 가책 따위를 가질 이유가 없었다.

단편으로 편집한 영화는 〈비정한 도시〉라는 타이틀을 붙여 영화제에 보냈다. 보낸 지 얼마 지나지 않아 영화제 측에서 연락이 왔다. 수상이 결정되었다고 했다. 그것도 무려 대상이었다. 뒷말이 들어갔으니 어느 정도 예상은 했지만 대상으로 결정될 거라고는 확신하지 못했다. 흥분됐다. 비록 지방에서 하는 이름 없는 영화제였지만 상을 받는다는 건 기분 좋은 일이었다.

삼룡과 함께 영화제에 참석했다. 영화가 끝나고 관객과의 대화 시간을 가졌다. 몇몇 영화 잡지에서 취재를 하러 나와 있었다. 벌써 내 영화에 대한 입소문이 났는지 취재 열기가 뜨거웠다. 관객들의 호응도 좋았다. 삼룡에 대한 질문도 많았다. 이 모든 액션을 직접 했다는 말에 관객들은 탄성을 질렀다. 삼룡은 처음으로 받는 스포트라이트에 쑥스러워하면서도 기분 좋은 미소를 잃지 않았다. 작은 영화제였지만 우리는 스타였다.

영화제가 끝날 무렵 프로듀서가 내게 연락을 해 왔다. 소개해줄 사람도 있고 하니 저녁에 술이나 한잔합시다. 조촐한 자리니 꼭 혼자 오세요. 꼭 혼자 오라는 말이 신경을 건드렸다. 하지만 프로듀서가 내게 손해 끼칠 일을 할 리는 없다는 생각에 약속을 잡았다.

약속 장소는 제법 고급스러운 바였다. 바에는 이미 프로듀서와 어디선가 본 듯한 40대 중반의 남자가 먼저 와 앉아 있었다. 프로듀서는 나를 보고 손짓을 했다. 나는 프로듀서가 있는 테이블로 갔다. 프로듀서는 내 손목을 끌어다 테이블에 앉히더니 곁에 있던 남자를 소개시켜주었다. 황 감독님, 감 기자님 아시죠? 아, 네! 나는 반색을 하며 고개를 숙였다. 영화판에 있는 사람치고 감 기자를 모르는 사람은 없었다. 그는 〈시네마〉라는 영화 잡지에 기고를 하는 영화 전문기자 겸 영화평론가였다. 〈시네마〉는 국내 유일의 영화 잡지다. 때문에 감 기자가 언급하는 영화는 곧바로 영화계에서 이슈가 되었다. 그만큼 감 기자의 영향력은 절대적이었다. 감 기자는 내게 손을 내밀어 악수를 청했다. 나는 두 손을 뻗어 그의 손을 공손하게 맞잡았다.

감 기자는 영화제 취재를 왔다가 프로듀서를 만난 모양이었다. 둘은 매우 친해 보였다. 프로듀서는 감 기자를 형이라고 불렀고 감 기자는 프로듀서를 '우디'라고 불렀다. 우리는 영화 이야기를 하면서 술잔을 기울였다. 하지만 내 영화는 좀처럼 화제에 오르지 않았다. 나는 조바심을 내며 그가 하는 썰렁한 농담에도 과장되게 웃어주었다. 어느 정도 시간이 지나자 프로듀서는 2차를 가자며 감 기자를 일으켜 세웠다. 술값 계산은 이미 프로듀서가 마친 후였다.

2차는 단란주점이었다. 감 기자는 프로듀서가 붙여준 아가씨를 옆에 끼고 앉은 후에야 비로소 내 영화 이야기를 꺼냈다. 그는 내 영화가 충무로 리얼리즘의 계보를 이으면서도 보는 재미를 충족시키는 놀라운 영화라고 했다. 특히 다큐멘터리라는 착각마저 불러일으키게 하는 연출 기법은 라스 폰 트리에 같은 도그마 영화감독들조차 시도해보지 않은 전혀 새로운 '어떤 것'이라고 극찬했다. 당연했다. 이 영화는 다큐멘터리이면서도 편집된 픽션이니까. 사실 나 스스로도 이게 다큐멘터리인지 영화인지 알 수가 없었다. 하지만 나는 감 기자의 평에 군말 없이 깊숙이 고개를 조아렸다. 그러자 프로듀서가 감 기자에게 술을 따라주며 넌지시 말했다. 형, 잘 좀 써줘. 나 황 감독님이랑 다음 작품 하기로 했거든. 황 감독님이 떠야 투자받기도 쉽지. 감 기자는 아가씨가 깎아 주는 멜론을 받아먹으면서 흐뭇하게 미소를 지었다.

그로부터 일주일 후, 〈시네마〉에 내 영화에 대한 감 기자의 기사와 평이 실렸다. 내용은 감 기자가 단란주점에서 말한 그대로였다. 영화제가 내 영화에 조그만 불씨를 당겼다면 이 기사와 평은 불씨를 불기둥으로 만들어놓았다. 각종 매체에서 인터뷰 요청이 쏟아졌다. 다른 영화제에 초청을 받기도 했다. 불과 몇 주 사이에 나와 삼룡은, 작은 영화라는 한계 때문에 대중적으로 널리 알려지지는 않았지만, 영화 관계자들과 마니아들의 지지를 받는 인물이 되어버렸다. 마치 장편으로 입봉한 스타 감독이 된 것 같았다.

갖가지 인터뷰로 바쁜 나날을 보내고 있을 때 제작자가 불렀다. 만나자고 한 장소는 이번에도 그자가 운영하는 일식집이었다. 일식집 입구에 들어서는 순간 뒷산에 파묻혔던 기억이 나서 소름이 돋았다. 종업원의 안내에 따라 제작자 앞에 섰을 때는 이상하게 주눅이 들었다. 제작자는 내게 앉으라는 말도 없이 술 한 잔을 따라 마셨다. 요즘 영화는 안 찍고 멋대로 하고 돌아다닌다며? 싸늘한 말투였다. 머리카락이 곤두섰다. 그건 오해입니다, 제작자님. 제작자는 회를 한 점 집어서 초장에 찍었다. 회에 묻은 초장이 피처럼 흘러내렸다. 제작자는 말없이 회를 음미했다. 말은 없었지만 뭐가 오해라는 건지 설명해보라는 투였다. 지금 설명하지 않으면 다시 뒷산에 묻힐 거라는 직감이 왔다. 한두 번 겪은 위기가 아니기 때문에 오히려 선명하게 정신을 가다듬었다.

제작자님, 물론 제가 허락 없이 영화를 편집해서 영화제에 내보낸 건 사실입니다만, 어디까지나 우리 영화를 위해섭니다. 영화 홍보에는 돈이 많이 듭니다. 상업영화는 보통 10억에서 15억 정도를 홍보에 쓰는데 우리가 그 돈이 어디 있습니까? 그렇지만 이번 영화제에서 수상을 하면서 홍보 톡톡히 했습니다. 이제 영화만 완성하면 흥행에 아주 유리한 고지에 설 수 있습니다. 벌써 입소문이 났으니까요. 어차피 단편영화로는 극장 상영 못 합니다. 예고편 하나 미리 제작해서 틀었다고 생각해주십시오. 나는 제작자 앞에 무릎을 꿇었다. 극적인 효과를 위해서였다. 비굴해 보이긴 하겠지만 충성도를 온몸으로 표현하기에는 이만한 자세도 없었다. 이 영화, 제작자님을 위해 꼭 흥행시키겠습니다. 영화에 대한 모든 권리도 당연히 제작자님 것이고요. 하지만 지금 제작비가 없습니다. 영화제에서 탄 상금은 제작자님 것이지만 일단 제작자님께 빌린 것으로 하고 제작비로 쓰겠습니다. 당연히 선이자 20프로 입금하겠습니다. 제작자는 자신이 마시던 술잔을 내밀었다. 나는 두 손으로 받았다. 열심히 해보게. 딴생각하지 말고. 제작자는 술을 따라 주었다. 나는 절도 있게 술을 입에 털어 넣었다.

겨우 제작자를 설득시키고 집으로 돌아오는 길에 프로듀서에게서 전화가 왔다. 그는 안부 인사 따위는 생략한 채 곧장 본론부터 꺼냈다. 영화가 예고편 같은 느낌이 드는 것은 인과관계를 설명해주는 신이 부족해서 그런 것 아니겠어요? 그러니까 부족한 신을 넣고 멜로와 액션을 좀 더 보강하면 물건 될 겁니다. 투자는 얼마든지 가져올 테니 저랑 하죠? 솔깃했다. 멜로와 액션을 보강해서 상업영화로 만들자는 콘셉트는 마음에 안 들지만 투자를 끌어다 주겠다는 말은 매력적이었다. 하지만 제작자에게 딴생각하지 말라는 말을 들은 지 하루도 지나지 않았다. 지금은 제작자에게 등을 돌릴 수가 없었다.

사실 내 마음속에서는 또 다른 욕망이 자라나고 있었다. 그동안 잊고 지냈던 불멸의 작품에 대한 갈망이었다. 프로듀서의 말을 따르건, 제작자의 말을 따르건 이 영화는 밋밋한 액션멜로영화가 될 수밖에 없다. 하지만 이렇게 많은 가능성을 가진 영화를 그저 그렇게 만들고 싶지 않았다. 나는 이미 또 다른 이야기를 구상하고 있었다. 그 이야기의 큰 줄거리는 이랬다. 시골에서 상경한 정재는 사랑하는 여자 때문에 조직 세계에 들어가게 된다. 그러나 시간이 지날수록 처음의 순수함을 잃어버린 채 그 자신이 무서운 조폭으로 성장해가다가 결국 파멸하고 만다. 나는 이 기본적인 줄거리에 더해 결말 처리에 신경을 쓰기로 했다. 정재의 비극적인 죽음을 탐미적인 시선으로 그리면서 그가 죽을 때 각종 이권이 엮인 재개발 지역이 잿더미로 변하는 장면을 연출한다면 애초에 구상했던 탐미주의 뱀파이어 시나리오와 비슷한 수준의 작품을 만들 수 있을 것 같았다. 내가 만든 작품이 내 생명을 넘어 클래식의 반열에 오르는 것은 창작하는 모든 이들의 꿈일지도 모른다. 나는 바로 그 클래식을 창조해보고 싶었다.

그렇다면 이제부터 어떻게 해야 할까? 곰곰이 생각했다. 정재를 예정대로 철거 깡패로 변신시키고 점점 조직의 우두머리가 되게 만들어간다. 그리고 시나리오대로 정재는 시대의 희생양이 되어 사라지는 것이다. 그러기 위해서는 당분간 이대로 영화를 진행해야 한다는 결론이 나왔다. 더욱이 삼룡을 현실 깊숙이 집어넣기 위해서라도 하던 대로 하는 편이 좋았다. 평론가들에게 '전혀 새로운 것'이라고 평가받은 촬영 기법을 굳이 포기할 이유가 없었다. 영화가 이렇게 방향을 틀게 되면 제작자와 수빈이 문제 삼을 수도 있었다. 하지만 이 영화가 돈과 명예를 안겨준다면 그들이 나를 건드릴 리 없다고 생각했다.

프로듀서에게 생각할 시간을 달라고 했다. 우선은 시간을 좀 벌어볼 심산이었다. 의외로 프로듀서는 순순히 그러라고 했다. 저도 〈뱀파이어 파이터〉 제작에 신경을 좀 써야 하니 그동안만 생각해보세요. 단 너무 시간을 끌지 않았으면 합니다. 약정서는 잘 챙겨 갖고 계시죠? 나는 속으로 뜨끔해하면서도 물론이지요, 라고 대답했다.

어느 정도 시간을 벌고 나자 제작자에게 빨리 철거 현장 하나를 섭외해달라고 했다. 이왕이면 신의 연결을 위해 절곤이파와 같이했으면 좋겠다고 했다. 제작자는 마침 절곤이파가 철거 용역 일을 하고 있다고 알려 왔다.

현재의 일곱

구치소의 접견 민원실 풍경은 주민센터와 별다를 것이 없었다. 민원실 가운데 비치된 접견 신청서를 작성하거나 신청서와 신분증을 창구에 내미는 사람들의 모습은 주민센터에 와 있는 듯 평온해 보였다. 구치소이기 때문에 뭔가 어둡고 음침할 거라는 나의 상상은 드라마나 영화가 만들어놓은 선입견에 불과했다. 여기도 '그저' 사람이 사는 곳이었다. 나를 호출하는 안내방송이 들렸다. 떨렸다. 이제 마주하게 될 사람은 어쩌면 나의 인생을 또 한 번 바꿔놓을지도 몰랐다. 심호흡을 하고 자리에서 일어났다.

면회실에 들어섰다. 아직 맹절곤은 오지 않았다. 나는 그사이 스마트폰 카메라 기능을 켜두었다. 처음으로 삼룡을 찾아

나서는 자리였다. 어떻게든 기록으로 남겨두고 싶었다. 나는 촬영한다는 것을 들키지 않게 스마트폰을 왼쪽 가슴 윗주머니에 꽂았다.

면회실 문이 열렸다. 얼굴이 눈에 들어오기도 전에 날카로운 눈빛이 먼저 느껴졌다. 그 순간 직감했다. 맹절곤은 내가 아는 바로 그 절곤이라는 걸.

절곤과 나는 투명한 아크릴 벽을 사이에 두고 앉았다. 얼굴은 5년 전이나 지금이나 큰 차이가 없었다. 다만 흰머리가 눈에 띄게 늘어 있었다. 한꺼번에 많은 잔상들이 스쳐 지나갔다. 싸움, 피, 함성과 비명…… 그때는 지옥 한가운데 있다고 생각했는데 지금은 아련한 추억처럼 느껴졌다. 참 알 수 없는 노릇이었다.

뭣 때문에 왔소? 절곤이 퉁명스럽게 물었다. 나는 안부 인사라도 건네볼까 하다가 바로 본론을 꺼내기로 했다. 그도 내가 얼굴이나 보려고 찾아온 건 아니라는 걸 눈치채고 있을 터였다. 혹시 삼룡이를 본 적 있습니까? 절곤은 대답하지 않았다. 그러나 나를 노려보던 눈이 더욱 가늘어졌다. 절곤은 싸움과 협박으로 평생을 살아온 사람이다. 그런 이는 얼굴에 감정을 잘 드러내지 않는다. 그런데 표정에 변화가 생겼다는 것은 뭔가 마음에 동요가 있다는 뜻이다. 자수하도록 한 사람이 삼룡입니까? 절곤은 헛기침을 했다. 왜 그렇게 생각한 거요? 전 당신의 자수가 선택이 아니라 강요라고 생각합니다. 아직 세상에는 당신이 한몫 챙길 수 있는 일들이 많을 텐데, 그런 이권들을 놔두고 자수할 리는 없으니까요. 당신 정도 되는 조직을 자수시킬 수 있는 사람이나 조직은 몇 안 됩니다. 조직은 아니라고 봤어요. 조직이라면 전쟁을 해서 굴복시켰겠죠. 그렇다면 떠올릴 수 있는 사람은 한 명뿐입니다. 조직을 상대로 싸워볼 수 있는 사람, 당신을 벌 받게 할 수 있는 사람은 삼룡밖에 없죠. 날카롭던 절곤의 눈빛이 흐릿해졌다. 난 아무 말도 할 수 없소. 나도 위신이라는 게 있는 사람이오. 조직이건 사람이건 내가 당했다는 말이 퍼지면 난 이 바닥을 뜰 수밖에⋯⋯. 절곤은 자리에서 일어났다. 그만합시다. 당황한 나는 얼떨결에 따라 일어났다. 삼룡이를 봤습니까? 절곤은 돌아서다 말고 나를 바라봤다. 부탁이 있는데⋯⋯ 내가 삼룡이에게 당했다는 말 따위는 어디 가서 흘리지 말아줬으면 좋겠어. 그런 소문이 내 귀에 들리는 날에는 당신이 어떻게 될지 몰라. 절곤은 나를 강하게 노려보다가 면회실을 나갔다. 그렇게 면회는 오 분이라는 시간조차 채우지 못하고 끝났다.

면회실을 나서면서 생각을 정리했다. 절곤은 삼룡에게 당했다는 말을 하지 말라고 했지, 삼룡을 만난 것에 대해서는 긍정도 부정도 하지 않았다. 사람들은 이럴 경우 대체로 긍정이라고 해석한다. 문득 성숙이 감상에 젖어서 했던 말이 기억났다. 자신의 존재를 숨기고 음지에서 활약하는 영웅……. 주머니 속에 있던 포스트잇을 꺼내 들었다. '왜 가만히 있지요? 벌이 없으면 죄도 없습니다. 세상은 변한 게 없어요.'

무거운 마음으로 프로듀서에게 전화를 걸었다. 그는 기다리기라도 했는지 신호음이 한 번 들리자마자 재깍 전화를 받았다. 네, 감독님. 어떻게 됐어요? 그게…… 일단 맹절곤은 우리가 아는 그 사람이 맞아요. 그리고요? 삼룡이에게 당했다고 확실하게 얘기는 하지 않았지만, 낌새가 그런 것 같아요. 그렇다면 삼룡 씨가 살아 있다는 말인가요? 그런 것 같네요. 아마도 삼룡이 5층 건물 화재 사건과 관련 있던 사람들을 찾아다니는 것 같아요. 왜요? 자기 나름대로 벌을 주려는 것인지도 모르죠. 잘 됐네요. 갑자기 프로듀서의 목소리가 밝아졌다. 그럼 우리가 생각했던 복수 시나리오대로 가는 거 아닌가요? 글쎄요……. 나는 말꼬리를 흐렸다. 확신이 서지 않는 것인지, 뭔가 내키지 않는 것인지는 모르겠다. 이거 물건 나오겠어요. 영화 속에서나 일어날 법한 일이 실제로 일어나는 거잖아요. 감독님은 그냥 다큐멘터리만 찍으면 되겠어요. 어떻게 이렇게 말도 안 되는 일이…… 이것 참…… 굳이 프로듀서의 얼굴을 보지 않아도 그가 얼마나 흥분하고 있는지 알 수 있었다. 전화를 끊으면 습관

대로 양 손바닥이라도 비벼댈 게 분명했다. 하지만 나는 좀처럼 그의 흥분에 동화되지 않았다. 나중에 다시 연락드리겠습니다. 나는 프로듀서의 흥분을 뒤로하고 전화를 끊었다.

집으로 가는 버스에 몸을 실었다. 이 일을 성숙에게 말하면 그녀도 프로듀서만큼 흥분할 것이다. 그러나 주변에서 흥분하고 기대치를 높일수록 내가 골치 아픈 일에 얽혀 들어가야 한다는 점만 선명해질 뿐이다. 적어도 내겐, 아직 5년 전 참사는 끝나지 않았다. 차창에 머리를 기댔다. 차가운 냉기가 이마에 스며들었다.

기억의 열넷

절곤이 맡고 있는 철거 현장은 시내 한가운데 있는 재개발 지역이었다. 큰길가에 난 골목을 따라 들어가면 좌우로 이미 폐허가 되다시피 한 상점이 늘어서 있었다. 그 골목 중간에 5층 짜리 상가 건물이 있는데, 그 건물을 기준으로 철거 직전에 놓인 크고 작은 건물들이 또다시 늘어서 있었다.

철거 용역들은 바리케이드를 사이에 두고 철거민들과 대치하는 중이었다. 이전에 겪어봤던 철거 현장과 달리 상황이 녹록해 보이지 않았다. 우선 철거민들이 조직적이었다. 그들은 바리케이드를 친 다음 그 뒤에 있는 5층 상가 건물에 망루를 쌓았다. 그리고 망루 위에서 철거 용역들이 접근하지 못하도록 새총을 쏘거나 화염병으로 위협했다. 분명히 외형적으로 보면 제복을 입고 안전모까지 쓴 철거 용역들보다 더 흉악해 보였다. 지난번 철거 장면을 찍을 때 마음속에 놓여 있던 돌이 조금 가벼워진 느낌이었다. 삼룡을 보면서 말했다. 어때? 이번에는 할 만하지? 삼룡은 고개를 끄덕였다. 하지만 그의 마음에도 돌이 놓여 있는지 표정이 가볍지만은 않았다.

절곤은 철거 반장 자리를 맡고 있었다. 검은색 양복에 안전모를 쓰고 있어서 얼핏 보면 건설회사 직원 같았다. 그는 우리를 반갑게 맞았다. 그렇지 않아도 상황이 어려웠는데 이렇게 와주니 힘이 난다고 했다. 그날 토시파와의 사건 이후로 꽤 오랜 시간이 흘렀음에도 절곤은 여전히 배후에 내가 있다는 사실을 모르고 있는 듯했다. 절곤은 인상과는 달리 조폭 두목치고는 꽤 순진한 편이라는 생각마저 들었다.

삼룡은 절곤에게 이런 현장 일을 하면서 액션 연기를 병행하기는 힘들겠다고 물었다. 절곤은 어리둥절한 얼굴로 삼룡을 쳐다봤다. 나는 재빨리 이런 쪽의 일을 하는 사람들은 종종 아르바이트를 하면서 본업도 하는 거라고 얼버무렸다. 그럼요. 어디까지나 아르바이트지요. 절곤은 내 말에 맞장구를 쳤다. 그는 나와 삼룡 사이에 오가는 말의 문맥을 제대로 이해하는 눈치는 아니었지만 아르바이트라는 표현은 마음에 들어 했다. 그도 그럴 것이 한때 잘나가던 조폭이 철거 반장 일이나 하고 있으려니 체면이 말이 아닐 터였다.

어쨌거나 불쑥 찾아온 위기는 어물쩍 넘어갔다. 하지만 내 입장에서는 앞으로 이런 일이 벌어지지 않도록 안전장치를 마련할 필요가 있었다. 삼룡을 따로 철거 현장 한 켠으로 불러냈다. 연기 기법 중에는 말이야, 메소드 액팅이라는 게 있어. 미국에서 발달한 건데 제임스 딘이나 말론 브란도 같은 명배우들이다 이런 메소드 액팅의 대가야. 삼룡은 제임스 딘이나 말론 브란도가 누군지 잘 모르는 듯했지만 명배우들이 하는 거라는 말에 진지한 표정이 되었다. 그게 뭐냐면 말이야, 쉽게 말해서 배우가 완벽하게 그 상황에 빠져드는 거야. 지금 동생은 철거 용역 연기를 하고 있잖아? 그러면 완벽하게 철거 용역이 되어야 한다는 거야. 말이나 행동, 생각하는 것까지. 내가 이런 실제 현장에 동생을 데려온 건 다 메소드 액팅의 일환이야. 만약에 말론 브란도 같은 명배우가 마피아 역을 맡게 되면 연기하기 전에 실제로 마피아를 만나거나 그들과 같이 생활하면서 동화되는 과정을 거쳐. 동생도 그와 똑같은 상황을 겪게 될 거야. 동생은 철거 용역을 하는 절곤 씨 밑에 소속되어서 실제 상황을 겪는 거지. 그러니까 이제부터 동생이 하는 연기는 실제야. 절대로 연기라거나 촬영이라는 말은 입 밖에도 내지 마. 알았지? 삼룡은 한 치의 의심도 없는 얼굴로 고개를 끄덕였다. 사실 메소드 액팅은 배우들의 정신을 위험하게 만들기도 해. 우울증을 앓는 사람도 있어. 하지만 내가 이런 위험을 무릅쓰는 이유는 단 하나야. 지금까지 동생이 해왔던 연기를 한 단계 업그레이드시키기 위해서지. 이런 과정을 거쳐야 진정한 배우로 거듭나는 거야. 힘들겠지만 최선을 다해서 이 상황을 이겨내보자고. 제 연기를 위해 이렇게 애써주셔서 감사합니다. 나는 고개를 숙이는 삼룡의 어깨를 두드려주었다.

다시 절곤에게 삼룡을 데리고 왔다. 마음껏 일 맡겨주십시오. 절곤의 얼굴이 밝아졌다. 그럼 오늘 밤에 대대적인 기습 철거를 시작할 예정인데 맨 앞에 서줄 수 있습니까? 그럼요. 나는 삼룡 대신 대답했다. 절곤은 손을 내밀어 삼룡과 악수를 했다. 나는 그 장면부터 찍기 시작했다. 내 머릿속에서만 펼쳐지는 새로운 시나리오에 따르면 정재가 악마와 손을 잡는 순간이었다.

낮 동안에는 별로 할 일이 없었다. 건너편 철거민들을 하릴 없이 바라보면서 시간을 때웠다. 대치 상황이라 그런지 별다른 움직임은 없었다. 바리케이드 앞에는 철거 운동가로 보이는 사람들이 피켓을 들고 시위를 하고 있었다. 피켓에는 '원주민 정착 못 하는 철거 무효!', '세입자에게 충분한 보상!' 등의 내용이 적혀 있었다. 그런데 그 시위대 중 확성기에 대고 구호를 외치는 여자 한 명이 눈에 익었다. 바로 얼마 전 철거 현장 촬영 때 삼룡의 뺨을 때린 여자였다. 곁눈질로 삼룡을 흘끗 쳐다봤다. 역시나 삼룡도 그 여자를 바라보고 있었다. 뭐라고 특정할 수는 없지만, 그의 시선에서 여자에 대한 관심만은 분명하게 느낄 수 있었다. 그때 절곤이 다가왔다. 저 여자 말이에요, 위험한 여잡니다. 저 여자가 와서 이 현장을 이렇게 힘들게 만들어놨어요. 그렇군요. 나는 건성으로 대답하며 여자를 계속해서 바라봤다. 귓가에서는 여자가 외치는 구호와 함께 위험한 여자라는 절곤의 말이 오버랩되어 울렸다.

자정이 지났다. 철거민들 사이에서는 여전히 아무런 움직임도 포착되지 않았다. 하지만 철거 용역들은 소리 없이 분주하게 움직였다. 기습 철거를 준비하기 위해서였다. 나도 그 틈에 껴서 보호 장구를 입었다. 조명 대신 성능 좋은 손전등도 주머니에 넣었다. 삼룡은 안전모 하나만 쓰고 팔과 다리를 돌리며 몸을 풀었다.

절곤의 신호가 떨어졌다. 철거 용역들은 각기 각목 하나씩을 들고 일제히 바리케이드를 넘어갔다. 삼룡은 맨 앞에서 달렸다. 나 역시 기를 쓰고 그 뒤를 따랐다. 망루 쪽에서 소란스러운 소리가 나더니 갑자기 어둠을 뚫고 뭔가가 날아들기 시작했다. 나의 헬멧에서 픽, 하는 소리가 났다. 땅에 떨어진 걸 보니 너트였다. 망루 위에서 새총으로 쏜 것이었다. 기겁을 했다. 이 상태라면 삼룡이 위험할 수도 있었다. 그가 제아무리 무술의 고수라도 어둠 속에서 날아드는 너트 따위를 맨손으로 막아낼 수는 없는 노릇이었다. 게다가 삼룡은 피사체로서 내가 켜놓은 손전등의 빛을 홀로 받고 있었다. 그 때문인지 새총은 삼룡에게 집중됐다. 재빨리 손전등을 껐다. 주위가 암흑으로 변했다. 뒤에서 비명 소리가 들렸다. 욕지거리를 내뱉는 소리도 들렸다. 앞쪽에서 한 무리의 사람들이 인간 바리케이드를 쳤다. 자세히 보니 낮에 구호를 외치던 사람들이었다. 가운데 언뜻 여자가 보였다. 삼룡을 돌아봤다. 하지만 삼룡을 찾을 수가 없었다. 아차, 싶었다. 손전등을 끄면서 삼룡도 어둠 속에 묻히고 말았다. 시야가 막히자 소리가 비정상적으로 크게 들려왔다. 비명 소리, 각목과 각목이 부딪히는 소리, 욕설 소리, 살이 각목에 맞는 소리가 뒤엉켰다. 어디선가 비릿한 피 냄새가 나는 것도 같았다. 혼란스러웠다. 어떤 광기가 이 현장을 뒤덮었다. 호흡이 걷잡을 수 없이 차올랐다.

망루에서 화염병이 날아들었다. 깨진 화염병이 불길을 만들면서 주위가 환해졌다. 불이 주는 두려움 때문이었을까. 철거 용역들은 앞으로 나아가지 못했다. 나는 다시 주변을 찍기 시작했다. 마침내 삼룡의 모습이 앵글에 잡혔다. 그 급박한 상황에서도 안도의 한숨을 내쉬었다. 그런데 뭔가 좀 이상했다. 삼룡은 절곤이 철거꾼이라고 칭했던 여자를 뒤에 두고 그녀에게 덤벼드는 철거 용역들을 때려눕히고 있었다. 환한 불길이 여자와 삼룡 둘을 선명하게 비추고 있었다. 철거 용역 쪽에서 저 새끼 뭐 하는 놈이냐는 소리가 터져 나왔다. 내 심정도 딱 그랬다. 시나리오가 엇나가고 있었다.

재빨리 삼룡을 향해 뛰어갔다. 보호 장구를 완벽하게 착용한 내 모습은 어디서건 눈에 띄게 마련이라 삼룡도 자신을 향해 오는 사람이 나인 줄 쉽게 알아봤다. 어떻게 된 일이야? 호흡을 가다듬으며 물었다. 저 사람들이 이 여자를 때려서 저도 모르게 그만…… 지금은 촬영 중이야. 그걸 잊지 마. 삼룡은 경계를 풀지 않고 말했다. 그래도 이건…… 나는 차분하게 삼룡을 설득해야겠다고 마음먹었다. 그래, 여자를 때리는 건 비겁한 짓일 수 있어. 하지만 지금 잘못하고 있는 쪽은 저쪽이야. 말했잖아. 남의 땅을 무단으로 점거하고 있는 거라고. 그러자 삼룡의 뒤에 서 있던 여자가 나를 노려보면서 말했다. 웃기지 마. 잘못은 당신들이 하고 있잖아. 이 사람들 여기서 쫓겨나면 모두 굶어 죽을 사람들이야. 권리금이며 인테리어 비용이며 이 사람들이 이곳에 쏟아부은 게 얼만데. 그걸 고작 푼돈에 보상해주고 나가라는 게 말이 돼? 날강도들. 딱히 대꾸할 말이 떠오르지는 않았다. 나도 이미 알고 있는 사실이라 여자의 말을 대놓고 틀렸다고 말할 정도로 뻔뻔할 수가 없었다. 그래도 이 상황은 빠져나가야 했다. 당신들이 이러는 건 불법이야. 나는 잘 알지도 못하는 법을 들먹였다. 그럼 법은 옳아? 여자가 물었다. 나로서는 뜬금없이 느껴지는 질문이었다. 그래서일까, 오히려 똑 부러지게 대답할 말을 찾지 못했다. 여자가 나를 노려보며 신경질적으로 소리쳤다. 법이 옳은 거냐고! 여자가 노려보는 사람은 나였지만 이상하게 화를 내고 있는 대상은 내가 아닌 것 같았다. 어쩌면 여자가 옳으냐고 물었던 바로 그 법일 수도 있었다.

더 이상 말싸움을 하고 싶지 않았다. 법이 옳은지 그른지 따져봐야 삼룡의 혼란만 깊어질 것 같았다. 무작정 삼룡의 팔을 이끌었다. 가자. 가서 이야기해. 삼룡은 주저했다. 내가 가면 저분이 위험해요. 나는 여자를 보다가 한숨을 내쉬었다. 그럼 저 사람을 철거민들에게 데려다주고 가자. 언제까지 이렇게 있을 수는 없잖아. 촬영 안 할 거야? 삼룡은 여자와 나를 번갈아 보다가 고개를 끄덕였다.

나는 삼룡이 여자를 데려다주는 데까지 따라갔다. 혹시라도 여자가 삼룡에게 쓸데없는 말을 할까 봐서였다. 아직은 삼룡 스스로 이 세상의 옳고 그름을 판단하게 내버려둘 수는 없었다. 삼룡이 옳고 그름을 판단하는 기준은 오직 나만이 제공해주어야 한다. 그래야 내가 원하는 대로 영화를 완성할 수 있다.

다행히 철거민 쪽으로 가는 짧은 시간 동안 삼룡과 여자는 아무 말도 하지 않았다. 그렇지만 둘 사이에 어색하고도 긴밀한 분위기가 오고 가는 것은 느낄 수 있었다. 여자는 점점 차분해지는 기색이었다. 절곤이파의 조직원들도 함부로 움직이지 않았다. 삼룡이 여자를 감싸주는 상황이라 섣불리 덤벼들 수도 없었다. 철거 현장은 조용해졌다. 미처 꺼지지 못한 화염병의 불길만 삼룡과 여자를 비춰줄 따름이었다.

　그때야 여자를 찬찬히 살펴볼 수 있었다. 여자의 얼굴은 하얀 편이었는데 눈이 커서 의외로 겁이 많아 보이기도 했다. 하지만 눈빛에서 어떤 강한 의지 같은 게 느껴졌다. 그 때문인지 보호 본능을 불러일으키면서도 꿋꿋하고 씩씩한 느낌을 주는 묘한 인상이었다.

　삼룡이 여자를 데려다주고 돌아서는 순간 여자가 말했다. 제 이름은 재인이에요. 정재인. 댁은요? 저는…… 삼룡이요. 이삼룡. 재인은 풋, 하고 웃었다. 정말 삼룡이에요? 이름이 참 고전적이네요. 삼룡은 쑥스러워하며 머리를 긁적였다. 고마워요. 재인의 인사에 삼룡은 그저 아…… 네…… 하고 머리를 긁적였다. 다음에 또 봐요. 재인은 손을 흔들며 망루가 있는 건물로 사라졌다. 삼룡은 재인이 사라질 때까지 손을 흔들어주었다. 위험한 상황이었다. 이 친밀한 분위기를 이어서 재인과 삼룡이 만나게 된다면, 그리고 재인 편에 삼룡이 서게 된다면 시나리오는 내 통제를 벗어나서 어디로 튈지 모르게 된다. 그때야 나는 '저 여자가 위험하다'는 말이 왜 그렇게 불길하게 다가왔는지 깨달았다.

삼룡을 데리고 절곤 쪽으로 왔다. 예상대로 절곤과 철거 용역들의 표정이 심상치 않았다. 절곤이 앞으로 나섰다. 씨발, 철거를 하러 왔으면 돕지는 못할망정 남의 작업장에서 훼방을 놓으면 어떻게 해! 저번 일도 그렇고 낌새가 좀 이상한 것 같은데……. 절곤은 나와 삼룡을 번갈아 노려봤다. 우두머리의 눈빛을 읽은 철거 용역들이 각목 하나씩을 들고 나와 삼룡을 에워쌌다. 나는 반사적으로 무릎을 꿇으려고 했다. 하지만 비굴해지려는 마음을 애써 눌러 참았다. 삼룡이 옆에 있어서 자존심을 지키는 데 많은 도움이 됐다.

이 상황을 해명할 방법은 없다. 화염병 불빛 아래 모든 것이 너무나 명백하게 드러난 터라 어두워서 오해를 한 모양이라고 둘러댈 수도 없었다. 해명할 수 없으면 타협을 보는 게 상책이다. 삼룡이 아무리 뛰어난 무술 실력을 가졌다고는 하나 동료를 때린 원수라고 생각해마지않는 철거 용역 전부를 상대로 싸울 수는 없었다. 아니, 더 정확하게 말하면 삼룡 자신은 지킬 수 있을지 모르지만 싸움에 있어 무뇌아에 가까운 나는 살아날 방법이 없어 보였다. 제작자 같은 거물에게서도 살아남았는데 절곤이 같은 중간 보스 급에게 맞아 죽는다는 건 어처구니없는 일이었다. 나는 은근하게 말했다. 애들 물리고 우리끼리 이야기합시다. 절곤은 나를 사납게 노려보다가 좌우로 눈짓을 했다. 철거 용역들이 어둠 속으로 물러났다.

말해보시오. 절곤이 땅바닥에 가래를 뱉었다. 삼룡이가 당분간 그쪽에 가서 일을 하는 게 어떨까 싶어요. 내가 운을 띄우자 절곤이 고개를 들었다. 삼룡은 뜻밖의 말에 당황한 듯 보였다. 나는 삼룡이 다른 말을 하지 못하게 등을 두드리면서 말을 이었다. 오늘 일을 사죄하는 의미에서 드리는 말씀입니다. 앞으로 여러 가지 일도 많을 텐데 동생이 여기 있으면 힘이 되지 않겠습니까. 내 말이 끝나자마자 절곤은 헛기침을 했다. 그쪽이 그런 정도로 사죄를 하겠다면 안 받을 수도 없지요. 절곤은 내게 손을 내밀었다. 나는 나를 대신해서 삼룡에게 악수를 하도록 했다. 내 머릿속의 시나리오에서 정재는 다시 악마와 손을 잡았다.

집에 돌아오자마자 삼룡을 붙잡아놓고 정신교육을 시키기 시작했다. 그 여자와 지금 엮여서는 안 된다, 촬영이 끝나기도 전에 스캔들이 나면 나중에 배우 인생은 어떻게 할 거냐, 작품 이거 하나 하고 말 게 아니지 않느냐, 제발 현실과 연기를 착각하지 마라, 다시 한 번 말하지만 우리는 연기를 하는 거고 촬영 중에 절대로 내 연기 지도를 벗어나지 마라 등등의 말을 밤새도록 했다. 마지막에는 적당한 양의 맥주를 건네면서 당부했다. 이게 다 동생 잘되라고 하는 일이니 제발 좀 참아줘. 그러나 삼룡은 이번에는 내 호의에 감격하지 않았다. 그저 침묵할 뿐이었다.

그날 이후로 철거 현장은 대치 상태가 이어졌다. 철거민들의 방어는 더 단단해졌다. 사건의 냄새를 맡은 기자들도 현장에 나타나기 시작했다. 누구도 함부로 움직일 수 없는 상황이었다. 철거 현장이 한가해지자 절곤은 현장을 지키는 최소 인원을 남기고 나머지는 다른 철거 현장으로 내보냈다. 삼룡도 여기에 껴 있었다. 재인이라는 불길한 여자와 마주칠 염려가 없어서 나로서는 다행이었다.

새로운 철거 현장에서 삼룡은 발군의 실력을 발휘하기 시작했다. 삼룡이 스치면 저항하던 철거민들은 너무나 쉽게 나가떨어졌다. 때리고 저항하고 맞고 버티는 일이 반복됐다. 합법적인 쪽은 무자비하게 사람들을 때렸다. 불법적인 쪽은 피를 흘리고 깨지면서도 나가지 않겠다고 버텼다. 그때마다 법은 옳으냐고 묻던 재인의 목소리가 들려왔다.

때로 촬영을 끝내고 피처럼 물든 노을을 바라보고 있노라면 질문들이 꼬리에 꼬리를 물고 이어지곤 했다. 대체 무엇이 이들을 싸우게 만들었을까? 법이라는 것 때문일까? 그럼 법은 옳은 것일까? 나는 그 모든 질문에 대답하지 않으려고 의식적으로 노력해야 했다. 영화를 만들기 위해서는 어쩔 수 없이 삼룡을 철거 현장에 내보내야 하고 삼룡을 철거 현장에 두기 위해서는 연출인 내가 현실을 민감하게 받아들여서는 안 된다고 믿었다. 나는 조그만 액정 화면에 사람들을 가두고 또 그 안에 삼룡을 가두었다. 귀에는 늘 이어폰을 꽂았다. 그렇게 해서 어떤 현실도 직접 보고 듣지 않으려 했다.

하지만 매일 누군가를 때리고 울부짖는 모습을 봐야 하는 삼룡은 나처럼 둔감해지기 어려운 모양이었다. 가뜩이나 그는 감성적인 성격이다. 우발적이기는 하지만 약자를 보면 도울 줄도 아는 정의로운 구석도 있었다. 철거를 하는 것이 자신의 성격과는 도통 맞지 않았는지 삼룡의 표정은 나날이 어두워져갔다.

남자들 대부분은 일을 나가고 어린아이들과 여자들만 남아 있던 산동네 하나를 기습 철거하고 돌아오던 길이었다. 삼룡은 버스에 앉아 무심하게 차창을 보다가 물었다. 제가 하는 역할이 정의로운 게 맞습니까? 나는 삼룡의 성격상 참다못해 절규처럼 내뱉는 질문이라는 걸 알았다. 내 시나리오대로라면, 주인공인 정재는 자신의 힘을 믿고 승승장구하다가 시대에 의해 희생당하는 인물이지 정의로운 인물로 변하지 않는다. 나는 삼룡에게 이 점을 솔직하게 고백할 필요가 있다는 생각이 들었다. 영화의 흐름을 삼룡이 정확하게 알고 있어야 그의 괴로움이 줄어들 것 같았다.

집에 오자마자 영화 〈대부〉를 보여주었다. 말론 브란도와 알 파치노 같은 배우들의 명연기로 유명한 이 영화는 갱스터영화 중 불멸의 명작이기도 하다. 영화는 미국 마피아의 아들이지만 평범한 대학생이기도 하던 주인공이 마피아 간의 전쟁으로 가족들이 희생당하는 걸 목격하면서 그 스스로 총을 잡고 일어나 마피아의 새로운 대부가 되어간다는 내용이다. 삼룡은 〈대부〉를 보는 내내 지루한 듯 몸을 외로 꼬았다.

솔직히 뭘 말하는지 모르겠습니다. 영화가 어땠냐는 질문에 대한 삼룡의 대답이었다. 나는 저 영화 속의 주인공이 나쁜 사람인지 아닌지 물었다. 삼룡은 곰곰이 생각하다가 처음에는 착했지만 나쁜 쪽의 사람이 된 것 같다고 했다. 바로 그 지점이야. 모든 영화의 주인공이 선한 것은 아냐. 이 영화에서 말하고 싶은 것은 누구나 그런 상황에 처하면 마피아가 된다는 것이지. 결국 마피아는 어쩔 수 없이 마피아가 되는 악순환을 보여주는 거야. 따라서 주인공은 악할 수밖에 없어. 하지만 영화는 그런 주인공의 모습을 통해서 그 사회의 모순을 드러내 보이는 거야. 그러니까 사회적으로 보면 저 영화는 어떤 정의에 기여를 한다고 볼 수 있어. 우리 영화도 마찬가지야. 동생에게 솔직히 고백하자면 시나리오가 조금 바뀔 거야. 시나리오가 바뀐다는 말에 삼룡은 눈을 동그랗게 떴다. 크게 바뀌는 건 아니고 마지막이 조금 바뀔 거야. 나는 내 머릿속에만 있던 시나리오를 삼룡에게 설명해주었다. 삼룡은 정재가 정의로운 인물로 거듭나는 게 아니라 악당으로 죽음을 맞이한다는 결말을 듣고 곤혹스러워했다. 충분히 예측했던 반응이었다. 나는 당황하지 않고 차분하게 말했다. 정재는 악하지만 영화는 악하지 않아. 오히려 이 사회의 모순을 세상 사람들에게 알려줄 수 있으니까 정의로운 거야. 그렇다면 지금까지 제가 해온 일이 나쁜 짓입니까? 삼룡의 질문에 나는 단호하게 고개를 가로저었다. 나쁜 일은 아냐. 불법적인 일이 아니니까. 하지만 솔직히 사람들이 좋다고 인정해주는 일도 아니지. 삼룡은 깊은 한숨을 내쉬었다. 그렇다면 절곤이 형님 같은 분도 나쁜 사람들입니까? 나는 잠깐 뜸을 들이다가 고개를 끄덕였다. 좋은 사람은 아니지. 하지만 재빨리 덧붙였다. 이런 영화가 불멸의 영화가 되는 거야. 삼룡은 의심이 가득한 눈초리로 나를 쳐다봤다. 동생, 어차피 찍는 영환데 명작으로 남고 싶지 않아? 동생이 죽고 나서도 사람들은 동생의 영화를 보면서 열광할 거야. 멋지지 않냐고? 〈대부〉도 마찬가지야 물론 브란도는 악역이었지만 이 영화를 보는 사람들은 모두 물론 브란도를 칭송해. 영화란 이렇게 뭔가 의미를 담고 있어야 불멸의 예술 작품이 되는 거야. 예술은 말이야 그것을 표현할 때는 도덕이나 윤리를 떠나도 돼. 오히려 얽매이지 않을 때 더 큰 의미를 담아낼 수 있어. 철거민들의 비명과 한숨, 눈물은 모두 예술적인 표현의 일부일 뿐이야. 동생이 하는 악역도 마찬가지고. 우리의 작업이 모두 끝나고 영화가 스크린에 상영된다면 우리의 행위는 사람들에게 용서받을 거야. 어쩌면 단편영화를 출품했을 때보다 더 엄청난 찬사를 받을지도 몰라. 그래서 말인데 우리는 양심의 가책 따위는 느끼지 않아도 돼. 아니, 양심의 가책을 느끼지 않을 의무가 있어. 우린 오직 만들어진 결과물로서만 모든 걸 이야기할 뿐이야. 나는 어느새 열변을 토하고 있었다. 그 때문인지 삼룡의 얼굴이 조금 누그러졌다. 그럼 우리가 예술 하는 겁니까? 나는 힘주어 말했다. 당연하지.

예술을 한다는 말은 훌륭한 마취제였다. 삼룡은 성실하게 철거에 임했다. 그리고 그가 철거해대는 범위는 더욱더 광범위해졌다. 동시에 삼룡은 무표정해졌다. 나는 그 무표정이 마음에 들었다. 폭력에 무뎌진 자만이 잔인해질 수 있다. 삼룡은 점점 내가 원하는 인물이 되어가고 있었다.

나 역시 더 이상 액정 화면에 의존해서 현장을 바라보거나 이어폰으로 현장의 소리를 듣지 않았다. 보다 생생한 느낌을 전달하기 위해서 직접 눈으로 보고 귀로 들으면서 현장을 화면에 옮겨나갔다. 시간이 흐르면서 나는 한창 철거 용역들과 철거민들이 치고받는 틈바구니 속에서도 앵글을 구상하고 삼룡으로 하여금 좀 더 새로운 동작으로 철거민들을 때려줄 것을 요구하는 여유마저 부릴 수 있었다.

삼룡은 실력과 성실함 덕분에 절곤이파 내에서의 위상이 날로 높아졌다. 비록 그가 완벽하게 절곤이파 소속이라고 할 수는 없지만 절곤은 삼룡을 부두목 급 정도로 대우해주었다. 삼룡의 실력에 감탄하고 있던 그의 조직원들도 마찬가지였다. 삼룡이 지나가면 절곤이파 조직원들은 조폭 특유의 90도 인사를 해댔다. 나 역시 항상 삼룡의 뒤나 옆에 서 있는 관계로 그 인사를 꼬박꼬박 받아야만 했다.

기억의 열다섯

프로듀서와 다시 만난 건 한우 꽃등심집이었다. 얼굴이나 한 번 보자는 말은 프로듀서가 먼저 꺼냈지만 약속 장소는 내가 정했다. 전화 목소리상으로 볼 때 프로듀서의 몸이 제법 달아 있다는 게 느껴졌다. 이때야말로 프로듀서가 가진 법인카드를 내 것처럼 써볼 수 있는 기회라고 생각했다. 한우 등심집에서 만나자는 말에 프로듀서는 아주 잠깐 침묵하더니 이내 발전적 인 목소리로 좋다고 했다. 하지만 그 잠깐 동안의 침묵으로 나 는 내가 아직 감 기자만큼 프로듀서의 법인카드를 쓸 수 있게 하는 존재가 아니라는 걸 느낄 수 있었다. 아무래도 한우의 등 급은 내 예상보다 낮아질 것 같았다.

앞으로 한 번 뒤로 한 번 육즙이 흐르지 않게 딱 두 번 뒤집은 한우 꽃등심 한 점을 내 쪽으로 옮겨놓은 프로듀서는 더 익기 전에 어서 들어보라고 했다. 한우 꽃등심 지방보다 부드러운 미소도 곁들였다. 거의 10년 만에 먹어본 꽃등심은 과연 혀를 감동시키기에 충분한 맛이었다.

프로듀서는 내가 젓가락을 내려놓을 때까지 최선을 다해 고기를 구워주었다. 그러나 젓가락을 놓자마자 바로 영화 이야기를 꺼냈다. 익히 예상했던 바였다. 그동안 영화 방향에 대해서는 생각해보셨나요? 전 아무리 봐도 인과관계가 부족해 보여요. 멜로가 너무 구태의연해서 여성 관객을 끌어들일 만한 요소도 부족하고요. 감독님 생각은 어떤가요? 프로듀서는 자신의 말을 받아들이라는 듯 고압적인 자세로 물었다. 하지만 지극히 짧은 기간 동안 예사로 목숨을 내놓고 산 나였다. 때문에 프로듀서의 고압적인 자세는 내 마음에 어떤 동요도 주지 못했다. 글쎄요…… 일부러 좀 얄밉게 말꼬리를 흘렸다. 프로듀서는 내 태도를 보고 자신의 고압적인 태도가 먹히지 않는다는 걸 눈치챘는지 그럼 감독님은 어떻게 하고 싶으세요, 하고 고쳐 물어왔다. 나는 공연히 냉수를 마시며 잠깐 머리를 굴렸다. 아무리 생각해도 아쉬운 쪽은 프로듀서였다. 게다가 이미 영화제에서 덕을 톡톡히 본 후라 프로듀서로부터 더 이상 얻을 것도 없었다. 투자를 끌어오겠다는 제안이 매력적이기는 하지만 그렇게 된다면 제작자와의 문제를 각오해야 한다. 일이 잘못될 경우 나는 작품을 완성해보지도 못하고 조용히 철거될지도 몰랐다.

그래서 프로듀서에게 내가 원하는 것을 요구하기로 했다. 약정서는 없던 걸로 합시다. 순간 프로듀서의 표정이 굳었다. 답답한 표정을 지을 겨를조차 없었던 모양이었다. 대신……. 나는 이쑤시개로 이를 쑤시면서 말했다. 대신? 프로듀서가 몸을 앞으로 바짝 내밀었다. 이번 건은 영화제 출품이나 배급 쪽으로 신경을 써주시고 다음 작품을 같이합시다. 어차피 삼룡이는 나와 7년간 전속 계약이 돼 있으니까 다음 작품을 같이하는 건 무난할 겁니다. 이 건은 약정서가 아니라 계약서를 써도 됩니다. 프로듀서는 선뜻 대답하지 않고 뭔가 골똘히 생각하기 시작했다. 어차피 약정서라는 거 법적 효력도 없는 거 아닙니까? 물론 그걸 제작자에게 내보이면 내가 몇 대 맞을 수도 있지만 프로듀서님이 이익 볼 것도 없죠. 그러니까 말이에요, 약정서를 파기하는 조건으로 다음 작품을 같이하는 게 프로듀서님에게 더 이익이 될 겁니다. 이 말이 쐐기였을까, 프로듀서는 가벼운 헛기침을 했다.

하지만 그가 내 말에 다 동의한 건 아니었다. 영화제에 출품하는 쪽으로 작품 방향을 틀겠다면 작품성을 더 높여야 한다는 건 잘 아실 테죠? 물론이죠. 당연히 그쪽으로 시나리오는 바껍니다. 나는 앞으로 전개될 내 시나리오를 프로듀서에게 설명해주었다. 시골에서 상경한 정재가 사랑하는 여자 때문에 조직 세계에 들어가는 것까지는 동일합니다. 하지만 지금처럼 해피엔딩으로 끝나지는 않죠. 정재는 결국 처음의 순수함을 잃어버린 채 그 자신이 무서운 조폭으로 성장해가다가 파멸합니다. 물론 그 이면에는 그가 그런 선택을 할 수밖에 없는 시대 상황을 부각시킬 겁니다. 감 기자 형 말마따나 액션 장르이면서도 충무로 리얼리즘의 계보를 충실히 잇는 작품이 되겠군요. 바로 그겁니다! 나는 프로듀서의 말에 맞장구를 쳤다. 아마도 프로듀서와 서로 마음이 통한 것은 이때가 처음이 아닐까 싶었다. 나는 와인 한 병을 시켰다. 아무래도 건배를 해야 할 것 같았다. 프로듀서는 법인카드 한도가 생각났는지 답답한 표정을 지었다.

현재의 여덟

버스에서 내려 가게 정리를 위해 만화카페로 올라갔다. 자석에 이끌린 것처럼 고개가 입간판 쪽으로 돌아갔다. 잔뜩 긴장한 눈으로 입간판을 살폈지만 아무것도 붙어 있지 않았다. 조금 맥이 풀리는 느낌이었다. 기껏 삼룡이 살아 있을지도 모른다는 단서를 붙잡았지만 정작 그의 행방은 알 길이 없었다. 어쩌면 무작정 또 다른 포스트잇이 붙여지기만을 기다려야 할 수도 있다. 하지만 마냥 기다릴 수도 없었다. 무엇보다 영화를 완성해야 하기 때문이었다. 가급적이면, 삼룡보다 한발 앞서 그의 모습을 담고 싶었다.

텅 빈 만화카페에 앉아, 삼룡이 이 세상에 존재한다고 가정하고 그가 벌할 다음 대상을 택한다면 누가 될까 고민해봤다.

5년 전 그날의 일과 관련된 사람은 많지만, 그 일로 책임지지 않은 사람을 꼽으라면 몇 명 되지 않는다. 나는 그중에서도 곽 서장이 다음 목표가 될 가능성이 크다고 봤다.

곽 서장은 5층 건물 화재 사건의 현장 책임자였다. 내가 삼룡이라면 절대 가장 윗선부터 상대하지 않을 것이다. 왜냐면 쉽게 언론의 주목을 받을 위험이 있으니까. 언론의 주목을 받으면 추적을 당하게 되고 어쩔 수 없이 운신의 폭이 좁아진다. 즉 다음 상대를 벌하기가 어려진다. 절곤을 맨 먼저 처리한 것도 그런 까닭이 아닐까 싶었다. 절곤이 아무리 조직폭력계에서 이름이 좀 있다 한들 한낱 깡패에 불과하다. 세상 사람들은 절곤이 조직 간의 암투에 휘말려 자수를 했다고 믿고 있다. 그리고 잊었다. 조폭 간의 다툼이야 사회면을 장식하는 흔한 일이다.

절곤 다음으로 급이 낮은 사람을 고른다면 곽 서장이다. 물론 경찰에게 폭력을 가하는 것은 위험한 일이다. 언론의 주목을 받게 될 가능성도 크다. 하지만 곽 서장도 공무원이다. 퇴근 시간이 있을 것이고, 그 시간에는 경찰들에게 둘러싸여 있지도 않을 것이다. 그 틈에 삼룡이 린치라도 가한다면 곽 서장은 꼼짝없이 당할 수밖에 없다. 물론 정체를 숨기기 위해 어둠 속에서 복면을 쓰고 나타날 수도 있다. 상상을 하다 보니 삼룡은 성숙의 말마따나 음지에서 활약하는 영웅이 되어 있었다. 아니면 테러리스트거나…….

고민이 실없는 상상으로 뻗어갈 때쯤, 나는 돌연 마음 저편 어딘가에서 또 다른 생각 하나가 웅크리고 있는 것을 발견했다. 바로 삼룡이 나타나지 않았으면 하는 바람이었다. 이유는 잘 모르겠다. 또다시 엄청난 사건에 휘말리고 싶지 않기 때문인지 몰랐다. 그러나 엄청난 사건에 휘말려서라도 이 영화를 완성해야 하는 이유가 훨씬 더 컸다. 이 영화를 완성할 수 있는 기회를 잡았다는 것은 성숙을 붙잡을 수 있는 기회를 잡은 것이자, 감독으로서 성공할 수 있는 기회를 잡은 것일 수도 있기 때문이었다. 그렇지만 그런 생각들은 이성적으로 머릿속에 맴돌 뿐, 감정적으로는 삼룡을 찍는 일이 썩 내키지 않았다. 당황스럽게도 나로서는 이 감정의 실체를 파악하는 일이 수수께끼처럼 느껴졌다.

혼자 상반된 두 가지 생각들로 상념에 잠겨 있을 무렵 낯선 번호로 전화가 왔다. 혹시 삼룡이 아닐까 싶어서 재빨리 전화를 받았다. 하지만 여자 목소리였다. 저…… 황 감독님이세요? 오랜만에 듣는 호칭이었다. 정확하게는 5년 전에 듣고 처음이었다. 사실 제대로 입봉조차 해보지 못한 처지라 감독이라고 불리는 것 자체가 어색했다. 뭐…… 예전에 그런 쪽에 있기는 했습니다만……. 나는 애매하게 대답했다. 그러자 들뜬 목소리가 전해졌다. 저예요, 재인. 모르시겠어요? 아, 재인 씨! 모를 리 없다. 제작자와 더불어 내 인생을 요동치게 했던 또 한 명의 사람. 삼룡을 생각하면 당연히 떠올렸어야 하는 사람이기도 했다. 어떻게 지내셨어요? 그냥…… 먹고 살았죠. 촬영 일은 안 하세요? 네, 다른 일 하느라……. 그러시구나. 우리 한번 볼 수 있을까요? 부탁드릴 말씀도 있고 해서요. 나는 만나자고 했다. 재인이라면 삼룡에 대해 뭔가 알고 있는 게 있을지도 몰랐다. 설사 아는 게 없다 하더라도 삼룡이 살아 있다면 한 번쯤 재인을 찾아오지 않을까 싶기도 했다.

재인은 해마다 인권영화제를 개최하는 사무국에서 일하고 있었다. 사무국은 조촐했다. 한 시민단체의 사무실 한 켠을 빌려서 세 개의 책상과 한 개의 회의용 테이블을 놓아둔 것이 살림살이의 전부였다. 재인은 회의용 테이블에 앉아 있는 내게 커피를 건넸다. 사무실 좁죠? 네…… 그래도 제법 유서 깊은 영화제 사무국인데 생각보다 아담하네요. 재인은 테이블 맞은편에 앉았다. 어쩔 수 없어요. 갈수록 후원이 줄어들고 있다나 봐요. 나는 재인의 얼굴을 찬찬히 살폈다. 강한 의지가 느껴지는 눈빛은 그대로였지만 눈가에 희미하게 주름이 잡히기 시작했고 얼굴도 홀쭉해져 있었다. 전체적으로 어딘지 모르게 초췌한 분위기였다. 저 좀 살이 빠진 것 같죠. 그런 것 같기도 하네요.

교도소에 있었더니 다이어트가 확실하게 되더라고요. 고생 많았겠어요. 아니에요. 그날 죽은 분들도 있는데요. 살아 있는 것만 해도 감사한 일이죠. 재인은 아련한 눈빛으로 말했다. 공감했다. 재인과 나는 불길이 치솟는 아비규환 속에서 겨우 살아난 생존자들이었다. 살아 있는 것만 해도 감사한 일이라는 평범한 말이 우리에게는 더 이상 평범한 말일 수 없었다. 재인은 그날, 그 화재의 주모자가 되어 교도소에 갔었다.

출소한 지는 얼마 안 됐어요. 여기 사무국에서 일하자는 제안이 있어서 합류하게 됐어요. 영화는 잘 모르지만요. 그래서 말인데, 감독님 그때 찍었던 동영상 아직 가지고 계신가요? 물론이죠. 감독님, 그걸 편집해서 이번 영화제에 걸 수 없을까요? 섣불리 대답할 수 없었다. 인권영화제에 걸기 위해서는 의미가 강조될 수밖에 없다. 영화가 무겁다는 선입견이 생기면 관객을 불러 모으는 데 한계가 있다. 솔직히 나는 관객이 어느 정도 들수 있는 영화로 완성해보고 싶었다. 프로듀서를 찾아간 것도 그 때문이었다. 글쎄요. 영화가 완성되지 않은 채로 끝나서 어떻게 해야 할지 모르겠네요. 미완성이라도 좋아요. 있는 그대로만이라도 보여줄 수 없을까요? 그날의 진실을 밝힐 수 있는 건 감독님이 가진 동영상들밖에 없어요. 재인은 간절했다. 그 얼굴을 외면하기도 어려웠다. 생각해볼게요. 꼭 좀 긍정적으로 생각해봐주세요. 나는 입꼬리를 올리며 어색한 미소를 지었다. 긍정도 부정도 하고 싶지 않았다.

그건 그렇고 혹시 최근에 삼룡이 소식 들은 적 있나요? 아뇨, 없어요. 왜요? 그냥요. 요즘 삼룡이가 사라지지 않았다는 생각이 들거든요. 설마……. 재인은 눈을 동그랗게 떴다. 나는 포스트잇에 적힌 메시지를 발견했던 것부터 시작해서 절곤을 만나고 온 일까지 소상하게 이야기해주었다. 재인은 삼룡을 떠올리는 듯 생각에 잠깐 잠겼다가 말했다. 삼룡 씨라면 살아났을지도 모르죠. 저도 그렇게 믿고 싶네요. 그럼 이제 어떻게 하실 건가요? 삼룡 씨를 계속 찾아볼 거예요? 네, 만약에 삼룡이 제가 생각한 대로 움직인다면 다음에 누구에게 갈지 짐작도 되고요. 누구요? 곽 서장요. 그날 현장 책임자 말이에요. 재인은 곽 서장이라는 이름을 듣자 뭔가 떠오른 듯 말했다. 아, 그 사람! 그렇지 않아도 철거민 단체에서 당시 관련자들에게 책임을 묻기 위해서 주시하고 있었거든요. 그 사람 다른 경찰서 서장으로 갔어요. 어디 노조와 대치하고 있는 곳이라고 했는데…… 잠깐만요. 재인은 철거민 단체에 전화를 걸더니 이내 곽 서장이 있는 곳을 알려주었다. 나는 재인이 알려준 곳을 스마트폰에 저장했다. 고마워요. 아니에요. 그런 일이라면 당연히 도와드려야죠. 혹시 삼룡 씨를 보게 되면 꼭 제게 말씀해주세요. 그러죠.

재인 씨도 삼룡이가 찾아오면 연락해주세요. 나는 자리에서 일어났다. 재인은 나를 사무실 문까지 배웅해주었다. 그리고 사무실 문 앞에서 다시 한 번 영화를 완성해서 출품해달라고 부탁했다. 나는 급히 엘리베이터에 올라타는 척하면서 대답을 피했다.

기억의 열여섯

삼룡과 함께 철거 현장에 갔다가 늦어서 택시를 타고 돌아오는 길이었다. 우리는 우리를 따라붙는 차가 있다는 걸 눈치챘다. 물론 내가 눈치챈 것은 아니고 삼룡이 먼저 눈치챈 거였다. 뒤쫓아 오는 자들이 있는데 이것도 혹시 촬영에 포함된 겁니까? 당연히 촬영에 포함된 것이 아니었다. 하지만 삼룡은 촬영으로 알아야만 한다. 이런 액션영화에 미행 신은 필수지. 나는 애서 태연하게 말했다.

일부러 집에서 좀 떨어진 곳에 택시를 세웠다. 그러자 우리를 미행하던 차도 한 블록 건너 골목에 멈춰 섰다. 나는 삼룡과 함께 집으로 가는 척하다가 가로등이 없는 좁은 샛길에 몸을 숨겼다. 아마 한 블록 정도 떨어진 곳에서 보면 우리가 갑자기 사라진 것으로 보일 터였다. 스마트폰을 꺼내 카메라 기능을 켰다. 누가 우리 뒤를 밟고 있는 것일까. 긴장이 됐다. 하지만 삼룡이 있어서 그리 떨리지는 않았다. 삼룡이라면 차에 타고 있는 인원 정도는 가볍게 제압할 수 있을 거라고 생각했다.

몸을 숨긴 샛길 근처로 사내 둘이 서성거렸다. 여기저기를 기웃거리는 걸로 봐서 우리의 행방을 찾는 듯했다. 삼룡에게 낮게 속삭였다. 일단 둘을 쓰러뜨리고 난 다음 뭐 하는 놈이냐고 말해. 그다음은 내가 다시 지시할게. 내 말을 듣자마자 삼룡은 재빨리 달려 나갔다. 나도 그 뒤를 따라 뛰었다.

불시에 삼룡의 습격을 받은 그들은 주먹 한 번 내밀어보지도 못하고 나가떨어졌다. 뭐 하는 놈들이야? 삼룡은 시킨 대로 대사를 쳤다. 그런데 뜻밖의 대답이 돌아왔다. 형사. 그들이 절곤이파와 원한 관계에 있는 조직의 조직원들일 거라고 짐작한 나는 코웃음을 쳤다. 하지만 사내가 경찰 신분증을 꺼내는 통에 웃음을 멈춰야만 했다.

다음 지시 때까지 샛길에 가 있어. 다급하게 삼룡에게 말했다. 삼룡은 곧바로 샛길로 사라졌다. 나는 형사들에게 손을 내밀어 일으켜 세워주었다. 형사들은 불쾌한 표정으로 나를 노려봤다. 나는 짐짓 시선을 피했다. 왜 우리를 뒤쫓아 왔습니까? 형사 중 선임으로 보이는 이가 입을 열었다. 최경태 알지? 최경태라…… 어디서 많이 봤던 이름이었다. 그러고 보니 신체포기 각서나 영화 제작 계약서에 사인할 때 제작자의 이름 난에 최경태라는 글자가 적혀 있었던 것 같다. 늘 제작자로만 불렀기 때문에 오히려 그 이름이 낯설었다. 나는 고개를 끄덕였다. 요즘 당신들이 그놈들하고 어울린다는 첩보가 있어. 우리는 그냥 제작자와 영화감독 사이일 뿐입니다만. 웃기고 있네. 그런데 그놈이 개발하는 지역 철거 판에는 왜 끼어들어? 그건 오해 같은데요. 거기는 그분이 개발하는 곳이 아니라 절곤이라고 그분이 아는 동생의 작업장입니다만. 이 사람 이거 정말 모르는 거야, 아니면 알고도 모른 척하는 거야? 그 절곤이라는 놈이 최경태 똘마니야. 최경태 그놈 은퇴한다고 해놓고 뒷구멍으로 절곤이를 통해서 조직을 운영해온 거라고. 그놈 사채 말고도 재개발에 나이트 운영까지 안 하는 게 없는 놈이야. 정말 그런 놈인 줄 몰라? 저는 정말 은퇴하고 사채만 하는 줄 알았습니다. 은퇴는 개뿔. 나중에 시의원 같은 데 출마하려고 하는 수작이지. 선임 형사는 나를 위아래로 훑어보다가 말했다. 조심해. 더 엮이지 마. 범죄 조직은 구성하는 것만으로도 죄가 된다는 거 알고 있나? 모릅니다. 그럼 알아둬. 그놈 옆에 있으면 범죄 조직 구성에 해당하고 그놈이 하는 일을 거들게 되면 그게 바로 범죄야. 저 친구에게도 말해두라고. 선임 형사는 샛길에 서 있는 삼룡에게 눈길을 주면서 말했다. 나는 아무 말도 못 하고 고개만 숙였다.

형사들이 떠나자 삼룡에게 다가갔다. 무슨 일이라도 있습니까, 감독님? 삼룡이 물었다. 왜? 나는 심각한 표정을 지우고 되물었다. 그냥 얼굴이 좀…… 아냐, 아무것도. 진짜 때릴 줄은 몰랐는데 출연료를 더 달래서 그건 안 되겠다고 했더니 저렇게 화를 내면서 가버리네. 나는 대충 둘러댔다. 삼룡은 더 이상 묻지 않았다.

이튿날 혼자 제작자를 찾아갔다. 형사들이 쫓고 있다면 보통 심각한 상황이 아니다. 정말 범죄조직 구성 및 폭력행위 혐의로 구속된다면 더 이상 촬영은 불가능하다. 영화를 계속하기 위해서는 어떤 식으로든 제작자와 담판을 지어야 했다. 제작자가 영화 제작에서 손을 떼든지 그러지 않겠다면 형사들이 쫓아오지 않도록 조치라도 취해달라고 요구할 작정이었다. 물론 나를 위해 가장 좋은 것은 제작자가 영화 제작에서 손을 떼는 것이었다. 그렇게 된다면 나는 그동안 찍은 것을 가지고 프로듀서를 찾아가면 된다.

제작자에게 그간 있었던 일을 털어놓았다. 그는 결연한 표정으로 형사들이 쫓아오지 않도록 조치해주겠다고 했다. 영화 제작에서 손을 떼는 게 어떻겠냐는 말은 꺼내기도 전이었다. 별

수 없이 제작자님만 믿겠다는 말을 남기고 사무실을 나왔다. 역시 제작자를 상대로 내 의도대로 굴러가는 일은 단 하나도 없었다.

그로부터 얼마 지나지 않아 나와 삼룡은 제작자가 벌이는 회식에 참석해야만 했다. 그가 오라고 한 곳은 도시 중심가에 있는 룸살롱이었는데, 그곳에는 제작자와 절곤 그리고 나와 삼룡을 미행했던 두 명의 형사와 그 형사들의 상사로 보이는 경찰이 사이좋게 앉아 있었다. 그 광경에 뜨악했다. 저 형사들을 엑스트라 취급한 게 엊그제인데 지금은 진짜 형사로 앉아 있으니 너무 당황스러워서 삼룡에게 둘러댈 말조차 떠오르지 않았다. 삼룡을 곁눈질로 쳐다봤다. 삼룡도 어리둥절한 얼굴로 서 있었다.

제작자는 나의 속을 아는지 모르는지 내 손을 끌어다가 형사들 곁에 앉혔다. 내가 전에 이야기했지? 곽 서장 이 친구 말이야. 20년 전 나에게 애국하는 셈 치고 한 번만 체포돼달라고 했던 바로 그 친구야. 나는 기억을 되돌리다가 그가 제작자와 시나리오 회의를 하던 날 잠깐 언급됐던 곽 경위라는 걸 깨달았다. 아, 하고 가볍게 탄성을 질렀다. 제작자는 곽 서장과 내 손을 마주 잡게 했다. 우리 직원들이 사정을 잘 모르고 결례를 했으니 이해해주십시오. 곽 서장은 악수를 하면서 정중하게 말했다. 아…… 아닙니다. 나는 깊숙이 고개를 조아렸다. 하지만 심장은 대책 없이 졸아들었다.

내가 곽 서장과 인사를 하자마자 술과 여자들이 들어왔다. 나는 그 틈에 재빨리 삼룡을 데리고 룸살롱 복도로 나갔다. 제작자님이 너무 급하게 촬영을 잡아서 미처 말을 못 했네. 내가 전에 메소드 액팅 말했었지? 네, 배우가 완벽하게 그 상황에 빠져드는 연기 기법이라고 말씀하셨습니다. 그래, 그게 메소드 액팅이지. 이제 그 메소드 액팅에서 한 걸음 더 나가보는 거야. 이번에는 대본 없이 주어진 상황만 갖고 연기를 해야 해. 네? 대본 없이 연기를 어떻게……. 삼룡은 당황스러워했다. 프랑스에 유명한 감독이 있어. 장 뤽 고다르라고. 영화사에 길이 남는 명감독이지. 그 양반이 했던 연기 기법이 이거였어. 상황만 주고 배우들에게 연기를 시키는 거야. 그럼으로써 다큐멘터리 같은 더욱 리얼한 장면을 얻길 원했던 거지. 물론 그의 의도는 예술적으로 훌륭한 성공을 거두었고 말이야. 네…… 그래도 이렇게 갑자기……. 삼룡은 자신 없어 하는 표정이었다. 나는 삼룡의 어깨를 두드려주었다. 할 수 있어. 최근에 동생 연기가 많이 좋아졌기 때문에 내가 이런 시도도 해볼 수 있는 거야. 이제 상황을 줄게. 주인공 정재는 지금부터 권력과 결탁해서 타락하는 거야. 아까 봤지? 저 경찰들. 저 경찰들마저 매수한 상황인 거지. 연기는 간단해. 동생은 그냥 이 상황을 즐기면 되는 거야.

경찰들을 접대하는 조폭이니까 재미있게 놀지 않으면 안 되겠지? 그건 아마도 그렇겠지요. 삼룡의 대답이 애매했다. 속으로 뭔가를 꺼림칙하게 느끼는 기색이었다. 이해했다. 이 상황은 내가 봐도 꺼림칙했다. 우리는 예술을 하는 거야. 말했잖아. 예술을 표현할 때는 도덕이나 윤리는 잠시 떠나 있어도 돼. 지금은 마음껏 타락하라고. 나는 삼룡의 어깨를 감싸 안고 최면을 걸 듯이 말했다. 지금 우리가 하고 있는 건 예술이야.

술자리는 훈훈했다. 나와 삼룡은 형사들과 잔을 주거니 받거니 했다. 이어 밴드가 들어오고 흥겨운 무대까지 이어졌다. 딱히 아는 노래가 없는 삼룡은 손이 부르터져라 탬버린을 쳐댔다. 형사들이 주는 술도 꾸벅꾸벅 잘 받아 마셨고 아가씨들이 노골적으로 안겨도 마다하지 않았다. 저 사람이 수빈에게 그토록 냉담하던 삼룡이 맞나 싶을 정도였다. 연기를 하는 건지 아니면 정말 즐거워하는 건지 알 수가 없었다.

슬그머니 스마트폰을 꺼내 카메라를 켰다. 삼룡에게 이것도 촬영의 일환이라는 걸 보여주기 위해서였다. 그리고 몰래카메라처럼 그 장면들을 찍었다. 대놓고 찍을 수는 없었다. 어쨌거나 조폭과 경찰은 취조실 외에는 마주 앉아서는 안 된다는 게 사회의 상식이니까.

술에 취해 집으로 돌아왔다. 삼룡은 옥탑방 마당에 들어서

자마자 바닥에 누워 밤하늘을 쳐다봤다. 언제나 반듯하고 절도 있는 모습만 보여왔던 그로서는 이례적인 일이었다. 하지만 나도 술에 취한 터라 평소와 다른 삼룡의 모습에는 아랑곳하지 않고 그 옆에 누웠다. 감독님, 우리 할아버지가 옳은 걸까요? 혀가 꼬였는지 삼룡은 불분명한 발음으로 말했다. 그게 무슨 얘기야? 무술을 나쁜 일에 쓸수록 대접받잖아요. 경찰은 조폭과 어울리고. 세상은 전부 할아버지가 한 말씀과 어긋나고 있어요. 너무 심각하게 생각하지 마. 모든 건 영화일 뿐이야. 삼룡은 몸을 뒤척이다가 잠꼬대처럼 말했다. 전 말이죠, 저는······ 이게 영화가 아니라고 해도 상관없어요. 신경이 곤두섰다. 그게 무슨 말이지? 삼룡은 대답하지 않았다. 몸을 일으켜 세워서 삼룡을 바라봤다. 그는 낮게 코를 골고 있었다. 차가운 밤바람이 이마를 스쳤다. 술이 깨는 것 같았다.

기억의 열일곱

당분간 삼룡을 철거 현장에 내버려두었다. 삼룡이 절곤의 신임을 받아 승승장구하려면 계속 철거 현장에 있는 게 좋았다. 그사이 나는 시나리오의 엔딩 부분을 수정했다. 이 영화의 작품성은 여기에 달려 있다고 해도 과언이 아니었다. 시대의 희생양으로서의 주인공을 그려야 했기 때문에 더욱 고심해야 할 부분이 많았다. 나는 〈대부〉처럼 폭력의 순환 구조를 그리고 싶었다. 우리의 역사 속에서는 언제나 어느 시대에나 정재와 같은 인물이 나타나기 마련이었다. 하지만 그런 인물을 표현해내기가 말처럼 쉽지 않았다.

시나리오를 고치는 동안 촬영은 답보 상태일 수밖에 없었다. 그사이 제작자와 수빈은 번갈아가며 전화를 걸어왔다. 제작자는 이 영화의 가능성을 본 후로 프로듀서 못지않게 몸이 달아 있었다. 그는 어서 영화를 찍어서 갖고 오라고 성화를 부렸다. 나는 이 영화에 대한 관객들의 기대치가 높아진 만큼 보다 정교하게 시나리오를 다듬을 시간이 필요하다고 둘러댔다. 하지만 제작자는 시나리오는 충분히 만족스러우니 괜히 손대서 망치지 말고 빨리 촬영이나 하라고 호통을 쳤다. 나는 그렇다면 제작비를 조금 더 주실 수 없겠냐고 했다. 그러자 계속 이런 식으로 시간을 끌면 꿀로 머리를 감게 될 거라는 협박이 되돌아왔다.

수빈은 수빈대로 어서 영화를 촬영하자고 안달이었다. 다만 수빈은 제작자나 프로듀서와 달리 삼룡에게 몸이 달아 있었다. 따라서 수빈의 요구는 '어서 영화를 찍자'가 아니라 '어서 멜로 신을 찍자'였다. 게다가 이제는 한 걸음 더 나아가서 아예 액션 따위는 양념으로만 치고 멜로를 중심으로 가야 한다고 우겼다.

시나리오를 고치는 내내 하루걸러 한 번씩 둘의 전화를 받다 보니 이들이 점점 거치적거리기 시작했다. 상금으로 어느 정도 제작비를 확보한 데다가 영화판에서 손짓을 받는 입장이 되고 보니 제작자와 수빈은 내 영화를 망치는 괴물처럼 느껴졌다. 생각 같아서는 영화 제작이 끝날 때까지만이라도 둘을 묻어버리고 싶었다.

하지만 그건 어디까지나 내 상상일 뿐이고 결국 촬영장에 나갈 수밖에 없었다. 삼룡이 다시 재인이 있는 철거 현장으로 투입되었기 때문이다. 나로서는 재인이 조금이라도 삼룡에게 영향을 끼칠 만한 여지를 차단해야 했다.

내가 철거 현장을 떠난 지 보름 남짓 시간이 흐르는 동안 철거는 제법 진척되어 있었다. 주변은 죄다 평평해져 있었고 철거민들이 망루를 쌓아 올린 5층 건물을 중심으로 세 채의 건물만이 서로의 어깨를 부축하듯 힘겹게 서 있었다. 얼핏 보면 부서진 벽돌과 시멘트가 널브러진 폐허의 바다에 외롭게 솟아 있는 무인도 같은 풍경이었다. 암울한 미래를 다룬 SF영화의 세트장에 와 있는 기분이 들었다.

바뀐 것은 철거 현장만이 아니었다. 철거 용역들의 분위기도 달랐다. 모두 검은색의 제복에 역시 검은색의 헬멧을 쓰고 시위 진압용으로 보이는 방패와 곤봉까지 들고 있었다. 누가 봐도 조폭 같았던 예전과 달리 철거 용역들은 잘 조직된 군사 집단 같았다. 멀리서 보면 시위를 진압하러 온 경찰인지 철거 용역인지 구분이 가지 않을 정도였다. 절곤이파가 다시 여기로 되돌아온 이유를 알 것 같았다. 철거민들이 휘두르는 각목 따위는 물론 날아오는 볼트나 너트도 거뜬하게 막아내줄 것 같은 저 진압 장비들 때문이었다. 철거 용역들의 표정에는 자신감이 넘쳐흘렀다.

경찰 병력은 전보다 훨씬 늘어나 있었다. 적어도 두 개 중대 규모는 돼 보였다. 그들 곁에는 곽 서장을 비롯한 간부진들이 서 있었다. 이례적인 일이었다. 지금껏 철거 현장에 곽 서장이 모습을 드러낸 것은 처음이었다. 오늘은 여느 때와 다를 거라는 걸 직감했다.

누군가 내 등을 톡톡 건드렸다. 움찔하며 돌아보니 수빈이었다. 어쩐 일이야? 평소에 철거 현장 촬영에는 절대 발걸음을 하지 않았던 그녀였다. 삼룡 씨는 어디 있어요? 수빈은 내게 시선도 주지 않고 주변을 두리번거렸다. 삼룡은 철거 용역들 틈에 섞여서 장비를 착용하고 있었다. 수빈은 삼룡을 향해 달려가려고 했다. 나는 재빨리 수빈의 어깨를 붙잡았다. 기다려. 좀 이따 철거가 시작될 거야. 괜히 번거롭게 하지 마. 촬영 끝나고 나면 같이 만나. 연기 연습도 하자고. 대충 수빈의 기분을 풀어준 다음 나도 준비해온 보호 장구를 두르기 시작했다. 헬멧을 쓰고 팔과 다리에 보호대를 찼다. 등과 배를 보호하는 방탄복도 입었다. 이 방탄복은 총알은 물론 칼도 막아낸다는 물건인데 영화제에서 받은 상금으로 장만한 것이었다. 그사이 수빈은 백 속에서 망원경을 꺼냈다. 그걸 왜 갖고 왔어? 삼룡 씨가 활약하는 걸 좀 더 가까이서 보려고요. 이렇게 보면 아주 실감날 거예요. 그렇죠? 수빈은 재난영화를 보러 온 관객처럼 말했다.

수빈을 두고 삼룡에게 걸어갔다. 삼룡은 잔뜩 긴장한 얼굴로 한곳을 뚫어지게 응시하고 서 있었다. 최근 들어 철거 현장에서 삼룡이 저렇게 긴장하고 있는 모습은 처음이었다. 무심코 삼룡이 바라보고 있는 쪽으로 시선을 돌렸다. 그곳에는 재인이 서 있었다.

절곤이 곤봉 하나를 들고 철거 용역들 앞에 섰다. 그는 삼룡과 내게 시선을 맞춰주었다. 이제 곧 철거를 시작하겠다는 뜻이었다. 스마트폰의 카메라 기능을 켰다. 절곤이 곤봉을 치켜들자 철거 용역들은 일제히 함성을 올렸다. 이어 철거 용역들이 방패를 바닥에 찍는 소리가 들려왔다. 쿵! 쿵! 쿵! 그 소리는 묘하게 심장박동과 동조를 이루었다. 몸이 떨렸다. 전쟁에 나선 고대의 전사가 된 기분이었다.

착, 착, 착. 철거 용역들은 로마 군단처럼 네모반듯한 대형을 이루고 철거민들을 향해 다가갔다. 바리케이드 뒤에서 철거민들은 새총으로 볼트와 너트를 날렸다. 하지만 모두 철거 용역들의 발끝에도 미치지 못했다. 철거민들은 철거 용역들을 맞히기 위해 새총을 쏘는 것이 아니라 더 이상 다가오지 말라고 애원하기 위해 쏘는 것 같았다.

바리케이드를 사이에 두고 철거 용역들과 철거민들이 맞붙었다. 철거민들의 저항은 격렬했지만 보호 장구를 두른 철거 용역들에게는 별다른 타격을 주지 못했다. 반면 철거 용역들은 철거민들의 저항을 막으면서 바리케이드를 하나씩 치워나갔다. 철거민들은 순식간에 건물로 밀렸다.

이미 잔뜩 독이 올라 있던 철거 용역들은 닥치는 대로 곤봉을 휘둘렀다. 철거민들은 쏟아지는 곤봉에 맞서 팔과 다리로 겨우 제 몸통을 감쌀 뿐이었다. 그러나 그 팔과 다리도 몸통과 같이 신경과 살갗으로 이루어진 것은 마찬가지였다. 고통에 찬 비명이 철거 현장을 뒤덮었다. 차라리 눈을 감고 싶을 정도로 처절한 광경이 이어졌다. 폭력에 도취된 철거 용역들은 사냥하듯 철거민들을 몰아갔다. 아직까지 이 싸움으로 죽은 사람은 없었다. 하지만 이 싸움이 거듭될 때마다 죽음 없는 시체들은 늘어나고 있었다.

그런데 그중에서 유일한 예외가 있었다. 삼룡이었다. 그는 검은색 제복을 보호색 삼아 자신의 존재를 드러내지 않으려고 안간힘을 쓰고 있었다. 재인과 반대편에 서 있는 자신의 모습을 보여주고 싶지 않은 모양이었다. 재인이라는 여자는 어느새 그 존재 자체만으로도 내 촬영을 방해하고 있는 셈이었다.

배우의 연기가 마땅찮다면 감독이 연기를 뽑아내야 한다. 시나리오의 흐름상으로 보면 지금의 정재는 누구보다도 잔인해져야 했다. 룸살롱 신에서 권력과 결탁한 정재는 자신의 야망을 위해 전력 질주하는 인물로 변해간다. 때문에 지금 이 장면에서 삼룡이 연기해야 하는 정재는 다른 어떤 철거 용역보다 잔인하게 철거민들을 때려야 하는 것이다. 게다가 지금, 여기는, 이 장면을 연기하기에 더할 나위 없이 좋은 세트 구실을 하고 있었다. 검은색 제복과 보호 장구는 정재의 조직이 한 단계 업그레이드되었음을 보여주는 의상이었고 일방적인 철거 상황은 정재가 잔인한 본성을 마음껏 드러내기에 충분했다. 연출자로서 이런 기회를 절대 놓치고 싶지 않았다. 그러나 상황이 너무 급박했다. 삼룡을 따로 불러서 일일이 캐릭터를 설명해줄 여유가 없었다. 나는 계속 삼룡에게 지시를 내려 그가 딴생각을 하지 못하게 만들어야겠다고 마음먹었다.

뭐 해? 정신을 어디다 팔고 있는 거야? 일부러 화난 척 소리질렀다. 삼룡은 내 목소리를 듣고 움찔했다. 아무나 붙잡고 패! 때리란 말이야! 하지만 삼룡은 내 눈치만 살필 뿐 곤봉을 들려고 하지 않았다. 나는 한창 싸움이 벌어지고 있는 곳을 향해 삼룡의 등을 떠밀었다. 삼룡은 마지못해 몇 걸음을 떼긴 했지만 이내 멈췄다. 삼룡이 저렇게 미적대면 이 천금 같은 기회가 날아가고 만다. 답답해서 속이 터질 것 같았다. 주변을 두리번거리다가 쓰러져서 신음을 흘리고 있는 철거민 한 명을 삼룡 곁으로 끌고 왔다. 얼마나 맞았는지 끌고 오는 궤적을 따라 핏자국이 이어졌다. 그러나 내 눈에는 그 핏자국이 들어오지 않았다. 때려! 인정사정 봐주지 말고 때려! 어서! 삼룡은 내 다그침에 못 이기는 척 곤봉을 들었지만 끝내 내리치지는 못했다.

다급한 마음에 삼룡의 곤봉을 뺏어 들었다. 잘 봐. 이렇게 하라고. 나는 곤봉으로 철거민을 내리쳤다. 이미 너무 많이 맞은 그는 저항하지 못했다. 다만 조금씩 몸을 꿈틀거릴 뿐이었다. 매질을 계속했다. 꿈틀거림이 멈췄다. 그저 고깃덩이를 내리치는 것 같은 둔탁한 느낌이 손으로 전해져왔다.

삼룡이 내 팔을 붙잡았다. 감독님, 그만해요. 사람 죽어요. 정신이 번쩍 들었다. 그때야 철거민을 내려다보니 이미 축 늘어져 있었다. 내가 든 곤봉에서는 핏방울이 뚝뚝 떨어져 내렸다. 가슴 한쪽이 서늘해져왔다. 대체 내가 무슨 일을 저지른 것인가. 손아귀에 힘이 풀렸다. 들고 있던 곤봉이 툭 떨어졌다. 삼룡은 재빨리 철거민의 맥을 짚었다. 나는 삼룡의 얼굴을 바라봤다. 삼룡은 휴, 하고 한숨을 내쉬었다. 그러고는 살았다는 뜻으로 고개를 끄덕여주었다. 철거민의 생사를 확인하던 그 짧은 시간이 내게 얼마나 아득하게 느껴졌는지 몰랐다.

넋을 놓고 있던 나를 일깨운 건 열기였다. 돌아보니 뒤쪽으로 작은 불줄기들이 여기저기서 그어지고 있었다. 화염병이었다. 우리는 화염병이 날아드는 곳 한가운데 서 있었던 모양이었다. 아무리 보호 장구가 튼튼해도 불을 이길 수는 없었다. 삼룡은 내 손을 잡아끌었다. 돌아보니 그는 이미 내가 때린 철거민을 둘러업고 있었다. 나는 삼룡과 함께 뛰었다.

철거 용역들은 화염병이 닿지 않는 곳에 서서 대치 상태를 이어갔다. 그사이 앰뷸런스가 와 다친 사람들을 실어 날랐다. 나는 내가 때린 철거민을 앰뷸런스에 실어주었다. 수빈이 종종걸음으로 걸어왔다. 감독님, 참 대단하세요. 어쩜 사람을 그렇게…… 꼭 뭐랄까. 괴물 같았어요. 연기 지도 때문에 어쩔 수 없었던 거야. 나쁜 마음으로 그런 건 아냐. 누가 나쁘대요? 그냥 괴물 같다는 거지. 수빈은 아무렇지도 않게 그 말을 툭 던지고 삼룡에게 갔다. 가는 동안 그녀는 피와 살점이 묻은 곤봉을 보고 어마, 소리를 지르며 호들갑스럽게 몸을 떨었다.

수빈은 다짜고짜 삼룡의 가슴에 묻은 먼지를 툭툭 털어주었다. 기습 아닌 기습을 당한 삼룡은 당황스러워하며 몸을 움츠렸다. 나는 수빈이 삼룡에게 수작 거는 모습을 물끄러미 지켜봤다. 저걸 말려야 한다는 생각이 들었지만 '괴물'이라는 말이 자꾸 귓가에 맴돌아서 발걸음이 떨어지지 않았다.

절곤은 철거 용역들 중 몇 개 조를 시켜 진입을 시도하는 척했다. 화염병을 계속해서 소진시키기 위해서였다. 철거 용역들은 느긋했다. 어차피 시간은 그들의 편이었다. 어쩌면 오늘을 넘기지 않고 철거가 마무리될 수도 있었다.

수빈과 삼룡 사이를 비집고 들어갔다. 왜 이래요? 수빈은 불쾌해했다. 나는 아랑곳하지 않았다. 어쨌거나 촬영은 계속해야만 했다. 그리고 촬영을 계속하기 위해서는 삼룡에게 주의를 줄 필요가 있었다. 조만간에 한 번 더 진입할 거야. 그때는 똑바로 해야 해. 알겠어? 삼룡은 고개를 떨군 채 대답하지 않았다. 나는 삼룡의 어깨를 감싸고 돌아섰다. 그리고 수빈이 듣지 못하게 나직이 말했다. 이봐. 동생 마음 모르는 거 아냐. 하지만 우린 영화를 찍는 거잖아. 재인이라는 친구도 말이야, 언젠가 우리 영화를 보게 된다면 동생을 다시 보게 될 거야. 내가 슬쩍 재인이라는 이름을 꺼내자 삼룡은 더욱 깊이 고개를 숙였다.

고민이었다. 재인이 이 현장에 있는 한 삼룡의 연기를 끌어내기가 쉽지 않을 것 같았다. 그렇다고 재인을 현장에서 사라지게 할 방법이 딱히 떠오르는 것도 아니었다. 이럴 때는 차라리 삼룡이 수빈과 눈이라도 맞았으면 좋겠다는 생각이 들었다. 하지만 수빈은 삼룡에게 아무런 감정을 불러일으키지 못하고 있었다. 참 여러모로 보탬이 안 되는 주연배우였다.

내가 혼자 이런저런 궁리를 하는 동안에 철거 용역들이 서서히 대형을 갖추기 시작했다. 삼룡은 어물쩍 철거 용역들 가운데로 숨어들었다. 나는 삼룡 곁에 바짝 붙어 섰다. 진입이 시작되면 삼룡이 딴생각하지 못하게 몰아세울 작정이었다. 수빈은 바람같이 현장에서 사라졌다.

철거 용역들은 다시 방패와 곤봉을 쥐고 소리를 질렀다. 승리를 예감하는 함성이 철거 현장을 뒤흔들었다. 조금 전의 진입 작전으로 5층 건물까지 밀린 철거민들은 건물 위에 설치한 망루를 등지고 서서 철거 용역들을 넋을 놓고 바라보기만 했다. 화염병을 드는 이조차 없었다. 이미 다 소진해버렸는지도 몰랐다. 나는 카메라 줌을 최대한 당겨 철거민들의 모습을 한 명씩 담았다. 얼굴은 복면으로 가렸지만 두려움에 질린 눈빛만은 숨길 수 없었다. 낯설었다. 저들은 철거 용역 못지않게 잘 조직되어 있었고 잘 싸웠다. 복면을 쓰고 화염병을 던지는 모습은 아프가니스탄과 이라크 관련 뉴스들을 볼 때마다 나오는 이슬람 근본주의자들을 연상시킬 정도였다. 지금까지 보아온 저들의 이미지대로라면 자살 테러를 감행한다고 해도 전혀 이상할 게 없었다. 그래서 내게는 저들이 보인 사람의 감정이 오히려 낯설었다.

착, 착, 착. 철거 용역들이 규칙적인 발걸음 소리를 내며 철거민들의 마지막 저항선인 5층 건물로 향했다. 그런데 용역들의 규칙적인 발걸음 소리와 미묘하게 엇갈리는 소리가 있었다. 삼룡의 발걸음 소리였다. 그가 딴생각을 하기 시작했다는 증거였다. 나는 삼룡의 어깨를 짚어주었다. 갑자기 삼룡이 멈추어 섰다. 순간 철거 용역들의 대열이 흐트러졌다. 왜 그래? 삼룡은 손가락으로 망루를 가리켰다. 저거, 저거…….

망루 위에는 재인이 시너통을 들고 자신의 몸에 뿌리고 있었다. 햇빛을 받은 시너가 반짝거렸다. 본능적으로 카메라를 들었다. 철거 용역들이 웅성거리기 시작했다. 앞장서서 걸어가던 절곤의 무전기에 다급한 신호음이 잡혔다. 재인은 라이터를 높이 들었다. 철거민들이 재인을 감싸려고 했다. 다가오지 마! 고막을 찢을 듯한 높고 날카로운 재인의 목소리가 철거 현장에 메아리쳤다. 재인을 감싸려던 철거민들이 멈췄다. 무전을 받던 절곤이 손을 추켜올렸다. 철거 용역들의 발걸음도 일제히 멈춰섰다. 삼룡이 철거 용역들을 비집고 달려 나갔다. 그의 팔을 붙잡았지만 역부족이었다. 하는 수 없이 삼룡을 따라나섰다.

하지 말아요! 삼룡은 5층 건물 아래에 서서 소리쳤다. 재인은 삼룡을 내려다봤다. 재인과 삼룡의 시선이 엇갈렸다. 삼룡의 눈빛은 간절했지만 재인의 눈빛에는 아무것도 담겨 있지 않았다. 그래서 더 불안하고 위태로웠다. 삼룡은 재인을 등지고 돌아서는 철거 용역들과 맞서는 자세를 취했다. 철거 용역들 사이에서는 또 다른 웅성거림이 들리기 시작했다. 대체로 미친놈 아니냐는 말들이 많았다. 그랬다. 아무리 삼룡의 무술이 뛰어나다 한들 혼자 수십 명의 무장한 사내들을 상대할 수는 없었다. 확실히 미친 짓이었다.

저번에 이어 두 번째였다. 철거 용역들의 입장에서 보면 배신자도 이런 배신자가 없을 터였다. 나는 재인이나 삼룡보다 철거 용역들을 달래야겠다고 생각했다. 정재라는 캐릭터를 완성하기 위해서는 이 철거 현장이 필요했다. 무슨 일이 있어도 여기서 버텨야 했다. 허겁지겁 절곤에게 달려갔다.

절곤은 곽 서장과 귓속말을 하고 있었다. 곽 서장은 재인을 가리키며 손을 내저었다. 나는 절곤과 몇 발자국 떨어진 곳에서 둘의 이야기가 끝나기를 기다렸다. 곽 서장은 절곤에게 손을 내밀며 말했다. 너무 무리하지 맙시다. 절곤은 아쉬운 얼굴로 곽 서장과 악수했다.

곽 서장이 현장을 빠져나가자 절곤은 곧장 내게로 다가왔다. 나를 쏘아보는 눈빛이 날카로웠다. 이번에는 부끄러워하는 게 아니라 진심으로 죽일 듯이 노려보는 거였다. 나는 기가 질려 눈을 내리깔았다. 절곤은 내 곁에 잠시 멈춰 섰다. 다음부터는 저 새끼 절대 데려오지 마세요, 씨발. 절곤은 내 발등에 가래를 내뱉고 난 다음 곧장 철거 용역들에게 걸어갔다. 발등에 떨어진 절곤의 가래가 진득하게 늘어졌다. 뭔가 일이 단단히 꼬인 것만은 틀림없었다.

철수! 절곤이 소리쳤다. 철거 용역들이 뒤로 물러서기 시작했다. 하지만 삼룡은 긴장을 풀지 않았다. 철거 용역들이 내 곁을 지나갔다. 나는 절곤의 서슬에 질려 있던 터라 머리칼이 쭈뼛 설 정도로 긴장했다. 오늘 못다 한 철거에 대한 분풀이를 나한테 할지도 모를 노릇이었다. 다행히 마지막 철거 용역이 지나갈 때까지 나를 건드리지는 않았다. 온몸에 돋았던 소름이 조금씩 가라앉았다. 삼룡도 들고 있던 곤봉과 방패를 내려놓았다.

철거 현장을 감싸고 있던 팽팽한 공기가 조금씩 이완되는 것이 피부로 느껴졌다. 망루 위를 쳐다봤다. 재인은 다리에 힘이 풀렸는지 풀썩 주저앉았다. 철거민들이 재빨리 그녀를 감쌌다. 이어 가냘프게 흐느끼는 소리가 새 나왔다.

삼룡은 5층 건물을 향해 달려갔다. 그러나 5층 건물의 문은 셔터가 내려져 있었다. 열어줘요! 삼룡은 셔터를 두드리며 소리쳤다. 안에서는 아무런 소리도 들려오지 않았다. 나는 삼룡의 팔을 붙잡았다. 그냥 가자. 놀란 사람들이야. 지금은 문을 열어줄 수 없을 거야. 내 말에 삼룡은 망루를 올려봤다. 재인 씨는 무사해. 다음에 보자. 다시 한 번 삼룡의 팔을 잡아끌었다. 그는 마지못해 힘없이 발걸음을 돌렸다.

절곤을 볼 엄두가 나지 않아 그냥 집으로 향했다. 그때 조폭들이 주로 타는 검은색 중형차 한 대가 나와 삼룡 앞을 거칠게 가로막았다. 절곤인가 싶어 흠칫했다. 하지만 선팅이 짙은 창을 내리고 얼굴을 내민 이는 수빈이었다. 수빈은 삼룡을 쏘아봤다. 그 눈빛만은 절곤 못지않게 매서웠다. 시너 뿌린 년하고 무슨 관계예요? 아…… 아무 관계도……. 아무 관계도 아닌데 그렇게 나섰어요? 미쳤어요? 계속되는 수빈의 다그침에 삼룡은 입을 다물었다. 이봐요, 감독님. 배우 관리 이따위로 하실 거예요? 수빈의 고압적인 말투에 기분이 상했다. 말조심해. 이따위라니? 흥! 대접받고 싶으면 똑바로 하세요. 뭐야? 나는 버럭 화를 냈다. 수빈은 차창을 닫으면서 말했다. 빠른 시일 내에 꿀차한번 대접해드릴게. 사람 보낼게요. 그 말에 나는 입을 다물었다. 닫히는 차창 사이로 비웃음을 흘리고 있는 수빈이 보였다.

검은색 중형차가 철거 현장을 빠져나가는 동안 우두커니 서 있었다. 한동안 잊고 있었지만, 나도 마지막까지 몰린 처지라는 걸 새삼스럽게 깨달았다. 문득 내게 맞아서 피투성이가 되었던 철거민의 모습이 떠올랐다. 자꾸만 가슴 한쪽이 먹먹해지려고 했다. 피가 나도록 입술을 깨물었다. 아직은 약해질 때가 아니었다.

현재의 아홉

'그 사람 진압 잘하기로 이름이 났는지 새로 간 곳도 공단 지대예요. 거기는 진압할 거리들이 많으니까요.' 재인은 곽 서장이 있는 곳을 가르쳐주며 그렇게 말했다. 역시나 그는 노조와 회사 측 용역이 대치하고 있는 파업 현장에 나가 있었다. 나는 취재기자인 척 곽 서장의 주변을 맴돌았다. 스마트폰의 촬영 기능은 미리 켜두었다. 삼룡이 언제 나타날지 모르기 때문이다.

5년 전처럼 여기서도 곽 서장은 아무 일도 하지 않았다. 사람들이 싸우는데 경찰이 관찰자가 되는 곳이 있다는 게 희한한 일이기는 했지만, 곽 서장은 관찰자로서의 임무를 충실하게 수행했다. 사실 그가 진압을 잘하는 비결은 거기에 있었다. 경찰이 끼어들지 않아야 용역이 확실하게 진압해줄 수 있다. 물론 최소한의 책임만 져도 된다는 건 덤이었다.

오늘은 경찰이 공장에 진입하기로 한 날이었다. 곽 서장이 현장에 온 이유도, 내가 여기에 온 이유도, 거기에 있었다. 회사 측은 정규직을 정리하고 비정규직을 늘릴 계획이었다. 노조는 회사 측의 정리해고에 맞서서 파업을 시작했고, 노조원 두 명이 공장 굴뚝으로 올라갔다. 여기서 물러나면 실직자가 되거나 비정규직이 될 운명인 노조원들은 굴뚝 위에서 한 달을 버텼다. 이쯤 되자 곽 서장도 마냥 손 놓고 있을 수만은 없었다. 그도 가끔은 힘을 쓰는 사람이었다.

파업 현장의 모습은, 자영업자가 근로자로 바뀌고 건물주가 공장주로 바뀌었을 뿐, 5년 전과 다를 바가 없었다. 삼룡이 나타날 거라는 더 강한 확신이 생겼다. 나는 삼룡이 변장을 하고 용역이나 취재진 속에 섞여 있는 건 아닌지 살폈다. 하지만 아직까지 삼룡으로 추측되는 사람은 보이지 않았다. 속이 바짝 탔다. 삼룡이 어떤 식으로 나타나 곽 서장을 벌할지 궁금해서 견딜 수가 없었다. 아무도 모르는 비밀을 나 혼자 알고 있다는 데서 오는 긴장감에 몸이 떨렸다.

해가 공장 지붕 너머로 지면서 노을이 번져갔다. 곽 서장은 시계를 본 다음 무전기를 들어 몇 마디 말을 했다. 투입을 지시하는 것 같았다. 취재진들은 곧 있을 충돌 장면을 담기 위해 공장 주변으로 몰려들었다. 나는 홀로 곽 서장 곁에 남았다.

경찰들은 방패를 들고 대오를 갖췄다. 이제 공장으로 진입하겠다는 신호였다. 용역들은 경찰 뒤로 물러났다. 노조원들은 팔짱을 끼고 공장 문 앞에 드러누웠다. 경찰들이 방패를 굴렸다. 쿵쿵 소리가 내 심장까지 울렸다. 철거 현장에 있던 기억이 되살아났다. 온몸에 힘이 들어갔다. 그런데 그 긴장감을 뚫고 전화벨 소리가 들렸다. 돌아보니 곽 서장이었다. 그는 전화를 받다가 얼굴이 하얗게 질렸다. 곽 서장은 다시 무전기를 집어 들었다. 교신하는 소리는 잘 들리지 않았다. 하지만 곧이어 경찰들이 공장에서 물러나기 시작했다. 취재진도 나도 모두 의아했다. 곽 서장은 한마디 말도 남기지 않은 채 황급하게 차를 타고 사라졌다.

그 비밀은 집에 와서야 풀렸다. 현직 경찰서장의 집에 불이 났다는 단신 기사를 뉴스에서 보고 나서였다. 집에 불이 났다는 현직 경찰서장은 곽 서장이었다. 소름이 돋았다. 5년 전 화재에 대한 화재로의 복수. 게다가 기막힌 타이밍까지. 삼룡이 아니면 누가 이런 일을 할 수 있단 말인가. 비록 뉴스에서는 곽 서장의 집에 원인 미상의 불길이 치솟았다고 보도했지만 나는 삼룡이 한 일이 틀림없다고 생각했다.

곽 서장의 단신 기사 아래 공교롭게도 전 경찰청장의 기사가 또 다른 단신으로 떠 있었다. 그가 토성건설의 이사가 되었다는 소식이었다. 전 경찰청장이 왜 국내 굴지의 건설회사 중 하나인 토성건설의 이사로 임명되었는지는 알 길이 없었다. 다만 확실한 것은 5층 건물 참사 당시 재개발 지구의 시공사가 토성건설이었다는 점이다. 철거 용역을 맡았던 제작자마저 토성건설과 계약을 맺고 있었다.

5층 건물 화재 참사와 관련한 전 경찰청장의 재판에서 쟁점은 크게 두 가지였다. 첫 번째는 경찰특공대 투입 시기였다. 재판 과정에서는 5층 건물에서 사람들이 농성하기 전에 이미 경찰특공대 투입이 결정되었다는 논란이 불거졌다. 만약 이 논란이 사실이라면 경찰특공대의 투입은 졸속적인 결정이라는 비판을 피할 수 없었고 인명 피해가 난 것에 따른 책임 역시 막중했을 것이다. 두 번째는 무리한 진압과 관련하여 시공을 맡았던 건설사의 로비를 받지 않았느냐는 것이었다. 이 논란은 뚜렷한 증거가 있다기보다는 정황상 그렇다는 추측에 더 가까웠다. 때문에 첫 번째 쟁점보다는 주목받지 못했다. 물론 전 경찰청장은 두 가지를 모두 부정했다. 그리고 재판부는 그의 주장을 받아들였다. 하지만 전 경찰청장이 토성건설의 이사가 되어버린 지금, 또 다른 진실이 판결 너머 어디엔가 존재하고 있다는 느낌이 들었다. 인터넷 창을 껐다. 내려가는 사람은 아무리

노력해도 아래로 내려가고 한 번 위로 올라간 사람은 어떻게
해도 위에 머물고 있는 게 이치인 듯싶었다.

기억의 열여덟

　너무 많은 걸 겪은 하루였던지 늦잠을 잤다. 눈을 떠보니 오후 한시가 넘어 있었다. 삼룡은 보이지 않았다. 기지개를 켜다가 문득 불길한 예감이 들었다. 혹시 삼룡이 철거 현장에 간 거라면? 그렇다면 큰일이다. 꿀차 맛을 오늘 볼지도 몰랐다. 반사적으로 벌떡 일어나서 셔츠를 입었다. 그리고 막 바지를 껴입으려는데 덜컥, 방문 소리가 났다. 동생이야? 반가운 마음에 고개를 돌렸다. 하지만 문간에 서 있는 사람은 회칼을 든 제작자의 똘마니였다. 올 게 왔구나 싶었다. 아니, 와도 너무 신속하게 왔다. 바지를 입다 말고 자리에 주저앉았다.

　호랑이에게 물려가도 정신만 차리면 된다는 말이 있다. 네 명의 똘마니들에게 각각 팔과 다리를 붙잡힌 채 실려 가면서 그 속담을 한번 믿어보기로 했다. 곰곰이 생각해보면 제작자가 나를 죽일 가능성은 낮았다. 지금까지 촬영을 좀 지연시킨 것 외에는 제작자의 말을 거역해본 기억이 없다. 무엇보다 나는 제작자의 일생일대의 소원인 영화를 찍고 있는 감독이었다. 이 영화는 내가 아니면 완성할 수조차 없다. 좀 느긋하게 생각해보기로 했다. 죽이지만 않는다면 파묻히는 것도 별일 아니었다. 반나절 축축한 흙 속에 몸을 담고 있어야 한다는 게 불쾌하긴 하지만 그 정도로 제작자의 분노를 달랠 수 있다면 얼마든지 감수할 용의가 있었다. 심지어 이왕 꿀을 부어줄 거면 토종꿀로 달라고 부탁할까 생각하며 속으로 웃었다.

그러나 제작자가 선택한 것은 꿀이 아니라 물이었다. 그것도 몸의 하반신을 흙에 파묻는 게 아니라 몸의 상반신을 물에 담그는 방식이었다. 나는 크레인에 대롱대롱 매달린 채 강물에 수시로 머리를 처박아야 했다. 숨을 쉬지 못하는 공포는 모든 생각을 마비시켰다. 제작자가 나를 죽이지는 않을 거라는 상상력 따위는 발휘될 틈도 없었다. 물에 처박혔다가 나오면 살려달라고 고래고래 소리 질렀다. 똘마니들은 그런 나를 보며 킬킬거렸다.

삶에 대한 기대조차 포기하고 그저 무의식적으로 몸을 꿈틀거릴 즈음에야 똘마니들은 나를 크레인에서 풀어주었다. 나는 시체처럼 축 늘어졌다. 가장 고참으로 보이는 똘마니 한 명이 내 옆에 와서 쭈그리고 앉았다. 감독님, 우리가 왜 이러는지 내가 설명해줄게. 지금 철거하는 현장은 말이야, 우리 회장님께서 철거를 전적으로 책임지는 조건으로 겨우 지분 참여하신 거야. 그런데 철거가 자꾸만 늦어지는 거야. 철거를 이번 달까지 못 끝내면 회장님의 지분도 날아가버려. 건설사 놈들이 그렇게 하자고 했다는 거야. 상황이 이런데 감독님이랑 감독님이 데리고 있는 그 새끼가 자꾸 철거를 방해하면 되겠어, 안 되겠어? 안 됩니다. 절대 안 됩니다. 나는 내 일인 것처럼 적극적으로 대답했다. 똘마니는 기특하다는 듯이 내 뺨을 두 번 툭툭 쳤다. 말귀 잘 알아들으시네. 내가 이런 사정까지 말하는 건 감독님이 너무 우리 회장님께 불만 갖지 말라는 뜻이야. 감독님하고 그 새끼가 우리 회장님께 한 짓에 비하면 우리가 감독님한테 이러는 건 아무것도 아니잖아. 안 그래? 네! 회장님께서 제발 영화만 잘 찍어달라는 말을 꼭 좀 전해달라시더라. 그만큼 회장님이 감독님을 아낀다는 뜻이지. 때리지 말고 살살 다루라고 하도 간곡하게 말씀하셔서 우리도 이렇게 귀찮게 장소 섭외하고 크레인 빌리고 품이 많이 들었단 말이야. 그래서 말인데, 다음에 한 번 더 이런 일이 벌어지면 우리가 감독님을 용서하지 않을 거야. 콩팥 하나 떼고 저 강물 아래 넣어드릴 거야. 우리 감

독님 아가미 없지? 네! 그럼 물속에서 사는 게 힘들겠지? 네! 물
속에서 살기 싫으면 밑에 있는 새끼 단속 잘해야겠지? 네! 똘마
니는 일어서서 다른 똘마니들에게 눈짓을 했다. 나는 다시 똘마
니들에게 팔과 발을 각각 하나씩 붙잡힌 채 차에 태워졌다. 살
았다는 안도감이 밀려오는 것도 잠시 손발이 덜덜 떨리기 시작
했다.

뜻밖에도 삼룡은 이미 집에 와 있었다. 옥탑방 마당에 펼쳐
놓은 파라솔 아래에서 혼자 맥주를 마시고 있었다. 나는 헝클
어진 몰골을 손으로 대충 가다듬고 파라솔 맞은편에 가서 앉았
다. 술 냄새가 심하게 났다. 이미 많이 마신 모양이었다. 삼룡은
갖고 온 캔 맥주를 단숨에 마시고는 그 여자, 재인의 이야기를
꺼냈다. 재인 씨는요, 제가 안타깝대요. 왜? 제가 돈 몇 푼에 팔
려서 이런 일을 한다고요. 이 일이 어때서? 사람들을 벼랑 끝으
로 모는 일이래요. 맞는 말이긴 했다. 하지만 삼룡은 현실의 모
순에 대해 각성하는 캐릭터가 아니라 현실의 모순 속에 매몰되
는 캐릭터다. 그가 이런 일로 괴로워해서는 안 된다. 우린 영화
를 찍는 거니까 돈 몇 푼에 팔려서 이런 일을 하는 것도 아니고
법대로 하는 일이니까 불법적인 짓을 저지르는 것도 아냐. 알
아요. 저도 그런 말을 재인 씨에게 했어요. 그런데? 재인 씨가
요, 법이 잘못된 거래요. 법이 있는 사람들 편만 들어준다고 하

더라고요. 법은 모든 사람들 앞에 평등한 거야. 헌법에도 그런 말이 있을걸. 그런데 법이 있는 사람들 편만 들어준다는 게 말이 돼? 그런가요? 그럼. 나는 당연한 듯이 말했지만 삼룡의 뒤에 있는 재인의 존재를 뚜렷하게 느낄 수 있었다. 긴장이 됐는지 목이 말랐다. 방으로 들어가 냉장고에 있는 맥주 두 캔을 들고 왔다. 그리고 나와 삼룡 앞에 각각 하나씩 놓았다. 삼룡은 맥주를 따면서 말했다. 하지만 재인 씨가 그러는데 실제로는 법이 안 그렇대요. 철거 건만 해도 그렇대요. 여기에서 점포를 임대해서 장사를 하는 사람들은 장사를 시작할 때 들인 인테리어 비용이나 권리금 따위를 하나도 인정받지 못한대요. 적은 비용으로 개발을 보다 쉽게 하기 위해서 법이 그런 거라고 하던데. 그럼 법이 가진 사람들의 편을 드는 거 아닌가요? 할 말이 없었다. 이곳에서 열심히 장사해서 땅값을 올려놓은 사람들은 여기 철거민들인데 그 이익은 개발에 참여한 사람들이 다 가져가는 꼴이라고 하더라고요. 그런 걸 구조적인 모순이라고 그런다대요. 감독님은 알고 계셨겠죠? 구조적인 모순을. 글쎄……. 나는 맥주를 들이켰다. 지금 이 순간 삼룡에게 깊숙하게 스며들고 있는 재인은, 적어도 이 영화에 있어서는, 제작자나 수빈과는 다른 차원의 괴물이었다. 나도 어쩔 수 없기 때문에 더욱 무서운 존재였다.

사실은 말이에요. 삼룡은 두 손으로 마른세수를 하다가 말했다. 제작자님이 현장에 왔어요. 왜 왔지? 나와 절곤이 형님을 불러서 똑바로 하라더군요. 우리가 똑바로 하지 않아서 자기가 보는 손해가 이만저만이 아니라고요. 하지만 저는 재인 씨 말을 들으면 들을수록 '똑바로' 하고 싶지가 않아요. 재인 씨가 또 그랬어요. 우리가 제작자라고 부르는 사람이 이 철거의 배후에 있는 사람 중의 하나라고. 나는 방금 들은 말이 있기 때문에 일단 고개를 끄덕여주었다. 그건 그래. 하지만 착각하지 마. 제작자가 나쁜 사람이라고 해도, 그리고 그가 대는 돈이 나쁜 돈이라고 해도, 우리 영화까지 나쁜 건 아냐. 그렇다면 말이에요, 감독님. 응? 제가 영화를 찍고 있다는 사실을 재인 씨에게만이라도 알려주면 안 될까요? 왜? 삼룡은 고개를 숙인 채 대답하지 않았다. 대신 시간이 좀 지난 후에 중얼거리듯 말했다. 그건 안 되겠지요? 난 메소드 액팅을 해야 하는 거니까…….

삼룡에게 뭔가를 더 말해주고 싶었지만 말해줄 게 없었다. 내가 머뭇거리는 사이 스마트폰이 울렸다. 수빈이었다. 이봐요. 대체 배우 관리를 어떻게 하는 거예요? 수빈은 전화를 받자마자 소리부터 질렀다. 대체 왜 그래? 내 참…… 기가 차서. 삼룡 씨가 오늘 또 철거 현장에 갔다면서요? 그 시너 뿌린 년이랑 하루 종일 이야기를 하더랍니다. 아니, 영화 망칠 일 있어요? 적어도 주연배우라면 영화를 찍는 동안에는 상대역을 사랑해야 하는 거 아니에요? 나 정말 무시당하는 거 같아서 서운하고 불쾌하고 그러네요. 삼룡 씨야 이런 일이 처음이니까 실수할 수 있다고 쳐요. 하지만 당신은 이 바닥 잘 알잖아요. 현장 관리 좀 해요. 물론 나도 현장 관리를 하고 싶었다. 그러나 나를 물속에 처박아넣는 데 일조한 배우에게 현장 관리나 하라는 소리를 듣고 있으려니 울화가 치밀었다. 대체 오늘 나한테 무슨 일이 있었는지 알기나 해? 내가 누구 때문에 현장 관리를 못 했는데? 오늘 무슨 일이 있었는지 내가 어떻게 알아요? 변명이나 하지 말고 똑바로 해요. 수빈은 거칠게 전화를 끊어버렸다. 나는 화가 뻗칠 대로 뻗쳐서 다시 수빈에게 전화를 걸었다. 하지만 수빈은 이미 전화기를 꺼놓고 있었다.

성질 같아서는 전화기를 던져서 부숴버리고 싶었다. 그러나 카메라이자 편집기인 이 전화기가 박살 나는 순간 내 인생도 박살 난다는 생각이 내 손을 붙들었다. 하지만 그 때문에 삼룡이 낮에 무슨 일이 있었다는 걸 눈치채고 말았다. 감독님, 무슨 일이 있었습니까? 대답하기가 참 곤란했다. 날 담근 자들이 내 주위를 둘러싸고 있는 상황에서 대체 뭐라고 할 것인가. 나는 계단 입구를 지키고 서 있는 똘마니들을 슬쩍 흘겨보고 나서 방으로 들어와버렸다.

잠시 후 몇 번인가 툭탁거리는 소리가 나더니 똘마니들의 처참하고 긴 비명 소리가 들려왔다. 뒤이어 똘마니 한 명이 낮에 있었던 일을 이실직고하는 소리가 들렸다. 저절로 웃음이 날 만큼 고소했지만 또 한편으로 삼룡이 없을 때 내게 보복해오지 않을까 두렵기도 했다.

삼룡은 방에 들어오자마자 무릎을 꿇었다. 감독님, 정말 죄송합니다. 저 때문에……. 삼룡은 말을 끝까지 잇지 못하고 후두둑 눈물을 흘리기 시작했다. 오랜만에 삼룡이 감동하기 시작했다. 티슈를 몇 장 뽑아서 삼룡에게 건넸다. 삼룡은 티슈를 붙잡고 소리 내어 울었다. 괜찮아. 나는 삼룡의 등을 두드려주었다. 그러나 내가 등을 두드려줄수록 삼룡은 더 서럽게 울었다. 뭔가 느낌이 이상했다. 미안해서 우는 것치고는 너무 지나치다 싶었다. 조금 물러나 앉았다. 그리고 그가 울음을 그칠 때까지 가만히 내버려두었다.

삼룡은 자정을 훨씬 넘겨서야 울음을 멈췄다. 나는 넋을 놓고 있는 삼룡 대신 자리를 펴고 그와 나란히 누웠다. 감독님. 왜? 저는 재인 씨를 보면 자꾸만 할아버지 생각이 납니다. 왜? 잘 모르겠습니다. 그냥 할아버지 같습니다. 나는 피식 웃었다. 할아버지가 생각나는 여자를 왜 좋아해? 삼룡은 한동안 말이 없다가 덩달아 피식 웃고 말았다. 재인 씨는 자꾸만 옳은 일을 하라고 합니다. 무슨 옳은 일? 이를테면 저의 무술을 철거민들 같이 약한 사람들을 위해 쓰라는 겁니다. 무술을 싸움할 때만 쓰는 건 옛날 방식이야. 지금처럼 영화를 위해 쓰는 것도 충분히 의미 있는 일이라고 생각해. 돈도 벌고 스타도 되고 얼마나 좋아? 스타가 되면 그때 옳은 일을 해. 철거민을 돕기 위한 기금 같은 걸 낼 수도 있잖아. 꼭 세상에 저항하고 맞서 싸울 필요는 없어. 무술로 옳은 일을 할 수 있는 방법은 많아. 삼룡은 나를 향해 돌아누웠다. 방금 생각났는데 재인 씨를 보면 할아버지 생각이 나는 이유를 알 것 같습니다. 무슨 소리야? 세상에 맞서서 싸우는 것도 비슷하고 저한테 옳은 일을 하라고 하는 것도 그렇고. 하지만 저는 말입니다, 할아버지께서 정해놓은 운명대로 사는 게 겁납니다. 그렇게 살아서 저한테 돌아온 거라고는 배달 일밖에 없었으니까요. 그래, 옛날 방식대로 살지 마. 지금은 21세기야. 광복한 지도 60년이 훨씬 넘었어. 세상에 맞춰 살아야지. 감독님. 왜? 정말 그래야 하는 거겠죠? 그럼. 그래서 하는 말인데 당분간은 철거 현장에 나가지 마. 대신 다른 신 찍자. 삼룡은 다시 반대로 돌아누웠다. 나는 이불을 끌어당기고 눈을 감았다.

삼룡에게 헌팅 장소를 보고 오겠다는 핑계를 대고 철거 현장을 찾았다. 영화를 계속해서 이어나가려면 권력에 빌붙은 정재가 출세를 위해 잔인해지는 장면부터 시작해야 했다. 그 장면을 찍기 위해서는 철거 현장이 필요했다. 다만 그 현장에는 재인이 없어야 했다.

절곤과 현장 사무실에서 마주 앉았다. 현장 사무실은 겉은 컨테이너 건물이지만 속에는 제법 그럴듯하게 사무집기들이 갖추어져 있었다. 절곤은 어김없이 오미자차를 내놓았다. 하지만 적대감을 가득 담아 나를 노려보는 눈빛만은 여전했다. 분위기가 분위기인지라 감히 안부 인사나 건네며 노닥거릴 수가 없었다. 나는 헛기침을 하며 자꾸만 떨리는 목소리를 가다듬었다. 저는 지금 우리가 당면한 골치 아픈 문제를 해결해보려고 왔습니다. 절곤은 계속해서 말없이 나를 노려봤다. 나는 괜히 주눅이 들어서 오미자차를 만지작거리다가 말을 이어나갔다. 저는 제작자님의 영화를 찍어야 하고 그러기 위해서는 이 철거 현장이 필요합니다. 그러나 삼룡이 여기에 오면 문제가 복잡해집니다. 이 문제를 해결하는 방법은 간단합니다. 어떻게 하겠다는 거요? 삼룡과 재인을 떨어뜨려놓으면 그만입니다. 감독으로서 새로운 촬영장을 잡을 겁니다. 문제는 그것이 어디까지나 임시방편에 불과하다는 겁니다. 아직 철거 현장에서 찍어야 할 신이 남아 있으니까요. 언젠가는 여기로 다시 돌아와야 합니다. 나는 힘주어 말했다. 다른 신을 찍는 기간은 그리 길지 않을 겁니다. 절곤은 오미자차를 한 모금 마시며 말했다. 하루나 이틀이면 충분합니다. 다른 현장에 있는 애들 다 모아서 한 번에 밀어버리면 되니까. 감독님이 껄끄러워하는 놈들은 그때 다 해치워드리지요. 여론이 문젠데 그 부분은 이미 회장님께서 작업하고 계십니다. 끝나면 연락하죠. 절곤은 내게 악수를 청했다. 나는 그 손을 맞잡았다.

철거 현장을 잠시 떠나는 대신 수빈을 불러서 멜로 신을 찍기로 했다. 바뀐 시나리오에서는 멜로가 그다지 중요하지 않지만 수빈을 달랠 필요도 있었고 제작자를 눈속임할 필요도 있었다. 나는 멜로 신 중에서도 마지막에 오토바이를 타고 웨딩숍으로 가는 신을 찍을 계획이었다. 이유는 간단했다. 수빈이 가장 마음에 들어 하기 때문이다.

그렇다고 당장 촬영 스케줄을 잡지는 않았다. 이 촬영의 목적은 화면을 건지기 위한 것이 아니라 시간을 끌기 위한 것이니까 그 목적에 충실하고 싶었다. 수빈에게 전화를 걸었다. 모레부터 촬영할 거야. 오토바이 신이야. 정말? 호호호호……. 수빈의 웃음이 끝도 없이 이어졌다. 최대한 예쁘게 하고 와. 나는 수빈의 웃음이 채 끝나기도 전에 전화를 끊어버렸다.

오토바이는 프로듀서를 통해 빌렸다. 마침 액션영화를 찍고 있던 참이라 촬영에 쓸 오토바이 한 대쯤은 기꺼이 융통해줄 수 있었다. 뿐만 아니라 내가 직접 탑승해서 찍을 수 있도록 촬영차와 운전 스태프까지도 딸려주었다. 프로듀서의 발전적인 호의를 듬뿍 느낄 수 있었다.

촬영은 외곽의 한갓진 길에서부터 시작했다. 수정 전의 시나리오대로라면 도심 한가운데서 촬영을 해야겠지만 연출부 하나 없는 상황에서 도로를 통제하는 일은 불가능했다. 그렇다고 수빈이 시나리오를 분석해 와서 토를 달 것도 아니기 때문에 한갓진 길에서 한다고 해도 문제 될 것은 없었다. 수빈은 이번에도 시나리오의 분위기와는 전혀 상관없이 핫팬츠 차림으로 나타났다. 게다가 상의도 가슴 굴곡이 다 드러나는 옷이어서 오늘은 기필코 삼룡을 유혹하고 말겠다는 결기마저 느껴졌다.

첫 장면은 상처 입은 정재를 수빈이 부축하고 오토바이에 태우는 것이었다. 시간을 끌기 위해 일부러 삼룡에게 복잡한 연기를 주문했다. 이 장면에서는 말이야, 자신의 죽음을 직감하면서도 사랑하는 여인을 위해 그 감정을 내면에 숨기는 대신 사랑스러운 표정을 지어야 하는 거야. 하지만 그럼에도 불구하고 내면에 있는 슬픔이 조금씩 은은하게 흘러나와야 해. 무슨 말인지 알겠지? 네, 감독님. 삼룡은 무슨 말인지 모르겠다는 표정으로 대답했다.

슛이 들어갔다. 삼룡의 연기는 축축 처졌다. 사랑스러움 따위는 조금도 배어나지 않았다. 다만 누군가를 그리워하는 마음만 간간이 배어났다. 연기의 방향은 조금도 맞지 않았다. 반면에 수빈은 지나치게 삼룡 곁에 붙었다. 어깨에 두른 삼룡의 손을 자신의 가슴에 슬쩍 갖다 대기도 하고 정신을 차리게 하는 장면이 필요하다며 예정에 없던 인공호흡을 시도하기도 했다. 하지만 그때마다 삼룡은 수빈의 얼굴을 돌려세웠다. 또 그때마다 수빈의 얼굴에는 무안하고 서운한 기색이 넘쳐흘렀다.

수십 번의 NG가 났다. 오토바이 주변에서의 촬영만 세 시간이 넘어갔다. 촬영차를 몰고 온 스태프는 할 일이 없어지자 늘어지게 하품을 해댔다. 삼룡은 딴생각을 하느라 여전히 연기에 몰입하지 못했다. 삼룡에게 번번이 무시를 당한 수빈의 얼굴에서는 분노가 차오르기 시작했다. 그녀가 폭발하기 전에 선수를 쳐야 할 필요성을 느꼈다. 수빈을 달래주려고 시작한 촬영인데 화를 내고 돌아가게 할 수는 없었다.

컷! NG! 빽 소리를 질렀다. 삼룡이 움찔하며 돌아봤다. 나는 촬영을 중지하고 삼룡을 불렀다. 대체 자꾸만 무슨 생각을 하는 거야? 연기에 몰입해야지 딴생각을 하면 어떡해? 정신 안차려? 수빈을 의식해서 매섭게 삼룡을 꾸짖었다. 삼룡은 차렷자세를 한 채 묵묵히 질타를 들었다. 그때 뒤에서 빈정거리는 목소리가 들려왔다. 딴생각은 무슨…… 그년 생각하는 거겠지,

뭐. 수빈이었다. 팔짱까지 끼고 있는 모습이 꼭 강짜를 부리는 첩 같았다. 삼룡은 얼굴을 붉혔다. 그런데 그 모습이 수빈을 자극하고 말았다. 흥! 정말인가 보네. 수빈은 씩씩거리며 삼룡의 턱 밑까지 다가왔다. 삼룡은 턱을 뒤로 길게 뺐다. 주연배우님, 그년 생각 열심히 하세요. 어차피 오늘이 마지막이 될 테니까. 제작자님이 그년 있는 데를 밀어버린다고 했거든요. 수빈은 시계를 보면서 말했다. 지금쯤 밀고 있겠네. 그런데 이번에는 수빈의 말이 삼룡을 자극하고 말았다. 삼룡은 갑자기 수빈의 멱살을 잡고 들어 올렸다. 수빈은 얼굴이 시뻘게져서 켁켁거리기 시작했다. 정말이야? 삼룡이 다그쳐 물었다. 목소리가 분노로 떨리고 있었다. 나는 그런 삼룡을 말리지 못했다. 그렇게 무서운 모습은 처음이었다. 정말이냐고? 다시 한 번 삼룡이 다그쳤다. 하지만 목이 졸린 수빈은 대답할 수가 없었다. 삼룡은 수빈을 내동댕이쳤다. 수빈은 비명을 지르며 쓰러졌다. 나는 재빨리 수빈에게 달려갔다. 내가 수빈을 일으키는 사이 삼룡은 오토바이를 잡아타고 도로를 질주했다. 빨갛게 부어오른 수빈의 목이 바르르 떨렸다. 삼룡을 노려보는 눈에는 이내 눈물이 고였다.

그러나 나는 수빈만 달래고 있을 수도 없었다. 놔두면 삼룡이 어떤 사고를 칠지 몰랐다. 자자, 여기서 이러지 말고 일단 차에 타자고. 수빈을 부축해서 촬영차로 갔다. 그리고 촬영차 스태프에게 소리를 질렀다. 어서 시동 걸어! 저 오토바이 따라가!
스태프는 허둥지둥 시동을 걸고 액셀러레이터를 밟았다. 촬영
차는 굉음을 울리며 튀어 나갔다.

철거 현장은 예상대로 위태로웠다. 완전무장을 한 철거 용역
들이 5층 건물을 빽빽하게 둘러싸고 있었다. 지난번 재인의 시
너 사건을 의식했는지 소방차도 동원돼 있었다. 여러모로 오늘
의 작전을 위해 단단히 준비한 모습이었다. 셔터를 내려놓았던
문은 이미 뚫려 있었다. 건물 안에서는 비명 소리와 욕설, 그리
고 뭔가 둔탁하게 부딪히는 소리가 끊임없이 새 나왔다. 건물
밖에는 끌려 나온 철거민들이 철거 용역들에게 무참하게 얻어
맞고 있었다. 때문에 건물 밖은 건물 밖대로 비명 소리가 끊이
지 않았다. 그러나 경찰은 여전히 격투기를 구경하러 온 관중
들처럼 그 광경을 바라보고 있었다.

삼룡을 찾기 위해 주변을 두리번거렸다. 바닥에 내팽개쳐진
오토바이가 눈에 띄었다. 분명 삼룡이 타고 온 것이었다. 오토
바이가 향한 방향으로 눈길을 돌리자 삼룡이 보였다. 그는 십
수 명의 철거 용역들과 싸우고 있었다. 그런데 싸움의 양상이
여느 때와 달랐다. 원래 삼룡의 무술은 간결하고 정확한 동작
으로 상대방의 급소를 쳐서 한번에 쓰러뜨리는 것이 특징이었
다. 때문에 여러 명과 맞붙었을 경우, 처음에는 열세인 듯하지

만 시간이 지나면 급소를 맞아 나가떨어지는 자들이 늘어나면서 결국에는 삼룡이 그들 모두를 제압하는 경우가 대부분이었다. 하지만 지금은 정반대였다. 웬일인지 철거 용역들은 마음대로 삼룡을 공격하고 있었고 삼룡은 그들의 공격을 막아내는 데 급급했다. 그러나 삼룡의 팔이 십수 개가 아닌 이상 모든 철거 용역들의 곤봉을 막아낼 수는 없었다. 철거 용역들의 곤봉은 수시로 삼룡의 팔이나 다리를 가격했다. 촬영장에서 곧바로 뛰쳐나온 삼룡이 철거 용역들만큼 무장이 되어 있을 리 없었다. 그는 곤봉에 맞을 때마다 휘청거리면서도 가까스로 버텼다. 나는 삼룡이 저러다 쓰러질까 걱정이 됐다. 만에 하나 잘못 맞아서 더 이상 무술을 하지 못하는 지경에 이른다면 영화는 그 길로 끝이 나는 것이고, 나는 이름 모를 강바닥에 아가미도 없이 가라앉을 게 확실했다.

앞뒤 가릴 것 없이 삼룡을 향해 내달렸다. 어떻게든 저 싸움을 말려야 했다. 그러나 내가 삼룡을 향해 달려가는 순간에도, 그리고 덩치들 뒤에 서서 삼룡을 향해 싸움을 멈추라고 소리를 지르는 순간에도, 철거는 계속되고 있었다. 오히려 나의 목소리는 점점 고조되는 함성과 욕설 그리고 비명 소리에 묻히고 말았다.

막상 삼룡의 곁에 도착하고 보니 그가 일방적으로 당한 데에는 다 이유가 있었다. 삼룡은 재인을 뒤에 두고 철거 용역들과 맞서고 있었다. 재인은 얼마나 맞았는지 찢어진 이마에서 흘러내린 피가 오른쪽 뺨 위에 굳어 있고 왼쪽 눈에는 피멍이 들어 있었다. 그녀의 얼굴에는 두려운 기색이 역력했다. 늘 강단 있는 모습만 보이던 재인이었지만 무자비한 폭력 앞에서는 그녀도 여느 철거민들과 다를 바 없는 사람이었다.

철거 용역들은 두 패로 나뉘어 한 패가 재인을 공격하면 삼룡이 그들을 막는 틈을 타 다른 한 패가 삼룡의 허점을 노렸다. 치졸하기는 했지만 삼룡을 효율적으로 공격하는 방법이기도 했다. 하기야 돈 받고 사람 때리는 걸 업으로 삼고 있는 자들에게 윤리나 수치심 따위를 묻는 게 어리석은 일이었다.

문제는 나였다. 급한 대로 각목 하나를 주워 들었지만 삼룡과 철거 용역들 간의 싸움에 끼어들 엄두가 나지 않았다. 나 역시 정신없이 여기로 달려온 터라 보호 장구를 두를 틈이 없었다. 삼룡이 당하는 게 안타깝기는 했지만 섣불리 끼어들었다가는 각목 한 번 휘둘러보지 못하고 곤봉 세례를 받을 것 같았다.

이러지도 저러지도 못하고 있을 때 수상한 철거 용역 한 명이 눈에 띄었다. 놈은 곤봉 대신에 못이 잔뜩 박힌 각목을 들고 다른 철거 용역들에게 둘러싸여 천천히 삼룡의 뒤로 이동하고 있었다. 뭔가 음모의 냄새가 났다. 나는 놈의 뒤를 따랐다. 철거 용역 몇이 다시 재인을 공격했다. 삼룡은 재인에게 향하는 곤봉들을 정신없이 막아냈다. 그 순간 삼룡의 뒤가 비었다. 놈이 각목을 치켜들었다. 각목에 박힌 못은 정확하게 삼룡의 뒤통수를 향했다. 아찔했다. 아무 생각이 안 났다. 나는 각목으로 놈의 손목을 후려쳤다. 악, 소리를 지르며 놈이 각목을 떨어뜨렸다. 그사이 삼룡이 이상한 낌새를 눈치챘는지 뒤돌아섰다. 놈이 겁에 질린 얼굴로 물러나려고 했다. 하지만 삼룡은 정확하게 놈의 아랫도리를 걷어찼다. 놈은 처참한 비명을 지르더니 바닥을 뒹굴었다. 너무나 고통스러워하는 모습에 저절로 인상이 찌푸려졌다.

잠시 놈의 모습에 정신을 팔고 있을 때 삼룡이 나를 잡아끌었다. 간발의 차이로 내가 서 있던 자리에 곤봉 네댓 개가 땅에 내리꽂혔다. 하마터면 머리통이 박살 날 뻔했다. 잔뜩 긴장한 나는 얼떨결에 삼룡 곁에 서서 철거 용역들과 맞섰다. 의도치는 않았지만 나마저 재인을 보호하는 모양새가 되면서 철거 용역들의 공격이 주춤했다.

난감했다. 내가 철거 용역들과 맞서게 될 거라고는 꿈에도 생각해본 적이 없었다. 그러나 지금, 그 꿈에도 생각해본 적이 없던 일을 하고 있는 중이었다. 대체 이 모습을 절곤과 제작자에게 어떻게 설명해야 할지 감이 잡히지 않았다. 여태껏 살아

남기 위해 요리조리 잘도 피해왔지만 이번에는 제대로 외통수에 걸린 느낌이었다. 하지만 삼룡은 그런 내 마음 따위는 아랑곳하지 않고 오히려 나의 손을 슬그머니 잡았다. 사나이들의 끈끈한 그 무엇이 삼룡의 손을 타고 전해져왔다. 그러나 지금은 이게 전해질 타이밍이 아니었다. 내 손에는 서늘한 식은땀이 맺혔다.

철거 용역들의 증오에 찬 곤봉이 나를 향해 날아들었다. 한 대라도 맞으면 죽을 것 같았다. 필사적으로 곤봉을 막아냈다. 때로는 팔과 다리를 얻어맞기도 했지만 잔뜩 긴장한 터라 별다른 고통도 느끼지 못했다. 그저 살아야 한다는 일념 하나로 각목과 팔과 다리로 철거 용역들의 곤봉을 받아냈다.

그런데 이게 결과적으로 삼룡에게 쏟아지던 공격의 반을 줄여주는 셈이 됐다. 짧은 순간이었지만 삼룡은 철거 용역들을 공격할 여유가 생겼다. 그는 이때를 놓치지 않고 특유의 짧고 간결한 동작으로 철거 용역들의 급소를 때렸다. 순식간에 철거 용역 다섯이 비명을 지르며 나자빠졌다. 삼룡은 쓰러진 철거 용역에게서 곤봉 하나를 더 주워 들었다. 두 개의 곤봉을 손에 쥔 삼룡은 철거 용역들을 향해 달려 나갔다. 철거 용역들은 움찔하며 뒤로 물러났지만 그도 잠시, 모두 땅바닥에 뒹구는 신세가 됐다. 갑자기 온몸이 아파왔다. 비로소 긴장이 풀린 탓이었다. 나는 곤봉에 맞은 양팔을 부비며 비명을 질렀다.

그러나 그것으로 끝이 아니었다. 이쪽 낌새가 수상하다고 느낀 철거 용역들이 우리를 향해 몰려들기 시작했다. 동료를 친 배신자를 응징하기 위한 자발적인 대열이었다. 각목을 굳게 쥐어봤지만 손이 사정없이 떨렸다. 이제 정말 죽는 건 시간문제였다. 삼룡과 재인을 돌아봤다. 삼룡은 재인을 뒤에 두고 철거 용역들을 향해 곤봉을 겨누고 있었다. 재인은 5층 건물을 망연히 바라보고 있었다. 자신이 지내온 공간과 작별 인사라도 하는 것처럼 보였다.

눈앞에 있는 모든 것이 고속카메라로 촬영한 것처럼 비현실적으로 느리게 움직이기 시작했다. 조금이라도 살아 있는 시간을 연장하고 싶은 본능 때문인지도 몰랐다. 바로 그때, 5층 건물의 3층쯤에서 검은 물체 하나가 툭, 떨어졌다. 나는 눈을 깜빡거렸다. 뭔가 일이 벌어졌는데 대체 무슨 일인지 가늠할 수 없는 그런 느낌이었다.

죽었다, 라는 외침이 들렸다. 그때야 물체가 아니라 사람이 떨어졌다는 걸 알았다. 워낙 순식간에 일어난 일이라 제대로 보이지 않았을 뿐이었다. 또다시 사람이 죽었다, 라는 외침이 들려왔다. 서서히 현실감각이 돌아왔다. 철거민 한 명이 철거 용역들에게 몰려 추락한 것이었다. 사건 속에 벌어진 사건이었다. 무의식적으로 바지 주머니 속에 넣어두었던 스마트폰을 손에 쥐었다.

현장의 열기는 샤워기를 틀어놓은 것처럼 순식간에 가라앉았다. 대신 불길한 고요가 스멀스멀 피어오르기 시작했다. 경찰들이 서서히 움직였다. 나는 카메라 기능을 켜고 철거민들을 향해 달려갔다. 그때 빠른 속도로 내 프레임 속에 들어오는 사람이 있었다. 삼룡과 재인이었다. 삼룡은 움직임이 멈춘 철거 용역 사이를 파고들어 길을 만들었다. 재인은 그 길로 재빨리 들어갔다. 나도 재인을 뒤쫓았다.

프레임 안에는 한 무리의 철거민이 있었고 그 곁에 재인이 넋을 놓고 서 있었다. 그녀의 시선이 머무는 곳에는 30대 초반 정도로 보이는 여자가 축 늘어진 채 한 남자의 품에 안겨 있었다. 여자는 볕에 그을려서 그런지 가무잡잡한 피부에 깡마른 체구를 하고 있었다. 광대뼈가 불거진 얼굴은 어딘지 모르게 쉽지 않은 세월을 살아온 것 같은 인상이었다. 남자는 여자의 몸을 붙잡고 울부짖었다. 여자의 얼굴을 향해 줌을 당겼다. 기미가 잔뜩 낀 오른쪽 뺨 위로 공허하게 열린 동공이 다가왔다. 분명 어딘가를 향하고 있지만 초점이 없었다. 그녀가 죽었다는 걸 확연히 느낄 수 있었다. 섬뜩했다. 급하게 줌 아웃을 했다.

프레임 안으로 재인이 들어왔다. 그녀는 몇 걸음 옮기지 못

하고 여자의 시신 앞에서 무너지듯이 주저앉았다. 삼룡은 재인에게 다가가려 했다. 그러나 이미 철거 용역들에게 끌려 나와 있던 철거민들이 막아섰다. 그들은 무기력하게 철거 용역들에게 얻어맞던 모습이 아니었다. 동료의 죽음 앞에서 잔뜩 격앙되어 있었고 그래서 공격적이었다. 천적을 향해 바짝 가시를 세운 나약한 짐승들 같았다. 그 보이지 않는 가시 때문이었을까. 삼룡은 더 이상 재인에게 다가가지 못했다. 카메라를 철거 용역들에게 돌렸다. 낭패한 표정을 짓고 있던 철거 용역들은 나를 향해서는 곧장 이빨을 드러냈다. 찍지 마! 씨발. 카메라 꺼. 개새끼. 같은 욕들이 쏟아졌다.

그때 곽 서장이 경찰 간부들의 호위를 받으며 나타났다. 철거민들은 곽 서장을 보자 아우성을 쳤다. 살려내라고 소리 지르는 사람이 있는가 하면 개새끼라고 욕을 퍼붓는 사람도 있었다. 하지만 곽 서장은 눈 하나 깜짝하지 않았다. 오히려 지극히 사무적인 말투로 공정한 사건 수사를 위해 시신 확보가 필요하다고 했다. 철거민들은 시신 주변에 모여 스크럼을 짰다. 곽 서장은 짜증이 났는지 눈살을 찌푸렸다. 시신을 두고 철거민들과 경찰들이 대치했다. 그러나 대치 상황은 그리 오래가지 않았다. 곽 서장은 경찰들 뒤로 빠지면서 명령을 내렸다. 신속하게 시신 확보해. 곽 서장의 명령을 받은 경찰들은 즉각 스크럼을 짜고 있던 철거민들을 향해 곤봉을 휘둘렀다. 이곳에서 철거가 시작된 이래로 처음 행해진 경찰의 진압은 철거 용역들의 폭력보다 훨씬 무자비했다. 곤봉을 내리치는 그들의 표정에서는 아무것도 읽어낼 수 없었다. 철거민들은 그저 '행정적인 처분'의 대상일 뿐이었다. 양심의 가책이 사라진 폭력은 철거 용역들의 폭력보다 훨씬 공포스러웠다.

계속되는 폭력 앞에서 철거민들은 더 이상 버티지 못하고 찢기듯 하나씩 스크럼에서 떨어져나갔다. 재인은 여자를 부둥켜안고 마지막까지 버텼다. 경찰들은 그런 재인의 어깨를 붙들고 뜯어내다시피 여자를 끌어냈다. 저리 가! 손 치워! 이 새끼들아! 재인이 악쓰는 소리가 송곳처럼 귀를 파고들었다. 삼룡은 어쩔 줄 몰라 했다. 그는 조폭이나 철거 용역과 맞서 싸워보기는 했지만 경찰과 맞서 싸워본 적은 없었다. 그런데 경찰이 무자비하게 폭력을 휘두르는 이 상황은 그에게 혼란을 주고 있는 것 같았다. 삼룡은 끝끝내 우두커니 서서 아무것도 하지 못했다.

여자가 경찰의 손에 들려 나가는 동안 울음소리가 철거민들 사이에서 전염병처럼 번져나갔다. 삼룡은 오열하고 있는 재인의 곁으로 다가가 그녀의 어깨에 살며시 손을 올렸다. 하지만 재인은 그 손을 매몰차게 뿌리치고는 카메라를 쏘아봤다. 프레임도 그 눈빛만은 가두지 못했다. 눈을 감았다. 그러나 왼쪽 가

습쯤이 뻐근하게 아렸다.

삼룡이 재인 곁에 어정쩡하게 서서 이러지도 저러지도 못하는 모습을 보면서 비로소 이 상황을 수습해야겠다는 생각이 들었다. 우선 촬영차와 오토바이 그리고 수빈을 돌려보내야 했다. 나는 삼룡에게 조금만 기다리라는 말을 하고 촬영차 쪽으로 걸어갔다. 누가 죽었다면서요? 촬영차 안에서 손톱을 다듬던 수빈이 시큰둥하게 물었다. 수빈의 태도가 불쾌했다. 사람이 죽었는데 어떻게 그렇게 말할 수 있어? 수빈은 손톱을 다듬다 말고 나를 빤히 쳐다봤다. 그러는 감독님은 사람이 죽었는데 어떻게 촬영을 할 수 있죠? 순간 수빈의 뺨을 한 대 갈겨주고 싶은 충동을 느꼈다. 하지만 손이 올라가지 않았다. 대신 촬영차 스태프에게 퉁명스럽게 말했다. 가도 좋아요. 가는 길에 이 여자도 내려주고. 수빈이 나를 노려봤지만 외면했다. 당분간 촬영은 없어.

기억의 열아홉

갈 곳이 없었다. 집으로 돌아가자니 제작자가 가만있지 않을 테고 철거 현장에 있자니 절곤이나 철거민들이 삼룡과 나를 내버려둘 것 같지 않았다. 어떻게 보면 우리는 철거민들보다 더 딱한 처지가 되고 말았다. 목이 탔다. 있는 돈을 털어 캔 맥주를 사 왔다. 그리고 삼룡과 함께 널브러져 있는 바리케이드 위에 걸터앉았다. 선홍색 노을이 절곤의 현장 사무실 위로 번지고 있었다.

좀처럼 취기가 오르지 않았다. 대신 공허하게 열린 여자의 눈동자가 자꾸만 떠올랐다. 그 눈동자 위로 '다른 신을 찍는 기간은 그리 길지 않을 겁니다'라고 말하며 절곤을 압박하던 내 모습이 오버랩되었다. 내가 그 말만 하지 않았더라도 절곤이 이렇게 무리하지 않았을 수도 있었다. 아니다. 철거는 이미 예정되어 있었다. 그러니까 내 말은 아무것도 아닌 걸 수도 있었다. 그럼에도 불구하고 철거 현장에서 결정적으로 삼룡을 빼낸 사람은 나였다. 겉으로는 내 잘못이 아니라고 말할 수 있어도 내가 여자를 죽이는 데 어느 정도 역할을 한 사실만은 부정할 수 없었다. 제작자나 수빈도 마찬가지였다. 각자 이유는 달랐지만 결국 우리가 공모해서 한 여자를 죽인 것이다. 그러니까 나는, 살인을 했다고도 말할 수 있었다. 다시 왼쪽 가슴이 뻐근하게 아팠다. 아주 뚜렷한 고통이었다.

모든 게 엉망진창이 되고 말았다. 촬영은 끝장났고 제작자는 내 목숨을 노릴 것이다. 돌아갈 집도 없는 데다가 평생 나를 짓누를 죄책감까지 안게 됐다. 지금 내가 할 수 있는 거라고는 이 상황에서 달아나는 것밖에 없어 보였다. 캔 맥주 하나를 더 땄다.

저녁을 알리는 쌀쌀한 바람이 불었다. 나도 줘요. 귀에 익은 목소리가 들렸다. 맥주를 입에 가져가다 말고 고개를 돌렸다. 뜻밖에 재인이 서 있었다. 재인 씨! 삼룡이 자리에서 벌떡 일어났다. 나는 당황스러워하면서도 어물어물 맥주를 내밀었다. 재인은 가로채듯 맥주를 받아 들더니 숨도 쉬지 않고 들이켰다. 나와 삼룡은 재인이 맥주를 다 마실 때까지 지켜봤다. 재인은, 얼마나 울었는지 아직 눈이 퉁퉁 부어 있기는 하지만, 아까 받은 충격을 어느 정도 가라앉힌 모습이었다.

맥주를 모두 비운 재인은 철거 현장 사무실을 향해 힘껏 맥주 캔을 집어 던졌다. 아까 날 지켜줘서 고맙단 말을 하러 왔어요. 재인은 바리케이드에 앉으면서 말했다. 고맙기는요, 뭘…… 삼룡은 공연히 머리를 긁적였다. 아니에요. 고마운 건 고마운 거죠. 댁들이 아니었다면 죽어 있는 사람이 저였을 수도 있어요. 우리는 잠시 아무 말도 하지 않았다.

가봐야겠어요. 재인이 자리에서 일어났다. 저기요. 나는 돌아서는 재인을 불렀다. 네? 우리 좀 재워주시면 안 될까요? 재인은 고개를 갸우뚱했다. 집에 안 가요? 못 갑니다. 가면 죽을지도 몰라요. 나는 철거 현장 사무실 쪽으로 고갯짓을 했다. 저 사람들한테 대들었잖아요. 저쪽 똘마니들이 우리 집에 죽치고 있어요. 나는 처량하게 웃었다.

어디를 둘러봐도 지금 당장 기댈 데는 재인밖에 없었다. 적어도 그녀는 자신을 구해준 은혜를 외면하지는 않을 것 같았다. 제작자와 등을 돌린 지금, 제작자의 반대편에 가 있는 것이 목숨을 부지할 수 있는 최선의 선택일 수도 있었다. 만약 재인이 나와 삼룡을 데리고 5층 건물로 들어가준다면 철거민들이 우리를 공격하지 않을 거라는 속셈도 있었다. 재인은 뜻밖에 흔쾌히 말했다. 그러세요. 나는 안도했다. 적어도 한뎃잠은 면

하게 됐다. 삼룡을 돌아봤다. 들뜬 표정이었다.

아무리 재인과 함께 동행한다 해도 막상 5층 건물 안으로 들어가는 것은 겁이 났다. 철거에 맞서 오랫동안 저항해온 곳이었다. 안에는 갖가지 흉기들이 널려 있을지도 모를 일이다. 비록 재인을 구하기 위해 잠깐 철거 용역들과 맞서기는 했지만 나와 삼룡은 철거에 앞장섰던 사람들이다. 왠지 우리가 들어가자마자 철거민들이 화염병을 던져댈 것 같았다. 재인이 5층 건물 셔터를 올리자 나는 슬쩍 삼룡 뒤로 한 걸음 물러섰다. 여차하면 달아날 생각이었다.

입구 쪽을 흘끔흘끔 뒤돌아보면서 5층 건물로 들어갔다. 1층은 건물의 로비로 쓰였던 듯 제법 널찍했다. 바닥은 은박 돗자리를 깔아서 방처럼 꾸며놓았다. 곳곳에 피켓이 쌓여 있었고 쓰다만 플래카드도 널브러져 있었다. 대체적으로 어수선한 분위기였지만 칼이나 쇠파이프 같은 흉기는 어디 숨겨놓았나 싶을 정도로 찾아보기 힘들었다. 오히려 단정하게 개어져 있는 이부자리나 버너와 냄비 같은 살림살이가 더 눈에 띄었다. 여기도 사람 사는 곳이구나, 하는 생각이 들었다. 그러나 어디선가 희미하게 떠도는 휘발성 냄새 때문에 마음이 놓이지는 않았다.

철거민들은 은박 돗자리 위에 침울하게 앉아 있다가 인기척을 느끼자 일제히 우리를 쳐다봤다. 말은 하지 않았지만 나와 삼룡을 알아보는 눈치였다. 하긴 워낙 나의 복장이 독특했고 삼룡의 활약이 뛰어났기 때문에 눈에 띄는 게 당연했다. 문제는 철거민들의 눈에서 느껴지는 미묘한 적대감이었다. 재인 때문에 섣불리 나서는 사람은 없었지만 그들은 침묵 속에서도 명백하게 말하고 있었다. 당신들이 여긴 왜 왔어?

재인이 이런 분위기를 모를 리 없었다. 그녀는 나와 삼룡의 손을 이끌고 철거민들에게 다가가면서 말했다. 다들 알고 계시죠? 철거민들을 대답하지 않았다. 재인은 멋쩍게 웃었다. 이분들 그렇게 나쁜 사람들은 아니에요. 그놈들이 나쁜 놈이 아니라면 대체 어떤 놈이 나쁜 놈들이요? 철거민 한 명이 소리쳤다. 철거민들은 고개를 끄덕였다. 맞아요. 처음에는 깡패 짓 했죠. 하지만 나중에는 우리를 위해 철거 용역들과 맞서기도 했잖아요. 저를 몇 번이나 구해주기도 했고요. 다들 보셨죠? 철거민들은 또다시 침묵을 지켰다. 날이 날이니만치 자신들과 맞섰던 사람들을 쉽게 받아들이지 못하는 눈치였다. 아무리 처지가 궁해도 이런 분위기라면 차라리 한뎃잠이 나았다. 나는 삼룡에게 나가자는 눈짓을 했다. 하지만 재인이 우리 손을 힘주어 잡았다. 이 사람들 철거 용역들하고 맞서는 바람에 집에도 못 들어가게 됐어요. 집 앞에 철거 용역을 사주하는 깡패들이 죽치고 있어서요. 알고 보면 우리와 다를 바 없는 사람들이에요. 집

331

도 없는 거나 마찬가지고 먹고살 것도 없으니까요. 우리 때문에 그렇게 된 거예요. 이 사람들을 받아주고 친근하게 대해달라는 게 아니에요. 그냥 잠잘 데가 없다잖아요. 자리만 좀 내줘요. 철거민들은 아무도 대답하지 않았다. 분위기는 여전히 냉랭했다. 재인이 나와 삼룡 뒤로 물러서면서 속삭였다. 지금 여기서 자고 싶어요? 다들 탐탁지 않아 하는 분위기라 나는 쉽사리 뭐라 대답하지 못했다. 얼른 이분들에게 사과하세요. 사과, 사과라……. 솔직히 나는 별로 사과하고 싶지 않았다. 물론 의도한 건 아니었지만 나로 인해 사람이 죽기까지 한 것은 사실이다. 하지만 그래도 마음 한구석에는 철거를 한 게 아니라 세상이 벌여놓은 판에 끼어서 영화를 찍었을 뿐이라는 생각이 자리 잡고 있었다. 내가 머뭇거리는 동안 삼룡이 성큼 나섰다. 죄송합니다. 그는 철거민들 앞에 가서 정중하게 고개를 숙였다. 나는 속으로 여자에게 정신이 팔려서 줏대고 뭐고 다 내다 버린 자식이라고 중얼거렸다. 그러나 그 한 번의 사과로 철거민들의 분위기가 전보다 조금 누그러졌다. 이제 남은 건 나 하나였다. 모든 시선이 내게 쏠렸다. 태도를 결정하기가 참 애매했다. 사과를 하자니 마음 한구석에 껄끄러움이 남아 있고 안 하자니 이 분위기에 찬물을 끼얹을 것 같았다. 솔직히 삼룡 없이 나 혼자 그 적대적인 분위기를 감당할 자신이 없었다. 나는 엉거주춤 고개를 숙여 보였다. 하지만 죄송하다는 말은 차마 입 밖에 내지 못했다. 재인이 나와 삼룡의 등을 떠밀었다. 우리는 못 이기는 척 은박 돗자리 쪽으로 걸어갔다. 철거민들은 우리를 보고 슬금슬금 피하듯이 자리를 내주었다. 나와 삼룡은 은박 돗자리 맨 가장자리에 엉덩이만 살짝 걸치고 앉을 수 있었다. 지금으로서는 겨우 이만큼이 내가 세상으로부터 허락받은 공간이었다.

등 뒤로 철거민들의 목소리가 들렸다. 모두가 죽은 이에 대해서 이야기하고 있었다. 나는 그들의 이야기를 귀담아 들었다. 나로 인해 죽은 사람이었다. 관심이 생기는 것은 어쩔 수 없었다. 여자의 이름은 영미라고 했다. 영미, 라고 중얼거려봤다. 입에 걸리는 것 없는 쉬운 발음의 이름이었다. 다시 영미 씨, 라고 불러봤다. 그이에 대한 예의를 갖추고 싶었다.

철거민들은 영미 씨가 남편과 함께 피자 가게를 하던 사람이라고 했다. 가게는 정리해고당한 남편의 퇴직금과 대출금으로 마련한 것이었다. 철거로 가게를 잃고 대출금을 갚을 길이 없어서 여기까지 내몰렸다고 했다. 영미 씨의 남편과 통화를 한 철거민은 영미 씨가 지금 병원 영안실에 있다고 했다. 잠깐 침묵이 흘렀다. 내 뒤쪽에 앉아 있던 재인이 중얼거렸다. 가봐야하는데…… 여기도 언제 밀릴지 몰라서 갈 수도 없고…… 이놈의 세상이 사람 사는 도리도 못 하게 하네요. 무겁디무거운 공기가 로비를 짓눌렀다.

누군가 텔레비전을 켰다. 아나운서의 목소리가 들렸다. 모두의 시선이 뉴스에 고정되었다. 이심전심이었다. 나를 비롯해서 여기에 있는 모든 사람이 보고 싶어 하는 건 단 하나였다. 조금 전 있었던 영미 씨의 죽음, 그것뿐이었다.

뉴스는 대통령과 경제인들의 모임으로 시작해서 그 성과에 대해 심층 분석하는 기사로 넘어갔다. 이어 국가 경쟁력을 위해 기업과 국민이 화합해야 한다는 대통령의 발언이 소개되었다. 우리가 찾는 뉴스는 유명 스타의 결혼 소식을 두 꼭지 이상 다루고 난 다음에야 사건 사고 단신으로 처리되었다. 기사에서 영미 씨는 '철거 과정에서 충돌로 추락해 사망한 한 여성'으로 묘사되었다. 그녀가 왜 5층 건물에서 버티고 있었는지, 그 현장에서 누가 울부짖었는지, 대체 무엇 때문에 죽었는지는 나오지 않았다. 영미 씨의 사건을 다루는 화면에서 보여주는 건 오직 망루에서 손수건을 복면처럼 쓰고 나와 화염병을 던지는 철거민들의 모습뿐이었다. 십 초 남짓한 분량의 뉴스였다. 그나마 '분유에서 나온 벌레' 뉴스에 묻히고 말았다. 텔레비전을 켰던 누군가가 리모컨을 집어 던졌다. 에이, 씨발!

다시 침묵이 흘렀다. 나는 머릿속으로 영미 씨의 뉴스를 떠올렸다. 익숙한 멘트였고 익숙한 화면이었다. 영화를 찍기 위해 수없이 돌려보았던 철거 장면과도 다를 바 없었다. 하지만 허전했다. 내가 스마트폰 속에 저장해놓은 화면에 비하면 뉴스는 뭔가 터무니없이 부실했다. 뉴스에서 나온 화면은 분명히 이 철거 현장을 담아 간 것들이었다. 그러나 그 화면들이 모든 것을 다 말해주지는 않았다. '화염병을 던지는 철거민'은 진실이지만 '화염병만 던지는 철거민'은 진실이 아니었다.

스마트폰을 꺼내 만지작거렸다. 여기에 저장되어 있는 영상들을 방송국을 대신해서 세상에 알려주고 싶은 충동을 느꼈다. 하자고 들면 그리 어려운 일도 아니었다. 스마트폰으로 저장된 동영상을 적당히 편집해서 유튜브 같은 인터넷 채널에 올리면 그만이었다. 어차피 할 일도 없는 밤이었다. 이렇게 낯설고 침통한 분위기에서는 쉽사리 잠이 올 것 같지도 않았다. 한편으로는 내가 올린 동영상을 제작자 쪽에서 보면 어떡하나 걱정이 되기도 했다. 하지만 이름도 없는 사람이 올린 인터넷 동영상을 제작자 쪽에서 볼 확률이 얼마나 될까 싶었다. 무엇보다 영미 씨에게 내가 해줄 수 있는 것을 해주고 싶었다.

얼마 되지 않는 분량이었지만 나름대로 정성을 들여서 편집하다 보니 시간이 꽤 걸렸다. 영미 씨의 마지막 모습과 영미 씨를 둘러싸고 울부짖는 사람들의 모습을 이어 붙인 화면 아래, 영미 씨가 5층 건물로 올라간 사연을 자막으로 깔았다. 그 위에 애잔하고 쓸쓸한 분위기의 장송곡을 덧입혀 유튜브에 올렸다.

고요하고 적요한 새벽이었다. 철거민들은 고단한 몸을 은박 돗자리에 뉜 채 잠을 자고 있었다. 어둠 속에서는 삼룡도 재인도 철거민들도 구분이 가지 않았다. 나는 악몽조차 꿀 것 같지 않은 홀가분한 기분으로 삼룡 곁에 누웠다. 창으로 별이 보였다. 생각해보니 옥탑방에 살면서는 단 한 번도 보지 않았던 별이었다. 작고 반짝거리는 게 고향 바닷가 백사장에 박힌 은모래 같았다. 눈을 감았다. 은모래는 여전히 고왔다.

밥 짓는 냄새가 났다. 된장국 냄새도 섞여 들었다. 배가 고팠지만 엄마가 깨우러 오면 그때 일어나기로 했다. 요란하게 식기들이 부딪히는 소리가 났다. 몸을 뒤척거렸다. 소란스러움은 가시지 않았다. 고향집에서는 한 번도 들어보지 못했던 낯선 소리라는 생각이 들었다. 눈이 번쩍 떠졌다. 고향 바닷가 고운 은모래가 순식간에 사라졌다. 눈앞에 밥과 된장국, 김치가 담겨 있는 식판이 놓였다. 드세요. 삼룡의 목소리가 들렸다. 눈을 다시 감아봤다. 달아났던 꿈은 되돌아오지 않았다.

되도록 천천히 밥을 먹었다. 딱히 할 일도 없고 오갈 데도 없으니 밥을 빨리 먹어야 할 이유도 없었다. 하지만 삼룡은 그렇지 않은 모양이었다. 그는 밥을 먹자마자 1층 로비를 빠져나갔다. 어디로 가는지 묻지 않았다. 물을 것도 없었다. 재인 근처에 있을 게 틀림없었다.

밥을 먹으면서 주변을 둘러봤다. 철거민들은 설거지를 하거나 자신이 누운 자리를 정리하고 있었다. 이상했다. 이들이나 조폭들이나 단체 생활을 하며 늘 폭력과 맞대면하고 있기는 매한가지였다. 그러나 조폭들과 섞여 있을 때 느꼈던 불온한 긴장감이나 군대 같은 분위기가 여기서는 전혀 느껴지지 않았다. 그냥 하루에도 수십 번씩 마주칠 법한 평범한 사람들의 아침만 존재할 뿐이었다. 식판을 내려놓고 스마트폰을 꺼내 카메라를 켰다. '평범하기 때문에 이상한' 이 느낌을 잡아내고 싶었다.

대학 다닐 때 영화 필름의 특성을 익히기 위해 잠깐 사진 동아리를 했던 기억이 났다. 물론 지금 이 스마트폰에 있는 카메라는 그때 내가 가지고 다니던 DSLR 카메라와 비할 바는 아니었다. 그래도 그 시절처럼 사진을 찍어보고 싶었다. 정지된 프레임 안에서는 이들의 평범함이 오히려 더 도드라져 보였다. 무표정하게 설거지를 하는 사람, 이어폰을 꽂고 청소를 하는 사람, 빨래를 하면서 양치질을 하는 사람, 종이컵에 담긴 믹스커피를 마시면서 이야기를 나누는 사람들, 담배를 피우면서 뭔가 심각하게 고민하는 사람, 스마트폰을 들고 누군가와 메시지를 주고받는 사람, 머리를 감싸고 침울하게 하늘을 보는 사람…… 나는 오랜만에 '사람' 찍는 재미에 빠져들었다.

누군가 내 손을 잡았다. 카메라에서 눈을 떼고 보니 철거민 한 명이 의혹에 가득 찬 눈초리로 나를 노려보고 있었다. 머리가 거의 다 벗겨진 50대 초반의 중년 남자였다. 지금 뭐 하는 거요? 남자는 적의가 가득 담긴 말투로 나직하게 물었다. 아니, 뭐 저는 그냥……. 딱히 무슨 목적이 있어서 사진을 찍고 있었던 게 아니라서 얼버무릴 수밖에 없었다. 갑자기 남자가 내 손목을 꺾으면서 스마트폰을 움켜쥐었다. 당신 프락치야? 남자의 목소리가 1층 로비에 울려 퍼졌다. 철거민들의 시선이 일제히 나를 향했다. 나는 당황해서 급하게 고개를 저었다. 아닙니다. 프락치라니요? 하지만 내 말과는 상관없이 철거민들이 우르르 내 곁으로 몰려들었다. 그들을 둘러봤다. 하나같이 의심과 적개심으로 가득 찬 눈빛을 보내고 있었다. 이미 나를 프락치로 단정한 것처럼 보였다. 나는 철거민들 틈에서 삼룡과 재인을 찾았다. 둘은 밖으로 나갔는지 보이지 않았다. 식은땀이 등을 타고 흘렀다. 자칫 잘못하다가는 제작자에게 맞아 죽기 전에 철거민들에게 맞아 죽을 것만 같았다.

이 위기를 벗어나기 위해 맹렬하게 머리를 굴렸다. 그러나 침묵만 길어질 뿐이었다. 남자가 내 스마트폰을 잡아당겼다. 나는 반사적으로 스마트폰을 잡고 버텼다. 이 새끼 이거 안 내놓는 거 보니까 프락치 맞네. 남자의 말에 철거민들이 일제히 덤벼들었다. 나는 목과 손과 발이 각기 다른 철거민들의 손에 잡힌 채로 들어 올려졌다. 이대로 패대기쳐진다면 최소한 허리 정도는 부러질 게 틀림없어 보였다. 나는 필사적으로 소리쳤다. 제발 놔주세요! 뭘 찍었는지 다 보여드릴게요! 철거민들의 움직임이 멈췄다. 내 몸이 바닥에 떨어졌다. 허리가 부러질 정도는 아니었지만 꼬리뼈에서 엄청난 통증이 밀려왔다. 나는 꼬리뼈를 문지르면서 또 생각했다. 대체 뭘 보여줄 것인가? 이들에게 내 스마트폰에 담긴 모든 것을 다 보여줄 수는 없었다. 여기에는 방금 찍은 사진이나 수빈과의 멜로 신도 있지만 수많은 철거민들을 때려잡는 삼룡의 활약상도 들어 있었다. 이걸 보여줬다가는 정말 프락치로 몰려 맞아 죽을 수 있었다.

　하지만 더 시간을 끌 수도 없었다. 일단 방금 찍은 사진을 하나씩 보여주었다. 이거 얼굴 채증하는 거 아냐? 누군가가 소리쳤다. 그 순간 철거민들의 눈빛에 다시 의혹과 적개심이 차올랐다. 아닙니다! 절대 채증한 거 아닙니다. 나는 스마트폰을 뺏길까 봐 굳게 움켜쥐면서 말했다. 그럼 이걸 왜 찍는데? 남자가 내 멱살을 잡으면서 말했다. 그때 한 가지 생각이 번쩍 스쳤다. 보여줘도 되는 게 하나 있었다. 어제 유튜브에 올린 영미 씨의 영상이었다. 이 손만 놓으시면 이걸 왜 찍는지 보여드릴게요. 남자는 나를 매섭게 쏘아보다가 멱살을 놓았다. 막혔던 숨이 터지자 사레 걸린 것처럼 기침이 났다.

기침으로 벌게진 얼굴을 하고 영미 씨의 영상을 찾아 남자에게 보여주었다. 남자와 그 주변에 있던 철거민들은 고개를 내밀고 영상을 지켜봤다. 그사이 나는 숨을 몰아쉬면서 기침을 진정시켰다.

삼십 초의 시간이 지나고 영상이 끝났다. 철거민들은 숙연한 분위기였다. 왠지 뭔가 한마디라도 해야 할 것 같았지만 아무 말도 생각나지 않았다. 남자가 스마트폰을 건네면서 말했다. 이렇게 영상을 올려준 건 고맙소만, 사진은 왜 찍은 거요? 아! 사진 찍은 거요? 그러고 보니 사진 찍은 것과 영미 씨의 영상은 딱히 서로 관련이 없었다. 나는 스마트폰을 받으면서 어물어물 말했다. 그러니까…… 이렇게 영상을…… 올리는 데…… 쓰…… 쓰려고……. 남자가 내 어깨를 툭 쳤다. 나도 모르게 흠칫했다. 그럼 앞으로도 계속 이렇게 하겠다는 거요? 아니, 뭐…… 앞으로도 계속하겠다기보다는…… 여러분들의 사연을 여기서라도 알리면 문제를 해결하는 데 보탬이 되지 않을까 하는 생각에……. 말꼬리를 흐리며 철거민들의 표정을 살폈다. 철거민들은 진지했다. 내가 되는대로 둘러댄 말을 진짜로 받아들이는 것 같았다.

상황이 이상한 방향으로 흘러가자 당황스러웠다. 영상을 올리는 건 영미 씨 한 번이면 족했다. 꼬리가 길면 밟힌다고 자꾸

영상을 유튜브에 올리는 건 위험한 짓이었다. 만에 하나 제작자가 보게 된다면 영영 되돌아올 수 없는 다리를 건너는 꼴이 될 수도 있었다. 나는 서둘러 말했다. 여러분이 꼭 원치 않으시면 이 일은 없던 걸로……. 하지만 내가 말을 끝내기도 전에 등 뒤에서 재인의 목소리가 들렸다. 저는 괜찮은 아이디어라고 생각해요. 언제 왔는지 재인과 삼룡이 철거민들 뒤쪽에 서 있었다. 불길했다. 재인이 끼어들면 늘 내가 원치 않는 방향으로 일이 진행된다. 재인은 내 쪽으로 다가와서 철거민들을 향해 돌아섰다. 우리가 이렇게 여기서 버티는 이유는 두 가지예요. 하나는 우리에게 충분한 보상을 해달라는 것이고 다른 하나는 우리의 억울함을 누군가 알아달라는 거잖아요. 그렇지만 우리에게 관심을 가져주는 이는 아무도 없었어요. 어제도……. 재인의 목소리가 약간 떨렸다. 감정이 북받친 듯했다. 그러나 이내 목소리를 가다듬었다. 어제도 사람이 죽었는데 고작 기사 한 줄이 전부였어요. 신문과 방송이 저들의 편에 서서 우리를 철저하게 외면한다면 우리 스스로 방법을 찾아야 해요. 비록 신문이나 방송보단 못하겠지만 인터넷에 우리의 사연을 알리는 것도 좋은 방법이라고 생각해요. 철거민들이 하나둘 고개를 끄덕이기 시작했다. 역시나 나의 불길한 예감은 어김없이 적중했다. 재인은 내게 손짓했다. 저도 오늘 아침에 들었는데 저분이 영화감독이래요. 그런데 마침 저분이 우리를 도와주겠다잖아요. 저희로서는 감사할 일이에요. 재인이 나를 돌아보며 손뼉을 쳤다. 뒤이어 철거민들도 손뼉을 치기 시작했다. 처음에는 띄엄띄엄 나오던 박수가 이내 열렬한 것으로 바뀌었다. 내가 영화감독이라는 사실이 신기했는지 내 얼굴을 한 번 더 들여다보는 이들도 있었다. 나는 박수에 대한 답례로 마지못해 손을 흔들어주었다.

거북한 환호였다. 나는 철거민들의 박수 소리가 채 멎기도 전에 밖으로 빠져나왔다. 그러나 딱히 갈 데가 있는 것은 아니었다. 5층 건물 벽에 기대섰다. 조용했다. 하릴없이 바리케이드를 바라봤다. 어제 철거 용역들에 의해 치워지다시피 했었는데 어느새 모두 제자리로 돌아와 있었다. 그뿐 아니라 어디서 구해왔는지 철조망으로 감싸놓기까지 했다. 삼룡과 재인이 아침부터 나가서 한 일인 듯싶었다.

바리케이드 너머 절곤의 철거 사무실이 보였다. 서너 명의 철거 용역들이 철거 사무실 앞에서 한가롭게 이야기를 나누고 있었다. 그들에게는 철거민들에게서 찾아볼 수 없는 여유가 느껴졌다. 문득 내가 수용소에 갇혀 있는 거나 다름없다는 생각이 들었다. 바리케이드와 철조망 그리고 5층 건물이라는 수용 시설, 어쩔 수 없이 이곳으로 내몰려 있는 사람들의 처지까지,

전쟁영화에서 봤던 수용소와 하나 다를 바가 없었다. 전쟁이 난 것도 아닌데 도심 한복판에 이런 수용소가 생겨났다는 게 참 아이러니했다.

내가 이런저런 생각에 잠겨 있을 때 누군가 등 뒤로 다가왔다. 고개를 돌려보니 내 멱살을 잡았던 남자였다. 그는 들고 있던 커피를 내밀었다. 마셔요. 아…… 네, 감사합니다. 나는 조심스럽게 남자가 내민 커피를 받아 들었다. 아까는 미안했어요. 내가 오해를 하는 바람에. 아닙니다. 그럴 수도 있죠, 뭘. 남자는 내 곁에 기대섰다. 영화감독이라고요? 아직은 아닙니다. 정식으로 입봉한 것도 아니라서요. 멋쩍어진 나는 커피를 한 모금 마셨다. 뭐 그래도 우리한테는 영화감독이나 마찬가지요. 영화가 별겁니까? 만드는 사람이 있고 보는 사람이 있으면 그게 영화지. 하긴 그것도 그렇네요. 그런데 영화 한다는 사람이 철거 판에는 웬일이요? 감독님이 늘 저쪽에 서 있길래 같은 깡패 패거린 줄 알았어요. 남자가 나를 감독이라고 불러주자 친근감이 들었다. 그래서였을까 속에 있는 말이 튀어나왔다. 저도 왜 이렇게 된 건지 모르겠어요. 말하자면 깁니다. 휴……. 남자는 바리케이드 너머 절곤의 철거 사무실 쪽을 턱짓으로 가리켰다. 저쪽 모습을 보니 아직은 여기를 칠 생각이 없는 것 같소. 어차피 오늘은 할 일도 없을 테니 말해봐요. 들어나 봅시다. 나는 다시 커피 한 모금을 마셨다. 그리고 해가 하늘 한가운데로 떠오를 때까지 내가 겪어왔던 일들을 모두 털어놓았다.

생각해보니 내 이야기를 누군가에 털어놓은 것은 처음이었다. 나는 항상 꾸며낸 이야기를 해왔다. 영화란 그런 것이라고 생각했으니까. 그런데 이상하게 내 이야기를 하는 것만으로도 그동안 마음속에 쌓여 있던 것이 조금은 풀어지는 느낌이었다. 남자는 오랜 시간 동안 내 이야기를 귀담아 들어주었다. 그리고 식어버린 커피를 바닥에 쏟으며 말했다. 감독님이나 나나 사는 게 이 모양 같지 않아요? 네? 주워 담을 수도 없고 주워 담아봐야 쓸모도 없고. 아, 네…… 나는 고개를 끄덕거렸다. 나도 대학 다닐 때는 꿈도 있고 이상도 있었어요. 뭐 영화감독 같이 구체적인 건 아니었지만 그래도 나름대로 데모도 하고 민주주의도 외치고 그랬어요. 그러다 졸업해서 회사 다니고 IMF 때 쫓겨나서 퇴직금으로 장사하다가 아파트 날리고 휴…… 민주주의가 밥 먹여주지는 않습니다. 이건 뭐 투표할 때나 국민이 주인이지. 지금처럼 선거 없으면 누구 하나 돌아보는 사람도 없고……. 남자는 발끝으로 커피로 축축해진 흙을 긁어모았다. 나는 남자가 한때는 아파트에 살던 중산층이었다는 사실에 조금 놀랐다. 그 말은 누구나 한순간에 여기까지 내몰릴 수 있다는 뜻이기도 했다. 순간 내가 살던 세상의 이면을 보고 있다는 생각이 들었다. 어쩌면 이 땅에 사는 사람들 대부분은 항상 잠재적인 수용소를 발아래에 두고 사는 게 아닐까 싶기도 했다. 따지고 보면 수용소가 되어버린 이곳도 불과 몇 달 전까지는 멀쩡하게 사람이 살던 곳이었다. 철거라는 이름으로 우리가 우리의 것이라고 착각하고 있던 땅과 권리 따위를 걷어버리고 나면, 한 편의 기괴한 SF영화처럼, 그 아래 숨어 있던 수용소가 순식간에 모습을 드러내는 것이다. 이런 식으로 현실이 영화가 되면 내가 영화감독으로서 할 수 있는 일이라고는 고작 현실에 카메라를 갖다 대는 것이 전부라는 생각이 들었다. 하긴 나는 처음부터 현실이라는 세트장에 카메라를 갖다 대고 있었을 뿐이었다.

현재의 열

곽 서장 집의 화재 사건은 생각보다 크게 이슈화되었다. 누군가 절곤이파와 곽 서장이 5층 건물 참사와 관련이 있음을 파악해서 기사화했고, 이 기사는 곧장 세상의 이목을 끌었다. 사람들은 5층 건물 참사를 겪은 자 중의 누군가가 복수를 하고 있는 게 아니냐며 수군거리기 시작했다. 기사에 추측성 댓글이 달리고 SNS를 통해 순식간에 퍼져 나갔다. 이 추측이 단지 루머로만 끝나기를 바랐지만, 오히려 5년 전 사건이 다시 수면 위로 떠오를 만큼 쉽게 가라앉지 않았다. 결국 곽 서장 집 화재 사건은 경찰이 주목하는 중요한 사건이 되고 말았다. 가뜩이나 같은 경찰의 일이라 더욱 촉각을 곤두세우는 형편이었다.

그때야 나는 삼룡이 나타나지 않기를 바랐던 감정의 실체를 깨닫기 시작했다. 그것은 삼룡이 아직 생존해 있을지도 모른다는 사실을 알았을 때의 감정과 상반되는 것이었다. 작품을 위해서건 어떤 목적을 위해서건 삼룡을 또 잃고 싶지 않았다. 이기적으로 바꿔 말하자면 더 이상 양심의 가책으로 고통받고 싶지 않았다. 삼룡이 살았다는 사실을 알게 되었을 때만 해도 가슴을 짓누르고 있던 무거운 돌을 치워버린 느낌이었다. 하지만 지금은 겨우 치웠던 무거운 돌을 가슴 위에 다시 올려놓은 기분이었다.

복잡한 생각을 안고 만화카페에 들어서는데, 누군가 뒤에서 내 이름을 불렀다. 돌아보니 낯선 남자 둘이 서 있었다. 그들은 가벼운 점퍼에 청바지 차림이었지만 어딘지 모르게 고압적인 분위기가 느껴졌다. 수첩까지 들고 선 모습이 딱 형사였다. 두 사람은 나란히 경찰 신분증을 꺼내 들었다. 나도 모르게 몸이 굳었다.

5층 건물 참사가 내게 남긴 것은 악몽뿐만이 아니었다. 경찰에 대한 공포도 남았다. 그 사건이 있고 난 후, 나는 무던히도 경찰에 불려 다녔다. 범죄자가 될지 모른다는 두려움은 항상 신경을 곤두서게 했고, 지치게 했다.

잠깐 질문 좀 하겠습니다. 젊은 형사 쪽이 수첩을 펼치면서 말했다. 나는 고개를 끄덕이며 형사들의 표정을 살폈다. 나이

든 형사가 내 눈을 쏘아봤다. 여차하면 연행이라도 해버릴 기세였다. 정신을 바짝 차려야 했다. 여기서 조금이라도 미심쩍은 기미가 보이면 경찰서를 들락거리게 되거나, 미행을 당하게 될지 몰랐다. 나는 마른 입술을 말아 축였다. 곽 서장 집 화재 사건 아십니까? 네. 그 사건과 관련해서 조사차 나왔습니다. 5층 건물 참사 사건 때 있었던 분이죠? 네. 그때 곽 서장님을 본 적이 있죠? 네. 나는 단답형으로 대답을 이어갔다. 불필요한 말로 꼬투리 잡히고 싶지 않았다. 나이 든 형사가 웃으면서 직구를 던져왔다. 사흘 전에 뭐 하셨나요? 사흘 전이라면 곽 서장의 집에서 화재가 발생한 날이다. 그날은 곽 서장 주변을 맴돌고 있었다. 난감했다. 곽 서장 주변을 맴돌았다고 하면 확실하게 알리바이가 성립하는 셈이지만, 화재가 나던 날 곽 서장 주변에 있었다는 사실은 새로운 의심을 낳을 수 있었다. 재빨리 눈을 내리깔았다. 눈빛이 흔들리는 걸 간파당하고 싶지 않았다. 여기에 있었습니다. 아내랑 같이요. 궁여지책으로 거짓말을 둘러댔다. 그러자 나이 든 형사는 곧바로 만화카페 안으로 들어갔다. 안에는 성숙이 가게를 보고 있다. 볼 것도 없이 성숙에게 내 알리바이를 확인해보겠다는 뜻이리라. 당황스러웠지만 5년 전에는 이보다 훨씬 더한 고비도 숱하게 넘어왔다. 나는 아무렇지도 않은 척 나이 든 형사를 따라 만화카페 안으로 들어갔다. 그러자 오히려 당황한 쪽은 젊은 형사 쪽이었다. 그는 수첩을 접고 허둥지둥 뒤따랐다.

만화카페에 형사 둘과 내가 연이어 들어서자 성숙이 어리둥절한 얼굴을 했다. 나는 성숙이 그러거나 말거나 최대한 의미심장한 눈짓을 해 보였다. 성숙은 상황 파악하는 눈치 하나는 누구보다 재빠른 편이었다. 지금으로서는 성숙의 눈치를 믿을 수밖에 없었다. 나이 든 형사는 성숙에게 성큼성큼 다가가 사흘 전에 나와 같이 이 가게에 있었는지 물었다. 성숙은 뭘 그런 당연한 걸 묻느냐는 듯 태연하게 그렇다고 말했다. 저럴 때면 성숙이 새삼 배우였다는 사실이 떠올랐다. 나이 든 형사는 잠깐 성숙의 얼굴을 살펴보다가 가볍게 목례를 하고 다시 나에게로 다가왔다. 최근에 5층 참사와 관련된 사람들을 만난 적 있습니까? 재인을 만난 적이 있지만 일단은 잡아떼기로 했다. 아니요. 젊은 형사가 명함을 내밀었다. 혹시 주변에 수상한 일이 생기면 연락 주십시오. 나는 건성으로 네, 하고 대답하면서 명함을 받아 들었다. 형사들은 인사를 하고 만화카페를 나갔다. 긴장이 풀리면서 저절로 휴, 한숨이 났다.

만화카페 카운터로 갔다. 대체 무슨 일이야? 성숙은 놀란 얼굴로 다그치듯 물었다. 나는 경찰 쪽에서 절곤이파가 자수한 일과 곽 서장의 집에 불이 났던 일의 배후에 5층 건물 참사와 관련된 인물이 있다고 보고 수사를 진행하는 중이라고 말해주었다. 대체 누가 그런 일을 저지르고 다니는 거야? 성숙이 짜증 섞인 투로 말했다. 삼룡이라면 가능하지. 나는 팔짱을 꼈다. 정말이야? 성숙은 눈을 크게 떴다. 글쎄……. 성숙은 이내 불안한 표정으로 고개를 가로저었다. 우리 다시 그런 일에 휘말리지 말자. 나는 무거운 목소리로 말했다. 이런 일이 계속해서 벌어지는 한 우리 역시 끊임없이 경찰의 표적이 될 거야. 그렇다고 아직 살았는지도 확실치 않은 삼룡 짓이라고 경찰에 떠벌릴 수도 없고……. 성숙은 내 팔을 붙잡았다. 그럼 삼룡 씨부터 제대로 확인해봐. 아니, 삼룡 씨가 죽었는지 살았는지도 상관없어. 누가 이 일을 저지르건 무조건 말려. 성숙은 난감한 숙제를 또 한 번 내게 던졌다. 그것도 몹시 단호한 태도로.

기억의 스물

　잠을 설친 탓인지 점심을 먹고 나자 식곤증이 몰려왔다. 은박 돗자리에 앉아 꾸벅꾸벅 졸고 있는데 전화기가 울려댔다. 엉겁결에 통화 버튼을 누르자마자 화들짝 놀랄 만한 욕이 쏟아졌다. 야, 이 개새끼야. 너 뭐 하는 새끼야? 그 새끼 당장 잡아와, 새끼야! 잠이 제대로 깨지 않아 제작자가 떠들어대는 새끼가 정확하게 무슨 새낀지 감이 잡히지 않았다. 저…… 죄송하지만 누구를 잡아오라는 말씀이신지……. 그 말과 동시에 제작자의 또 다른 새끼들이 폭발했다. 이 새끼가 왜 말귀를 못 알아들어. 네가 데리고 있던 새끼 말이야. 그 새끼 잡아와서 내 앞에 무릎 꿇리고 빌게 한 다음 영화 찍으란 말이야. 그 미친 새끼 안 잡아오면 너 이 새끼, 내가 너부터 묻어버릴 줄 알아. 제작자는 내 대답도 듣지 않고 전화를 끊어버렸다. 하지만 그때는 이미 정신이 돌아온 터라 그 새끼들이 대체로 나와 삼룡을 가리키는 말이라는 것 정도는 짐작할 수 있었다.

한숨을 푹 내쉬었다. 삼룡을 잡아가서 제작자 앞에 무릎을 꿇리는 것은 무일푼으로 액션영화를 찍는 것보다 더 어려운 일이었다. 그렇지만 오랜만에 협박을 당하자 한동안 느슨해져 있던 온몸의 신경이 팽팽하게 당겨지는 것 같았다. 동시에 내 처지가 철거민들보다 못했으면 못했지 별달리 나을 게 없다는 사실도 다시 한 번 절감했다.

삼룡을 찾아 5층 건물을 뒤지다가 옥상으로 올라갔다. 나는 그곳을 한번 둘러봤다. 우선 망루가 눈에 띄었다. 철거민들이 새총으로 볼트나 너트를 쏘고 화염병을 던지는 곳이었다. 망루에서 보니 철거 현장이 한눈에 내려다보였다. 여기서 철거민들은 중세의 병사들처럼 농성전을 펼치고 있었던 것이다. 망루 옆에는 시너가 든 말통 수십 개가 가득 쌓여 있었다. 건물에 떠돌던 희미한 휘발성 냄새의 정체는 바로 이것이었다. 5층 건물의 옥상은 보기에 따라서 거대한 화약고라고 해도 무방했다. 왠지 서늘한 느낌이 들었다.

시너통 옆에 삼룡이 서 있었다. 그는 뭔가를 들여다보고 있었다. 가까이 가서 보니 이 일대를 직접 손으로 그린 지도였다.

모양은 비록 어린아이가 그린 것처럼 삐뚤삐뚤하지만 지도 위에는 나름 삼룡이 이것저것 궁리한 흔적이 남아 있는 메모가 가득했다. 뭐 해? 내가 등 뒤로 다가서면서 말하자 삼룡은 쑥스러운지 지도를 뒤춤에 감추고 돌아섰다. 아…… 네. 만약 또 철거 용역들이 쳐들어오면 여기를 어떻게 효과적으로 방어할 수 있을까 고민해보고 있었습니다. 나는 잠깐 동안 삼룡을 쳐다봤다. 동생, 지금 의병장 놀이나 하고 있을 때가 아냐. 우리가 영화를 찍고 있었다는 걸 벌써 잊은 거야? 아까 제작자한테서 전화 왔었어. 동생 데리고 빨리 촬영장으로 복귀하래. 안 그러면 우리 둘 다 큰일 날 거야. 사실 '큰일' 날 쪽은 나지만 삼룡에게 경각심을 심어주기 위해 '둘 다'라는 말을 슬쩍 끼워 넣었다. 삼룡은 아무 말도 하지 않았다. 그러나 뭔가 복잡한 생각들이 교차하고 있다는 것만은 분명하게 느낄 수 있었다. 말없이 기다려주기로 했다. 삼룡이 무슨 생각을 하는지 알아야 그를 설득시킬 방법도 생길 터였다.

사실은 다 알고 있었습니다. 삼룡은 굳은 얼굴로 말했다. 마침 기다리다 지친 내가 기지개를 켜던 중이었다. 지나치게 진지한 삼룡의 모습에 머쓱해진 나는 슬그머니 손을 내리면서 물었다. 뭘? 제가 조폭들과 싸우고 철거민들과 싸운 게 모두 실제라는 것을요. 얼음물을 등줄기에 쏟아부은 것처럼 오싹했다. 그게 무슨 소리야? 말씀드린 그대로입니다. 영화를 찍는다는 핑계로 더 이상 나쁜 짓 하고 싶지 않습니다. 듣기에 따라서 삼룡이 나를 비난하는 말로 들렸다. 더욱이 그 말은 지금까지 영화를 찍어왔을 뿐이라는 나의 믿음을 송두리째 뒤흔드는 것이기도 했다. 지금 나를 탓하는 거야? 내가 동생을 속여서 나쁜 짓을 시켰다는 거야? 뭐야? 나는 시비조로 말했다. 그러나 삼룡은 차분하게 대꾸했다. 감독님을 탓하는 게 아닙니다. 감독님은 영화를 찍고 계셨잖아요. 하지만 저는 영화를 찍는다는 감독님의 말을 믿고 싶었을 뿐입니다. 제 마음이 편해지고 싶었거든요. 그런데 감독님, 저는…… 할아버지를 이길 수 없었습니다. 저 때문에 사람이 죽었잖아요. 삼룡은 고개를 숙였다.

그 어느 때보다 삼룡은 심각했지만 오히려 내 눈에는 그 모습이 가식적으로 느껴졌다. 모든 것을 다 알고 있었으면서도 지금까지 모른 척해왔다면 삼룡은 정말 뛰어난 연기를 해온 셈이었다. 그러나 연기자가 연기를 하고 있다고 고백하는 순간 '가상'을 지탱해왔던 아우라는 깨지고 만다. 즉 삼룡이나 나나 감독과 배우로서 서로에게 보여주었던 역할극은 더 이상 지탱할 수 없게 된다. 뭐라고 더 말을 하려다가 입을 닫았다.

무대에서 퇴장하는 배우처럼 옥상에서 지상으로 향하는 계단을 천천히 내려갔다. 나는 헷갈리기 시작했다. 삼룡을 만난 이후 나의 삶은 대체 어디까지가 거짓이고 어디까지가 진실이었던 건지…….

바리케이드 앞에 섰다. 더 이상 갈 곳이 없었다. 되돌아간들 영화를 찍을 수도 없고 앞으로 나아간들 기다리고 있는 것은 어느 야산에 파묻힐 운명뿐이었다. 그 자리에 주저앉았다. 후회가 밀려왔다. 제작자와 영화 계약한 것도 후회스러웠고 수빈 대신 빚을 갚겠다고 나선 것도 후회스러웠으며 수빈을 만난 것도 후회스러웠다. 또 프로듀서에게 자존심을 굽히지 않은 것도 후회스러웠고 영화를 좋아한 것도 후회스러웠다.

후회를 거듭하는 와중에 해가 기울었다. 민망하지만, 배가 고팠다. 지금껏 아침밖에 먹지 못했다는 사실을 깨달았다. 다시 살아가기 위해서는 선택을 해야 했다. 앞으로 나아갈지 뒤로 돌아갈지에 대해서. 고민은 길지 않았다. 앞으로 가면 죽고 뒤로 돌아가면 당장 허기는 면할 수 있었다. 자리에서 일어나 돌아섰다. 고작 배고픔 때문에 이런 운명을 가르는 선택을 하다니…… 내가 좀 우스웠다.

5층 건물에 다다랐을 때 재인이 환한 미소를 띤 채 다가왔다. 대단해요, 정말! 네? 대단하다뇨? 그게 무슨……. 재인은 스마트폰을 꺼내 내게 내밀었다. 스마트폰에는 내가 어제 올린 영미 씨의 유튜브 동영상이 떠 있었다. 영화감독들은 대개 자신의 영화에 대한 관객들의 반응에 신경이 곤두서기 마련이다. 나 역시 본능적으로 조회수에 눈길이 갔다. 6백이 조금 넘는 숫자가 보였다. 물론 몇만 건의 조회수는 쉽게 넘기는 다른 인기 동영상에 비하면 적은 숫자였다. 하지만 이름도 없는 사람이 올린 동영상이 단 하루 만에 기록한 숫자치고는 적다고 할 수 없었다. 제가 아는 바깥의 활동가들한테 부탁했어요. 블로그나 인터넷 언론사에 이 동영상 링크 좀 걸어달라고 말이에요. 그랬더니 금방 이렇게 됐어요. 사람들의 반응 봐요. '좋아요'라고 한 사람들이 5백 명이 넘어요. 재인의 말을 듣고 보니 이런 조회수가 나온 것이 납득이 갔다. 여기 일을 시작하고 난 다음에 사람들이 이런 반응을 보인 건 처음이에요. 이런 추세라면 말이죠, 일주일이 지나고 한 달이 지나면 온 세상 사람들이 다 알지도 몰라요. 재인의 호들갑에 나는 살짝 미소를 지었다. 인기 가수의 뮤직비디오가 아닌 이상 한 달이 지난다 한들 세상 사람들이 다 알리는 없다. 그러나 몇 명이라도 알아봐주는 사람들이 있다는 것은 기분 좋은 일이었다.

재인의 손에 이끌려 로비에 있는 책상에 마주 앉았다. 생각해봤는데 말이에요, 저는 감독님이 매일 조금씩 여기 소식을 유튜브에 올려주셨으면 좋겠어요. 철거민들 한 명 한 명 인터뷰를 따도 좋고, 활동가들이 여기 사정을 찍어놓은 것들이 있는데 그걸 편집해서 올려도 좋을 것 같아요. 그럼 저는 계속 활동가들과 연락해서 감독님이 만든 동영상을 널리 퍼뜨릴게요. 어때요? 딱히 구미가 당기는 제안은 아니지만 그럭저럭 소일거리는 될 만했다. 하지만 여전히 제작자의 이목이 두려웠다. 재인은 내가 머뭇거리는 기색을 보이자 생글거리면서 말했다. 감독님 갈 데 없으시잖아요. 앞으로도 쭉 먹여주고 재워드릴게요. 겉으로는 매우 호의적으로 들렸지만 한 번 뒤집어보면 여기에 있는 동안 밥값 하라는 뜻이기도했다. 나는 지금 당장 배가 고팠다. 때문에 생각해볼 것도 없이 재인이 내민 손을 붙잡을 수밖에 없었다. 흔히 창작은 고귀한 정신적인 활동이라고들 하지만 나의 경우에는, 언젠가부터, 창작이 빚과 폭행 그리고 배고픔 같은 것들에 떠밀려 하는 일차원적인 노동이 되고 말았다. 여기에는 고귀한 정신적인 활동 따위는 끼어들 틈도 없었다.

그날부터 철거민들을 한 명 한 명 만나서 인터뷰하고 그 사연을 유튜브에 올렸다. 가장 먼저 사연을 올린 사람은 나와 먹살잡이를 한 남자였다. 이어 대학에 다니는 아들이 둘 있는 치킨집 사장님을 인터뷰했다. 그는 철거 때문에 아들들이 모두 휴학을 했다는 말을 하며 눈물을 글썽였다. 내가 인터뷰한 사람 중에는 특이하게 네팔에서 온 청년도 있었다. 그는 한국에 온 지 10년 만에 어렵사리 자신의 식당을 낸 억척 청년이었다.

하지만 그의 코리안 드림도 철거 때문에 백일몽이 될 처지였다. 네팔 청년은 인터뷰 마지막에 이런 말을 했다. 옆 동네에서 철거 문제가 났을 때는 철거 못 하게 막는 사람들이 나쁜 줄 알았어요. 동네가 개발돼서 사람이 많이 몰리면 좋을 줄 알았거든요. 그런데 나한테 이런 일이 닥칠 줄은 꿈에도 몰랐어요. 불과 몇 년 전만 해도 희망과 의지로 가득 차 있었을 네팔 청년의 얼굴은 체념과 분노만 가득했다.

　인터뷰 말고 활동가들이 찍어놓은 영상을 편집해서 올리기도 했다. 늘 때리는 쪽에만 있다가 맞는 쪽의 영상을 보니 느낌이 또 달랐다. 철거민들과 인터뷰를 하면서 이미 그들과 친해졌기 때문인지 편집을 하는 동안 불쑥불쑥 분노가 치밀었다. 약자가 억울하게 당하는 장면은 자고로 모든 액션영화의 발단에 해당한다. 관객들은 그 모습을 바라보면서 주인공에게 감정이입을 하고 그의 복수에 쾌감을 느끼기 마련이다. 하지만 자본과 경찰 그리고 폭력이 단단하게 스크럼을 짜고 있는 지금의 이 현실에서는 억울하게 당한 약자를 대신해서 싸워줄 주인공이 없었다. 삼룡이라 할지라도 혼자서 그들을 상대할 수는 없다. 그러나 혼자가 아니라 수많은 사람들이 모이면 이야기가 달라질 수 있다. 나는 내 영상이 사람들을 모으고 싸우게 하는 불씨가 되었으면 했다. 물론 기적에 가까운 일이겠지만……

그럼에도 불구하고 세상에는 모두가 기적이라고 말하는 일이 이루어질 거라고 믿는 사람도 있다. 바로 재인이 그랬다. 재인은 인터뷰할 철거민들을 섭외해주었고 활동가들이 찍어놓은 영상 자료들을 부지런히 모아주었다. 뿐만 아니라 영상을 올리기 무섭게 조회수를 확인하고 바깥의 활동가들에게 영상을 퍼뜨려달라고 독려했다. 내 입장에서는 착실한 조연출 하나를 곁에 둔 것이나 다름없었다.

어떤 면에서 재인은 조연출 이상이었다. 하루하루 조회수가 갱신될 때마다 그녀는 대단해요, 라는 말을 연발했다. 수빈이 성숙이던 시절 내가 시나리오를 내밀 때마다 좋네요, 라고 말해주던 것과는 차원이 달랐다. 성숙은 자신이 출연할 수 있는 시나리오라면 무조건 좋다고 했다. 하지만 그 '좋다'라는 말은 그냥 조건반사적인 반응이었을 뿐이었다. 반면 재인은 진심으로 내가 만든 것을 대단하게 생각했고 나를 대단한 사람으로 바라봐줬다. 재인에게 나는 이곳 철거민들의 처지를 세상에 알려줄 유일한 메신저였다. 누군가의 찬사를 받는 것만큼 창작에 영감을 불어넣는 일은 없다. 그런 의미에서 보면 재인은 내게 끊임없이 영감을 불어넣어주는 뮤즈였다. 며칠 전까지만 해도 위험한 여자였던 재인이 뮤즈라니. 오랜만에 제작자가 곧잘 쓰던 말이 떠올랐다. 이것 참······.

조회수가 처음으로 천이 넘은 날이었다. 재인은 캔 맥주 한 팩을 눈앞에 흔들었다. 옥상으로 가요. 축하해야죠. 5층 건물로 온 후로 처음 보는 맥주였다. 옥상이 아니라 저승이라도 따라가고 싶은 심정이었다.

화염병을 만들기 위해 켜켜이 쌓아놓은 시너통들을 뒤로하고 폐허가 된 도시를 바라보며 맥주를 마시는 기분은 참 묘했다. 지구가 멸망한 후에 살아남은 마지막 생존자가 된 느낌이었다. 맥주 때문에 기분 좋게 올라왔지만 괜히 우울해졌다. 이건 재난이에요. 나는 맥주를 한 모금 마시고 말했다. 왜요? 분위기 때문인지 재인도 나지막한 목소리로 물었다. 생각해보세요. 어떤 평범한 사람들이 그렇고 그런 일상을 살다가 갑자기 그들이 가진 것을 다 잃고, 사는 곳마저 폐허가 되었다면 우리는 그것을 뭐라고 부를까요? 보통 이런 걸 두고 '재난'이라고 하잖아요. 그러니까 여기 이 상황도 재난인 거예요. 인간이 인간에게 가져다준 재난. 저는 말이죠. 솔직히 하루하루 묵시록을 찍고 있다는 생각이 들어요. 맞아요. 철거 운동을 하면서 어렴풋하게 느꼈던 건데 감독님이 정확하게 말씀해주신 거 같아요. 묵시록…… 인간이 인간에게 가져다준 재난. 어쩌면 자연이 가져다준 것보다 인간이 인간에게 가져다준 재난이 더 위험한지도 모르죠. 자연이 준 재난은 인간을 뭉치게 하지만 인간이 준 재난은 인간과 인간 사이를 갈라놓으니까요. 재인을 돌아봤다. 재인도 나를 바라보고 있었다. 그녀의 눈은 생각보다 큰 편이었고 그 때문인지 눈동자는 어둠 속에서도 유난히 반짝거렸다. 나와 재인은 한동안 서로의 눈을 응시한 채 말없이 앉아 있었다. 뭐랄까, 텔레파시가 통하는 느낌이었다. 텔레파시라니, 이것 참⋯⋯.

등 뒤에서 부스럭거리는 소리가 들렸다. 작지만 분명 인기척이었다. 나와 재인은 깜짝 놀라 급히 시선을 거둬들였다. 언제부터 와 있었는지 옥상으로 올라오는 계단에 삼룡이 몸을 반쯤 내민 채 서 있었다. 그는 우리와 눈길이 마주치자 당황해서 돌아섰다. 나도 삼룡만큼이나 당황스러웠다. 나는 재인을 쳐다봤다. 재인의 얼굴에 수줍은 미소가 어렸다가 사라졌다. 동시에 아주 잠깐 내 얼굴에도 열이 올랐다 가라앉았다. 그제야 이 미묘하고도 어색한 상황이 피부에 와 닿았다.

삼룡은 다시 계단을 내려가려고 했다. 어딜 가요? 이리 와요. 재인은 삼룡을 손짓해서 불렀다. 그리고 나를 보며 멋쩍게 웃었다. 같이 축하하려고 불렀어요. 괜찮죠? 아! 네⋯⋯ 그럼요. 나는 과장되게 대답하면서 슬쩍 재인과 떨어져 앉았다. 나와 재인 사이에 삼룡을 앉히려는 의도였다. 하지만 삼룡은 재인을 사이에 두고 나와 떨어져서 앉았다. 덕분에 우리 셋은 띄엄띄엄 앉은 꼴이 되었다. 재인은 맥주 캔을 까서 삼룡에게 건넸다. 자, 건배해요. 재인은 일부러 활기차게 캔을 치켜들었다. 나와 삼룡은 캔을 부딪치기에 서로 간의 거리가 너무 멀었다. 가뜩이나 어색한 분위기는 더 어색해지고 말았다.

재인은 삼룡에게 지금까지 유튜브에 동영상을 올려왔던 일을 자랑스럽게 이야기했다. 간혹 내게 조회수가 정확하게 몇 건인지 질문을 하거나 사람들이 보인 반응에 대해 동의를 구하기도 했다. 그러다 보니 시간이 흐를수록 삼룡은 제쳐두고 재인과 내가 계속해서 대화를 이어가게 되었다. 삼룡은 아무 말 없이 캔을 만지작거리기만 했다. 재인에 대한 삼룡의 마음을 뻔히 알고 있는 나는 이 상황이 불편했다. 오늘 뭐 했어? 재인이 목을 축이려고 맥주를 한 모금 마시는 사이 삼룡에게 물었다. 뭐 그냥 소일하면서……. 삼룡은 여전히 캔을 만지작거리면서 대답했다. 무슨 소일요? 뒤늦게 삼룡의 존재를 눈치챈 사람처럼 재인이 물었다. 저…… 그게…… 여기 계신 분들이 다음번에 싸움이 나면 한번 제대로 휘둘러나 보게 몽둥이 쓰는 법이라도 좀 가르쳐달라고 해서……. 우와, 그럼 사람들에게 무술을 가르치는 거예요? 재인은 삼룡의 말이 채 끝나기도 전에 상기된 목소리로 말했다. 내게 대단해요, 라고 하던 목소리였다. 뭐 그냥 제대로 무술을 가르치는 건 아니고 간단한 기술을 전해주는 정도지요. 별것 아니에요. 삼룡은 쑥스러웠는지 하하, 하고 헛웃음을 터뜨렸다. 별거 아니라니요? 대단한 거죠. 재인은 삼룡을 계속해서 치켜세웠다. 나는 쥐고 있던 맥주를 한꺼번에 다 털어 마시고는 소리 나게 캔을 우그러뜨렸다. 생각보다 소리가 컸다. 재인과 삼룡이 동시에 나를 쳐다봤다. 머쓱해진 나는 맥주 캔을 멀리 내던지고 자리에서 일어났다. 편집할 게 남아서요. 그만 갈게요.

계단을 내려가다 말고 벽에 기대 가슴을 쓸어내렸다. 하마터면 큰일 날 뻔했다는 생각이 들었다. 만약 재인과 입이라도 맞추었다면, 가뜩이나 멀어져 있는 삼룡과의 관계가 더 멀어질 수도 있었다. 어쩌면 모든 것이 아예 끝장나버릴지도 몰랐다. 나는 삼룡과의 관계를 끝내고 싶지 않았다. 아직도 그와 영화를 하고 싶었다. 아니, 제작자의 협박 때문이라도 그와 영화를 해야만 했다. 다시 마음을 가다듬고 계단을 내려갔다. 그럼에도 불구하고, 뭔가 아쉬웠다.

내가 만든 영상이 천 명에게 알려진다는 것은 엄청난 일이었다. 내 영상을 본 사람들은 자신들의 블로그와 트위터, 페이스북에 링크하기 시작했고 이렇게 링크된 영상은 또 다른 블로그와 트위터, 페이스북에 링크되면서 기하급수적으로 퍼져 나갔다. 인터넷을 중심으로 이곳의 상황에 대해 분노하거나 동정하는 여론이 서서히 형성되기 시작했다.

많은 사람들이 내가 만든 작품에 반응을 보여준다는 것은 물론 기쁜 일이다. 어떤 면에서 보면 재인의 대단해요, 라는 말보다 훨씬 나를 고무시켰다. 하지만 내가 하는 일이 널리 알려지면 알려질수록 나의 존재가 부각될 가능성이 커진다. 그러면 제작자의 눈에 포착될 가능성도 덩달아 커진다. 조회수가 늘어남에 따라 나의 불안감도 조금씩 커져갔다. 조만간에 무슨 일이 터질 것만 같았다.

일은 생각지도 못한 방향에서 터졌다. 아침이었다. 철거민들은 씻거나 아침밥을 하고 있었다. 나도 밤새워 편집을 끝내고 욕실에서 씻고 있던 중이었다. 갑자기 샤워기에서 잘 나오던 물이 그치고 말았다. 동시에 로비 쪽에서 어? 하는 소리가 들려왔다. 샤워기를 뚫어져라 쳐다봤지만 물이 나올 기미가 보이지 않았다. 다행히 몸에 묻어 있는 비누 거품은 대충 씻어낸 후라 수건으로 남아 있는 물기를 닦아내고 곧장 로비로 나왔다.

철거민들은 당혹스러운 얼굴을 하고 서 있었다. 주방의 물도 나오지 않았고 밥솥의 불은 꺼져 있었다. 재인은 여기저기에 전화를 돌리는 중이었다. 잠시 후 삼룡이 뛰어들어왔다. 퓨즈는 나가지 않았어요. 철거민들의 당혹감은 더욱 커졌다. 누군가와 통화를 하던 재인이 거칠게 전화를 끊었다. 망할 놈들. 전기와

물을 다 끊어버렸어. 철거민들이 재인 곁으로 모여들었다. 어떻게 된 일이에요? 철거민 한 명이 불안한 목소리로 물었다. 활동가들의 말에 따르면 유튜브 동영상 때문에 우리에 대한 여론이 형성될 기미가 보이니까 당국에서 단전, 단수를 감행했을 거라고 하더군요. 아마 이 상황을 풀어주지는 않을 거예요. 어쩌면 저쪽은 단전, 단수를 해서 우리를 지치게 한 다음 한꺼번에 여기를 밀어버리는 시나리오를 짜고 있는지도 몰라요. 재인의 말에 철거민들은 불안한 눈빛을 주고받았다. 이제 대책을 세워야 해요. 재인은 철거민들을 돌아봤다. 그러나 선뜻 입을 여는 사람이 없었다. 솔직히 뾰족한 대책이 있을 리 없었다. 여기 있는 사람들이 무슨 수로 끊겨버린 물과 전기를 다시 잇는단 말인가. 재인은 한숨을 푹 내쉬었다. 처음 듣는 재인의 한숨 소리였다. 그녀가 받아들이기에도 이 상황은 녹록치 않은 듯했다.

별다른 대책 없이 회의는 끝났다. 그나마 재인이 내놓은 대책이라고는 밖에서 물을 들여오자는 것과 이 비인간적인 상황을 계속해서 알리자는 것뿐이었다. 내가 보기에 이 대책들은 대책이라기보다 해야만 하는 일들을 정리한 것에 가까웠다. 물은 당연히 필요한 것이니 어떻게든 공수를 해 와야 하고 이 상황을 타개하기 위해서는 여론에 기대는 수밖에 없었다. 나는 로비를 떠났다. 그 속에 떠도는 불안감을 견딜 수가 없었다.

다시 바리케이드 앞에 섰다. 철조망 너머 하늘을 보는 순간 무한한 고립감이 느껴졌다.

기억의 스물하나

　물과 전기가 끊긴 지 사흘째가 되었다. 철거민들은 밖에서 들여온 물과 라면 따위로 하루하루를 났다. 물과 라면을 나르는 일은 삼룡이 도맡았다. 그가 물품을 나르고 있으면 철거 용역들이 감히 시비를 걸지 못했다. 그 덕에 못 견딜 정도로 갈증에 시달리거나 굶주리지는 않았다. 하지만 삶의 질은 눈에 띄게 낮아지고 있었다. 제대로 씻지도 먹지도 못하는 날이 반복될수록 철거민들은 조금씩 예민해져갔다. 그것은 또한 이 생활에 지쳐가고 있다는 증거이기도 했다.

　전기가 끊겼지만 내 스마트폰은 꺼지지 않았다. 삼룡이 물과 라면을 가지러 나갈 때 스마트폰을 충전해주었다. 내 스마트폰은 이 상황을 외부에 알릴 유일한 통로였기 때문이었다. 지난 사흘 동안 나는 여기의 일을 찍고 편집해서 유튜브에 올려 왔다. 본래 극한의 상황을 견디는 사람들의 모습은 드라마틱한 법이다. 지쳐가는 철거민들의 모습은 동정심을 불러일으켰다. 동시에 비인간적으로 단전, 단수를 행한 측에 대한 분노도 더욱 거세졌다. 동영상에 대한 조회수는 이전과 비교도 할 수 없을 만큼 늘어났다.

나흘째에는 이름을 대면 알 만한 신문사에서 기자 한 명이 찾아와서 취재를 하고 돌아갔다. 그날로 5층 건물의 분위기는 반전되었다. 철거민들은 본격적으로 세상이 자신들의 목소리에 귀를 기울인다고 생각하자 더욱 힘을 냈다. 상황은 누구도 예측하지 못한 방향으로 흘러가기 시작했다.

제작자의 전화를 받은 것은 그 기자가 이곳을 취재하고 난 직후였다. 그의 목소리는 지난번처럼 과격하지는 않았다. 오히려 차분하고 침착했다. 다만 인사말이나 안부 따위는 잘라먹고 본론으로 곧장 들어가는 것은 여전했다. 자네, 영화 찍을 준비하라고 시간을 줬는데 이런 식으로 나오면 곤란해. 자네가 거기 처박혀서 안 나온다고 방법이 없는 건 아냐. 우리가 자네 부모님 안부를 직접 물어보는 수도 있고 말이지. 나도 요새는 나이가 들어서 선량한 사람들 눈에 흙이 들어가게 하는 일 같은 건 하고 싶지 않네. 다시 사흘 주겠네. 그때까지 거기서 빠져나오지 않으면 내가 직접 치러 갈 거야. 그리고 그날 자네 부모님 도 같이 뵙게 해주겠네. 잘 생각하게. 제작자는 또다시 일방적 으로 전화를 끊어버렸다. 듣는 사람을 불쾌하게 만드는 전화 예절도 여전했다. 그러나 한가하게 제작자의 전화 예절 따위를 탓하고만 있을 수는 없었다. 제작자가 내게 들려준 말은 간단 하지가 않았다. 특히 나의 아킬레스건이라고도 할 수 있는 부 모님 이야기가 나오자 가만히 있을 수가 없었다. 삼룡을 만나 야 했다.

삼룡은 5층 건물 뒤편에서 철거민들을 모아놓고 '몽둥이 휘 두르는 법'을 가르치고 있었다. 삼룡의 시범에 맞춰 철거민들 은 기합을 지르면서 각목을 휘둘렀다. 그런 삼룡의 모습을 보 고 있자니 조선 시대의 의병장이 환생한 것 같았다. 총과 대포 를 국가가 독점하고 나자 사람들은 다시 몽둥이를 들고 싸우게 됐다는 사실이 참 아이러니했다. 어쨌거나 삼룡의 무술이 쓸모 있어진 것만은 틀림없어 보였다. 하지만 삼룡이 의병장이 되도 록 놓아둘 수 없었다. 나는 삼룡 곁으로 가서 이야기 좀 하자는 눈짓을 했다. 삼룡은 고개를 끄덕이고는 철거민들을 향해 돌아 섰다. 잠시 감독님과 이야기를 해야 합니다. 여러분들은 제가 지금까지 가르쳐드린 동작을 연습하고 계십시오. 삼룡의 말이 떨어지자 철거민들은 진짜 의병이라도 된 것처럼 네, 하고 우렁차게 대답했다.

옥상에서 삼룡과 마주 섰다. 서로 그동안 속이고 있었다는
사실을 뻔히 알고 있으면서도 영화를 찍자는 말을 하자니 입이
떨어지지 않았다. 잠깐 머뭇거리다가 재인과는 잘 지내느냐고
물었다. 재인 씨는 감독님과 같이 있지 않습니까? 삼룡은 퉁명
스럽게 대꾸했다. 듣고 보니 쓸데없는 질문인 것 같기도 했다.
더 이상 둘러댈 말이 생각나지 않았다. 차라리 용기를 내서 단
도직입적으로 말하기로 했다. 동생, 촬영 계속해야지. 삼룡은
단호하게 고개를 저었다. 아직은 아닙니다. 저는 할 일이 있습
니다. 나는 다급하게 말했다. 사흘이야. 사흘 뒤면 제작자가 여
기를 직접 밀러 올 거야. 그렇게 되면 나와 동생은 죽어. 안 죽
습니다. 저는 죽어도 감독님은 보호해드리겠습니다. 동생, 이번
한 번만 봐줘. 제발. 이렇게 부탁할게. 나는 무릎을 꿇었다. 감
독님, 왜 이러십니까? 삼룡은 당황스러워하며 나를 일으켜 세
우려고 했지만 나는 한사코 버텼다. 나는 괜찮아. 우리 부모님
이 위험하단 말이야. 그 말에 삼룡은 나를 일으켜 세우려다 말
고, 심각한 표정을 지었다.

나와 삼룡 사이에 서늘한 바람이 흘렀다. 삼룡은 고민 끝에
입을 열었다. 감독님, 내일까지 말씀드리겠습니다. 이건 죽느
냐 사느냐의 문제야. 내일까지 기다릴게 뭐 있어? 지금 말해

야……. 그러나 삼룡은 이번에도 내 말을 끝까지 듣지 않았다. 그는 나를 내버려둔 채 돌아섰다. 나는 삼룡의 바짓가랑이라도 붙잡으려고 했다. 하지만 삼룡의 반사 신경은 나보다 훨씬 빨랐다. 그가 자리를 뜨는 동안 두어 번 헛손질을 하다 중심을 잃고 앞으로 고꾸라지고 말았다. 보여서는 안 되는 바닥을 보인 기분이었다.

옥상 계단 쪽으로 걸어가던 삼룡이 갑자기 멈춰 섰다. 나는 삼룡이 마음을 바꾼 게 아닌가 싶었다. 삼룡의 입에서는 의외의 말이 흘러나왔다. 감독님을 다치게 하지는 않을 겁니다. 왜냐면…… 왜냐면…… 재인 씨가 감독님을 좋아하니까요. 그리고 저는…… 두 분을 다 좋아하고요. 삼룡은 옥상 계단을 뛰어내려갔다. 나는 멍한 눈으로 삼룡의 뒷모습을 좇았다.

삼룡은 사흘 뒤에 철거 용역이 들이닥친다는 내 말을 철거민들에게 전했다. 재인을 비롯한 철거민들은 분주하게 움직이기 시작했다. 재인은 각종 단체에 연락해서 모레까지 여기로 집결해달라고 부탁했다. 언론에도 이 사실을 알렸다. 삼룡과 철거민들은 망루와 바리케이드를 손보며 돌아다녔다. 나는 말을 붙여보기 위해 한동안 삼룡의 뒤를 졸졸 따라다녔다. 그러나 삼룡은 내게 눈길조차 주지 않았다. 결국 하릴없이 철거민들의 모습을 카메라에 담는 것으로 시간을 보내는 수밖에 없었다.

이튿날 아침이었다. 큰일 났어요! 누군가 5층 건물로 뛰어들어와 소리쳤다. 자던 사람들이 하나둘 눈을 떴다. 나도 그 틈에자리에서 일어났다. 철거 용역들이 몰려와요! 잠이 확 달아났다. 철거민들도 어리둥절한 표정이었다. 모레라고 했는데…….내 뒤에 있던 남자가 잠이 아직 덜 깬 목소리로 중얼거렸다. 나는 재빨리 밖으로 뛰어나갔다.

철거 사무소를 중심으로 수백 명의 철거 용역들이 개미 떼처럼 새카맣게 몰려 있었다. 그들을 바라보는 철거민들은 모두경악했다. 그동안 나름대로 대비를 하기는 했지만 도저히 상대할 엄두가 나지 않는 압도적인 규모였다. 하물며 싸워줄 사람도 없고, 이 상황을 지켜봐줄 언론조차 와주지 않은 상황에서는 기댈 게 아무것도 없었다. 재인의 얼굴에서조차 절망의 빛이 떠올랐다.

속았다! 철거민들 사이에서 외침이 들려왔다. 나는 뒤를 돌아봤다. 철거민들은 분노에 찬 눈으로 나를 노려봤다. 아니에요. 저는 분명히 그렇게 들었어요. 나는 다급하게 손을 내저었다. 그러나 철거민들은 내 말에 아랑곳하지 않고 일제히 내 쪽으로 몰려들었다. 재인이 철거민들을 막아섰다. 이분이 그럴 리없어요. 그동안 우리 편에 서서 우리의 사정을 알려왔잖아요.이분도 속은 걸 거예요. 그러자 누군가 또 외쳤다. 거짓말! 삼룡이 각목 하나를 집어 들고 철거민을 막아섰다. 나와 재인을 둘러쌌던 철거민들이 멈춰 섰다. 삼룡은 각목으로 철거민들을 위협하지 않았다. 대신 5층 건물을 가리켰다. 적이 아무리 많다 해도 우리에겐 성이 있습니다. 제가 전에 말씀드린 대로 하십시오. 우선 저기로 들어가서 로비의 문을 걸어 잠그세요. 노인과 여자분들은 로비 입구 문 앞에 집기들을 쌓아놓고 2층으로 대피하셔야 합니다. 그사이 남자분들은 창 앞으로 가서 놈들이 들어오지 못하도록 지키세요. 제가 가르쳐드린 대로 몽둥이를 휘두르시면 됩니다. 당황하지 마세요. 정확하게만 휘두르면 상대방은 분명히 나가떨어지게 돼 있습니다. 그렇게 30분만 버텨주세요. 그러면 나머지는 제가 알아서 해결하겠습니다. 딱 30분입니다. 삼룡은 그 말을 남기고 혼자 철거 용역들에게 뛰어갔다. 나는 다급하게 카메라를 켜고 삼룡을 잡았다. 하지만 어디에도 삼룡의 모습이 보이지 않았다. 마치 컴퓨터 그래픽으로 화면에서 삼룡을 지워버린 것 같았다. 당황스러웠다. 나뿐 아니라 철거민 모두 어안이 벙벙한 얼굴이었다. 도망갔네. 내곁에 있던 사람이 허탈한 목소리로 말했다. 철거민들은 더욱 분노에 찬 얼굴로 다시 내 주변을 에워쌌다. 이러면 안 돼요. 재인이 재차 가로막고 나섰다. 철거민들은 아랑곳하지 않고 점점 내 주위를 조여왔다.

이런 상황은 생각지도 못했다. 제작자에게 파묻혀 죽을 줄 알았지 철거민들에게 맞아 죽을 줄은 몰랐다. 나는 스마트폰을 무기 삼아 휘둘렀다. 하지만 철거민들은 주술에 걸린 좀비처럼 내게 몰려들었다. 그 순간 멀리서 두두두두 하는 소리가 들렸다. 돌아보니 철거 용역들이 일제히 곤봉으로 땅을 두드리고 있었다. 절곤이 곤봉을 치켜들었다. 철거 용역들은 함성을 질렀다. 눈앞의 거대한 적이 실체를 드러내는 순간이었다.

나를 에워쌌던 철거민들은 재빨리 5층 건물로 뛰어들어갔다. 나 역시 그들을 따라 들어가려 했다. 그러나 몇몇 철거민들에 의해 다시 로비 문 밖으로 떠밀려나고 말았다. 로비 문을 힘껏 두드렸지만 꿈쩍도 하지 않았다.

5층 건물에서 몇 발짝 물러났다. 혹시 내가 비집고 들어갈 만한 다른 곳은 없는지 살펴보기 위해서였다. 아무리 눈을 비비고 찾아봐도 그런 곳은 없었다. 창문마다 몽둥이를 든 남자들이 지키고 서 있었다. 일부 철거민들은 옥상에서 화염병과 새총을 들고 고개를 내밀었다. 잘 훈련된 군인들처럼 일사불란한 움직임이었다. 다들 삼룡에게 배신감을 느꼈겠지만 상황이 다급하게 돌아가자 결국 삼룡의 말을 따를 수밖에 없었던 모양이었다. 나는 5층 건물 밖에 혼자 덩그러니 서 있게 되었다.

수백 명의 철거 용역들이 나를 향해 다가오고 있었다. 제대로 서 있을 수조차 없을 정도로 다리가 후들거렸다. 카메라를 철거 용역들에게 갖다 댔다. 철거 용역들이 조그마해져서 프레임 안으로 들어왔다. 온 신경을 프레임에만 집중했다. 그래야 이 두려움에서 달아날 수 있을 것 같았다.

프레임 안으로 화염병이 날아들었다. 불길이 엇갈리며 치솟았다. 망루에서 새총을 쏘아댔다. 너트나 베어링이 날아들었다. 기세를 올리며 다가오던 철거 용역들은 불길 앞에서 주춤거렸다. 그때 누군가 소화기를 뿌렸다. 불길은 순식간에 사라지고 뿌연 연기가 철거 현장을 뒤덮었다. 지독한 안개가 낀 것처럼 시야가 흐려졌다.

적과 나조차 구분할 수 없는 지금이 내게는 기회였다. 철거 용역들이 괴성을 지르며 5층 건물로 달려들 때 나도 괴성을 지르며 그들과 같은 방향으로 뛰었다. 철거 용역들이 나를 같은 편으로 인식해주기를 바라서였다. 임기응변이 맞아떨어졌는지 나를 공격하는 철거 용역은 없었다. 서서히 걸음을 늦추었다. 철거 용역들은 나를 앞질러 달려 나갔다. 철거 용역 중 가장 앞줄에 있던 나는 어느새 맨 뒤에 서게 되었다.

조금 멀리 떨어져서 보니 철거민들은 철거 용역들과 맞서 제법 잘 싸우고 있었다. 철거 용역들은 어떻게든 5층 건물 안으로 진입하려고 애를 썼지만 철거민들에 의해 번번이 가로막혔다. 상황이 이렇게 되자 철거 용역들은 모두 5층 건물 진입에만 매달릴 뿐 내게는 아무도 신경 쓰지 않았다. 나는 그 타이밍에 몸을 돌려 철거가 벌어지고 있는 현장과 반대편으로 힘껏 내달렸다.

어디로 뛰고 있는지도 모른 채 달렸다. 그저 이 현장만 벗어나자는 마음뿐이었다. 아무 소리도 들리지 않았다. 심장이 터져서 입 밖으로 쏟아져 나올 것만 같았다. 그때였다. 뭔가가 발에 걸렸다. 나는 스마트폰을 손에 쥔 채 데굴데굴 굴렀다. 뿌연 먼지가 일었다가 가라앉았다. 눈을 떠보니 누군가 나를 내려다보고 있었다. 눈을 몇 번 깜빡이자 그 누군가의 형태가 명확하게 들어왔다. 제작자였다. 그렇다. 현장을 벗어난 나는 제작자를 향해 정신없이 달려왔던 거였다. 뭐랄까, 독사를 피해 악어 아가리로 뛰어든 느낌이었다.

제작자의 똘마니 중 한 명이 나의 멱살을 잡고 들어 올렸다. 너 이 새끼……. 이 황당한 상황에 제작자도 말을 잇지 못하고 눈만 부라렸다. 눈을 질끈 감았다. 이제 파묻히는 것은 시간문제였다. 이 현장의 시멘트에 버무려서 나를 기초공사 재료로 써버릴지도 모를 일이었다. 그때였다. 퍽, 하는 소리가 났다. 나를 때리는 소리라고 생각했으나 통증이 없었다. 대신 멱살을 잡았던 손이 풀리는 느낌이 들었다. 슬그머니 눈을 떠봤다. 소리가 난 쪽에 삼룡이 서 있었다. 살았다! 살아난 것이다. 나는 재빨리 삼룡의 뒤에 숨었다.

하지만 숨고 자시고 할 것도 없었다. 삼룡은 곧바로 제작자의 똘마니를 때려눕히기 시작했다. 모든 철거 용역들이 현장으로 달려갔기 때문에 남은 자들은 삼룡의 상대가 되지 못했다. 뜻밖의 상황에 제작자는 당황한 나머지 뒷걸음질 쳤다. 한 번에 한 대씩만으로 깔끔하게 똘마니들을 제압한 삼룡은 제작자 앞으로 다가갔다. 제작자는 왕년에 액션을 좀 했던 가닥을 살려 싸움 자세를 취했다. 그러나 그게 전부였다. 그는 삼룡의 발길질에 턱이 돌아가더니 그대로 땅바닥에 뻗어버렸다. 제작자는 땅바닥에 엎드린 채로 삼룡의 눈을 향해 흙을 뿌리는 반격을 시도했지만 흙은 삼룡의 무릎에도 미치지 못했다. 삼룡은 제작자를 두드려 패기 시작했다. 제작자는 비명을 질러댔다. 하지만 제작자의 비명이 아무리 크다 한들 5층 건물 쪽에서 나는 아우성과 비명보다 클 수는 없었다. 제작자를 돌아보는 이는 아무도 없었다. 제작자가 맞아서 축 늘어지자 삼룡은 그의 머리채를 잡고 속삭였다. 어서 철수하라고 해. 안 그러면 죽인다. 제작자는 허겁지겁 고개를 끄덕였다. 그는 쓰러져 있는 똘마니에게 기어가서 무전기를 빼 들었다. 철수해! 철수하라고! 이 새끼가 왜 말귀를 못 알아들어? 철수하라고, 이 개새끼야! 제작자가 악에 받쳐 목소리로 말했다.

삼룡은 제작자를 꿇어앉혀 놓고 철거 현장을 바라봤다. 나는 계속해서 이 모든 장면을 카메라에 담았다. 제작자가 명령을 내린 지 얼마 지나지 않아 5층 건물을 에워싸고 있던 철거 용역들이 뒤로 슬금슬금 물러나기 시작했다. 아우성과 비명도 멈췄다. 하나둘 망루 위에서 내려다보는 철거민들의 모습이 보였다.

주변이 차분해지자 지금 내가 처해 있는 상황이 보이기 시작했다. 내가 캐스팅한 배우가 제작자를 두드려 패고 꿇어앉힌 다음 그의 일을 망쳐버린 것이다. 이 모든 사건은 내가 수습할 수 있는 범위를 가볍게 넘어가버리고 말았다. 따라서 할 수 있는 일은 아무것도 없었다. 영화를 찍기는커녕 내일 당장 내 목숨이 어떻게 될지도 몰랐다. 이제는 나의 운명을 삼룡에게 맡기는 도리밖에 없었다.

이런저런 생각을 하고 있는 사이 철거 용역들이 나와 삼룡을 둘러쌌다. 삼룡은 제작자의 목울대 부근을 집게손가락으로 단단하게 붙잡았다. 제작자가 콜록콜록 기침을 해댔다. 절곤이 철거 용역들을 헤치고 앞으로 나왔다. 회장님을 풀어줘. 삼룡은 절곤의 말에는 대꾸하지 않은 채 제작자의 귀에 속삭였다. 길을 터달라고 해. 아니면 여기를 부숴버릴 거야. 그 말을 듣자마자 제작자가 소리쳤다. 길을 터! 비키란 말이야. 목울대가 붙잡혀서인지 제작자는 쇳소리를 냈다. 절곤은 철거 용역들에게 눈짓을 했다. 철거 용역들은 주춤주춤 좌우로 갈라섰다. 5층 건물로 향하는 길이 났다. 삼룡은 제작자를 붙들고 철거 용역들이 내준 길을 걸어갔다. 나는 그 뒤를 종종걸음으로 따랐다.

삼룡의 장담대로 삼십분 안에 상황은 정리되었다. 물론 누구도 예측하지 못한 방식이기는 했다. 나와 삼룡은 제작자를 데리고 5층 건물 앞으로 가 섰다. 망루와 창가를 지키고 섰던 철거민들은 어리둥절했다. 죽일 듯이 덤벼들던 철거 용역들이 영문도 모르게 썰물처럼 밀려 나가고 도망간 줄 알았던 나와 삼룡이 낯선 사람을 데리고 나타났으니 충분히 그럴 만했다. 문좀 열어주세요. 삼룡은 망루를 향해 소리쳤다. 그러나 움직이는 사람이 없었다. 이 사람이 제게 잡혀 있는 동안 싸움은 없을 겁니다. 그러니 안심하고 문 여세요. 삼룡은 다시 한 번 소리쳤다. 얼마 지나지 않아 로비의 문이 열렸다. 재인이었다. 그녀는 눈물을 글썽거리면서도 함박웃음을 지어주었다. 나도 죽을 고비를 넘기고 난 후라 달려가서 재인을 꼭 안아주고 싶을 만큼 반가웠다. 하지만 삼룡이 신경 쓰여서 손만 살짝 흔들어주었다.

현재의 열하나

　지금까지 절곤이파를 자수시키고 곽 서장 집을 방화한 사람이 동일인이라고 가정하고 또 그가 그렇게 하는 이유가 5층 건물 참사 사건과 관련이 되어 있다면, 다음에 노릴 사람은 단 한 명밖에 없었다. 바로 5층 건물 참사의 최종 책임자, 전 경찰청장이었다. 그런데 그가 토성건설의 이사가 되어버린 이상 사실상 토성건설과 한 몸이라고 볼 수 있었다. 그렇다면 다음 목표는 토성건설이 될 가능성도 컸다.

　나의 이런 추측은 불과 며칠 뒤 유튜브에 뜬 동영상을 통해 사실로 드러났다. 인터넷에 뜬 기사를 클릭해서 본 동영상은 그 어떤 기교도 부리지 않고, 편집조차 하지 않은 아주 간단한 것이었다. 동영상에는 위아래로 검은색 옷을 입고 검은색 복면을 쓴 채 눈만 드러낸 남자가 종이를 한 장씩 넘기면서 그가 정성 들여 쓴 메시지를 전하고 있다. 내용은 이랬다. '돼지나 소를 죽이면 죄가 되지 않습니다. 하지만 5년 전 5층 건물 참사로 죽었던 이들은 사람이었습니다. 사람이 죽었는데 아무도 책임을 지지 않았습니다. 그러면 그들은 사람이 아니게 됩니다. 저는 다음 달 5층 건물 참사가 벌어졌던 그날 토성건설에 책임을 묻겠습니다. 제가 이 일을 하는 이유는 5층 건물에 있던 분들을 사람으로 기억되게 하고 싶기 때문입니다.'

이 동영상의 주인공은 테러리스트를 연상시키는 복장에 테러를 암시하는 메시지를 전달하면서 언론의 주목을 받는 데 성공했다. 언론에서는 최근에 벌어진 일련의 사건의 연장선상에서 주목해야 한다는 입장과 정신 나간 놈의 장난일 뿐이니 호들갑 떨 필요 없다는 입장이 맞서면서 갑론을박을 벌이는 모양이었다. 하지만 대개는 그를 테러리스트를 추종하는 정신이상자로 단정 짓는 분위기였다. 그런 의미에서 보면 이 메시지 전달은 절반만 성공한 셈이었다.

그러나 정작 이 동영상에서 나의 눈길을 사로잡았던 것은 내용이 아니라 필체였다. 어른의 글씨지만 어린아이가 쓴 것같이 정직함이 묻어나는 필체…… 주머니 속에 있던 포스트잇을 꺼내 보았다. 둘은 똑같다고 할 만큼 비슷했다. 삼룡이 5층 건물 참사 전에 유튜브에 건물 내에 있던 사람들의 사정을 올렸던 나를 따라 하고 있다는 생각이 들었다. 나는 다음 달 5층 건물 참사 5주기에 반드시 무슨 일이 벌어질 거라는 예감을 했다. 그 것도 아주 강력하게.

기억의 스물둘

철거민들은 삼룡이 데려온 사람이 이 철거 현장에 지분을 담그고 있는 자이며 철거 용역들의 우두머리라는 걸 알고 놀라 어쩔 줄 몰라 했다. 그에 더해 지금 당장 풀어주지 않으면 내장을 모조리 긁어서 팔아버리고 난 다음 콘크리트에 파묻어버리겠다는 제작자의 참신한 협박까지 듣고 나자 더욱 당황스러워했다. 그러나 놀라고만 있을 수도 없었다. 제작자를 어떻게 처리해야 할 것인지 논의해야 했다. 철거민들은 재인을 중심으로 삼룡과 제작자를 가운데 두고 빙 둘러섰다. 그 와중에도 제작자의 욕과 협박은 끊임없이 이어지고 있었으므로 삼룡은 손으로 먼저 제작자의 입부터 틀어막았다.

다시 카메라를 켜고 이들이 이야기하는 모습을 찍기 시작했다. 의견은 양쪽으로 나뉘었다. 한쪽은 지금 당장 제작자를 풀어주어야 한다고 했다. 이유야 어찌 됐건 간에 이것은 납치임에 틀림없어요. 납치를 했다는 사실이 알려지면 우리는 범죄자가 되는 겁니다. 여론도 싸늘해질 게 틀림없고요. 반론도 제기됐다. 이자를 놔주면 우리는 곧바로 밀리게 됩니다. 아까 당해봤잖아요. 저 인원을 어떻게 상대합니까. 철거민들 사이에 침묵이 맴돌았다. 정말 이럴 수도 없고 저럴 수도 없는 상황이었다. 철거민들은 재인을 바라봤다. 재인이 어떤 결정을 내려주기를 바라는 눈치였다. 하지만 재인 역시 고민에 빠진 듯 이맛살만 찌푸릴 뿐이었다.

그때 삼룡이 나섰다. 이자를 납치한 사람은 저니까 전적으로 제가 책임을 지겠습니다. 제가 이자를 붙잡고 있는 동안 사람들을 모으십시오. 언론에도 알리고요. 저들이 섣불리 여기를 칠수 없게 됐을 때 이자를 풀어주겠습니다. 딴은 일리가 있는 의견이었다. 철거민들 중에는 고개를 끄덕거리는 이들도 있었다. 그러나 재인이 반대했다. 이렇게 되면 삼룡 씨 혼자 모든 걸 뒤집어쓰게 돼요. 사실 삼룡 씨는 이 철거와 아무런 상관도 없잖아요. 하지만 재인의 말에 동조하고 나서는 철거민들은 없었다.

삼룡은 철거민들의 망설이는 기색을 읽었는지 제작자를 데리고 옥상으로 성큼성큼 걸어갔다. 재인이 삼룡의 옷깃을 잡았다. 삼룡은 정중하지만 확고한 태도로 재인의 손을 뿌리쳤다. 재인은 더 이상 그를 말리지 못했다. 그녀는 이마에 손을 얹었다.

나는 삼룡을 따라갔다. 이유는 잘 모르겠다. 아무도 삼룡을 따라가지 않아서일 수도 있고, 제작자가 삼룡에게 붙잡혀 있는 이상 내가 안전할 수 있는 곳은 역설적으로 삼룡의 곁이기 때문일 수도 있고, 삼룡과 제작자가 붙어 있으면 뭔가 새로운 사건이 벌어질 것 같은 느낌 때문일 수도 있었다.

삼룡은 제작자의 팔을 묶어서 시녀 더미 옆에 앉혀두고 그 앞에 마주 앉았다. 제작자는 협박으로 살아온 인생답게 다시 한 번 걸쭉한 협박을 했다. 당장 이거 풀어. 아니면 머리통부터 꿀에 발라서 개미굴에 처박아버릴 거야. 하지만 삼룡은 가부좌를 틀고 앉아 꿈쩍도 하지 않았다.

시간이 조금 지난 후에 제작자는 혹시 삼룡이 자는 게 아닌가 싶어 슬그머니 자리에서 일어났다. 도망칠 요량인 것 같았다. 삼룡이 번쩍 눈을 떴다. 제작자는 그런 삼룡의 모습에 오히려 기가 죽었다. 그래서인지 이번에는 애원하기 시작했다. 나만 놔주게. 내 조직에서 자네에게 한 자리 주지. 그게 싫다면 자네가 원하는 돈을 줄 수도 있어. 여기서 기반을 잡게 해주겠다 이 말이야. 영화 제작에 손 떼고 제작비도 올려주겠네. 마지막 말은 솔깃했다. 나는 삼룡의 입을 쳐다봤다. 삼룡은 이번에도 꿈쩍하지 않았다.

제작자는 삼룡과 아예 말을 섞을 수 없다는 걸 깨닫자 협박하거나 설득하기를 포기하고 입을 다물었다. 무료한 시간이 흘러갔다. 삼룡과 나, 제작자 사이에 감돌던 긴장감도 서서히 풀려갔다. 나는 오늘 사건이 뉴스에 보도되고 있는지 확인하고 싶어 스마트폰에 있는 DMB를 켰다. 사실 영미 씨가 죽었을 때도 단신으로 처리했는데 제작자가 납치된 것 정도를 가지고 언론에서 다루기나 할까 싶었다. 그러나 내 예상은 완전히 빗나갔다. 각 방송사의 뉴스에서는 이 사건을 첫 번째 아니면 두 번째 톱기사로 내보내고 있었다. 철거민들의 농성으로 지지부진하던 철거 현장에서 마침내 어마어마한 사건이 일어났다는 거였다. 제작자가 돌아오기를 기원하는 주변인들, 특히 수빈의 간곡한 인터뷰도 나왔다. 이상하게 수빈은 연기를 해야 하는 곳 외에서 뛰어난 연기력을 발휘하는 경향이 있었다. 반론도 보도됐다. 이 일은 철거민을 돕던 사람 중 한 명이 독단적으로 저지른 일로 철거민 전체를 범죄 집단으로 매도해서는 안 된다는 취지의 인터뷰였다. 그런데 인터뷰를 하는 사람의 얼굴은 모자이크 처리됐고 목소리도 변조되어 있었다. 그 때문에 그가 무슨 범죄자처럼 보였다.

이어 경찰청의 입장이 보도되었다. 정복을 입은 경찰 간부

한 명이 기자회견장 단상에 섰다. 굳은 얼굴로 기자들의 플래시 세례를 받고 있는 그의 모습 아래 경찰청장 김영범이라는 자막이 떠올랐다. 깜짝 놀랐다. 경찰청장이 직접 나섰다는 것은 이 일이 아주 심각하게 전개될지도 모른다는 뜻이었다. 경찰청장은 단호한 어조로 말했다. 이번 일을 계기로 강력한 경찰력 투입을 검토하고 있으며 국민의 안전을 위해 두 번 다시 도심 지역에서 테러 행위를 용납하지 않겠습니다. 기자회견문을 모두 낭독한 경찰청장은 비장한 얼굴로 카메라를 향해 인사했다. 그리고 강력한 경찰력 투입이 무엇을 의미하는지 묻는 기자들의 질문을 뒤로한 채 기자회견장을 빠져나갔다. 마지막으로 일기예보가 나왔다. 오늘 밤부터 흐려져서 내일 새벽에는 비가 올 거라고 했다. DMB를 꺼버렸다. 한가하게 일기예보에 신경 쓸 겨를이 없었다.

삼룡에게 말했다. 일이 커졌어. 언론이 심상치 않아. 하지만 내 말에 반응을 보인 것은 삼룡이 아니라 제작자였다. 그는 기세 좋게 이죽거렸다. 그것 봐. 이 새끼들. 내가 어떤 사람인 줄도 모르고. 지금이라도 날 풀어주면 교도소에서 오래 썩지는 않을 거야. 제작자는 자리에서 일어났다. 어서 풀어달라는 뜻이었다. 삼룡이 다시 눈을 떴다. 제작자는 슬그머니 주저앉았다. 가만히 계십시오. 이틀입니다. 그 뒤에는 풀어드리겠습니다. 책임은 집니다. 제작자는 나를 보고 말했다. 이봐, 황 감독. 저 새끼 저거 설득 좀 해봐. 안 그럼 황 감독도 교도소행이야. 나는 어깨를 으쓱했다. 삼룡이 내 말을 들을 리도 없거니와 제작자가 삽과 꿀을 들고 활개 치는 세상보다는 차라리 교도소가 더 안전할 수도 있었다. 어쨌거나 이 상황을 재인에게 알려야겠다는 생각이 들었다. 곧장 로비로 내려갔다.

로비의 분위기는 전혀 뜻밖이었다. 물소리가 들렸고 밥 짓는 냄새가 났다. 전기가 들어와서 분위기마저 환했다. 어안이 벙벙했다. 그때 멱살잡이를 했던 남자가 웃으며 다가왔다. 옆구리에는 빨랫감과 비누와 칫솔 따위를 낀 채였다. 황 감독, 어서 씻어요. 아까부터 물이 나오기 시작했어. 전기도 들어오고. 그러네요……. 나는 이 모든 게 제작자 때문이 아닐까 생각했다. 인질이 잡혀 있으니 당국에서는 철거민들이 극단적인 행동을 하지 못하게 막을 필요가 있을 터였다. 남자는 내 어깨를 두드려주고 화장실 쪽으로 걸어갔다.

재인은 밥을 퍼주고 있었다. 주는 사람이나 받는 사람이나 여유로움이 느껴졌다. 겨우 물과 전기가 들어왔을 뿐인데 사람들의 분위기가 이렇게도 변할 수 있구나 싶었다. 나는 재인의 곁으로 다가가서 눈짓을 했다. 잠깐 이야기 좀 해요. 재인은 앞치마를 벗어서 곁에 있던 여자에게 주고 내게로 왔다. 나는 재인을 데리고 책상이 놓여 있는 구석 자리로 가면서 낮게 속삭였다. 지금 이러고 있을 때가 아니에요. 바깥 상황이 심상치 않아요. 나는 재인에게 DMB를 통해 봤던 뉴스를 들려주었다. 재인은 심각한 표정으로 내 이야기를 들었다. 그러고 나서 잠깐 동안 철거민들의 모습을 지켜봤다. 삼룡 씨가 저 제작자라는 사람을 붙잡고 있는 동안에는 별일 없을 거잖아요. 그렇죠? 갑자기 재인이 내게 이런 말을 묻는 게 의아했지만 나는 고개를 끄덕였다. 딴에는 그랬다. 저분들, 여기에 와서 단 하루도 긴장하지 않은 적이 없어요. 삼룡 씨에게는 미안하지만 그래도 덕분에 처음으로 두 발 뻗고 지낼 수 있게 된 거예요. 물하고 전기도 돌아왔고요. 단 하루만이라도 저분들 쉬게 해주고 싶어요. 그리고 말예요, 어쨌거나 오늘은 처음으로 우리가 싸움에서 이겨본 날이에요. 그러니까 오늘만은 아무 말도 하지 말아주세요. 뭐…… 그러죠. 하는 수 없었다. 나 혼자 싸울 수는 없었다. 철거민들이 쉬고 싶어 한다면 나 역시 쉴 수밖에 없었다. 같이 밥 먹어요. 재인은 나의 손을 잡아끌었다.

철거민들은 씻고 밥을 먹었고 담소를 나누었다. 그러다 누군가 노래를 불렀다. 곁에 있던 사람들이 박수를 치며 호응했다. 나로서는 처음 보는 광경이었다. 여기에 온 이후로 이렇게 밝은 모습은 한 번도 본 적이 없었다. 이 광경을 담고 싶었다. 카메라를 켰다.

한 명의 노래가 끝나자 다른 한 명이 노래를 했다. 노래를 부르는 사람들 주변으로 철거민들이 모여들었다. 이어 철거민들에게 떠밀려 나온 네팔 청년도 부끄러운 표정으로 자기 나라의 노래를 불렀다. 말은 통하지 않았지만 다들 흥겹게 박수를 쳐주었다. 네팔 청년의 노래가 끝나자 철거민들은 재인을 찾았다. 재인은 밥상을 차려 들고 막 일어나던 참이었다. 그녀는 웃으면서 손사래를 친 다음 위로 올라가겠다는 손짓을 했다. 아마 삼룡에게 밥을 가져다주려는 모양이었다. 철거민들은 흔쾌히 재인을 보내주었다. 나도 재인을 따라가고 싶었지만 로비에 남기로 했다. 삼룡과 재인이 마주 앉아 밥을 먹을 수 있게 해주고 싶었다. 오늘 하루만큼은 나만이라도 삼룡에게 해줄 수 있는 걸 해주고 싶었다.

재인이 올라간 지 얼마 지나지 않아 삼룡이 빈 밥상을 들고 내려왔다. 이어 재인이 뒤따라오며 투정 부리듯 말했다. 제작자란 사람이 달아나기라도 하면 어떻게 하려고 이래요? 내가 가져간대도 이런다. 제가 단단히 묶어놔서 괜찮습니다. 삼룡은 재인의 투정을 받아주며 로비로 들어섰다. 그러는 둘의 모습이 참 다정해 보였다. 마음 한구석이 싸했다.

둘의 모습이 다정하다고 느낀 건 나뿐만이 아니었다. 철거민

중 한 명이 둘이 사귀나, 하고 농을 쳤다. 삼룡의 얼굴이 귀밑까지 빨개졌다. 장난치지 말아요. 재인이 삼룡의 밥상을 받아 들면서 철거민을 향해 살짝 눈을 흘겼다. 두 사람이 노래 한번 하지. 또 다른 철거민이 외쳤다. 그러자 철거민들이 노래해, 노래해, 하며 보채기 시작했다. 재인은 곤란한 표정을 지었지만 이번만은 빠져나갈 구멍이 없어 보였다. 할 수 없이 재인과 삼룡은 철거민들 앞에 나란히 섰다. 둘은 서로 눈치를 보다가 재인이 노래를 부르기 시작했다. 삼룡도 엉거주춤하게 서서 박자가 맞지 않는 박수를 쳤다. 낯선 모습을 담고 싶은 욕구가 생겨났다. 삼룡을 향해 줌을 당겼다. 화면 속에서 삼룡은 행복해하고 있었다.

철거민들의 잔치는 재인의 노래를 마지막으로 끝났다. 재인은 삼룡과 함께 있어주겠다며 그와 함께 옥상으로 올라갔다. 나는 옥상 바로 아래 5층에 자리 잡았다. 둘의 다정한 모습이 눈에 밟혀서 무작정 옥상 근처까지 따라 올라왔지만 그렇다고 옥상에 가서 둘 사이에 끼어 있는 것도 모양새가 이상할 것 같았다. 이러지도 못하고 저러지도 못한 채 어정쩡하게 굴고 있는 내가 참 한심했다.

밤이 깊었지만 잠은 오지 않았다. 옥상에 쌓여 있는 시너가 뿜어내는 휘발성 냄새가 자꾸만 신경을 건드렸다. 일어나 창가에 등을 기대고 앉았다. 바람이 유난히 거칠고 차가웠다. 새벽에 비가 올 거라는 일기예보가 생각났다. 밤하늘을 쳐다봤다. 별도 달도 보이지 않았다. 내게도 희망이라는 게 있을까 하는 생각이 들었다. 사채 빚에 쪼들리는 것도 모자라 이제는 납치범으로 몰리게 생겼으니…… 스마트폰 카메라를 켜서 내 모습을 비춰봤다. 심하게 노이즈가 낀 화면에 시커멓게 형태만 남은 남자가 나타났다.

아래쪽에서 희미하게 부스럭거리는 소리가 들려왔다. 누군가 잰걸음으로 자갈을 끊임없이 밟아대는 소리였다. 그 부산한 느낌이 심상치 않았다. 아래를 내려다봤다. 갑자기 주위가 환해졌다. 번개가 친 것이었다. 그 순간 수없이 많은 검은 형체가 움직이고 있는 게 보였다. 이어 우르릉, 하는 천둥소리가 들렸다. 뭔가 엄청난 벌어지고 있었다. 옥상으로 달려 올라갔다.

옥상에 올라가자마자 뒤에서 덜덜덜덜, 쇠줄을 감는 소리가 났다. 고개를 돌려보니 거대하고 검은 물체가 천천히 5층 건물을 향해 다가오고 있었다. 마른침을 꿀꺽 삼켰다. 가까이 올수록 형태는 점점 또렷하게 드러났다. 그것은 크레인이었다. 그 끝에는 커다란 케이지가 매달려 있었는데 안에는 또 다른 검은색 형체가 놓여 있었다. 삼룡은 크레인을 응시하고 있었다. 삼룡 뒤로 재인이 불안한 얼굴로 서 있었다.

눈에 힘을 주고 보니 형체는 하나가 아니었다. 여럿이었다. 그것도 방탄복과 곤봉과 방패 그리고 총으로 무장한 경찰특공대였다. 뉴스에서 언급한 대로 정말 '강력한 경찰력'이었다. 아래에서는 비명 소리가 들리기 시작했다. 다시 경찰들의 '행정적인 처분'이 시작된 모양이었다. 훈련받은 폭력은 철거 용역과 비교할 바가 못 됐다. 그야말로 신속하게 각층을 제압해나갔다.

경찰의 크레인이 옥상에 닿았다. 삼룡이 그 앞을 막아섰다. 경찰 특공대가 곤봉을 휘둘렀다. 삼룡은 경찰의 곤봉 하나를 재빠르게 낚아채더니 그걸로 다른 경찰의 곤봉을 막아내기 시작했다. 네댓 개의 경찰 곤봉들이 모두 삼룡의 곤봉에 가로막혔다. 그야말로 무술영화에서나 볼 수 있을 법한 장면이었다.

꼼짝 마! 케이지 뒤쪽에 있던 경찰 한 명이 삼룡을 향해 총을 겨누었다. 삼룡의 무술이 아무리 뛰어나다 해도 총을 이길 수는 없었다. 삼룡 집안의 무술이 빛을 잃은 이유도 그 때문이라고 하지 않았던가. 삼룡은 곤봉을 든 채로 멈췄다. 뒤로 물러서! 다시 경찰이 명령했다. 삼룡은 몇 발 뒤로 물러났다. 그 틈에 경찰 한 명이 옥상으로 뛰어내렸다. 이제 옥상마저 점령당하는 건 시간문제였다.

가까이 오지 마! 시너 더미 근처에서 절박한 외침이 돌렸다.

철거민 한 명이 라이터를 치켜들었다. 네팔 청년이었다. 그의 주변에서는 시너 냄새가 심하게 났다. 아마도 시너를 바닥에 뿌려놓은 모양이었다. 안 돼요. 삼룡이 소리를 질렀다. 진입하던 경찰들은 일제히 멈춰 섰다.

번개가 치더니 후두둑, 비가 떨어지기 시작했다. 라이터 불이 꺼졌다. 다시 경찰들이 움직일 조짐을 보이자 네팔 청년은 다급하게 라이터를 켜면서 불씨를 튕겼다. 시너가 뿌려져 있는 상황이었다. 조그만 불씨라도 매우 위험했다. 네팔 청년과 경찰의 대치 상태는 예상외로 길어졌다.

빗발은 점점 굵어졌다. 바닥에 뿌려진 시너가 물을 타고 흐르는지 휘발성 냄새는 더욱 짙어졌다. 그때였다. 묶여 있던 제작자가 갑자기 네팔 청년을 향해 돌진했다. 그 순간 다시 번개가 쳤다. 주위가 환해졌다. 제작자와 네팔 청년이 함께 뒹굴었다. 라이터가 시너통을 향해 날아갔다. 재인이 비명을 질렀다. 펑, 하는 소리와 함께 태어나서 한 번도 보지 못한 환한 빛이 나를 덮쳤다. 나는 카메라를 굳게 움켜쥐었다. 죽어도 이것만은 가지고 하늘로 가고 싶었다.

기억의 스물셋

시간이 얼마나 지났을까. 내가 정신을 차린 곳은 119구급차 안이었다. 구급대원이 정신이 드냐고 물었고 나는 고개를 끄덕였다. 구급대원은 옥상에서 떨어졌지만 다행히 건물 주위에 깔아놓은 매트 위에 정확하게 떨어졌다고 했다. 나는 다시 정신을 잃었다.

병원에서 간단한 검사를 받은 나는 곧바로 구치소에 수감되었다. 철거민 혹은 삼룡과 한패로 간주되었기 때문이다. 그런 나를 구치소에서 빼내준 이는 수빈이었다. 그녀는 내가 영화감독으로서 영화를 찍기 위해 삼룡 곁에 있을 수밖에 없었으며, 삼룡을 설득시켜 제작자를 빼내려고 노력했다는 나의 모든 진술에 증인이 돼주었다. 영화 관계자라고 해봐야 달랑 네 명인데, 그중에 두 명이 사라졌으니 당연히 수빈의 증언이 절대적인 영향을 끼쳤다.

수빈이 날 위해 애써준 이유는 하나였다. 그녀가 기댈 데라고는 나밖에 없었다. 내게는 삼룡을 찍어왔던 촬영 원본들이 남아 있었다. 수빈은 내가 그걸 편집해서 세상에 내놓길 바랐다. 이 영화가 세상에 나오기만 하면 대박 날 거예요. 감독님, 그때가 되면 날 잊지 말아요. 수빈은 가지런하게 정돈된 음모에 내 손을 가져가면서 말했다. 나는 다시 수빈과 동거하게 되었고 수빈은 성숙으로 되돌아갔다.

그날 이후로 삼룡은 사라졌다. 재인도 보이지 않았다. 실종자 명단에 삼룡의 이름이 올랐다. 재인은 구속자 명단에 이름을 올렸다. 그녀도 나처럼 매트 위로 떨어진 모양이었다. 삼룡의 흔적은 그 어디에서도 발견되지 않았다. 경찰은 삼룡이 옥상의 화염에 전소됐을 가능성이 크다고 했다.

그러나 경찰이 뭐라고 하건 나는 삼룡을 기다리며 몇 달을 보냈다. 그렇게도 강했던 삼룡이, 나도 살아났던 그 현장에서, 죽었다는 사실을 믿을 수가 없었다. 혹시나 싶어서 고수면옥에서 냉면을 시켜보기도 했다. 하지만 배달을 온 사람은 고수면옥의 나이 든 사장님이었다. 그는 삼룡만 한 인재가 없었다며 혀를 차고 돌아갔다. 당연한 일이지만 서비스로 나오던 왕만두는 없었다. 성숙은 냉면에 씌워진 랩을 신경질적으로 뜯으며 말했다. 이제 냉면은 고수면옥에서 시키지 마.

성숙과 내가 삼룡을 떠올리며 한 일은 그것이 마지막이었다. 우리는 5년의 시간이 흐르는 동안 삼룡을 가슴에 묻었다. 그리고 삼룡에 대해서도 5층 건물 참사에 대해서도 두 번 다시 이야기하지 않았다.

현재의 열둘

5층 건물 참사 5주기 전까지 아무 일도 없었다. 토성건설에게 책임을 묻겠다는 동영상은 불과 며칠 만에 이슈에서 멀어지고 말았다. 그날이 오기를 기다리는 사람은 세상에서 나 하나뿐인 것처럼 느껴졌다.

그러나 막상 5주기가 되자 토성건설 본사 앞에는 의외로 많은 사람들이 몰려들었다. 취재진도 있었고 5층 건물 참사의 유가족을 비롯해서 토성건설의 개발로 인해 내몰렸던 철거민들도 있었다. 철거민들은 피켓이나 현수막을 들고 구호를 외쳤다. 하지만 그들의 목소리를 받아 적는 취재진은 아무도 없었다. 오직 철거민들의 목소리만 폴리스 라인 안에서 메아리치고 있었다. 문득 테러리스트 복장을 한 동영상 속의 주인공이 떠올랐다. 어쩌면 그는 스스로를 법이 그어놓은 저 테두리 밖에 세워 놓았던 것인지도 몰랐다.

하지만 그는 해가 지도록 나타나지 않았다. 취재진도 철거민들도 지쳐갔다. 낌새가 이상했다. 곽 서장 때도 현장에는 누구도 나타나지 않았다. 대신 곽 서장의 집이 불탔다. 내가 삼룡이라고 가정하고 찬찬히 생각해봤다. 삼룡이라면 모든 사람이 다지켜보고 있는 데다가 경비도 철저한 이곳에 나타나지는 않을 것이다. 삼룡의 무술이 아무리 출중하다 해도 이 건물에 있는 수많은 사람들과 시위대를 막기 위해 서 있는 경찰들을 이길 수는 없다. 그러나 삼룡은 한 번 하겠다고 하면 반드시 하는 성격이다. 책임을 묻겠다고 했으니 책임을 물을 것이다. 그렇다면 곽 서장 때처럼, 누구나 예측할 수 있는 여기가 아니라 다른 곳에 나타날 수도 있다.

토성건설에 가장 크게 피해를 입히면서도 메시지를 전달할 만한 상징적인 장소에 삼룡이 나타날 거라는 생각이 들었다. 그렇다면 철거 중이거나 개발 중인 곳일 가능성이 컸다. 나는 피켓을 들고 있는 철거민들에게 가서 혹시 지금 개발 지구에 있는 사람이 있는지 물었다. 그러자 내가 기자라고 생각했는지 한 무리의 사람들이 번쩍 손을 들었다. 나는 굳이 신분을 밝히지 않고 지금 개발되고 있는 위치가 어디인지 물었다.

다행히 토성건설이 개발하고 있는 지역은 한 군데밖에 없었다. 그리고 그 지역에는 쇼핑몰이 지어지는 중이라고 했다. 이제 결정을 해야 했다. 여기서 사건이 일어나기를 기다리느냐 아니면 그 쇼핑몰로 가느냐. 나는 내 직감을 믿어보기로 했다. 철거민들에게 고맙다는 인사를 남기고 총총 자리를 떴다.

어둠 속에 잠겨가는 쇼핑몰은 짓다 만 바벨탑이 연상될 정도로 거대했다. 이곳은 개발과 철거가 동시에 진행되고 있었는데 쇼핑몰을 기준으로 아래쪽으로는 철거가 끝나 있었다. 폐허를 걸어 쇼핑몰 안으로 들어섰다. 콘크리트 뼈대 사이로 횅한 바람이 불었다. 쌓아놓은 시멘트들이 어둠에 묻혀서 조그만 더미들을 이루고 있었다. 그 뒤로 뭔가가 나타날 것만 같은 느낌이 들었다. 스마트폰을 꺼내 촬영 기능을 켰다. 혹시라도 삼룡이 나타나면 그 모습을 바로 담기 위해서였다. 그 덕분에 액정의 불빛으로 희미하게나마 시야가 밝아졌다.

한 층 한 층 확인하며 계단을 밟아 올라갔다. 발자국 소리가 과장되게 들렸다. 달그락 소리가 났다. 움찔하며 뒤를 돌아봤다. 어둠 속에서 안광이 빛났다. 소름이 끼쳤다. 하지만 이내 도둑고양이라는 걸 깨달았다. 녀석은 소리도 없이 사라졌다. 더 올라가야 할지 말아야 할지 고민됐다. 밑도 끝도 없이 여길 찾아온 내가 무모했다는 생각마저 들었다.

난간에 걸터앉아 잠깐 한눈을 팔았다. 멀리 도시의 야경이 한눈에 들어왔다. 셀 수 없는 불빛들이 밤하늘의 별처럼 펼쳐졌다. 조금 있으면 내 불빛은 저 속에서 사라질지도 몰랐다. 그럼 어디서 불빛을 밝힐 수 있을까. 삼룡을 쫓아야 하는 지금, 감상에 빠지는 게 엉뚱하게 느껴졌다. 그러나 이 술래잡기가 끝나면 내게 닥칠 현실이기도 했다.

조심해요! 누군가 아래층에서 소리쳤다. 짧은 한마디 외침이었지만 삼룡의 목소리 같았다. 삼룡? 아래층에 대고 삼룡의 이름을 불렀다. 잠잠했다. 재빨리 아래층으로 내려갔다. 아무도 없었다. 그런데 또 아래층에서 다급하게 계단을 내려가는 발자국 소리가 들렸다. 재빨리 그 뒤를 따랐다.

발자국 소리는 얄밉게도 일정한 간격을 유지했다. 딱 내가 쫓아가는 만큼 멀어졌다. 나를 유인하고 있다는 생각이 들었다. 발자국 소리를 따라가다 보니 건물 밖으로 나오게 되었다. 어둠 속에서 한 사내가 걸어가고 있었다. 삼룡아! 크게 소리쳤다. 사내가 멈춰 섰다. 하지만 돌아보지 않았다. 그를 향해 달려갔다. 그도 달리기 시작했다. 이번에도 일정한 간격을 유지했다. 뒤를 돌아보지 않고도 이런 간격을 유지한다는 게 신기할 정도였다.

사내는 철거가 이루어지지 않은 쇼핑몰 위쪽 동네로 뛰어갔다. 가파른 오르막이 계속됐다. 슬슬 힘에 부쳤다. 숨이 턱까지 차올랐을 때 다행히 막다른 골목이 나타났다. 사내는 막다른 벽 앞에 뒤돌아 서 있었다. 나는 숨을 헐떡이며 천천히 그에게 다가갔다. 그 순간이었다. 사내가 벽을 딛고 뛰어오르더니 순식간에 넘어가버렸다. 삼룡이 배달원이던 시절 옥탑방 계단을 뛰어넘던 모습이 떠올랐다. 나는 벽을 두드리며 소리쳤다. 동생이지? 살아 있었던 거야? 왜 대답이 없어? 대답해봐! 제발 목소리라도 들려줘! 손에서 피가 날 정도로 벽을 두드려댔다.

벽 너머는 고요했다. 어떤 인기척도 들리지 않았다. 벽에 기대 쓰러지듯 주저앉았다. 그때였다. 쾅, 소리가 나더니 지진이 난 것처럼 땅이 흔들렸다. 심상치 않았다. 자리에서 일어났다. 쇼핑몰에서 불길이 치솟고 있었다. 다급하게 스마트폰을 꺼내 쇼핑몰 쪽으로 향했다. 또 한 번 쾅 소리가 났다. 이어 불길 속으로 쇼핑몰이 무너져 내렸다. 우르릉, 소리와 함께 그 거대하던 바벨탑이 한순간에 사라졌다. 엄청난 먼지가 밤안개처럼 피어올랐다. 내가 찍었던 그 어떤 장면보다 장엄한 광경이었다. 먼지가 다시 어둠에 묻혀 사라질 때까지 긴 여운이 느껴질 정도였다.

그러나 이상하게 저렇게 큰 건물이 무너졌는데도 큰일이 났다는 느낌이 들지 않았다. 5년 전 그 5층 건물에는 사람이 있었지만 그 건물에는 사람이 없기 때문인지도 몰랐다.

현재의 열셋

토성건설이 짓고 있던 쇼핑몰 붕괴 사건은 이튿날 아침부터 모든 뉴스의 헤드라인을 장식했다. 새삼 토성건설 회장을 벌하겠다는 유튜브 동영상이 주목받기도 했다. 그 글을 올린 이가 토성건설의 쇼핑몰을 붕괴시켰을 가능성이 크다는 것이었다. 경찰은 이 희대의 도시 테러 사건에 온 수사력을 집중하기로 했다고 발표했다. 나는 경찰이 절대로 범인을 찾지 못할 거라고 확신했다. 내가 어제 본 사내가 삼룡이 맞다면 그는 공식적으로 이미 이 세상에서 사라진 사람이기 때문이다.

뉴스를 보느라 정신이 없을 때 프로듀서에게서 전화가 왔다. 지금이라도 한 번 만났으면 좋겠다고 했다. 내심 어제부로 삼룡을 쫓는 일은 끝났다고 생각하던 중이었다. 딱히 할 일도 없었기 때문에 흔쾌히 약속을 잡았다.

내가 외출 준비로 부산을 떨자 자고 있던 성숙이 눈을 떴다. 그녀는 기지개를 켜면서 물었다. 어디 가? 만날 사람이 있어서. 만날 사람? 혹시 삼룡 씨 때문이야? 아니. 삼룡이는 아마 못 찾을 거야. 성숙의 눈꼬리가 가늘게 떨렸다. 왜 그렇게 생각해? 그냥. 느낌이 그래. 그럼 우리 영화는? 글쎄. 어떻게 할지 한번 생각해볼게. 걱정 마. 어떻게든 그 영화는 완성할 거야. 삼룡 씨도 없는데 완성할 방법이 있어? 나는 방문을 나서면서 말했다. 이제부터 고민해봐야지.

프로듀서는 테이블 위에 믹스커피를 내려놓으며 물었다. 그동안 삼룡 씨를 찾아다닌 일은 어떻게 됐어요? 좀 소식이 있나요? 입이 움찔하다 멈췄다. 토성건설 쇼핑몰 붕괴 현장에 내가 있었던 일은 쉽게 털어놓을 수 있는 성질의 사건이 아니었다. 프로듀서는 빙긋 웃었다. 이미 토성건설 쇼핑몰 붕괴 사건과 관련해서 뭔가를 알고 있다는 표정이었다. 하긴 프로듀서 정도의 눈치라면 이미 곽 서장 집 화재 사건과 토성건설 쇼핑몰 붕괴 사건 뒤에 삼룡이 있을 거라고 짐작했을 것이다. 커피를 한모금 마셨다. 그리고 천천히 그동안 있었던 일을 털어놓았다.

내 이야기가 모두 끝나자마자 프로듀서는 기다렸다는 듯 삼룡의 행방을 물었다. 프로듀서로서 그의 질문은 당연한 것이었다. 삼룡의 행방은 영화를 완성하느냐 마냐가 달린 일이다. 나는 고개를 가로저었다. 찾을 수도 없고, 아마 나타나지도 않을 겁니다. 프로듀서는 팔짱을 꼈다. 뜻밖에도 답답한 표정은 아니었다. 그럼 대역을 써야겠네요. 프로듀서는 덤덤하게 말했다. 나는 그가 무슨 꿍꿍이가 있을 거라고 짐작했다. 프로듀서가 시계를 흘끔 봤다.

때마침 사무실 문이 열렸다. 그리고 청년 하나가 고개를 내밀었다. 그 순간 나는 너무 놀라 자리에서 벌떡 일어났다. 거기에는 삼룡이 서 있었다. 하지만 청년이 내 쪽으로 다가오면서 얼굴의 윤곽이 또렷하게 드러나자 그는 분명히 삼룡과 다른 사람이라는 걸 깨달았다. 그저 몇 미터 앞에서 봤을 때만 삼룡과 비슷해 보일 뿐이었다. 내 실망한 기색을 눈치챘는지 프로듀서는 청년의 어깨를 툭 치면서 말했다. 그래도 이만하면 비슷한 편 아니에요? 나는 고개를 끄덕였다. 확실히 비슷한 편이기는 했다.

프로듀서는 나와 청년을 인사시켜주었다. 청년의 이름은 박배달이라고 했다. 박배달…… 최배달의 뒤를 이을 수 있을까 하는 의문이 드는 이름이었다. 연기는 좀 해봤어요? 안 해봤습니다. 배달은 얼굴을 붉히면서 말했다. 그럼 무술은 할 줄 알아요? 네, 무술은 좀…… 어렸을 때 할아버지께 배웠습니다. 나는 배달을 가만히 바라봤다. 배달은 나와 눈을 마주치지 못하고 고개를 숙였다. 삼룡만큼이나 쑥스러움을 많이 타는 친구라는 생각이 들었다.

이 친구 대단합니다. 프로듀서는 내 앞에 캠코더를 내려놓으면서 말했다. 나는 캠코더 뷰파인더를 열고 플레이 버튼을 눌렀다. 한적한 공원에서 쑥스러운 듯한 얼굴로 서 있는 배달이 보였다. 그 앞에는 허리 높이 정도로 쌓아 올린 기왓장들이 놓여 있었다. 이제 격파 한번 해봐요. 캠코더에서 프로듀서의 목소리가 흘러나왔다. 배달은 기합과 함께 허리 높이의 기왓장을 단번에 격파해버렸다. 우와, 하고 프로듀서가 탄성을 질렀다. 이번에는 발차기도 한번 봅시다. 그 말과 함께 캠코더는 배달의 옆에 있는 나무로 향했다. 나무 곁에는 야구방망이 세 개가 비스듬히 세워져 있었다. 배달은 기합과 함께 발차기로 야구방망이를 모두 부러뜨렸다. 대단하지 않아요? 옆에서 같이 뷰파인더를 들여다보고 있던 프로듀서가 물었다. 나는 다시 고개를 끄덕였다. 삼룡과 비교하면 한 수 아래인 것 같기는 해도 확실히 대단한 편이기는 했다.

그러니까 배달은 삼룡과 똑같지는 않지만 여러모로 비슷한 편이었다. 어쩌면 이전과 똑같지는 않지만 비슷한 영화를 만들 수 있지 않을까 싶기도 했다. 그럼 이제 영화를 어떻게 할지 이야기해봅시다. 프로듀서는 발전적인 표정으로 말했다. 나는 배달을 다시 한 번 찬찬히 훑어봤다. 그는 순진한 얼굴로 테이블만 쳐다보고 있었다. 삼룡도 처음 봤을 때 저런 얼굴이었던 것 같다. 그리고 삼룡은 세상과 맞서 끝끝내 자신의 얼굴을 지키고 사라졌다. 문득 삼룡이 그토록 치열하게 살았던 시간을 배달이 무슨 수로 이어갈 수 있을까, 의문이 들었다. 확실히, 비슷한 것은 다른 것이다.

자리에서 일어났다. 우리 시간을 좀 더 가집시다. 프로듀서와 배달은 얼떨떨한 표정이었다. 하지만 나는 아랑곳하지 않고 배달에게 손을 내밀었다. 다음에 봅시다. 배달은 엉겁결에 내 손을 맞잡았다. 또 연락할게요. 나는 프로듀서에게도 인사를 남기고 사무실을 빠져나왔다.

집으로 돌아오는 길에 지하철을 탔다. 선반 위에 신문 한 부가 놓여 있었다. 신문을 펼쳤다. 폐허가 되어버린 쇼핑몰의 부지 사진이 실려 있었다. 기시감이 일었다. 5년 전 불길에 휩싸였던 5층 건물도 종국에는 이런 모습으로 헐려서 사라져갔다.

5층 건물이 있던 곳은 지금 어떻게 변했나 확인하고 싶었다. 5년 전 철거가 벌어졌던 현장과 가장 가까운 역에서 내렸다. 그곳에는 아무것도 없었다. 모든 것이 깔끔하게 밀린 채로 방치되어 있었다. 얼마나 오래 방치되었는지 잡초들이 숲을 이루고 있었다. 인근 부동산으로 찾아갔다. 이곳을 왜 이렇게 내버려두고 있는지 묻고 싶었다.

신문을 뒤적이고 있던 부동산 중개인은 무료했던지 내가 나타나자 반색을 했다. 그는 차를 내오면서 그동안의 일들을 들려주었다. 5층 건물 사건 아시죠? 그 일이 있고 난 후에 세상이 참 시끄러웠잖아요. 그래서 바로 여기를 못 밀고 두 달쯤 지나고 난 후에야 밀었지요. 문제는 그다음이었어요. 부동산 경기가 침체되기 시작했거든요. 재개발해봐야 분양이 안 될 거 같거든. 그래서 토성건설을 비롯해서 여기에 지분을 담근 업체들이 시에다가 용적률을 올려달라, 설계를 변경하게 해달라 이런저런 요구를 하기 시작한 거예요. 어떻게든 수익을 내보고 싶었던 거지. 그런데 저번에 시장이 바뀌었잖아요. 시에서는 업체들의 말을 쉬 들어줄 생각이 없는 거라. 자칫 잘못하면 시에 엄청난 부담이 되니까. 결국 시하고 업체들하고 밀고 당기는 사이에 저 자리는 저렇게 잡초나 자라는 땅이 된 거지요. 참 아까워. 쯧쯧. 이렇게 될 거. 공연히 사람만 잡았지 뭐. 나는 부동산 중개인이 준 티백 녹차를 털어 넣었다. 텁텁하니 입맛이 썼다. 말씀해주셔서 감사합니다. 나는 부동산 중개인에게 인사를 하고 일어섰다. 가시게? 부동산 중개인은 좀 더 이야기를 나누고 싶은 눈치를 내비쳤다. 하지만 나는 다시 한 번 인사를 건네고

5년 전의 철거 현장으로 되돌아갔다.

편평한 돌 위에 걸터앉았다. 인간들의 욕망이 힘겨루기를 하는 사이 여기는 잡초들의 차지가 되어버렸다는 사실이 너무나 허무했다. 눈앞에 5층 건물이 아른거렸다. 나는 그 5층 건물로 걸어 들어갔다. 멱살잡이를 했던 남자가 내 어깨를 두드려주었다. 철거민들은 노래를 부르고 있었고 재인은 내게 대단하다고 말해주었다. 삼룡은 감독님, 하고 나를 불러주었다. 눈물이 났다. 손을 들어 눈물을 훔쳤다. 그러자 5층 건물이 사라졌다. 문득 내가 영화를 찍었다는 사실이 다행스럽게 느껴졌다. 내 영화는 여기에 있었던 모든 일을 끊임없이 증언해줄 것이기 때문이다. 설사 이곳이 영원히 방치되어 자연으로 되돌아간다 할지라도 말이다.

재인이 했던 말이 떠올랐다. '미완성이라도 좋아요. 있는 그대로만이라도 보여줄 수 없을까요? 그날의 진실을 밝힐 수 있는 건 감독님이 가진 동영상들밖에 없어요.' 어쩌면 재인의 말처럼 이 영화를 완성할 수 있는 유일한 방법은 있는 그대로를 보여주는 것인지도 몰랐다.

스마트폰을 꺼냈다. 그리고 토성건설이 짓던 쇼핑몰이 무너지는 장면을 바라보았다. 혼자만의 착각일 수도 있지만, 이 장면은 삼룡이 영화를 완성하라고 준 마지막 신이 아닐까 하는 생각이 들었다. 주머니 속에서 포스트잇을 꺼내 보았다. '왜 가만히 있지요? 벌이 없으면 죄도 없습니다. 세상은 변한 게 없어요.' 만약 그가 나를 토성건설의 쇼핑몰 장소까지 이끌 생각이 없었다면 애초에 이 포스트잇은 붙이지도 않았을 터였다. 영화를 어떻게 완성할지 방향을 정했다. 〈뱀파이어 파이터〉 같은 영화는 하나로 충분했다.

현재의 열넷

꼬박 세 달을 매달려 영화를 완성했다. 그사이 성숙과 나는 가게에서 쫓겨났다. 돌려받은 보증금으로 포장마차를 시작한 쪽은 성숙이었다. 그녀는 내게 꼭 영화를 완성해서 대박을 내 달라고 했다. 어쩌다 보니 이 영화는 나와 성숙과 재인의 희 망이 되어버렸다. 물론 서로 희망하는 바가 조금씩 다르겠지 만……

영화는 처음에 픽션으로 시작한다. 무술을 잘하는 청년 정재 는 시골에서 올라와 수빈과 사랑에 빠진다. 그러나 바로 그 수 빈 때문에 조직폭력배가 되고 만다. 조폭으로 승승장구하던 정 재는 라이벌인 기철 조직의 암수에 빠져 모든 것을 잃고 철거 현장으로 내몰린다. 이 철거 현장에서 정재는 다시 일어선다.

마침내 정재는 경찰관과 어울릴 정도의 거물로 자라난다. 여기서 나는 픽션 중간중간 영화를 찍는 동안 고민하는 삼룡의 모습을 넣었다.

삼룡이 재인을 만나면서 영화는 다큐멘터리로 바뀐다. 희한하게도 삼룡이 픽션의 주인공에서 다큐멘터리 주인공으로 넘어갔음에도 별 무리가 없었다. 적어도 대역을 쓰는 것보다는 훨씬 나아 보였다.

재인으로 인해 세상의 모순에 대해 깨달은 삼룡은 영미 씨의 죽음을 기점으로 자신이 몰아붙이던 철거민들의 편에 선다. 철거 용역과 맞서 싸우던 삼룡은 철거민들을 위해 제작자를 납치한다. 결국 삼룡은 범죄자가 되고 만다. 나는 노래를 부르며 행복해하던 철거민들과 삼룡의 얼굴을 넣었다. 범죄자로 낙인찍혔을 때조차도 철거민들과 삼룡은 우리와 다를 바 없는 사람이었다는 걸 보여주고 싶었다. 재인 옆에 서서 박수를 치며 쑥스러워하던 삼룡의 모습은 누가 봐도 순진한 청년이었다.

마침내 그날이 온다. 경찰 특공대는 기습을 감행한다. 삼룡은 옥상에서 경찰과 대치한다. 철거민들도 옥상으로 내몰린다. 네팔 청년이 라이터를 켜고 저항한다. 제작자가 일어선다. 시너에 불이 붙고 옥상은 화염에 휩싸인다. 펑 소리가 나면서 카메라는 하늘을 향한다.

5년 후. 절곤의 자수, 곽 서장 집의 화재, 토성건설 쇼핑몰 붕괴가 차례대로 이어진다. 모두 다 범인을 찾지 못한 채 의문으로 남았다. 나는 범인이 삼룡이라고 특정 짓지 않았다. 다만 막다른 골목으로 사라지던 사내의 뒷모습을 남겨두었다. 나머지는 관객이 알아서 판단할 몫이라고 생각했다.

영화는 마지막 장면에 와서 잠깐 페이드아웃*이 된다. 이어 쾅, 소리가 나면서 페이드인이 되면, 토성건설이 짓던 쇼핑몰에서 불길이 치솟아 오른다. 두 번째 쾅, 소리와 함께 건물은 삽시간에 무너져 내린다. 밤안개처럼 먼지가 피어오를 때쯤 불길이 사라지면서 자연스럽게 다시 페이드아웃 된다. 이 마지막 장면 역시 그저 보여줄 뿐 아무런 설명을 곁들이지 않았다. 이렇게 나의 영화는 픽션으로 크랭크인해서 다큐멘터리로 크랭크업 되었다.

완성본을 스마트폰에 담아 프로듀서에게 보여주었다. 영화를 본 프로듀서의 표정은 무척 발전적이었다. 이것 참…… 묘하네요. 앞부분은 분명히 연출된 거지요? 글쎄요. 흠…… 그런데 뒷부분은 연출이 안 된 것 같은데요? 글쎄요. 맨 마지막에 건물이 무너지는 장면은 특수효과 같은데요? 글쎄요. 프로듀서

---

* 영화의 화면 전환 기법. 밝은 화면에서 어두운 화면으로 전환되면 페이드아웃, 어두운 화면에서 밝은 화면으로 전환되면 페이드인이다.

는 답답한 표정을 지었다. 그래서 이번에는 내가 물었다. 그게 그렇게 중요합니까? 프로듀서는 말꼬리를 흐리며 대답했다. 글쎄요……. 나는 프로듀서의 손에서 스마트폰을 낚아챘다. 이 영화에는 그냥 삼룡이 담겨 있는 겁니다. 내가 기록한 삼룡의 모든 것이요. 배급은 프로듀서님에게 맡길게요. 프로듀서는 웃음을 가득 머금었다. 단 조건이 있어요. 우선 제가 아는 인권영화제에 이 영화를 먼저 걸고 싶어요. 프로듀서는 의외로 간단하게 말했다. 뭐 상관없습니다. 어차피 영화가 이런 방향으로 흘러간 이상 그쪽에서 먼저 주목을 받는 것도 방법이죠. 프로듀서에게 손을 내밀었다. 프로듀서는 악수를 하면서 지갑을 꺼내 들었다. 저녁이나 하고 가죠.

오랜만에 기분 좋은 술자리였다. 프로듀서가 심혈을 기울여 구워 놓은 고기는 맛있었고 술에 취해 발전적인 이야기를 주고받았다. 나는 프로듀서가 간사한 인간이었다는 사실조차 잊은 채 다음 작품도 같이하자고 굳게 약속했다. 분위기는 좋았지만 지하철이 끊기기 전에 술자리를 접었다. 프로듀서나 나나 할증 붙은 택시비를 선뜻 내고 귀가할 처지는 아니었다.

마지막 지하철을 겨우 잡아탈 수 있었다. 자리에 앉고 보니 술기운이 올라왔다. 나도 모르게 꾸벅꾸벅 졸기 시작했다. 얼마나 갔을까. 혹시 내릴 역을 지나친 게 아닌가 싶어 반사적으로 눈을 떴다. 다행히 지하철은 아직 강을 건너고 있었다. 이 강을 지나야 내가 내릴 역이 나온다. 하릴없이 차창 너머를 바라보았다. 강 위로 도시의 불빛들이 일렁거렸다. 그때였다. 지하철의 창은 그 불빛을 가두는 프레임이 되었다. 갑자기 가슴이 아파왔다.

"여기 사람이 있다!"

몇 해 전 용산에서의 절규다.

그렇다. 용산에서 세월호까지 '참사'에는 언제나 사람이 있었다.

이 절규를 잊지 말아야 한다.

사람이 잊지 않아야 사람을 잃지 않는다.

또한 사람이 있었음을 잊지 않고 기록하는 것, 그것 역시 작가의 몫이라고 믿는다.

이 책이 나오기까지 도움을 주신 모든 분들과 제 곁에 있어주신 모든 분들께 감사드린다.

2015년 8월 한글박물관에서
배상민